John Marrs
Ich kenne deine Lügen

AF202229

Das Buch

Als Catherine eines Morgens allein aufwacht, ist ihr Mann Simon spurlos verschwunden. Sie glaubt, dass er in Schwierigkeiten steckt. Er würde sie und die Kinder nicht einfach verlassen.

Simon kennt die Wahrheit – die ganze Wahrheit. Er hat Dinge getan, die Catherines Welt auf den Kopf stellen würden, wenn sie diese herausfinden würde. Die Erinnerungen, an die sie sich klammert, sind nichts als Lügen. Doch 25 Jahre später steht er auf einmal wieder vor Catherines Tür. Endlich erfährt sie, was geschehen ist. Und schon bald wünscht sie sich, sie wäre im Ungewissen geblieben.

Der Autor

John Marrs arbeitet freiberuflich als Journalist und lebt in London und Northampton. Seit 25 Jahren interviewt er für verschiedene Magazine und Zeitschriften Prominente aus den Bereichen TV, Film und Musik.

Mehr über ihn erfahren Sie auf Twitter (@johnmarrs1), Instagram (@johnmarrs.author), Facebook (www.facebook.com/johnmarrsauthor) oder auf seiner Website (www.johnmarrsauthor.co.uk).

JOHN MARRS

Ich kenne deine Lügen

THRILLER

Aus dem Englischen von Tanja Lampa

Die englische Ausgabe erschien 2014 unter dem Titel »The Wronged Sons«
im Eigenverlag und 2017 unter dem Titel »When You Disappeared« bei
Thomas & Mercer, Seattle.

Deutsche Erstveröffentlichung bei
Edition M, Amazon Media EU S.à r.l.
38, avenue John F. Kennedy, L-1855 Luxembourg
Januar 2020
Copyright © der Originalausgabe 2014
By John Marrs
All rights reserved.
Copyright © der deutschsprachigen Ausgabe 2020
By Tanja Lampa

Die Übersetzung dieses Buches wurde durch Amazon Crossing ermöglicht.

Umschlaggestaltung: semper smile, München, www.sempersmile.de
Umschlagmotiv: © Francesco Bittichesu / Getty; © BG Creator /
Shutterstock
Lektorat: Rotkel Textwerkstatt
Gedruckt durch:
Amazon Distribution GmbH, Amazonstraße 1, 04347 Leipzig /
Canon Deutschland Business Services GmbH, Ferdinand-Jühlke-Straße 7,
99095 Erfurt /
CPI books GmbH, Birkstraße 10, 25917 Leck

ISBN: 978-2-49670-023-7

www.edition-m-verlag.de

»Es gibt Dinge, die man nur durch einen gezielten Sprung in die entgegengesetzte Richtung erreichen kann.«
– Franz Kafka

»Das Leben wartet immer auf kritische Situationen, um sich dann von seiner Sonnenseite zu zeigen.«
– Paulo Coelho

PROLOG

Fast geräuschlos glitten die dicken Reifen des Mercedes über den Bordstein.

Als er das Cottage sah, klopfte sich der Mann auf dem Rücksitz mit dem Zeigefinger nervös auf die Lippen.

»Das macht zweiundzwanzig Pfund, Kumpel«, brummte der Fahrer in einem Dialekt, den er nicht einordnen konnte. Die meisten Dialekte, die er in den letzten Jahren gehört hatte, stammten von den Kommentatoren der britischen Sportsender, die er über Satellitenantenne empfangen hatte. Er nestelte in seiner Brieftasche aus Hirschleder, um die Euroscheine von den Pfundnoten zu trennen.

»Stimmt so«, meinte er, als er ihm eine Zehn- und eine Zwanzig-Pfund-Note reichte.

Ohne eine Antwort abzuwarten, öffnete der Fahrgast die Tür und stellte beide Füße vorsichtig auf den Boden, wobei er sich mit der Hand am Wagen festhielt. Dann schloss er die Tür und trat einen Schritt vor. Er glättete die Falten in seinem Maßanzug, während das Taxi – und damit seine vermeintliche Sicherheit – so leise verschwand, wie es gekommen war.

Minutenlang stand er wie angewurzelt da, hypnotisiert vom Anblick des weißen Cottages. Ihn überkamen Erinnerungen, die er lange Zeit verdrängt hatte. Das war ihr erstes und einziges gemeinsames Zuhause gewesen. Das ihrer Familie. Ein Haus und eine Familie, die er vor fünfundzwanzig Jahren verlassen hatte.

Die rosafarbenen Rosensträucher, die er für sie unter dem Küchenfenster gepflanzt hatte, waren verschwunden. Für einen Moment stellte er sich vor, ihr Duft läge noch in der Luft. Wo einst der Sandkasten gestanden hatte, den er für die Kinder gebaut hatte, stand nun ein kleines Gartenhaus, an dem grün-weißes Efeu emporrankte.

Plötzlich öffnete sich die Haustür. Eine junge Frau tauchte auf, was ihn schlagartig in die Wirklichkeit zurückbrachte. Er hatte keine weiteren Besucher erwartet.

»Bis später!«, rief sie und schloss die Tür hinter sich. Sie hängte ihre Handtasche über die Schulter und lächelte, als sie an ihm vorbeiging. Doch es war nicht *sie* – die Frau war höchstens Ende zwanzig. Für einen Moment fragte er sich, ob es ihre Tochter gewesen sein könnte. Er erwiderte ihr Lächeln höflich und sah ihr nach, bis sie aus seinem Sichtfeld verschwunden war. Doch bei ihrem Anblick hatte er ein Kribbeln im Bauch gespürt.

James hatte ihm erzählt, dass sie noch immer im selben Haus lebte. Doch das war vor einem Jahr gewesen und ihr Leben könnte sich inzwischen geändert haben. Es gab nur einen Weg, das herauszufinden. Sein Herz raste. Er holte tief Luft und atmete erst wieder aus, als er das Ende des Kieswegs erreicht hatte. Er hob den Kopf und sah zu dem Fenster hinauf, hinter dem sich früher ihr Schlafzimmer befunden hatte.

Dort hast du mich getötet, dachte er. Dann schloss er die Augen und klopfte an die Tür.

KAPITEL 1

CATHERINE

Northampton, vor fünfundzwanzig Jahren
4. Juni, 6.00 Uhr

»Simon, sag deinem Hund, dass er sich verziehen soll«, murmelte ich und wehrte die feuchte Zunge ab, die sich gerade ihren Weg in mein Ohr bahnte.

Da mich beide ignorierten, schob ich Oscars wuscheligen Kopf zur Seite. Trotzig ließ er das Hinterteil auf den Holzboden plumpsen und jaulte so lange, bis ich nachgab. Simon könnte sogar den Dritten Weltkrieg verschlafen – er würde nicht mal aufwachen, wenn unsere Kinder auf uns herumsprangen, als wären wir ein Trampolin, und nach ihrem Frühstück verlangten. Leider konnte ich mir das nicht erlauben. Auszuschlafen, etwas, das ich früher so geliebt hatte, war zu einem Luxus geworden, der von den Bedürfnissen dreier Kinder und einer hungrigen Promenadenmischung abhing.

Oscars Magen besaß einen eingebauten Wecker, der ihn jeden Morgen um Punkt sechs Uhr weckte. Simon war zwar derjenige, der mit ihm Gassi gehen und Tennisbälle werfen durfte, denen er dann hinterherjagte, ich war jedoch diejenige, die dafür zuständig war, seinen gefräßigen Magen zu füllen. Das war nicht fair.

Ich rollte mich zu meinem Ehemann hinüber und stellte fest, dass seine Betthälfte bereits leer war.

»Okay, Catherine, dann kümmerst du dich halt darum«, murrte ich. Gleichzeitig verfluchte ich Simon, weil er zu einer seiner wahnsinnig frühen Joggingrunden aufgebrochen war. Ich quälte mich aus dem Bett, warf mir den Morgenmantel über, schlurfte über den Flur und öffnete leise die Zimmertüren, um nach den schlafenden Kindern zu sehen. Eine Tür blieb jedoch geschlossen, weil ich es noch immer nicht über mich brachte, sie zu öffnen. *Eins nach dem anderen*, sagte ich mir. *Ein Tag nach dem anderen.*

Ich ging nach unten in die Küche und gab etwas von jenem abscheulich riechenden Dosenfutter in Oscars Napf, das er immer in Sekundenschnelle hinunterschlang. Doch als ich die Schale auf den Boden stellte, war ich allein.

»Oscar?«, rief ich leise. Ich wollte nicht, dass die Kinder jetzt schon die Treppe hinunterstürmten. »Oscar?«

Ich fand ihn im Windfang, wo er aufgeregt vor der Haustür hin und her lief. Ich öffnete sie, damit er hinauslaufen und sein Geschäft erledigen konnte, doch er blieb auf der Fußmatte stehen und starrte die Straße hinunter in Richtung Wald.

»Mach doch, was du willst!«, seufzte ich. Wütend, dass er mich ganz umsonst geweckt hatte, trabte ich zurück ins Bett, um mir noch eine kostbare Stunde Schlaf zu gönnen.

7.45 Uhr

»Lass deinen Bruder in Ruhe und hilf mir, Emily zu füttern«, ermahnte ich James, der brüllend einen aufgeregten Robbie mit einem Plastikdinosaurier um den Küchentisch jagte. »Sofort!«, fügte ich warnend hinzu. Sie wussten, dass sie sich auf dünnem Eis bewegten, wenn ich diesen Ton anschlug.

Die Kinder vom Schlafzimmer ins Badezimmer und dann in die Küche zu bringen war, als würde man widerspenstige Hühner in den Hühnerstall zurückjagen – verdammt frustrierend. In der Schule behaupteten einige Mütter, sie liebten das Chaos beim gemeinsamen Frühstück mit der Familie. Ich wollte nur, dass mein wilder Haufen aus dem Haus und in das Klassenzimmer kam, um etwas Ruhe und Frieden zu finden.

James füllte für seine jüngere Schwester eine Schüssel mit Cornflakes, während ich die Kruste von ihren Sandwichs abschnitt und in ihre Butterbrotdosen packte. Dann schmierte ich etwas Relish auf Simons Brot, schnitt es – wie gewünscht – in der Mitte durch, wickelte es in Frischhaltefolie ein und stellte es in den Kühlschrank.

»Ihr habt noch fünfzehn Minuten, bis wir gehen«, erinnerte ich sie und stopfte ihre Brotdosen in die Schulranzen, die sie achtlos an die Garderobe gehängt hatten.

Ich machte mir schon lange nicht mehr die Mühe, das Haus perfekt geschminkt zu verlassen, wenn ich nur die Kinder zur Schule brachte. Um dennoch nicht wie eine Vogelscheuche auszusehen, band ich die Haare zum Pferdeschwanz zusammen und warf noch einen kurzen Blick in den Spiegel. Plötzlich jaulte Oscar auf, als ich ihm auf die Pfote trat – ich hatte nicht bemerkt, dass er das Chaos am Frühstückstisch ignoriert und sich nicht von der Fußmatte wegbewegt hatte.

»Geht es dir nicht gut, mein Junge?«, fragte ich ihn und beugte mich nach unten, um ihm das struppige Kinn zu kraulen. Ich würde bis zum Nachmittag abwarten, ob er sich wieder fing, und andernfalls zur Sicherheit vielleicht doch den Tierarzt anrufen.

9.30 Uhr

Während James und Robbie in der Schule waren und Emily leise auf dem Sofa spielte, war ich vollauf mit dem Bügeln von

Simons Arbeitshemden beschäftigt. Ich sang gerade »End Of The Road« von Boyz II Men mit, das im Radio lief, als das Telefon klingelte.

»Simon ist nicht hier«, erklärte ich Steven, der mit ihm sprechen wollte. »Ist er denn nicht bei dir?« Ich hatte angenommen, dass er seine Arbeitskleidung in einem Rucksack mitgenommen hatte und nach dem Laufen direkt ins Büro gegangen war wie so oft.

»Nein, das ist er verdammt noch mal nicht«, schnappte Steven. Wenn er wollte, konnte er ziemlich mürrisch und fies sein. »Ich versuche, den Kunden, den ich seit einer halben Stunde hinhalte, davon zu überzeugen, dass wir genauso professionell sind wie die Großen, auch wenn wir ein ziemlich kleines Unternehmen sind. Aber wie soll er uns ernst nehmen, wenn die eine Hälfte von uns nicht mal rechtzeitig zu einem Treffen im Hotel erscheint?«

»Wahrscheinlich hat er die Zeit vergessen. Du weißt doch, wie er manchmal ist.«

»Wenn du ihn siehst, sag ihm, er soll sofort seinen Hintern zum Hilton bewegen, bevor er uns das Geschäft vermasselt.«

»Das werde ich. Aber wenn du ihn zuerst siehst, könntest du ihn dann bitten, mich anzurufen?«

Steven murmelte etwas Unverständliches und legte auf, ohne sich zu verabschieden. Ich war froh, dass ich nicht in Simons Haut steckte, wenn er auftauchen würde.

11.30 Uhr

Siebzehn gebügelte Arbeits- und Schulhemden und zwei Tassen Kaffee später bemerkte ich plötzlich, dass Simon mich nicht zurückgerufen hatte.

Ich fragte mich, ob Steven und ich uns geirrt hatten und er nicht zum Joggen gegangen war, sondern einen eigenen Termin gehabt hatte. Doch als ich den Kopf durch die Garagentür steckte, sah ich seinen Volvo noch immer dort stehen. Zurück im Wohnzimmer fand ich seine Hausschlüssel auf der Abdeckhaube des Plattenspielers. Darüber hing an der Wand eine Fotomontage von unserer Feier zum zehnten Hochzeitstag.

Nach einer weiteren Stunde kamen mir die ersten Zweifel. Zum ersten Mal seit fast zwanzig Jahren konnte ich Simons Präsenz um mich herum nicht spüren. Egal wo er war oder wie weit wir voneinander entfernt waren, ich konnte seine Gegenwart immer spüren.

Ich schüttelte den Kopf, um die Zweifel zu vertreiben, und schimpfte mich eine Närrin. *Zu viel Kaffee, Kitty*, sagte ich mir und gelobte, nur noch entkoffeinierten Kaffee zu trinken. Ich stellte den Kaffeebecher wieder in den Schrank und stöhnte beim Anblick des schmutzigen Geschirrs, das sich in der Spüle türmte und auf mich wartete.

13.00 Uhr

Dreieinhalb Stunden nach Stevens Anruf war ich völlig aufgelöst.

Ich hatte im Büro angerufen, und nachdem Steven erklärt hatte, dass er noch immer nichts von Simon gehört hatte, geriet ich in Panik. Bald war ich davon überzeugt, dass Simon beim Joggen von einem Auto angefahren worden war. Dass ihn ein Haufen Metall und ein gewissenloser Fahrer achtlos in den Straßengraben befördert hätten.

Ich schnallte Emily im Kinderwagen an, für den sie eigentlich zu alt und zu groß war, mit dem ich aber schneller vorankam, leinte Oscar an und machte mich auf die Suche nach meinem Mann. Ich fragte im Kiosk nach, ob Simon am Morgen dort vorbeigekommen sei, doch er war nicht dort gewesen. Auch unsere Nachbarn und die neugierige Mrs Jenkins, die immer hinter ihrer Gardine stand, hatten ihn nicht gesehen.

Während wir Simons Laufstrecke abgingen, machte ich ein Spiel daraus und erklärte Emily, dass wir auf der Suche nach den Rumpelbumpels wären. Das waren die mysteriösen imaginären Wesen aus Gutenachtgeschichten, die Simon erfunden hatte, damit sie einschlief. Ich erzählte ihr, dass sie sich gern in nassen, matschigen Straßengräben verstecken würden, weshalb wir jeden einzelnen genau absuchen müssten.

Wir liefen zweieinhalb Kilometer weit, ohne etwas zu finden, bevor wir schließlich zu Simons Büro gingen. Inzwischen war Steven nicht mehr wütend auf Simon, was mich noch mehr beunruhigte. Denn es bedeutete, dass er sich inzwischen ebenfalls Sorgen machte. Er bemühte sich, mir zu versichern, dass mit Simon alles in Ordnung sei und er vermutlich eine Baustelle besichtigte. Doch als wir seinen Kalender durchsahen, fanden wir keine Termineinträge für den Tag.

»Er kommt bestimmt heute Abend sturzbetrunken nach Hause, nachdem er den ganzen Nachmittag im Pub gewesen ist, und wir werden später über die ganze Aufregung lachen«, meinte Steven. Doch ohne einen Hinweis darauf, wo Simon steckte, waren wir beide nicht wirklich davon überzeugt.

Auf dem Heimweg nahmen Emily und ich den Feldweg durch die Harpole Woods, den Simon manchmal entlanglief. Ich ließ mir vor Emily nicht anmerken, wie besorgt ich war. Doch als sie Flopsy, einen inzwischen ziemlich abgenutzten Plüschhasen, den er ihr gekauft hatte, fallen ließ, verlor ich die Beherrschung – wie ich zu meiner Schande gestehen muss – und schrie sie wegen ihrer Unachtsamkeit an. Prompt verzog sie das Gesicht und heulte los. Meine Entschuldigung nahm sie erst an, als ich sie nach Hause trug.

Sogar Oscar hatte keine Lust mehr und humpelte hinter uns her. Ich muss einen seltsamen Anblick geboten haben: eine schwitzende Mutter mit einem schreienden Kind auf dem Arm, die einen erschöpften Hund und einen Kinderwagen hinter sich herzog, während sie die ganze Zeit die Umgebung nach Rumpelbumpels und der Leiche ihres Ehemanns absuchte.

17.50 Uhr

Sechs Uhr, sagte ich mir. *Um sechs Uhr ist alles wieder in Ordnung, denn dann kommt er immer nach Hause.*

Diese Tageszeit hatte Simon am liebsten, wenn er die Kinder baden, ins Bett bringen und ihnen eine Geschichte vorlesen konnte. Sie waren noch zu klein, um die Distanz und Traurigkeit zu spüren, die zwischen Simon und mir herrschte. Ich hatte mich mit der Tatsache abgefunden, dass es vielleicht nie wieder so würde, wie es einmal gewesen war, egal was wir taten oder sagten. Stattdessen arrangierten wir uns, so gut es ging, mit einer neuen Art von Normalität.

Ich hatte James und Robbie zuvor von der Schule abgeholt. Während ich den panierten Fisch briet und den Tisch fürs Abendessen deckte, wollte James mir etwas über seinen Freund Nicky und ein Lego-Auto erklären. Doch ich war zu nervös, um ihm zuzuhören. Alle paar Minuten wanderte mein Blick zur Uhr an der Wand. Als sechs Uhr vorbei war, hätte ich am liebsten geheult. Ich rührte mein Essen kaum an und starrte aus dem Fenster in den Garten.

In diesen wunderschönen Sommermonaten ließen wir den Tag oft auf der Terrasse ausklingen. Wir gossen uns ein paar Gläser Rotwein ein und versuchten, das Leben zu genießen, das wir uns aufgebaut hatten. Wir unterhielten uns über die lustigen Dinge, die die Kinder gesagt hatten, und darüber, wie es in seinem Architekturbüro lief. Wir malten uns aus, dass wir eines Tages genug Geld zusammenhätten, um uns ein Ferienhaus in Italien zu kaufen und die eine Hälfte des Jahres hier und die andere dort zu leben. Tatsächlich sprachen wir über alles, nur nicht über das, was an jenem Tag vor einem Jahr passiert war und unsere Beziehung derart erschüttert hatte.

Ich beeilte mich, die Kinder bettfertig zu machen, und erklärte ihnen, dass Daddy ins Büro gegangen wäre und leider erst spät nach Hause käme.

»Ohne seine Brieftasche?«, fragte James, als ich ihn zudeckte.

Ich hielt inne.

»Daddys Brieftasche liegt auf der Kommode. Ich habe sie gesehen«, meinte er.

Ich suchte nach einem Grund, warum er sie nicht brauchte, aber mir fiel keiner ein. »Ja, der dusslige Daddy hat sie vergessen.«

»Dussliger Daddy«, meinte er kopfschüttelnd, bevor er sich in seine Decke kuschelte.

Ich eilte die Treppe hinunter, um nachzusehen, ob er recht hatte. Plötzlich wurde mir bewusst, dass ich im Laufe des Tages zigmal an ihr vorbeigegangen sein musste. Sie war das Einzige, was Simon immer mitnahm, wenn er das Haus verließ, selbst wenn er nur joggen wollte.

Und in diesem Moment wusste ich, dass irgendetwas nicht stimmte. Dass etwas ganz und gar nicht stimmte.

Ich rief seine Freunde an und fragte, ob er vielleicht bei ihnen sei. Ich war mir sicher, dass ich ihnen anschließend wieder einmal aufrichtig leidtat. Ich suchte im Telefonbuch die Nummern der örtlichen Krankenhäuser heraus und rief alle zwölf an, um nachzufragen, ob er dort vielleicht eingeliefert worden war. Der Gedanke, dass er den ganzen Tag in einem Krankenhausbett gelegen haben könnte, ohne dass jemand überhaupt wusste, wer er war, schmerzte.

Ängstlich klopfte ich mit meinem Stift auf den Oberschenkel, während die Damen an der Rezeption seinen Namen in den Aufnahmeformularen suchten, ihn aber nicht fanden. Bevor ich auflegte, hinterließ ich eine Beschreibung von ihm – nur für den Fall, dass er später eingeliefert werden würde und selbst keine Auskunft geben könnte.

Am Schluss blieb mir nur noch eine Möglichkeit: seinen Vater und seine Stiefmutter Shirley anzurufen. Als Shirley sagte, er sei nicht bei ihnen, ließ ich mir eine Ausrede einfallen und meinte, ich hätte wohl die Tage durcheinandergebracht, als ich dachte, er wäre vielleicht spontan bei ihnen vorbeigekommen. Natürlich glaubte sie mir nicht. Simon war nicht der Typ, der »spontan vorbeikam«, zumindest nicht bei ihnen.

Ich war so verzweifelt, dass ich sogar kurz überlegte, ob ich … *ihn* anrufen sollte. Doch es war inzwischen drei Jahre her, dass sein Name in unserem Haus zuletzt erwähnt worden war, und ich wusste nicht einmal, wie ich ihn finden sollte.

Das Klingeln des Telefons unterbrach meine angstvollen Gedanken. Ich stieß mit dem Ellbogen gegen die Kommode und fluchte, während ich hastig den Hörer abnahm. Ich seufzte enttäuscht, als ich die Stimme von Stevens Frau Baishali hörte.

»Kann ich irgendetwas für dich tun? Soll ich vorbeikommen?«, fragte sie.

Als ich verneinte, meinte sie, sie würde später noch einmal anrufen. Doch ich wollte einfach nur etwas von meinem Mann hören, nicht von meiner Freundin. Alles, woran ich denken konnte, war, dass Simon schon den ganzen Tag verschwunden war und niemand wusste, wo er sich aufhielt. Ich war wütend auf mich selbst, weil ich nicht beunruhigt gewesen war, als Steven das erste Mal am Morgen angerufen hatte.

Was war ich nur für eine Ehefrau! Ich hoffte, Simon würde mir verzeihen, wenn wir ihn fanden.

21.00 Uhr

Als Roger und Paula kurz nach meinem Anruf eintrafen, machten sich schlagartig die Strapazen des Tages bei mir bemerkbar. Ich war körperlich und geistig völlig am Ende.

Das Erste, was sie sahen, als sich die Haustür öffnete, war, wie ich in Tränen ausbrach. Paula nahm mich in den Arm und führte mich zurück ins Wohnzimmer, wo ich den größten Teil des Abends vor dem Telefon gewartet hatte. Roger kannte Simon seit der Vorschule, wechselte nun aber aus der Rolle eines Freundes der Familie in die eines Detective Sergeant. Trotzdem war es Paula, die schon immer sehr energisch gewesen war, welche die Zügel in die Hand nahm, als wir versuchten herauszufinden, was Simon in seinen letzten Momenten in unserem Haus getan haben könnte.

»Okay, lasst uns von vorne anfangen und herausfinden, wo dieser verdammte Idiot den ganzen Tag gesteckt hat«, bestimmte sie. »Wenn ich ihn das nächste Mal sehe, werde ich ihm die Hölle heißmachen für das, was er dir antut.«

Wir gingen jedes mögliche Szenario bis ins kleinste Detail durch und überlegten, wohin er mit wem gegangen sein könnte. Doch letztendlich hatte keiner von uns irgendeinen Anhaltspunkt. Widerstrebend fanden wir uns damit ab, dass er verschwunden war.

Allein der Gedanke daran fiel mir unglaublich schwer. Ihn aus dem Mund unserer Freunde zu hören war noch schlimmer. Es aber offiziell zu machen war furchtbar. Laut Polizeiprotokoll mussten wir vierundzwanzig Stunden warten, bevor wir Simon als vermisst melden konnten. Doch Roger war bereit, die Regeln großzügig auszulegen, und rief auf seiner Wache an, um die Situation zu erklären.

»Mein Gott, Paula, was ist nur mit ihm passiert?«, fragte ich mit zitternder Stimme.

Sie konnte mir keine Antwort geben, also tat sie, was sie immer tat, wenn ich meine beste Freundin brauchte, und sagte mir, was ich hören wollte. »Sie werden ihn finden, Catherine, das verspreche ich«, flüsterte sie leise und nahm mich noch einmal in den Arm.

Ich war in einem schrecklichen Albtraum gefangen, den andere Menschen erlebten, nicht ich. Nicht meine Familie und nicht mein Ehemann.

* * *

SIMON
Northampton, vor fünfundzwanzig Jahren
4. Juni, 5.30 Uhr

Ich drehte mich auf die Seite und schaute auf das perlweiße Zifferblatt des Weckers, der auf dem Nachttisch stand. Halb sechs. Vor fünfzehn Monaten hatte ich es das letzte Mal geschafft, länger zu schlafen.

Unsere Rücken berührten sich kaum, und doch spürte ich die leichte Auf-und-ab-Bewegung ihrer Wirbelsäule, während sie schlief. Ich rückte von ihr ab. Durch einen Spalt im Vorhang fiel schwaches orangefarbenes Licht ins Schlafzimmer.

Ich streifte mir das Baumwolllaken vom Oberkörper und sah zu, wie die Sonne über den Maisfeldern aufging und eine goldene Decke über die Trostlosigkeit unseres Hauses breitete. Ich zog die Kleidung an, die über einem Stuhl hing, und öffnete vorsichtig den Kleiderschrank, damit das Quietschen der Scharniere sie nicht weckte.

Ich tastete nach der Uhr, die die meiste Zeit ihres Daseins in einer grünen Schachtel auf einem staubigen Regal gefristet hatte, und legte sie an. Dabei klemmte ich mir ein Stück Haut ein, doch ich war inzwischen an Schmerzen gewöhnt. Ich ließ die Schachtel an ihrem Platz zurück, schlich über die Holzdielen und schloss leise die Tür hinter mir. Vor der Schlafzimmertür, die immer geschlossen blieb, hielt ich kurz an. Ich hatte schon den Griff in der Hand, um sie zu öffnen, zögerte dann aber.

Ich konnte es nicht. Ich würde mir selbst keinen Gefallen tun, wenn ich zu diesem Tag zurückkehrte.

Die Treppe knarrte unter meinen Schritten und der schlafende Hund schreckte auf. Oscar riss die bernsteinfarbenen Augen auf und versuchte, seine müden Gliedmaßen zu koordinieren, während er in meine Richtung trottete.

»Heute nicht, Kumpel«, erklärte ich ihm mit einem entschuldigenden Lächeln. Er legte den Kopf schief und schien verwirrt und enttäuscht, weil man ihm sein morgendliches Gassigehen verwehrte. Er seufzte, kehrte zu seinem Schlafplatz zurück und vergrub mit einem verärgerten Schnauben den Kopf unter der karierten Decke.

Ich öffnete die Haustür und ließ sie leise hinter mir ins Schloss fallen. Anstatt über den knirschenden Kies zu gehen, entschied ich mich für den geräuschlosen Weg über den Rasen. Ich schob das rostige Metalltor auf und lief los. Ich hatte nicht ein letztes Mal einem der Kinder über das Haar gestrichen. Ich hatte meiner Frau keinen zarten Kuss auf die Stirn gehaucht. Und ich warf auch keinen letzten Blick zum Haus zurück, das wir gemeinsam gebaut hatten. Für mich gab es nur noch eine Richtung. Ihre Welt schlief noch, doch ich war bereits aufgewacht.

Und wenn sie aufwachten, würde eine gequälte Seele weniger unter ihnen sein, die sich krampfhaft an sie klammerte.

6.10 Uhr

Das Haus hinter mir war bereits zu einer Erinnerung verblasst, als ich den Feldweg zu den Harpole Woods erreichte.

Mein Kopf war leer, doch meine Beine wussten, wohin sie mich bringen mussten. Sie führten mich durch struppigen Farn, der sich in meiner Jeans verfing, an den Kastanienbäumen vorbei immer tiefer in den Wald hinein zu dem ausgeblichenen blauen Seil, das dort seit Jahren lag und als Hinweis auf die verborgene Senke im Boden diente. An dieser Stelle hatte sich einmal ein Teich befunden und den Strick hatte man an einen Baum gebunden, damit die Nachbarskinder sich über dem Wasser hin und her schwingen konnten. Doch das Wasser war längst verdunstet und das Seil hatte keine Verwendung mehr.

Ich hob es auf und zog es mit einer vertrauten Bewegung stramm. Die Naturgewalten hatten seiner Stärke nichts anhaben können. Ich wünschte, ich wäre genauso stark geblieben.

Dann setzte ich mich auf den Stamm einer vor langer Zeit gefällten Eiche, schaute nach oben und suchte mir den dicksten Ast in der Baumkrone heraus.

7.15 Uhr

Ich konnte mich nicht erinnern, wann ich das letzte Mal von einer so herrlichen Stille umgeben gewesen war.

Fast zwei Stunden waren vergangen, seitdem ich mich aus dem Chaos meines Lebens verabschiedet hatte. Keine Kinder, die mir um die Füße sprangen. Keine Popsongs, die aus dem Küchenradio dröhnten. Keine Waschmaschinentrommel, die sich ständig drehte. Nichts, das mich von meinen Gedanken ablenkte – nur das leise Brummen des entfernten Straßenverkehrs.

Ich wusste, dass es keinen Unterschied gemacht hätte, wenn ich noch eine Woche, einen Monat oder fünfzig Jahre in diesem Haus geblieben wäre. Nach all den Schlägen und Tritten, die ich eingesteckt und ausgeteilt hatte, gab es für mich kein Zurück mehr.

Ich rupfte ein paar Klumpen Moos heraus, das auf der feuchten Rinde des Baumstamms wuchs, und dachte an den Tag zurück, an dem mir alles zu viel geworden war. Damals hatte ich regungslos im Badezimmer gestanden, als ihr schmerzerfülltes

Weinen durch die geschlossene Tür unseres Schlafzimmers an mein Ohr drang. Ihr Schluchzen war immer lauter und heftiger geworden, bis es schließlich in meine Haut eingedrungen und durch die Adern bis in meinen Kopf geschossen war. Ich glaubte, er würde platzen, und presste die schwitzenden Handflächen auf die Ohren, als könnte ich es dadurch aufhalten. Doch alles, was ich hörte, war das schnelle Schlagen meines armseligen Herzens – ein hohles, jämmerliches Ticken in einer gefühllosen Hülle.

Dann traf mich die Erkenntnis mit solcher Wucht, dass ich auf dem Boden des Badezimmers zusammenbrach. *Es gibt einen Ausweg aus alldem.* Ich könnte mich selbst von meiner Qual befreien, wenn ich akzeptierte, dass mein Leben gelaufen war, und ihm ein Ende setzte.

Schlagartig ließ das Pochen in meinem Kopf nach.

Selbst wenn ich ihr vergeben hätte oder sie mir – oder wenn wir einen Teufelspakt geschlossen hätten, um alles und jeden zu vergessen, das oder der sich zwischen uns gedrängt hatte –, hätte es keinen Unterschied mehr gemacht. Es war zu spät. Uns war nicht mehr zu helfen. Steine waren geworfen worden und die Glashäuser lagen in Scherben um uns herum. Innerlich war ich bereits tot, und es war an der Zeit, dass mein Äußeres nachzog.

Langsam stieß ich den Atem aus, den ich unbewusst angehalten hatte, und verließ das Badezimmer. Eine Entscheidung von dieser Tragweite würden die meisten Menschen als drastisch empfinden, doch aus der Perspektive eines Verzweifelten erschien sie als logische Konsequenz. Durch sie hätte ich endlich wieder die Kontrolle über mein Leben, wenn auch nur, um es zu beenden. Und nun, wo ich begriffen hatte, dass der einzige Sinn meines Lebens nur noch darin bestand, meinen Tod zu planen, spürte ich, wie mir eine Last von den Schultern fiel.

Ich hatte wie sie getrauert, jedoch leise und aus anderen Gründen. Ich hatte um das geweint, was sie uns allen angetan hatte. Ich hatte um die Zukunft geweint, die wir gemeinsam hätten genießen sollen, und um die Vergangenheit, die sie mit aller Macht zerstört hatte. Wir hatten so lange gemeinsam und doch getrennt voneinander geweint und um die gegensätzlichen Verluste getrauert. Nun würde sie allein weinen.

In den folgenden Monaten spielte ich die Rolle des unterstützenden Ehemanns, des in sich gefestigten Vaters und des loyalen Freundes. Doch hinter dieser Maske war ich vollauf mit dem Gedanken beschäftigt, mein Ende zu planen. Die Suche nach dem richtigen Zeitpunkt, Ort und Mittel wurde für mich zur Besessenheit. Ich ging sämtliche Möglichkeiten durch: Ich könnte die Garage mit Abgasen füllen oder einen Waffenschein erwerben. Ich könnte mich von einer Autobahnbrücke stürzen oder mit einem Betonklotz an den Füßen in den Blisworth-Kanal springen.

Doch um der Kinder willen musste ich mich zuerst um meine Frau kümmern. Denn sie musste zunächst wieder in der Lage sein, ihr Leben fortzuführen, bevor ihr der Wind erneut aus den Segeln genommen würde. Also kümmerte ich mich so lange um unsere Familie, bis es ihr körperlich und seelisch besser ging. Und während sie nach und nach wieder aufblühte, ging ich Stück für Stück zugrunde.

Es würde nie einen guten Zeitpunkt für sie geben, um herauszufinden, dass ihr Mann sich das Leben genommen hatte. Doch ich hatte selbst in dem Moment, als sie ihren Tiefpunkt erreicht hatte, gewusst, dass sie die Stärkere von uns beiden war. Letztendlich würde sie aus meiner Asche steigen, um unsere Kinder nach besten Kräften großzuziehen. Was sie ihnen über meinen Tod erzählen würde, sollte sie selbst entscheiden. Ich hatte sie geliebt, doch sie waren noch zu klein, um zu erkennen, wer ihr Vater wirklich war oder welche Fehler er hatte. Ich hoffte, dass sie es dabei belassen würde.

In der Zwischenzeit hatte ich mich für eine Methode entschieden und für einen Ort, den ich wie meine Westentasche kannte. Ein Ort, an dem eines meiner dunkelsten Geheimnisse begraben lag – der Wald in der Nähe unseres Hauses.

Mein Plan war einfach. Ich würde auf einen Baum klettern, das vier Meter lange Seil um einen Ast binden und mir eine Schlinge um den Hals legen. Dann würde ich mich fallen lassen und beten, dass das Durchtrennen meines Rückenmarks die Geschwindigkeit des Unvermeidlichen beschleunigen würde. Ich hoffte, dass sich mein Leben nicht langsam aus seinem Würgegriff lösen würde.

Das war es, was ich tun musste. Was ich geplant hatte. Weswegen ich viele Male in den Wald gegangen war. Doch wenn es darauf ankam, lief es immer auf dasselbe hinaus: Ich konnte es nicht tun. Innerhalb von zwei Wochen hatte ich es fünf Mal versucht. Fünf Mal hatte ich mit dem Seil in der Hand zur Baumkrone hinaufgeschaut und war nicht in der Lage gewesen, diesen letzten, endgültigen Schritt zu tun. Und nach einiger Zeit war ich so gebrochen zu ihr nach Hause zurückgekehrt, wie ich fortgegangen war.

Nun war ich wieder hier.

Es war nicht der Akt selbst, vor dem ich mich fürchtete. Es gab nur wenig auf der Welt, das mich noch erschrecken oder verletzen konnte. Es waren auch nicht die Schuldgefühle, dass meine Kinder ohne ihren Vater aufwachsen würden, denn ich hatte mich bereits von ihnen gelöst, ohne dass es jemand bemerkt hatte.

Was mich erschreckte, war die Angst vor der Ungewissheit dessen, was danach kam. Ich konnte bestenfalls auf die ewige Läuterung im Fegefeuer hoffen. Schlimmstenfalls musste ich womöglich weiterleben wie bisher, nur dass mir dann noch das Feuer die Füße versengte. Ich wollte, dass der Tod mich von meinem Elend befreite und es nicht etwa durch etwas ersetzte, das genauso furchtbar war.

Aber wie konnte ich mir dessen gewiss sein? Es gab kein Handbuch oder einen alten Weisen, die mir versicherten, dass ich nicht vom Regen in die Traufe käme. Mein einziger Fluchtweg barg also ein Risiko, vor dem ich zu viel Angst hatte, es einzugehen. Aber war es wirklich der einzige Fluchtweg?

»Was, wenn du einfach weggehst?« Die Stimme meldete sich so plötzlich und so unerwartet zu Wort, dass ich dachte, sie gehöre jemand anderem. Ich sah mich um, doch der Wald war leer.

»Dein Tod muss nicht unbedingt das Ergebnis einer körperlichen Handlung sein«, fuhr die Stimme in einem Singsang fort. »Was, wenn du die letzten dreiunddreißig Jahre löschst und einfach verschwindest?«

Ich nickte langsam.

»Du kannst nie wieder Teil des Lebens von jemandem sein, den du kennst. Du wirst dich dazu zwingen müssen, dich nicht um sie zu sorgen oder Kontakt zu ihnen aufzunehmen. Sie wird annehmen, dass du einen Unfall hattest und nicht gefunden wurdest. Und irgendwann wird sie sich mit diesem Verlust abfinden und ihr Leben weiterleben. Auf lange Sicht wäre es für euch alle das Beste.«

Ich konnte mir zwar nicht das Leben nehmen, aber das könnte ich tun. Ich fragte mich, warum ich nicht schon früher über diese Möglichkeit nachgedacht hatte. Doch wenn man in Depressionen versinkt und glaubt, einen Fluchtweg gefunden zu haben, sucht man nicht mehr nach einer Alternative.

»Was hält dich davon ab, auf der Stelle zu verschwinden? Du hast schon genug Zeit verschwendet.«

Ja, du hast recht, dachte ich. Ich hatte mich bereits von jedem wichtigen Menschen in meinem Leben verabschiedet und alle bis auf einen wie die Fruchtschirme eines Löwenzahns in die

Luft gepustet. Bevor also die Alarmglocken läuteten, atmete ich tief durch, löste die geballten Fäuste und erhob mich mit einem neuen Gefühl von Hoffnung vom Baumstamm.

Ich legte das Seil wieder an seinen richtigen Platz zurück und verließ den Wald als ein Mann, der nicht mehr existierte.

13.15 Uhr

Es ist bemerkenswert, wie weit man laufen kann, wenn man kein Ziel hat. Ohne ein bestimmtes Ziel im Kopf oder einen inneren Kompass, der mich in die eine oder andere Richtung führte, lief ich einfach weiter.

Ich folgte der leuchtenden Kugel am Himmel, ging über Felder, Weiden und vorbei an ausgedehnten Wohnsiedlungen, durch winzige Dörfer und über Autobahnbrücken. Ich kam an einem Schild vorbei, auf dem »SIE VERLASSEN NUN NORTHAMPTONSHIRE. VIELEN DANK FÜR IHREN BESUCH« stand, und lächelte. Genau das war ich in all den Jahren gewesen – ein Besucher.

Voller Optimismus erkannte ich, dass ich immer zu sehr mit mir selbst beschäftigt gewesen war, um die Welt um mich herum wirklich wahrzunehmen oder wertzuschätzen. Ich hatte nie Gefallen an einfachen Freuden gefunden und Himbeeren am Straßenrand gepflückt, Äpfel aus den Obstgärten gegessen oder Wasser aus Bächen getrunken.

Doch das moderne Leben hatte nichts mit den Mark-Twain-Romanen gemein, die ich als Junge gelesen hatte. Die Umweltverschmutzung hatte die Himbeeren bitter und die Äpfel sauer werden lassen. Und das Wasser schmeckte nicht wirklich nach Wasser, es sei denn, man hatte ihm Fluorid zugesetzt und es kam aus einem Wasserhahn.

Nichts von alledem störte mich. Mein neues Leben hatte gerade erst begonnen, und ich war hier, um zu lernen, zu verstehen und zu genießen. Indem ich mich zurückzog, konnte ich weitergehen. Ich konnte überall und nirgends hingehen. Ich würde noch einmal von vorne anfangen – als der Mann, der ich sein wollte, und nicht als der Mann, den sie aus mir gemacht hatte.

16.00 Uhr

Die Sonne brannte mir auf die Schultern und meine Stirn fühlte sich wund an. Also löste ich mein Hemd, das ich um die Taille gebunden trug, um damit den Kopf zu schützen. Laut einem Wegweiser lag zweieinhalb Kilometer weiter der Ferienpark Happy Acres, an dem wir einmal auf dem Weg nach irgendwohin vorbeigefahren waren, um glückliche Familie zu spielen.

Er war mit Stacheldraht eingezäunt und schon ziemlich baufällig, weshalb sein Name auf den ersten Blick ironisch klang. Sie hatte damals gesagt, er erinnere sie an einen Dokumentarfilm über Auschwitz, den wir gesehen hatten. Doch die Familien, die in diesen schäbigen Ferienhäusern wohnten, teilten ihre Meinung offensichtlich nicht.

Ich trat durch das offene Tor, das nur noch von braunen Farbresten und Rost zusammengehalten wurde. An die dreißig fest stehende Wohnwagen waren in einem großen Halbkreis aufgestellt. Andere hatte man wie Nachzügler weiter weg zwischen den wild wuchernden Hecken geparkt. Kindergeschrei lag in der Luft. Die Eltern spielten mit ihnen Kricket, während die Großeltern blecherne Musik aus tragbaren Transistorradios hörten. Ich beneidete sie um die Einfachheit ihres Glücks.

Mein Blick fiel auf einen kleinen Kiosk, um den herum ausgeblichene Plastiktische und -stühle standen. Ich suchte in meinen Taschen nach Kleingeld und musste grinsen, als ich eine zerknitterte Zwanzig-Pfund-Note fand, die offensichtlich die letzte Wäsche überlebt hatte. Schon jetzt hatte der neue

Simon mehr Glück als der alte. Ich bestellte eine Cola bei dem gelangweilten Mädchen hinter dem Tresen, das die Augen verdrehte und mir sämtliche Münzen aus ihrer Registrierkasse als Wechselgeld gab.

Ich blieb bis zum späten Abend auf dem Plastikstuhl sitzen und beobachtete die Urlaubsgäste, als wäre dies mein erster Besuch auf der Erde. Ich hatte vergessen, wie ein Familienleben aussehen konnte – wie wir gelebt hatten, bevor sie mich meiner Seele beraubt hatte.

Schnell rief ich mich selbst zur Räson. Ich würde nicht an sie und die Auswirkungen ihrer Taten denken. Ich war kein Nebendarsteller in ihrer Scharade mehr.

20.35 Uhr

Als es Abend wurde, wehte der Geruch von Gegrilltem und Duftkerzen über den Campingplatz. Ich hatte geglaubt, niemand hätte auf mich geachtet, bis ein Mann mittleren Alters mit nacktem Oberkörper an meinen Platz vor dem Kiosk kam. Er meinte, seine Frau hätte mich den ganzen Nachmittag allein dort sitzen gesehen, und lud mich zum Abendessen mit seiner Familie ein.

Ich nahm dankbar an und aß verkohlte Hotdogs, bis mir die Schnalle meines Gürtels in den Bauch zwickte. Währenddessen hörte ich mehr zu, als selbst zu erzählen. Und als sie mich fragten, woher ich kam und wie lange ich bleiben wollte, log ich. Ich behauptete, ein bekannter Sportler, der vor Kurzem einen gesponserten Spendenlauf von John O'Groats hoch im Norden Schottlands nach Land's End im Süden Englands absolviert hatte, hätte mich inspiriert, dasselbe für die Obdachlosen zu tun.

Ich lernte schnell, wie einfach es war, andere Menschen anzulügen, besonders jene, die einem unbesehen glaubten. Kein Wunder, dass es meiner Frau und meiner Mutter so leichtgefallen war.

Meine Gastgeber waren tief beeindruckt. Und als sie mir eine Zehn-Pfund-Note für die von mir ausgewählte Wohltätigkeitsorganisation anboten, empfand ich weder Schuldgefühle noch das Bedürfnis, ihnen zu erklären, dass meine Wohltätigkeit zu Hause begann und endete.

Ich bedankte mich bei ihnen, bevor ich mich verabschiedete und mich auf den Weg zu einer Reihe von Wohnwagen am Rande des Campingplatzes machte. Welche von ihnen leer standen, war leicht herauszufinden, und nach einem kurzen Schlag auf den Metallriegel an einer Heckscheibe kletterte ich unbemerkt in einen hinein.

Die Luft war abgestanden, das Kissen alles andere als glatt, aber dafür mit Schweißflecken fremder Menschen übersät, und die gestärkte Wolldecke kratzte. Doch ich hatte ein Bett für die Nacht gefunden. Ich wischte den Schmutz an der Innenseite des Fensters fort, sah auf meine neue Umgebung hinaus und lächelte bei dem Gedanken an die Dinge, die mir ein Leben ohne Komplikationen schenkte.

Sowohl mein Körper als auch mein Geist waren erschöpft. Die Wadenmuskeln und Fersen pochten, ich hatte mir die Stirn verbrannt und der Rücken schmerzte. Doch ich schenkte den vorübergehenden Schmerzen kaum Beachtung. Stattdessen schlief ich in dieser Nacht so tief wie ein neugeborenes Baby. Ich träumte nicht, machte keine Pläne und vor allem bedauerte ich nichts.

* * *

Northampton, heute
8.25 Uhr

Catherine saß im Esszimmer, das Notebook stand vor ihr auf dem Mahagonitisch. Sie schob es ein wenig zur Seite, um einen

Blick auf das Foto der New Yorker Fifth Avenue zu werfen, das auf die Tischunterlage gedruckt war, und lächelte. Sie hoffte, dass sie noch vor Jahresende Zeit finden würden, dorthin zurückzukehren.

Laut dem Datum hatte James seine letzte E-Mail in den frühen Morgenstunden abgeschickt. Vor einem Monat hatte ihr ältester Sohn sie das letzte Mal besucht. Um die Welt zu reisen war nun Teil seines Lebens, und sie hatte sich inzwischen daran gewöhnt. Trotz seines anspruchsvollen Berufs hielt er sie regelmäßig über seine Kapriolen auf dem Laufenden. Wenn er keine Zeit fand, sich kurz zu melden, um wenigstens Hallo zu sagen oder zu schreiben, dass er sich später ausführlicher melden würde, las sie auf seiner Internetseite oder seinem Facebook-Profil seine neuesten Einträge. Robbie hatte ihr schon öfter gezeigt, wie einfach Skype und Facetime funktionierten, doch sie hatte gerade erst gelernt, wie man die Seifenopern im Fernsehen aufnahm. Eins nach dem anderen, hatte sie ihm gesagt.

Sie vermisste es, einen Füllfederhalter in die Hand zu nehmen und einen Brief zu schreiben. Es enttäuschte sie, dass es den meisten Menschen zu zeitaufwendig oder altmodisch erschien, Stift und Papier statt einer Tastatur zur Hand zu nehmen. Doch es war Jahre her, dass sie sich zuletzt hingesetzt und selbst etwas geschrieben hatte, abgesehen von ihrer Unterschrift auf Geschäftsverträgen.

Emily hatte soeben das Haus verlassen und würde erst am Abend wiederkommen, um sie zum Essen abzuholen. Ihr blieb genügend Zeit, James zu antworten und die gewünschten Biografien bei Amazon zu bestellen. Doch bevor sie irgendetwas davon erledigen konnte, wurde sie vom Klopfen an der Tür unterbrochen. Sie nahm ihre Lesebrille ab, schloss den Deckel ihres Notebooks und ging zur Tür.

»Hast du mal wieder deine Handtasche vergessen, mein Schatz?«, rief sie, während sie den Griff hinunterdrückte. Doch als sich die Tür öffnete, stand da nicht Emily, sondern ein älterer Herr.

Sie lächelte. »Oh, Entschuldigung, ich dachte, es wäre meine Tochter.«

Der Mann erwiderte ihr Lächeln, hob seinen Filzhut an und strich eine graue Haarsträhne zurück, die unter der Krempe hervorlugte.

»Kann ich Ihnen helfen?«, fragte sie.

Statt zu antworten, hielt er ihrem Blick stand, während er geduldig wartete. Sie registrierte die Qualität seines dreiteiligen Maßanzugs und seine mediterrane Bräune und war sich schon nach einem flüchtigen Blick sicher, dass die hellblaue Krawatte aus reiner Seide war.

Obwohl ihr sein Schweigen ein wenig unangenehm war, fühlte sie sich nicht bedroht. Er war attraktiv, gepflegt und irgendetwas an ihm kam ihr bekannt vor. Vielleicht hatte sie ihn auf einer Einkaufstour in Europa getroffen? Aber woher wusste er dann, wo er sie finden konnte? *Nein, das ist lächerlich*, dachte sie.

»Was kann ich für Sie tun?«, fragte sie höflich.

Nach einer weiteren Pause antwortete er: »Hallo, Kitty, es ist lange her.«

Sie war überrascht. *Niemand hat mich je Kitty genannt, außer meinem Vater und …*

Ihr Magen zog sich zusammen, als stürze sie im Bruchteil einer Sekunde dreißig Stockwerke in die Tiefe.

KAPITEL 2

CATHERINE

Northampton, vor fünfundzwanzig Jahren
5. Juni, 4.45 Uhr

Meine Augen brannten, als wäre Essig hineingelangt. In den letzten vierundzwanzig Stunden hatte ich sie kaum geschlossen. Mein ganzes Leben drehte sich darum, auf Simons Rückkehr zu warten.

Gegen Mitternacht war ich in den Kleidern zu Bett gegangen, die ich tagsüber getragen hatte, so als hätte das Anziehen meines Schlafanzugs bedeutet zu akzeptieren, dass der Tag ohne ihn zu Ende gegangen war. Und so gern ich den Tag hinter mir lassen wollte, so sehr erschreckte mich der Gedanke, einen weiteren wie diesen zu überstehen.

Ich hatte unsere Schlafzimmertür offen gelassen, damit ich das Klingeln des Telefons oder das Klopfen der Polizei nicht überhörte. Regungslos blieb ich auf der Bettdecke liegen, denn es könnte mich wertvolle Sekunden kosten, sollte ich mich auf dem Sprung zur Haustür in ihr verfangen. Ich wäre zu gern eingeschlafen. Stattdessen lauschte ich besorgt auf jedes noch so leise Knarren oder Quietschen in der Hoffnung, Simon käme über den Flur gelaufen, um mir zu sagen, dass alles nur ein dummes Missverständnis war.

Ich stellte mir vor, dass er mich so fest wie noch nie im Arm halten würde und dann diese schrecklichen vierundzwanzig Stunden zu einer schlechten Erinnerung verblassen würden. Diese endlos langen Stunden, seitdem ich das letzte Mal das Bett mit ihm geteilt hatte. Schon jetzt vermisste ich es, sein Pfeifen beim Rasenmähen zu hören oder ihm dabei zuzusehen, wie er mit Robbie Marienkäfer in Marmeladengläsern fing. Mir fehlte sein warmer Atem an meinem Hals, während er schlief. Wo war der Mann, der mich im Arm gehalten hatte, als ich mich in den Schlaf geweint und Gott angefleht hatte, mir meinen kleinen Jungen zurückzubringen?

Meine Augen standen immer noch offen, als der Morgen anbrach. Ein neuer Tag erwachte, doch ich litt immer noch unter den Qualen des vorangegangenen.

8.10 Uhr

»Wo ist Daddy?«, fragte James plötzlich und sah durch die Küchentür zum Flur.

»Ähm, er ist früh zur Arbeit gegangen«, log ich und wechselte schnell das Thema.

Ich gab mein Bestes, so zu tun, als wäre alles wie immer, nachdem die Kinder aufgestanden waren. Doch als sie gefrühstückt und die Schulbücher in die Taschen gepackt hatten, umarmte ich sie länger als sonst, weil ich versuchte, Simon in ihnen zu spüren. Paula hatte angeboten, sie zur Schule zu bringen, während ich mir bereits den vierten Kaffee einschenkte und auf Roger wartete.

»Das macht dich nur noch nervöser«, meinte sie und zeigte auf den Becher, bevor sie mir oberlehrerhaft mit dem Finger drohte.

»Es ist das Einzige, was mich davon abhält, völlig durchzudrehen«, antwortete ich. Ich hielt kurz inne, um auf meine Hände zu starren und nachzusehen, ob sie noch immer zitterten. »Was ist, wenn er nicht zurückkommt, Paula?«, flüsterte ich leise, damit James es nicht hörte. »Wie soll ich denn ohne ihn weitermachen?«

»Hey, hey, hey, das darfst du nicht einmal denken«, antwortete sie und hielt meine Hand ganz fest. »Nach all dem, was ihr beiden bereits durchgemacht habt, wird Roger alle Hebel in Bewegung setzen, um ihn nach Hause zu bringen.«

»Und wenn er das nicht kann?«

»Jetzt hör mir gut zu! Sie werden ihn finden.«

Ich nickte, weil ich wusste, dass sie recht hatte.

»Wenn du willst, nehme ich Emily auch mit«, schlug sie vor und griff schon nach dem pinken Sportwagen, der unter der Treppe stand.

»Danke«, antwortete ich gerade in dem Moment, als Roger eintraf, begleitet von einer ernst dreinblickenden Polizistin in Uniform, die er als Constable Williams vorstellte. Hastig schob Paula die Kinder durch die Hintertür hinaus, bevor sie die Besucher sahen. Wir setzten uns an den Küchentisch und sie zogen ihre Stifte und Notizbücher hervor.

»Wann haben Sie Ihren Ehemann zum letzten Mal gesehen, Mrs Nicholson?«, wollte Constable Williams wissen. Mir gefiel ihr finsterer Blick bei den Worten »Ihren Ehemann« nicht.

»Vorgestern Abend. Er wollte sich noch die Zehn-Uhr-Nachrichten ansehen, aber ich war müde. Also gab ich ihm einen Kuss und ging ins Bett.«

»Wissen Sie, wann er ins Bett gegangen ist?«

»Nein, aber ich weiß, dass er nachgekommen ist.«

»Woher? Haben Sie ihn gesehen oder mit ihm gesprochen?«

»Nein, ich bin mir einfach nur sicher, dass er es getan hat.«

»Aber es wäre auch möglich, dass dem nicht so war? Ich meine, könnte es nicht sein, dass er das Haus bereits in der Nacht verlassen hat?«

»Ich denke schon, ja.« Angestrengt versuchte ich, mich zu erinnern, ob ich Simon in der Nacht wirklich neben mir gespürt hatte. Doch ich konnte es nicht mit Bestimmtheit sagen. Dann wechselte Constable Williams das Thema.

»Lief in Ihrer Ehe alles gut?«

»Natürlich«, antwortete ich abwehrend.

»Hatte Simon Geldprobleme? Oder beruflichen Ärger?«

»Nein, überhaupt nicht.« Mir gefiel nicht, dass sie in der Vergangenheitsform von ihm sprach.

»Sie haben nicht die Möglichkeit in Betracht gezogen, dass es eine andere Frau geben könnte?«

Diese Frage überraschte mich. Der Gedanke war mir tatsächlich nie in den Sinn gekommen, nicht einmal für eine Sekunde. »Nein, das würde er nicht tun.«

»Ich denke, Catherine hat recht«, fügte Roger hinzu. »So eine Art Mann ist Simon nicht. Die Familie bedeutet ihm alles.«

»Aber es kommt öfter vor, als man denkt, dass …«

Ich fiel ihr ins Wort. »Ich sagte Ihnen doch, nein. Mein Mann hat keine Affäre.«

»Ist er schon einmal verschwunden?«

»Nein.«

»Auch nicht für ein paar Stunden?«

»Nein.«

»Hat er jemals gedroht, Sie zu verlassen?«

»Nein!« Ich war wütend und mir schwirrte der Kopf. Ich sah zur Digitaluhr über dem Herd und hoffte, dass die Fragen bald ein Ende hätten.

»Gab es in letzter Zeit familiäre Probleme?«

Roger und ich sahen uns an und ich spürte, wie sich meine Kehle zuschnürte.

»Nur die, von denen ich dir im Auto erzählt habe«, antwortete Roger für mich.

»Richtig. Und wie ist Simon damit umgegangen?«

Ich musste schlucken. »Die letzten fünfzehn Monate waren für uns alle sehr hart. Aber wir haben sie überstanden. Und er hat mich in der Zeit sehr unterstützt.«

»Das kann ich mir denken. Aber glauben Sie nicht, dass es ein Grund sein könnte, warum Simon fortgegangen ist?«

»Er ist nicht fortgegangen!«, fuhr ich sie an. »Mein Ehemann ist verschwunden!«

»Das wollte Yvette damit nicht sagen«, antwortete Roger und warf seiner taktlosen Kollegin einen wütenden Blick zu. »Es tut mir leid, Catherine, aber wir müssen alle Möglichkeiten in Betracht ziehen.«

»Du meinst, du hältst es für möglich, dass er uns verlassen hat?«

»Nein, das tue ich nicht. Wir sind auch gleich fertig.«

Die Fragen hörten erst nach einer langen halben Stunde auf, nachdem sich sämtliche Möglichkeiten, die wir durchgegangen waren, als Sackgasse erwiesen hatten. Als Roger nach einem aktuellen Foto von Simon fragte, zog ich aus einer Küchenschublade einen dicken Umschlag mit Bildern hervor, die ich noch nicht in die Alben eingeklebt hatte.

Ich hatte sie am vorletzten Weihnachtsfest aufgenommen – das letzte Mal, dass unsere Familie vollzählig gewesen war. Als wir alle noch zusammen waren, nicht sechs minus eins. Nun hatte ich Angst, dass wir bald minus zwei sein könnten.

Das Foto war früh am Morgen des ersten Weihnachtstags entstanden. James hatte zu seiner neuen CD getanzt und Michael Jackson nachgeahmt und Robbie hatte in seiner Dinosaurierwelt mit einem Diplodokus und einem anderen stacheligen Wesen um die Herrschaft gekämpft. Emily hatte lachend die Luftpolsterfolie mit den Füßen zum Knallen gebracht.

Ich erinnerte mich daran, wie Simon dieses wunderbare Chaos um sich herum nicht wahrzunehmen schien. Stattdessen blickte er die Familie, die er mitgegründet hatte, an, als sähe er sie zum ersten Mal. Auf einem Foto schaute er auf das Gesicht, das ihn aus dem Hochstuhl anlächelte, doch in seiner Miene spiegelte sich eine Leere wider, die nicht zu dem Simon passte, den ich kannte. Also griff ich nach einem anderen Bild, auf dem alle lächelten. So sollten die Leute ihn sehen, als meinen Simon. Denn das war der Simon, der unbedingt wieder nach Hause kommen musste.

12.45 Uhr

Die Nachricht von Simons Verschwinden verbreitete sich zum Glück wie ein Lauffeuer. Wenn er irgendwo verletzt lag, war es höchste Zeit, dass wir ihn fanden. Unter polizeilicher Aufsicht bildeten unsere Freunde im Dorf einen Suchtrupp.

Dutzende von Menschen jedes Alters durchkämmten gemeinsam mit Nachbarn, die wir nie zuvor getroffen hatten, Felder, Landstraßen, Wälder und Grünanlagen. Polizeitaucher suchten in Bächen, Weihern und Kanälen nach ihm.

Ich stand am Gartenzaun hinter unserem Haus, die Arme um den Körper geschlungen, und wünschte mir, dass mein Zittern endlich aufhören würde. Ich beobachtete die verschwommenen Gestalten, die auf den Feldern ausschwärmten, und fürchtete, plötzlich eine Stimme zu hören, die schrie, sie hätte etwas gefunden. Doch das einzige Geräusch, das der Wind zu mir herübertrug, war das ihrer Füße, die die Ernte niedertrampelten.

Später schloss ich mich Roger und Constable Williams an, die das Haus von oben bis unten nach etwas Ungewöhnlichem durchsuchten. Es war ein Eingriff in unsere Privatsphäre, doch ich biss die Zähne zusammen und nahm es in Kauf, weil ich wusste, dass sie nur ihren Job machten.

Wir sahen den antiken Sekretär Blatt für Blatt, Ordner für Ordner durch und suchten auf alten Kontoauszügen und Telefonrechnungen nach »Hinweisen auf ungewöhnliche Aktivitäten«. Simons Pass, Scheckbuch und Bankkarte lagen an ihrem gewohnten Platz in der Schublade neben meinen. Ich ging die unzähligen Quittungen durch, die er in Schuhkartons aufbewahrte und die teilweise viele Jahre alt waren.

Andernorts ging die Polizei seine Krankenakte mit seinem Arzt durch und Steven prüfte mit einigen Kollegen Simons Geschäftsunterlagen. Nachbarn wurden befragt, und selbst der Milchmann und der Zeitungsjunge wurden ins Kreuzverhör genommen. Doch niemand hatte Simon gesehen.

Constable Williams bat mich nachzusehen, was er womöglich getragen haben könnte. Also durchstöberte ich seinen Schrank. Plötzlich fiel mir Oscar ein, der am Vortag nervös an der Haustür gewartet hatte. Bis zu diesem Zeitpunkt hatte ich noch nicht bemerkt, dass Simons Laufschuhe neben dem Hund gestanden hatten. Das verwirrte mich. Es bedeutete, dass er nicht, wie ich vermutet hatte, zum Joggen gegangen war. Also hatte Constable Williams recht: Er könnte schon in der Nacht verschwunden sein. Aber wohin war er so spät – oder so früh – gegangen? Und warum? Und warum hatte er weder Brieftasche noch Schlüssel mitgenommen?

»Wie kommen Sie voran, Mrs Nicholson?«, rief Constable Williams vom unteren Ende der Treppe hinauf. »Haben Sie etwas gefunden?«

»Nein, ich komme gleich nach unten«, log ich, während ich auf der Ottomane saß und versuchte, das Unergründliche zu ergründen. Ich weiß nicht, warum, doch ich hatte das Gefühl, dass ich meine Erkenntnis für mich behalten sollte. Die

Polizistin zweifelte bereits an ihm, und ich wollte dieser selbstgefälligen Kuh keinen Beweis dafür liefern, dass sie recht hatte.

Zeitgleich mit einem Reporter von der Herald & Post traf auch die Verstärkung der Polizei in einem Mannschaftswagen ein. Drei Hundeführer kamen mit ihren bellenden Deutschen Schäferhunden ins Haus, damit diese den Geruch von Simons Kleidung aufnahmen. Oscar verkroch sich in der Vorratskammer und konnte nicht verstehen, warum seine Welt plötzlich so verwirrend und laut geworden war.

»Ich weiß, wie du dich fühlst«, flüsterte ich und beugte mich nach unten, um ihm einen Kuss auf den Kopf zu geben.

17.15 Uhr

Mir blieb keine andere Wahl. Ich musste die Kinder erneut anlügen, als ich sie mit dem Wagen von der Schule abholte. Robbie und James reckten begeistert die Fäuste, als ich ihnen erklärte, dass wir uns im Kino einen neuen Disney-Film ansehen würden.

Ich hatte Rogers Rat befolgt und sie von unserem Dorf ferngehalten, damit sie nicht fragten, warum so viele Menschen mitten in der Woche auf den Straßen und Feldern unterwegs waren. Ich wollte noch eine Weile die Illusion aufrechterhalten, bevor sie mit der Realität konfrontiert wurden. Während sie sich mit Popcorn und Lutschern vollstopften, erwähnte ich beiläufig, dass Daddy mittags zu Hause gewesen sei, um frische Kleidung zu holen.

»Erinnert ihr euch an das riesige Flugzeug, mit dem wir nach Spanien geflogen sind? Mit so einem ist er in ein anderes Land geflogen, um dort zu arbeiten«, erzählte ich ihnen. »Er wird nur ein paar Tage weg sein.«

Ihnen gefiel der Gedanke, dass ihr Daddy gerade ein großes Abenteuer irgendwo auf der anderen Seite des Meeres erlebte. Robbie meinte, das klinge so, als wäre er Indiana Jones.

»Und Daddy hat mich gebeten, mit euch ins Kino zu gehen und euch zu sagen, dass er euch sehr lieb hat und bald nach Hause kommt.«

»Danke, Daddy!«, rief James und schaute nach oben in den Himmel, um einem imaginären Flugzeug zu winken.

Als der Vorspann begann, fragte ich mich, ob es richtig gewesen war, mit den Kindern etwas zu unternehmen, um eine riesige Lüge zu vertuschen. Doch wie sollten sie verstehen können, dass ihr Vater verschwunden war, wenn ich es selbst nicht verstand? Ich konnte ihnen nicht die Wahrheit sagen, weil ich nicht wusste, was die Wahrheit war.

Ich starrte anderthalb Stunden lang auf die Leinwand, ohne irgendetwas von dem Film mitzubekommen. Ich musste unentwegt an Simons Laufschuhe denken. Wenn er nicht zum Joggen wollte, als er das Haus verlassen hatte, wo war er dann hingegangen? Und warum? Meine Gedanken drehten sich ständig im Kreis und das ungute Gefühl wuchs.

Doch trotz allem war ich mir einer Sache sicher. Simon hatte uns nicht aus freien Stücken verlassen.

20.40 Uhr

Kurz nachdem die anbrechende Dunkelheit die Arbeit des Suchtrupps beendet hatte, bog ich in unsere Einfahrt ein. Robbie und James schleppten sich müde die Treppe hinauf ins Badezimmer, um sich die Zähne zu putzen. Ich eilte in die Küche, wo ich auf Steven und Baishali traf, die Emily bei Paula abgeholt und nach Hause gebracht hatten.

»Habt ihr etwas gehört?«, fragte ich sie voller Hoffnung.

»Es tut mir leid«, antwortete Baishali und ich spürte, wie meine Unterlippe zu zittern begann. Sie sah mich entschuldigend an und stand auf, um mich in den Arm zu nehmen. Doch ich hob abwehrend die Hände.

»Mir geht es gut, ehrlich. Ich schaue besser nach den Kindern.«

»Ich weiß nicht, ob ich es dir sagen soll«, setzte sie an, brach dann aber ab.

»Mir was sagen?« So gern ich sie auch hatte, Baishalis Angst, das Falsche zu sagen, war manchmal ziemlich frustrierend, besonders jetzt, wo mir nur die Wahrheit weiterhelfen konnte.

»Vorhin kam Besuch vorbei.«

»Wer denn?«

»Arthur und Shirley«, antwortete sie und starrte wie ein schuldbewusstes Kind auf den Boden.

Ich seufzte. In den Wirren der letzten vierundzwanzig Stunden hatte ich Roger gebeten, Simons Vater und Stiefmutter zu informieren, und hatte es dann gleich wieder vergessen. Ich war zu müde, um diesen Kampf noch heute Abend auszufechten.

»Ich würde sie nicht zu lange warten lassen«, fügte Baishali hinzu, als hätte sie meine Gedanken erraten. »Du weißt, wie hartnäckig Shirley sein kann, wenn sie glaubt, dass man ihr etwas verheimlicht.«

Ich nickte nur, weil ich Angst hatte, meine Stimme könnte mir beim Sprechen versagen. Sie verstand und diesmal ließ ich ihre Umarmung zu.

»Mach dir nicht so viele Sorgen. Simon wird bald wieder da sein.« Sie trat einen Schritt zurück und lächelte mich ermutigend an. Doch ich fragte mich, wie oft mir das die Leute noch sagen würden, bevor es wahr wurde.

* * *

SIMON
Luton, vor fünfundzwanzig Jahren
5. Juni, 8.40 Uhr

Autos und Lastwagen donnerten an der Autobahnauffahrt vorbei, während meine Füße im nassen Grasstreifen versanken.

Ohne genügend Geld oder andere Zahlungsmittel würde ich am ehesten per Anhalter nach London kommen, vorausgesetzt, einer der Fahrer hätte Mitleid mit mir. Doch Menschen wie Fahrzeuge schienen meinen hoffnungsvoll erhobenen Daumen bewusst zu ignorieren. Trotzdem wartete ich geduldig.

Nach einer erholsamen Nacht in dem schäbigen Wohnwagen hatte früh am Morgen ein Familienauto neben mir geparkt, auf dessen Dachträger mehrere verwitterte Kunststoffkoffer festgezurrt waren. So leise wie möglich hatte ich mir meine Klamotten geschnappt, war durch das Heckfenster geklettert und hatte mich im Laufen angezogen, als wäre ich ein Verbrecher auf der Flucht.

Erst am Tor war ich langsamer geworden und schließlich stehen geblieben, als ich ein Kind weinen hörte. Einer der Neuankömmlinge, ein kleiner Junge von nicht mehr als drei Jahren, war voller Vorfreude auf den Wohnwagen zugelaufen. Doch dann war er vermutlich gestolpert und hingefallen.

Ich sah, wie die Mutter ihre Handtasche fallen ließ, um das Auto herumlief und ihn in die Arme nahm. Die Vaterschaft hatte mich den Unterschied zwischen echten und übertriebenen Tränen gelehrt. Der Junge wusste genau, was er tun musste. Je länger er seinen Schmerz zur Schau trug, desto länger kümmerte sie sich ausschließlich um ihn.

Das hatte bei meiner eigenen Mutter nie funktioniert. Das letzte Mal hatte ich sie vor ungefähr zwanzig Jahren gesehen – und mir ihren Tod gewünscht.

Mein Vater, Arthur, war ein treu ergebener, aber schwacher Mann. Sein einziger Fehler in seinem mittelmäßigen Leben hatte darin bestanden, sein Herz einer unbeständigen Seele zu schenken. Doreen war das genaue Gegenteil – eine flatterhafte Teilzeitehefrau und -mutter, die durch ihre eigenen Drehtüren in unser Leben hinein- und wieder hinauspolterte.

Wenn sie uns ihre Aufmerksamkeit schenkte, war sie lustig, zuvorkommend und liebevoll. Man konnte ihre Anwesenheit spüren, lange bevor sie den Raum betrat. Ihr ansteckendes Lachen füllte jene Winkel, die mein Vater und ich nicht erreichen konnten. Ich kicherte mit ihr, während wir im Wohnzimmer Betttücher über das Sofa zogen und eine Höhle bauten. Wir krochen in sie hinein, um der Welt zu entkommen, und klaubten zerbröckelte Vollkornkekse aus der Dose, in der wir die Sachen aus dem Supermarktregal mit der Ausschussware aufbewahrten.

Doch die Frau, die Arthur und ich liebten, gab bei uns immer nur ein Gastspiel. Es spielte keine Rolle, wie lange sie bei uns blieb – einen Monat, sechs Monate, wenn wir Glück hatten, vielleicht sogar ein Jahr. Wir sahen immer mit einem Auge auf die Uhr und warteten auf das Unvermeidliche.

Doreens außereheliche Beziehungen waren nicht nur zahlreich, sondern auch demütigend. Manchmal reichten das Augenzwinkern eines Fremden und der Geruch von grünerem Gras, damit sie sich auf die andere Seite flüchtete. Einmal brannte sie mit dem Wirt aus der Dorfkneipe durch, um in seinem neuen Lokal in Sunderland zu arbeiten. Dann versprach ein Pan-Am-Pilot mit amerikanischem Akzent, ihr die Welt zu zeigen. Sie schaffte es gerade mal bis nach Birmingham, bevor er sie sitzen ließ.

Und dann gab es noch ihre langen Aufenthalte in London mit demjenigen, über den meine Eltern nur stritten, wenn sie dachten, ich würde schlafen. Doreen fürchtete sich davor, glücklich zu sein, hatte aber auch Angst vor dem Alleinsein. Jedes Mal, wenn sie den Mittelweg erreichte, rannte sie entweder von uns fort oder zu uns zurück. Nur weil ich mich daran gewöhnt hatte, hieß das nicht, dass es einen Sinn ergab.

»Ich bekomme keine Luft mehr, Simon«, hatte sie mir einmal erklärt. Ich hatte sie an einem Samstagnachmittag erwischt, als sie versuchte, sich unbemerkt davonzuschleichen. Sie kniete auf dem Boden, den Koffer in der einen Hand und meine Hand in der anderen, und sprach mit einem Sechsjährigen, als wüsste er, wie man durch die Schützengräben des Herzens steuerte.

»Ich liebe dich und deinen Vater, aber das reicht mir nicht«, rief sie, bevor sie die Haustür hinter sich schloss und in dem blauen Cabrio eines Fremden verschwand.

Wir haben ihr die dramatischen Auftritte immer wieder verziehen. Irgendwann empfanden wir ihre Abgänge sogar als Erleichterung. Denn ständig die Melancholie zu antizipieren, die sie hervorrufen würden, war weitaus schlimmer als die eigentliche Zurückweisung. Als ich mir wünschte, sie wäre tot, wollte ich im Grunde genommen nur, dass diese ewige Berg- und-Tal-Fahrt endlich aufhörte.

Selbst heute, als erwachsener Mann, der ein neues Leben beginnen wollte, sehnte sich ein kleiner Teil von mir trotz allem noch immer nach der Liebe meiner Mutter. Nach all den Versprechen, die sie gebrochen hatte, und den Tränen, die ich vergossen hatte, musste sie wissen, dass ich ihr vergeben hatte, bevor ich weitermachen konnte. Und London war ihr letzter bekannter Aufenthaltsort.

Gerade als sich der Himmel öffnete und es zu regnen begann, setzte ein Auto den Blinker und hielt ein Stück von mir entfernt an. Ich rannte zu ihm.

Dank der Taten meiner Ehefrau hatte ich verstanden, dass es Zeiten gab, in denen es keine andere Möglichkeit gab, als alles hinter sich zu lassen, ohne einen Gedanken an die

Konsequenzen zu verschwenden. Und ich hatte einen besseren Grund, meine Familie zu verlassen, als Doreen je zu haben geglaubt hatte.

Hemel Hempstead
13.10 Uhr

Der Autofahrer hatte mich einige Kilometer südlich von Luton abgesetzt. Ich hatte in einer Autobahnraststätte einen Metallstuhl in Beschlag genommen und wartete geduldig darauf, dass der Regen aufhörte.

Ich saß nahe einer Ölheizung, damit meine feuchte Kleidung trocknete. Ich schob mehrere Servietten unter das Tischbein, damit der Tisch auf den unebenen Bodenfliesen nicht wackelte. Der stämmige Mann hinter der Theke mit einer roten Mütze und einer Schürze hatte immer wieder Mitleid mit mir und goss mir ständig kostenlos heißen Tee nach.

Ich überlegte, was ich meiner Mutter sagen wollte, falls ich sie finden sollte. Ich war ihr schon einmal gefolgt. Ich war dreizehn Jahre alt gewesen, als sie mir plötzlich Briefe aus ihrem neuen Zuhause schrieb.

London. Sie versicherte mir, dass sie ständig an mich dachte. Genau diese Worte hatte ich in den fünf Monaten seit ihrer letzten Abreise unbedingt hören wollen. Und ich las jeden Satz wieder und wieder, bis ich den Brief auswendig kannte.

Ich hatte sie auch vermisst, und obwohl ich mit meinem Vater darüber nicht sprechen konnte, vermutete ich, dass es ihm genauso ging. Also verheimlichte ich ihm die Briefe. Ich fing den Postboten ab und ließ ihre Nachrichten zwischen den Architekturbüchern in meinem Schlafzimmerregal verschwinden. Ich konnte es kaum erwarten, ihr zu antworten, und schrieb von meinem Alltag, dem Leben in der Oberstufe und den Dingen, die ich mit meinen Freunden unternahm.

Ich erzählte ihr sogar von dem wunderbaren Mädchen, das ich getroffen hatte.

Dann bat mich Doreen aus heiterem Himmel, sie zu besuchen. Sie schrieb mir, dass sie mit einem Freund ein Haus teile und ein freies Zimmer habe. Es sei meins und ich könne dort wohnen, wenn ich wolle. Doreen arbeitete in einem Restaurant in der Nähe und hatte etwas Geld gespart. Also schlug sie vor, mir das Geld für die Zugfahrkarte zu schicken.

Ich haderte mit meinem Gewissen, bevor ich schließlich mit meinem Vater darüber sprach. Er war überrascht und vermutlich ein wenig verärgert, als er erfuhr, dass nicht nur seine Frau Geheimnisse vor ihm hatte. Er suchte nach fadenscheinigen Ausreden, warum ich nicht fahren sollte, und warnte mich, dass sie mich nur wieder verletzen würde.

»Als ich sie kennenlernte, hatte ich volles Haar. Sieh mich jetzt an!«, rief er flehentlich und zeigte auf seine glänzende Glatze. »Sie wird dir das Gleiche antun, Simon.«

Doch wir wussten beide, dass er nur deshalb dagegen war, weil er befürchtete, ich könnte lieber bei meiner mysteriösen Gelegenheitsmum bleiben, anstatt bei meinem langweiligen kahlen Vollzeitdad. Ich versicherte ihm, dass dem nicht so sei, obwohl ich tatsächlich kurz darüber nachgedacht hatte. Auch wenn Arthur mich noch nie enttäuscht hatte, strahlte Doreen Nicholsons geheimes Leben eine magische Anziehungskraft aus.

Ich stellte mir vor, wie sie in einem wunderschön eingerichteten Haus lebte, wo sie fein zurechtgemacht glamouröse Partys für die Londoner Elite gab. Und ich musste mit eigenen Augen sehen, warum diese Welt Vorrang vor meiner hatte. Schließlich gab mein Vater nach und ließ mich fahren. Er bestand jedoch darauf, die Fahrkarte selbst zu bezahlen – und stellte dadurch sicher, dass es kein einfaches Ticket war.

Als erwachsener Mann erkannte ich nun, dass Doreen und ich uns zwar aus ganz verschiedenen Gründen nach einem neuen Leben gesehnt hatten, unsere Handlungen sich aber trotzdem ähnelten. Plötzlich fing ich an, sie zu verstehen, wie ich noch nie zuvor jemanden verstanden hatte.

London
17.30 Uhr

Ich erreichte den Stadtrand von London eingepfercht zwischen vier schlafenden Yorkshireterriern auf der Rückbank eines Morris Minor. Ich hatte ein älteres Paar an der Tankstelle angesprochen und sie hatten zugestimmt, mich in die Hauptstadt mitzunehmen. Während wir mit höchstens siebzig Stundenkilometern über die Autobahn getuckert waren, spielte ihr Kassettenrekorder die größten Hits von John Denver in einer Dauerschleife. Erst beim zweiten Refrain erkannte ich die Ironie darin, dass ich »Take Me Home, Country Roads« mitsang.

Geistesabwesend spielte ich mit der drehbaren Lünette meiner Uhr – Doreens einziges Geschenk, das ich aufbewahrt hatte – und starrte durch das Fenster auf einen Zug, der in der Ferne aus einem Tunnel kam.

Ich erinnerte mich daran, wie meine Mutter vor zwanzig Jahren auf meinen Zug gewartet und nervös an einer Zigarette ohne Filter gezogen hatte, als er in den Bahnhof einfuhr. Der Geruch von Nikotin und Lavendel umfing meinen Mantel, als sie mich an sich zog. Tränen glitzerten auf ihren Wangen, bevor sie auf mein Revers tropften.

»Du weißt ja gar nicht, wie schön es ist, endlich mein Baby wiederzusehen«, weinte sie.

Doch, das tat ich, denn ich empfand genauso.

Wir quetschten uns auf das Oberdeck eines roten Doppeldeckerbusses, während wir uns auf den Weg zu ihrem Zuhause in Bromley-by-Bow in East London machten. Doreen legte mir den Arm um die Schultern und gab mir hin und wieder einen Kuss auf das Haar, während mir der Wind um die Nase wehte. Architektur hatte mich seit jeher fasziniert und ich war ebenso hypnotisiert von den Gebäuden, an denen wir vorbeifuhren, wie von der Frau, die mich im Arm hielt. Ich machte Skizzen von so bemerkenswerten Sehenswürdigkeiten wie den Houses of Parliament und der St. Paul's Cathedral in meinem Notizbuch, um sie Steven zu zeigen, wenn ich nach Hause zurückkehrte. Er teilte meine Leidenschaft für kunstvoll entworfene alte Gebäude. Sie dominierten die Stadt seit Generationen und waren allgegenwärtige feste Institutionen, die selbst dann nicht ihre Wurzeln verloren, wenn ein besserer Standort auftauchte.

»Wir sind da«, rief meine Mutter schließlich mit einem nervösen Lächeln, als wollte sie mich damit anstecken. Doch ich war nur wenig begeistert von dem kleinen, engen Reihenhaus auf dem Platz vor mir. Es stand in einem tristen Hinterhofviertel, eingepfercht zwischen Dutzenden anderer Häuschen, die mich an eine Ziehharmonika erinnerten. Ich wusste, dass meine Enttäuschung insgeheim ihre eigene widerspiegelte. *Es spielt keine Rolle*, versuchte ich mir einzureden, *ich bin bei meiner Mum.*

Sie öffnete die Haustür, und als die Sonne auf ihr Gesicht fiel, sah ich, dass ihr Make-up von den Tränen, die sie geweint hatte, ganz verschmiert war. An ihren stark geschminkten Augen schimmerte ein blauer Fleck hindurch.

Und als sie meinen Koffer hochhob und in den Flur ging, rutschten die Ärmel ihres Blumenkleids ein Stück nach oben und gaben den Blick auf gelbe und blaue Flecke frei, die ihre Handgelenke überzogen. Ich sprach sie nicht darauf an.

Doreens Haus war sauber, aber spärlich eingerichtet und hatte seit dem letzten Krieg keine neue Farbe mehr gesehen. Die Tapetenbahnen hatten vergeblich versucht zu entkommen und sich von den Wänden gelöst. Doch man hatte sie mit Klebeband wieder festgeklebt. Die Zimmerdecke war von Zigarettenrauch vergilbt und aus dem ausgebleichten Sessel quoll die Füllung heraus. Neben ihren weißen Stöckelschuhen lag ein achtlos hingeworfenes Paar abgewetzter Herrenstiefel.

»Wem gehören sie?«, fragte ich.

»Oh, einem Freund«, antwortete sie.

Und bevor ich weiter nachfragen konnte, tauchte ein Monster auf.

* * *

Northampton, heute
8.27 Uhr

»Simon …«

Sie flüsterte seinen Namen, als raube er ihr den Atem und lasse ihr kaum die Kraft, ihn auszusprechen.

»Ja, Kitty«, antwortete er bedächtig.

Sie umklammerte den Türgriff wie einen Rettungsring. Sie befürchtete, ihre Beine würden versagen, wenn sie ihn losließe, und sie würde in den Gefühlen ertrinken, die sie vor Jahrzehnten weggesperrt hatte.

In den wenigen Momenten, die sie brauchte, um ihre Fassung wiederzuerlangen, rasten ihre Gedanken. Zuerst dachte sie, sie erleide vielleicht einen Schlaganfall und ihre Sinne spielten ihr einen Streich. Dann fragte sie sich, ob die Krankheit, die sie angeblich besiegt hatte, zurückgekommen war, um ihr einen letzten, herzlosen Streich zu spielen. Sie konzentrierte sich auf die olivgrünen Augen ihres Gegenübers – jene Augen, die ihr einst alles gegeben hatten, was sie sich gewünscht hatte, um es ihr dann auf grausame Art wieder zu nehmen.

»Bist du okay?«, fragte er. Er hatte erwartet, dass es ein Schock für sie war, wenn er wiederauftauchte. Doch nun befürchtete er, er müsse sie auffangen, wenn sie ohnmächtig wurde.

Mittlerweile war es ihr gelungen, ihre Gedanken etwas zu ordnen. Nein, er war definitiv kein Produkt ihrer Fantasie. Er war real. Der Mann, der vor fünfundzwanzig Jahren seine Familie verlassen hatte, der Mann, den sie geliebt und dann verloren hatte, der Mann, der so lange nicht mehr als ein Geist gewesen war, stand vor ihrer Tür.

Sie räusperte sich und fand ihre Stimme wieder, wenn sie auch kaum mehr als ein Krächzen war. Das Wort, das sie herausbrachte, war eines, das damals wie heute so vielen ihrer unausgesprochenen Fragen vorausgegangen war.

»Warum?«

»Darf ich hereinkommen?«, fragte er und trat einen Schritt vor. Doch sie verharrte regungslos und schwieg. Er versuchte, den Ausdruck auf einem Gesicht zu lesen, das er nicht mehr kannte, bis sie schließlich zur Seite trat und ihm erlaubte, über die Veranda ins Wohnzimmer zu gehen.

Als er eintrat, sah sie zur Straße hinaus, um zu sehen, ob außer ihr noch jemand Zeuge seiner Auferstehung geworden war. Doch wie am Tag seines Verschwindens blieb er auch heute unsichtbar. Sie atmete die frische Luft so tief ein, wie sie konnte, bevor sie die des Toten einatmete.

Dann schloss sie leise die Tür.

KAPITEL 3

SIMON

London, vor fünfundzwanzig Jahren
6. Juni, 5.20 Uhr

Straßenfeger kehrten weggeworfene Getränkedosen und Burger-Verpackungen aus Styropor von den Bürgersteigen Londons in schwarze Plastiktüten. Der Gewitterregen des Vortags hatte die abgestandene feuchte Luft fortgespült und eine frühmorgendliche Kühle mit sich gebracht und ich zog mir die Ärmel meines Hemdes über die kalten Hände. Ich saß auf der Mauer vor der British Library, den Rücken gegen das Geländer gelehnt, und hoffte, dass es drinnen wärmer wäre, wenn sie später öffnen würde. Ich hatte die Nacht im Obdachlosenheim einer Kirche verbracht, war aber früh aufgewacht.

Während ich wartete, starrte ich auf die ausdruckslosen Gesichter der Arbeiter, die so früh am Morgen wie Schlafwandler an mir vorbeiliefen. Jeder von ihnen, der ein bestimmtes Alter überschritten hatte, hätte Kenneth Jagger sein können.

Meine erste Erinnerung an das Monster, das bei meiner Mutter lebte, waren seine Beine, die wie Eisenträger Doreens Treppe hinunterstampften. Die massiven Ziegelwände schienen unter jedem seiner Schritte zu beben. Unten angekommen, musterte Kenneth mich kurz von oben bis unten, bevor er wortlos in ein anderes Zimmer walzte. Ich sah meine Mutter fragend an. Sie antwortete mit einem gezwungenen Lächeln.

Ich verabscheute Kenneth vom ersten Augenblick an aus tiefstem Herzen und dieses Gefühl beruhte eindeutig auf Gegenseitigkeit. Noch nie hatte ich einen Menschen mit einer derart einschüchternden Ausstrahlung getroffen. Er trug einen dicken schwarzen Schnurrbart und die Geheimratsecken wurden nur mäßig von einer schlaffen Gel-Tolle verdeckt. Dunkle Haare krochen wie Spinnenbeine über seine breiten Schultern und ragten aus den Löchern seines schmutzigen weißen T-Shirts heraus.

Sein derbes Gesicht zeugte von einer bewegten Geschichte – ein Abbild seiner Umgebung. Die vielen mit ungeschickter Hand selbst gestochenen Waffen- und Messertattoos auf seinen Unterarmen und Handrücken waren eine deutliche Warnung, dass er es vorzog, gefürchtet zu werden statt gemocht. Ein purpurrotes Herz mit einem schwarzen Dolch, der den Namen »Doreen« durchbohrte, prangte seitlich versetzt auf seinem linken Bizeps. Die verblasste Farbe deutete darauf hin, dass er schon viel länger ein Teil ihres Lebens war als ich.

Als Doreen ihn in Richtung des winzigen betonierten Hinterhofs zog, fiel mein Blick auf ein Fotoalbum, das auf der Anrichte lag. Er fing meinen Blick auf und nickte mit dem Kopf, als wollte er sagen: »Mach es auf.« Es war mehr ein Befehl als eine Bitte.

Das Album dokumentierte den Werdegang des Mannes in Form von Zeitungsausschnitten.

Kenneth Jagger – oder »Jagger the dagger«, »der Mann mit dem Dolch«, wie ihn die Presse nannte – war eine Art Gangster, dem jedes Mal ein Artikel sicher war, wenn er von der Polizei im Zusammenhang mit bewaffneten Raubüberfällen befragt wurde. Seine Lieblingswaffen waren Messer. Es war ein verschwendetes Leben, das durch sporadische Aufenthalte auf Kosten Ihrer Majestät im Keim erstickt wurde. Doch die Strafen waren niemals so hart gewesen, dass er seine Fehler eingesehen hätte.

Mitte der Sechzigerjahre war Kenneth ein kleiner Fisch in einem überfüllten Teich gewesen und hatte als Berufsverbrecher kaum etwas verdient. Alles, worüber er bestimmen konnte, waren seine Wünsche – und Doreen. Laut einem Bericht, in dem es um seine Verurteilung wegen des Überfalls auf einen Postbeamten ging, war er aus dem Gefängnis entlassen worden, kurz nachdem meine Mutter uns das letzte Mal verlassen hatte. In diesem Moment begriff ich, dass er derjenige war, wegen dem sich meine Eltern hinter verschlossenen Türen gestritten hatten.

Als Kenneth und Doreen zurückkamen, war ich noch in seinen kriminellen Lebenslauf vertieft. Wenn er dachte, so etwas könne mich beeindrucken, hatte er mich bereits falsch eingeschätzt. Und Doreens ängstlicher Gesichtsausdruck verriet mir, dass auch sie die Atmosphäre spürte, die wie der Rauch ihrer Zigarette schwer in der Luft hing.

»Okay, lasst uns Tee trinken«, meinte sie mit übertrieben vergnügter Stimme, die an Barbara Windsor in einem der »Ist ja irre«-Filme erinnerte. Sie zupfte nervös an ihrer Unterlippe. »Möchtest du mir vielleicht helfen, Simon?«

»Woher kennst du ihn?«, fragte ich sie leise, nachdem sie mich in die kleine Küche geschoben hatte.

»Kenny ist ein alter Freund«, antwortete sie, ohne mich anzusehen. Stattdessen konzentrierte sie sich darauf, Kartoffeln zu schälen und in eine Fritteuse zu werfen.

»Aber warum ist er hier? Bei uns?«

»Er wohnt hier, Simon.«

Ich starrte sie an und wartete auf eine bessere Erklärung, doch es gab keine. Ich blickte Doreen finster an und konnte das sorglose Leben, das sie in meiner Vorstellung geführt hatte, nicht mit der schmutzigen Realität vor meinen Augen in Einklang bringen. Die Stille lastete schwer auf uns, als wir unser erstes – und letztes – gemeinsames Essen einnahmen.

13.50 Uhr

In der Bibliothek hatte ich bergeweise Wählerverzeichnisse durchforstet, die zwei Jahrzehnte zurückreichten, hatte aber keine Spur von Doreen gefunden. Es war möglich – und angesichts ihrer Vorgeschichte auch höchstwahrscheinlich –, dass sie aus East London weggezogen war. Doch der Schmerz, der sich in der Nacht in ihr Gesicht eingebrannt hatte, als mein Vater und ich sie zum ersten Mal vor unserer Tür abgewiesen hatten, hatte mir verraten, dass sie sich mit ihrem Schicksal abgefunden hatte. Und das lag bei Kenneth.

Also verließ ich mich auf meine vage Erinnerung, eine Londoner Straßenkarte, die ich unter dem Hemd aus der Bibliothek geschmuggelt hatte, und mehrere Busse, um nach Bromley-by-Bow zu kommen.

Ich erinnerte mich an Doreens vergebliche Versuche, die schlechte Stimmung zwischen Kenneth und mir an diesem Tag zu überspielen, indem sie ununterbrochen redete. Er brauchte nur wenige Worte. Der bedrohliche Blick, den er mir zuwarf, verriet genug über seine Gefühle. Ich ignorierte ihn, so gut es ging, und fürchtete mich sogar vor einem Augenkontakt. Sie hatte alles, was sie gebraucht hätte, bei meinem Vater und mir gehabt, es aber für ein erbärmliches Leben mit einem nutzlosen Kerl aufgegeben. Das ergab keinen Sinn.

»Wie lange bleibt er?«, keifte Kenneth plötzlich, bevor er sich das nächste Sandwich in den Mund stopfte. Tomatenketchup rann wie Lava über sein Kinn.

»Jetzt sei doch nicht so, Kenny«, antwortete Doreen leise. Bei meinem Vater war sie der strahlende Mittelpunkt, bei

Kenneth dagegen unterwürfig. Diese Version von ihr gefiel mir nicht.

Doreen fragte mich nach der Schule und ich erklärte ihr, dass ich zur Universität gehen wollte, um Architektur zu studieren. Sie lächelte freundlich. Kenneth lachte nur.

»Was für ein Schwachsinn!«, grölte er. »Universität. So ein Quatsch.«

»Warum?«, fragte ich. Es war das erste Mal, dass ich mich traute, ihn anzusprechen.

»Du solltest dir einen sinnvollen Beruf suchen. Rausgehen und arbeiten, statt irgendwelchen Mist zu lernen.«

»Ich bin erst dreizehn und kann kein Architekt werden, wenn ich meine Prüfungen nicht bestehe.«

»Weißt du was, Junge? Anstatt meine Zeit zu verschwenden, habe ich in deinem Alter im Boxring gestanden und Geld verdient.«

»Nun, mein Dad hält das nicht für Zeitverschwendung«, sagte ich in Doreens Richtung. Sie starrte weiterhin auf den Tisch.

»Was weiß dieser Waschlappen schon? Irgendjemand muss einen Mann aus dir machen.«

Mir war bewusst, dass ich mit vorlauten Antworten bei einem Mann wie Kenneth nicht sehr weit käme, doch mein Mund war schneller als mein Gehirn. »Jemand wie du?«

»Was hast du gesagt?«

»Nichts.« Ich schaute in meinen Teller.

»Du glaubst, du wärst was Besseres als ich, richtig?«, fuhr er fort und klang wie ein Vulkan, der kurz vor dem Ausbruch stand. »Kommst hierher mit deinen dämlichen Ideen. Aber weißt du was, du wirst niemals etwas Besseres sein als ich … Du bist ein Nichts.«

Hilfe suchend sah ich zu Doreen, doch sie schwieg. Auf einmal konnte ich mich nicht mehr zurückhalten.

»Also sollte ich jemanden niederstechen und mein Leben im Gefängnis verschwenden? Wäre das besser, Kenny?«

Er schlug mit beiden Fäusten auf den Tisch. »Du weißt also über mich Bescheid? Respekt. Und den kann man sich nicht kaufen.«

Noch bevor ich wusste, wie mir geschah, hatte er seinen Stuhl zur Seite gestoßen und ich hing fünfzehn Zentimeter über dem Boden, während mich ein Arm von der Größe eines Ankers gegen die Wand drückte. Seine Wangen glühten in den verschiedensten Rottönen.

»Wage es noch einmal, mich von oben herab zu behandeln, und ich schwöre bei Gott, ich bring dich um!«, brüllte er. Brot- und Kartoffelstückchen flogen aus seinem Mund und landeten in meinem Gesicht.

»Kenny, nicht!«, schrie Doreen endlich. Sie rannte zu uns und griff nach seinem Arm. Er wirbelte herum und schlug ihr mit dem Handrücken gegen das Kinn. Sie ging zu Boden.

»Lass sie in Ruhe, du Mistkerl!«, rief ich, bevor er mir die Faust in den Magen rammte, mich noch höher hob und mir die Kehle so fest zudrückte, dass ich kaum noch Luft bekam.

»Hör auf, du tust ihm weh«, flehte Doreen. Blut rann von ihrer Lippe über das gespenstisch bleiche Gesicht.

»Vielleicht wird ihm das eine Lehre sein«, gab er zurück und holte erneut aus, um mich zu schlagen.

»Das kannst du deinem eigenen Sohn nicht antun!«, kreischte sie.

Er zögerte kurz und ließ mich dann fallen. Ich sackte auf dem Boden zusammen.

»Ich habe dir damals gesagt, dass du ihn loswerden sollst«, gab er zurück, bevor er aus dem Esszimmer stürmte. Die Haustür fiel krachend ins Schloss, während ich nach Luft rang. Für einen Moment stand die Zeit still.

»Warum hast du das gesagt?«, keuchte ich schließlich völlig verwirrt.

»Es tut mir leid«, schluchzte sie.

»Er ist nicht mein Vater. Arthur ist mein Vater.«

»Du hast zwei Väter, Simon. Ich wollte nur, dass ihr euch kennenlernt.«

Doreen wollte es mir erklären, doch ich hörte ihr nicht zu. Die Wahrheit war raus, und ich war es auch. Ich hatte meinen Koffer noch nicht ausgepackt, als ich mit ihm in der Hand das Haus wieder verließ. Während ich die Straße entlanglief, rannte sie mir hinterher und flehte mich an zu bleiben. Sie war so naiv zu glauben, Kenneth und ich könnten unsere Probleme aus der Welt schaffen. Doch sie machte sich wie immer selbst etwas vor.

Arthur wusste, dass irgendetwas schiefgelaufen sein musste, als ich ihn noch am selben Tag, an dem er mich abgesetzt hatte, aus einer Telefonzelle am Bahnhof von Northampton anrief und ihn anflehte, mich abzuholen. Doch er fragte nie nach, was passiert war, und ich erklärte es ihm nie. Ich denke, er wusste es, war aber insgeheim froh, dass ich zu ihm zurückgekehrt war.

Ich verriet niemandem meine wahre Herkunft. Ich verbannte Kenneth in den hintersten Winkel meines Gedächtnisses und dachte erst wieder an ihn, als Doreen einige Monate später am Abend vor meinem vierzehnten Geburtstag auftauchte. Als wir drei getrennten Seelen in unserer Diele aufeinandertrafen, wussten Arthur und ich, dass wir zu erschöpft waren, um diese Farce noch einmal durchzustehen.

Ohne ein Wort mit ihr zu wechseln, rannte ich in mein Zimmer. Ich setzte mich auf den Boden, presste den Rücken gegen die Tür und lauschte. Unten wies Arthur ihre Bitten um Vergebung ab. Sie bettelte und bat von ganzem Herzen, doch zum ersten Mal gab er nicht nach. Schließlich fiel die Haustür ins Schloss und er zog sich leise weinend in die Küche zurück.

Später am Abend verließ ich das Haus und traf auf Doreen, die am Ende des Gartens auf mich wartete. Sie drückte mir eine grüne Schachtel in die Hand.

»Das ist für dich«, sagte sie leise und zwang sich zu einem Lächeln. »Denk immer daran, dass deine Mum dich lieb hat, egal wie dumm sie ist.« In der Schachtel lag eine wunderschöne goldene Rolex. Als ich wieder aufsah, hatte Doreen sich bereits auf den Weg gemacht. Ich versuchte nicht, sie aufzuhalten.

16.40 Uhr

Ich hatte vermutlich sämtliche Straßen und gepflasterten Gassen im East End abgegrast, bevor ich zufällig dort landete, wo meine Mutter einmal gelebt hatte. Doch der Name des Platzes war nicht das Einzige, das sich im Laufe der Jahre verändert hatte.

Ein hoher Betonklotz hatte die baufällige Häuserzeile verdrängt und warf einen trostlosen Schatten auf eine ohnehin schon triste Landschaft. Alles, was ich während meines schicksalhaften letzten Besuchs missbilligt hatte, war abgerissen und durch eine moderne, aber genauso hässliche Version ersetzt worden.

Enttäuscht ging ich in ein schäbiges Café, um mir einen neuen Plan zu überlegen. Ich gab meine Bestellung auf und eine ältere Kellnerin mit einer rabenschwarzen Turmfrisur und einer mit Flecken übersäten Schürze stellte eine Tasse Tee auf meinen Tisch.

»Entschuldigung, sind Sie von hier?«, fragte ich sie, als sie gerade davonschlurfen wollte.

»Ja, Süßer«, murmelte sie über die Schulter.

»Sie erinnern sich nicht zufällig an eine Frau, die in einem der alten Häuser gelebt hat, da wo heute diese Wohnblöcke sind? Doreen Nicholson?«

Sie blieb stehen und drehte sich um. »Hm«, meinte sie nachdenklich. »Ich kannte eine Doreen, aber sie hieß nicht Nicholson mit Nachnamen. Wie sah sie denn aus?«

Mein Vater hatte nie ein Foto von meiner Mutter gemacht – zumindest hing niemals eines in unserem Haus. Ich wusste noch, wie sie roch, klang, lachte und sang. Ich konnte den Hauch von Grau an ihrem Haaransatz vor mir sehen, ihre großen goldenen Ohrringe, die die Ohrläppchen nach unten zogen, und die Lücke zwischen ihren Vorderzähnen, die an Brigitte Bardot erinnerte. Aber ich konnte seit Jahren die Einzelheiten des Phantombilds, das ich im Kopf hatte, nicht zu einem Gesamtbild zusammensetzen.

»Aschblondes Haar, ungefähr einen Meter fünfundsechzig, olivgrüne Augen und ein ziemlich lautes Lachen. Sie hat hier vor ungefähr zwanzig Jahren gewohnt.«

Die Kellnerin ging zu einer Wand hinter der Theke und nahm eine der gerahmten Fotografien ab. »Die hier?«, fragte sie und reichte mir das Foto. Ich erkannte sofort eine der vier Frauen in Uniform wieder, die um einen Tisch standen.

»Ja, das ist sie.« Ich lächelte und schluckte schwer.

»Ja, Süßer, ich kannte die alte Dor. Sie lebte immer mal wieder hier. Haben vor ziemlich langer Zeit zusammen hier gearbeitet. Die arme Frau.«

Ich bekam Gänsehaut auf den Armen. »Ist ihr etwas zugestoßen?«

»Ja, sie ist gestorben. Vor ungefähr fünfzehn Jahren.«

»Was ist mit ihr passiert?«

»Ihr verdammter Freund hat sie einmal zu oft verprügelt. Hat ihren Kopf gegen die Wand geschlagen, sagte Old Bill. Er war ein bösartiger Bastard ... Hat ihr einen Hirnschaden zugefügt. Sie lag wochenlang im Koma und hing an den Maschinen, bevor sie starb.«

Ich schloss die Augen und atmete aus, während ich seinen Namen murmelte. »Kenneth.«

»Ja, so heißt er. Woher kannten Sie sie?«

»Sie war meine Mutter.«

Die Kellnerin griff nach der Brille, die an einer Kupferkette um ihren Hals hing, und blinzelte. Dann ließ sie sich mir gegenüber auf einen Stuhl fallen.

»Menschenskind, natürlich … Du bist Simon, richtig? Du hast ihre Augen.« Ich war überrascht, dass sie von meiner Existenz wusste und sogar meinen Namen kannte. »Oh, Süßer, Dor meinte, du seist ein hübscher kleiner Bengel«, gackerte sie.

Ich grinste verlegen.

»Sie hat viel von dir gesprochen, weißt du. Sie trug ein Babyfoto von dir in einem kleinen Medaillon um den Hals. Zumindest so lange, bis er sie dazu gezwungen hat, es ins Pfandhaus zu bringen. Sie hat sich nie verziehen, dass sie dich gehen ließ.«

Für einen kurzen Moment spürte ich ein Gefühl von Wärme in mir.

»Was ist mit Kenneth passiert?«

»Er wurde wieder verhaftet, was sonst? Er hat den Bullen erzählt, sie hätte ihn angegriffen und es sei Notwehr gewesen, aber die Geschworenen haben ihm nicht geglaubt. Dieses Mal hat er lebenslänglich bekommen.«

Die Kellnerin stellte sich als Maisy vor und zündete sich eine selbst gedrehte Zigarette ohne Filter an, während sie mir die Dinge erzählte, die ich über meine Mutter nicht wusste. Sie erinnerte sich, wie Doreen und Kenneth als Teenager miteinander ausgegangen waren. Als sie mit mir schwanger war, drängten ihre Eltern und Kenneth auf eine Abtreibung. Doch als Doreen sich hartnäckig weigerte, hatte er sie verprügelt in der Hoffnung, sie würde mich dadurch verlieren. Doch ich war schon damals unverwüstlich.

Bei dem ersten ihrer vielen überstürzten Abgänge ging sie zu einem Cousin, der in den Midlands wohnte. Dort traf Doreen auf Arthur, der sich hoffnungslos in sie verliebte. Als er erfuhr, dass sie von einem anderen Mann schwanger war, bot er an, sich um sie beide zu kümmern. Das war genau die Sicherheit, die eine unverheiratete schwangere Frau mit einem Bastard im Bauch brauchte. Doreen hatte ihren neuen Ehemann zwar sehr gern, doch er konnte das Herz eines Wesens, das ständig mit sich haderte, nicht einfangen. Nach meiner Geburt wurde ihr bewusst, dass ein sesshaftes Familienleben niemals eine leidenschaftliche Existenz ersetzen konnte.

Also kehrte sie zu Kenneth zurück, allein. Die Misshandlungen gingen weiter, und als sie nicht mehr auszuhalten waren, sprang sie zwischen den beiden Männern in ihrem Leben hin und her.

»Du darfst ihr das nicht vorwerfen. Sie konnte nichts dagegen tun«, meinte Maisy verzweifelt. »Sie war ein tolles Mädchen, hatte aber eine selbstzerstörerische Ader. Ich glaube, dass ihr Vater an ihr herumgespielt hat, als sie ein Kind war, wenn du verstehst, was ich meine. Sie war davon überzeugt, dass sie es nicht verdient hatte, geliebt zu werden, glaube ich. Sie hat sich so bemüht, aus Kenny einen besseren Menschen zu machen, aber er wurde schon böse geboren. Man kann seine Natur nicht ändern.«

Nein, Maisy, das kann man nicht, dachte ich, als ich einen Blick auf mein Spiegelbild im Fenster des Cafés erhaschte.

Doreen kehrte ein letztes Mal nach London zurück, kurz nachdem wir sie abgewiesen hatten. »Sie wusste nicht, wo sie sonst hätte hingehen können«, sagte Maisy. »Sie wusste, dass Kenneth sie irgendwann umbringen würde. Also hielt sie einfach so lange durch, wie sie konnte.«

Und nachdem das Unvermeidliche geschehen war, wussten ihre Freunde nicht, wo Arthur und ich lebten. Da sie nichts gespart hatte, legten sie alle für eine ordentliche Beerdigung zusammen und ersparten ihr das Armengrab.

»Ich denke noch immer oft an deine Mum«, meinte Maisy mit feuchten Augen. »Ich hätte ihr so gern geholfen.«

»Ich auch, Maisy, ich auch.«

19.50 Uhr

Das Friedhofsgelände im East End war in quadratische Blöcke unterteilt, sodass ich das Grab meiner Mutter schnell fand. Ihr Name, Geburts- und Todesjahr und »Gottes Segen« waren alles gewesen, was sich ihre Ersatzfamilie als Gravur in den Grabstein aus Beton hatte leisten können. »Laing«, wiederholte ich laut. Ich hatte nicht einmal ihren Nachnamen gekannt.

Ich riss die Butterblumen und das Unkraut heraus und glättete den Boden mit den Händen. Dann legte ich mich auf eine Bank in ihrer Nähe und nahm die beunruhigende Ruhe um mich herum auf. Ich beschloss, in dieser Nacht bei ihr zu bleiben – meine Mutter hatte zu viele Abende allein verbracht.

Meine beiden Väter lebten in gegensätzlichen Welten, aber sie hatten eine Gemeinsamkeit: Sie hatten Doreen zu sehr geliebt, waren jedoch mit ihrer Zurückweisung auf sehr verschiedene Weise umgegangen.

Doreen und Kenneth. Ich hatte darum gekämpft, anders zu sein als die Menschen, die meine Eltern waren, und war trotzdem wie sie geworden.

8. Juni, 15.10 Uhr

»Was zum Teufel willst du?«, schnaubte er spöttisch.

Ich antwortete nicht. Ruhig und bewegungslos saß ich da, die Handflächen auf dem Tisch, und starrte ihn furchtlos an.

»Was? Erwartest du eine Entschuldigung oder so was? Das kannst du vergessen.«

Kenneth Jagger baute sich hinter einem Metalltisch im Besucherraum des Gefängnisses Wormwood Scrubs auf und verschränkte herausfordernd die Arme. Nur dass es wenig gab, was an ihm herausfordernd wirkte. Er war nicht mehr derselbe Mann wie bei unserem letzten Treffen.

Eine Krebserkrankung hatte seine Knochen gnadenlos zerstört und sein Gewicht um die Hälfte reduziert. Die Wangen waren eingefallen und während der Chemotherapie hatten sich seine Zähne in braune Stummel verwandelt. Die Tattoos, die früher stolz auf seiner festen Lederhaut geprangt hatten, waren verblasst und erschlafft, nachdem sich die Muskeln unter ihnen zurückgebildet hatten. Doreens Name und das Herz waren unter den erhabenen Striemen kaum noch zu erkennen. Es sah so aus, als hätte er versucht, sie mit einer Klinge herauszuschneiden. Aus den Augen, die früher nach Anerkennung gegiert hatten, war jede Hoffnung verschwunden.

»Verschwende nicht meine Zeit«, zischte er.

»Dir bleibt nicht mehr viel«, antwortete ich.

Er warf mir einen Blick zu, der mein dreizehnjähriges Ich gelähmt hätte. »Letzte Chance. Warum bist du hier?«

Ich war dort, weil ich wissen wollte, wie weit mein fauler Apfel von seinem sterbenden Baum abgefallen war. Ich hatte viel Energie darauf verschwendet, unsere biologische Verbindung auszulöschen, doch letzten Endes kam ich ganz nach meinem Vater.

»Wie hat es sich angefühlt, meine Mutter zu töten?«, fragte ich.

Er schwieg. Er hatte einiges erwartet, was ich hätte fragen können. Doch mit dieser Frage hatte er nicht gerechnet. »Warum hast du das getan?« oder »Was stimmt nicht mit dir?«

vielleicht, aber nicht die Frage nach den Emotionen, die aufkamen, wenn man einem menschlichen Leben ein Ende setzte.

»Es war Notwehr«, antwortete er schließlich. »Die Schlampe hat versucht, mich niederzustechen.«

»Danach habe ich nicht gefragt.«

Er runzelte die Stirn und schien verwirrt, was sein Fleisch und Blut von ihm wollte. Also wiederholte ich meine Frage: »Ich habe gefragt, wie es sich angefühlt hat, meine Mutter zu töten.«

»Warum willst du das wissen?«

»Einfach so.«

Er kniff die Augen zusammen und sah mich misstrauisch an. »Was ist mit dir passiert?«, fragte er.

»Ich habe keine Angst mehr vor dir.«

»Das solltest du aber.«

Ich schüttelte den Kopf. »Sieh dich doch an, Kenneth. Vor dir hat niemand mehr Angst. Deine Zeit ist vorbei. Du bist ein erbärmlicher alter Mann, der bald sterben wird und an den man sich erinnern wird, weil er das Leben anderer Menschen ruiniert hat. Und jetzt beantworte mir bitte meine Frage. Wie hat es sich angefühlt, meine Mutter zu töten?«

Erst wollte er so tun, als wären meine Worte nicht wahr gewesen. Doch seine bestürzte Miene verriet ihn. Ich beobachtete aus den Augenwinkeln, wie der Sekundenzeiger der Wanduhr sich zweimal um das Ziffernblatt drehte, bevor er antwortete. Und in diesem Moment fiel seine gespielte Tapferkeit wie ein Kartenhaus in sich zusammen und er ließ Schultern und Arme sinken. Es war, als wäre er plötzlich zu müde, um länger gegen den Rest der Welt anzukämpfen – als hätte er erkannt, dass ich der Einzige war, der sich noch für das interessierte, was er zu sagen hatte. Und er war fast dankbar für mein offenes Ohr.

»Es war das schlimmste Gefühl auf der Welt«, sagte er schließlich mit rauer Stimme. »Und ich habe viel Mist gebaut.«

Er räusperte sich und sah mich an. »Es war, als hätte jemand anderes sie getötet, als hätte ich nur dagestanden und es nicht verhindern können. Ich habe sie so sehr geliebt, aber sie hat nie wirklich mir gehört. Sie wollte mich wieder verlassen und nach dir suchen.«

»Warum?«

»Es hat sie zerrissen, nicht Teil deines Lebens zu sein. Ich habe ihr gesagt, dass sie nicht gehen soll, aber sie hat mir nicht zugehört. Meine Dor hat nie zugehört. Stattdessen fing sie an, ihre Koffer zu packen.« Seine Augen wurden feucht, doch es kamen keine Tränen. »Ich packte sie und riss sie herum. Aber sie meinte, sie hätte schon ›zu lange ihr Leben mit mir verschwendet‹. Das sagte sie immer, doch dieses Mal meinte sie es auch so. Also gab ich ihr eine Ohrfeige, und nachdem ich einmal damit angefangen hatte, konnte ich nicht mehr aufhören. Ich konnte nicht zulassen, dass sie dir gehört.«

Ich saß schweigend da und verarbeitete Kenneths Worte. Ich war nicht wütend auf ihn – ich hatte so viel Zeit darauf verschwendet, die Frau zu hassen, mit der ich zusammengelebt hatte, dass keine Wut mehr übrig war. Stattdessen verstand ich ihn.

»Danke«, sagte ich schließlich. »Ich habe etwas für dich.«

Ich sah mich kurz in dem Raum um, um sicherzugehen, dass keiner der Wachmänner zu mir herübersah. Dann rollte ich den Ärmel meines Hemdes hoch, legte die Uhr ab, die Doreen mir geschenkt hatte, und schob sie über den Tisch zu ihm hinüber. Er legte seine Hand darauf.

»Nimm sie.«

»Ich will sie nicht.«

»Sie hat sie für dich gekauft, nicht wahr?«

»Nein, ich habe sie mir selbst besorgt.« Damit meinte er vermutlich, dass er sie gestohlen hatte.

»Und sie hat sie ohne dein Wissen genommen, um sie mir zu geben.«

Er ließ den Kopf sinken und wendete den Blick ab. Da begriff ich, dass ich den falschen Schluss gezogen hatte.

»Du wolltest, dass sie sie mir gibt?«, fragte ich. Er rührte sich nicht. »Aber du hast mich gehasst … Du wolltest, dass sie mich abtreibt.«

»Ich wollte keine Kinder, weil sie nicht wie ich werden sollten. Außer dir gibt es nichts Vorzeigbares in meinem Leben. Du bist das einzig Gute, das ich je zustande gebracht habe.«

Ich gönnte ihm diese Illusion für einen kurzen Moment, bevor ich weitersprach.

»Du irrst dich, Kenneth.«

Ich beugte mich über den Tisch, um ihm etwas ins Ohr zu flüstern, ohne dass es jemand sonst im Raum hören konnte. Dann lehnte ich mich wieder in meinem Stuhl zurück, während er mich wütend, verwirrt und bestürzt ansah.

»Jetzt weißt du, dass das einzig Gute, das du je zustande gebracht hast, nicht viel anders ist als sein Vater«, sagte ich. »Es ist noch schlimmer.«

»Du verdammtes Monster«, murmelte er.

»Wie der Vater, so der Sohn. Behalte deine Uhr, damit sie sie mit dir verbrennen. Je früher, desto besser.«

Dann kehrte ich meinem Vater den Rücken zu und verließ den Raum.

* * *

CATHERINE
Northampton, vor fünfundzwanzig Jahren
6. Juni, 8.45 Uhr

Ich schraubte den Deckel einer Weinflasche ab und goss mir etwas in ein benutztes Glas ein, das neben dem übrigen schmutzigen Geschirr in der Spüle stand. Dann öffnete ich den Küchenschrank, nahm drei Schmerztabletten aus einer Dose und schluckte sie in der Hoffnung, damit die pochenden Kopfschmerzen loszuwerden, die ich einer zweiten schlaflosen Nacht zu verdanken hatte. Die Dose klapperte, als ich sie schüttelte. Sie hörte sich fast voll an und für einen Moment fragte ich mich, wie vieler Pillen es bedurfte, um einen Menschen zu töten.

Müde schaute ich mich in dem Zimmer um und seufzte angesichts des Durcheinanders, das sich dort so schnell breitgemacht hatte. Und damit befand es sich in bester Gesellschaft. Der Rest des Hauses war ein Durcheinander, die beiden letzten Tage waren ein Durcheinander gewesen und in mir herrschte auch ein heilloses Durcheinander.

Ich bemühte mich krampfhaft, mich vor den anderen positiv zu geben. Doch wenn ich allein war, kamen die Zweifel. Ich konnte niemandem sagen, wie schlecht mir jedes Mal wurde, wenn ich darüber nachdachte, was Simon zugestoßen sein könnte, dass ich bei jedem Klingeln des Telefons oder Schritt in der Einfahrt hochschreckte, oder dass ich nur überlebte, weil ich mit Adrenalin und Koffein vollgepumpt war, während mein Kopf gegen einen Körper ankämpfte, der nur noch zurück ins Bett wollte.

Der einzige Teil von mir, der noch funktionierte, war jener, der die Bedürfnisse der Kinder über meine stellte. Alle wussten, dass Simon verschwunden war, nur nicht sein eigen Fleisch und Blut. Und es war meine Aufgabe, dafür zu sorgen, dass es so blieb. Doch das war nicht einfach, weil sich die Eltern vieler ihrer Freunde freigenommen hatten, um bei der Suche am zweiten Tag mitzumachen. Es war nur eine Frage der Zeit, bis die Kinder es herausfinden würden. Was sollte ich ihnen dann sagen? Eltern sollten auf alle Fragen eine Antwort wissen, doch ich wusste keine.

Laut Roger waren die ersten zweiundsiebzig Stunden entscheidend bei der Suche nach einer vermissten Person. In diesem Zeitfenster tauchten die meisten von ihnen wieder auf. Danach schwand die Hoffnung. Simons Uhr tickte.

Ich ballte die Fäuste und betete, dass sie ihn heute finden würden. Ich hätte schwören können, dass sich Constable Williams ein Grinsen verkneifen musste, als sie meinte, dass sie die Suche abbrechen müssten, wenn sie bis zum Einbruch der Dunkelheit nichts gefunden hatten. Ich fragte mich, wie viele geliebte Menschen ich noch verlieren musste, bis Gott mir endlich Ruhe ließ.

Plötzlich wurde mir bewusst, dass ich noch immer die Dose mit den Schmerzmitteln in der Hand hielt. Ich stellte sie zurück in den Schrank und schämte mich für etwas, das ich niemals tun würde. Ich trank mein Weinglas leer, stellte es zurück in die Spüle und ging nach oben unter die Dusche.

Als ich unter dem warmen Wasserstrahl stand, brach ich zusammen. Ich weinte, bis ich nicht mehr wusste, ob mein Körper vom Wasser oder von den Tränen nass war.

15.35 Uhr

Es war wohl unvermeidbar gewesen, doch es erwischte mich trotzdem eiskalt.

»Amelia Jones sagt, Daddy ist verschwunden!«, rief James, als er mir am Schultor entgegenlief. »Stimmt das?« Er schaute mich aus seinen grauen, weit aufgerissenen Augen bestürzt an. Robbie sah ebenfalls ängstlicher aus als je zuvor. Ich wusste, dass ich ihnen gegenüber ehrlich sein musste.

»Wenn wir nach Hause kommen, suchen wir in der Garage nach euren Angelnetzen und gehen zum Fluss«, antwortete ich ruhig. »Und dann reden wir.«

Die Sonne verschwand am späten Nachmittag hinter einer großen, drachenförmigen Wolke, als wir vier zusammen mit Oscar im Gänsemarsch über eine Holzbrücke gingen.

Ich entschied mich für eine Stelle am Wasser, die sie an ihren Vater erinnerte, als würde es sie dadurch weniger hart treffen. Er hatte sie oft hierher mitgenommen, um so zu tun, als würden sie angeln. Sie fingen imaginäre kleine Fische und Krebse, warfen sie in imaginäre Eimer und brachten sie mir nach Hause mit, wo ich mitspielte und so tat, als wäre ich angesichts ihres Fanges ganz aus dem Häuschen.

Wir setzten uns, warfen unsere imaginären Angeln aus und suchten die Wasseroberfläche mit Netzen ab, während ich ihnen vorsichtig erklärte, dass wir Simon vielleicht für eine Weile nicht sehen würden.

»Wo ist er hingegangen?«, fragte James und zog dabei seine Braue hoch, wie es sein Vater immer tat, wenn er etwas nicht verstand.

»Ich weiß es nicht.«

»Wann kommt er zurück?«

»Das kann ich dir nicht sagen, mein Schatz.«

»Warum nicht?«

»Weil ich es nicht weiß. Alles, was ich weiß, ist, dass Daddy für eine Weile fortgegangen ist und dass er hoffentlich bald wieder nach Hause kommt.«

»Warum weißt du es nicht?«, drängte James.

»Ich weiß es einfach nicht, es tut mir leid. Wir wissen nicht, wie wir ihn finden können. Aber ich weiß, dass er an uns alle denkt.«

»Aber wenn wir dir nicht sagen, wohin wir gehen, schimpfst du mit uns«, überlegte Robbie. Ich nickte. »Also schimpfst du auch mit Daddy?«

»Ja«, log ich, obwohl ich nicht mit ihm schimpfen würde. Stattdessen würde ich ihn ganz fest in den Arm nehmen und ihn verzweifelt festhalten.

»Ist er zu Billy gegangen?«, wollte Robbie wissen und verzog das Gesicht.

Ich musste schlucken. »Nein, ist er nicht.« Ich wusste, dass er das nicht getan hatte. Ich betete, dass er es nicht getan hatte.

»Aber woher weißt du das?«, fragte James und sah mich finster an.

Ich schaute in die Ferne, wo der Fluss mit den Feldern verschmolz, und schwieg. Wir angelten schweigend weiter. Sie fingen nichts, während ihre kleinen Köpfe das, was ich ihnen gesagt hatte, zu verarbeiten versuchten. Keiner von uns wollte sich ein Leben ohne ihn vorstellen.

20.10 Uhr

Ich saß auf der Veranda, eingehüllt in Simons dicken marineblauen Strickpullover, und wartete auf die Abenddämmerung. Das schnurlose Telefon, das Paula für mich gekauft hatte, lag nie weiter als dreißig Zentimeter von mir entfernt. Doch es schwieg, wie die Welt um mich herum. Nur die Motten, die vom Kerzenschein des marokkanischen Windlichts angezogen wurden, leisteten mir Gesellschaft. Sie waren ebenso ziellos und unsicher wie ich.

Ich versuchte, mich selbst aufzumuntern, indem ich an die albernen Dinge dachte, die er gern anstellte, um mich aufzuheitern. Wie er zum Beispiel so tat, als spräche der Hund, wie er mit mir zu den alten Liedern von Wham! in der Küche tanzte oder wie er eines meiner Kleider anzog, um unsere Freunde während eines gemeinsamen Abendessens zum Lachen zu bringen. Er konnte manchmal so albern sein – und ich wünschte mir diesen Mann so verzweifelt zurück.

Ich goss den letzten Rest Rotwein aus der Flasche in mein Glas und wartete. Das war alles, was ich in den vergangenen drei Tagen getan hatte – warten.

Im Haus verspürte ich Heimweh nach einem Ort, den ich niemals verlassen hatte. Doch ohne Simon bekam ich Platzangst darin und fürchtete mich vor den Nächten. Denn wenn nicht gerade unsere Freunde vorbeikamen oder ich versuchte, ein Lächeln auf die bedrückten Gesichter der verunsicherten Kinder zu zaubern, hatte ich noch mehr Zeit, an ihn zu denken. Ich vermisste ihn und gleichzeitig war ich wütend auf ihn, weil er mich einfach so zurückgelassen hatte.

Mir war egal, was Constable Williams gesagt hatte: Ich kannte Simon zu gut, um überhaupt in Betracht zu ziehen, dass er uns hätte sitzen lassen können. Seine Kraft und seine Unterstützung, als das Schlimmste geschehen war, was Eltern jemals widerfahren konnte, waren der Beweis dafür, dass er ein fantastischer Ehemann und Vater war. Und ich musste unbedingt glauben, dass er noch immer lebte. Fünfzehn Monate waren vergangen, seitdem wir zum letzten Mal gemeinsam getrauert hatten, und nun war ich wieder an diesem Punkt angelangt. Doch dieses Mal war ich allein und trauerte um einen Mann, dessen Schicksal ungewiss war.

* * *

Northampton, heute
8.30 Uhr

Er wusste, dass sich seine Finger durch die weiche Krempe des Filzhuts bohren würden, wenn er sie noch fester umklammerte. Doch er war noch nicht bereit, sie loszulassen.

Er beobachtete sie, wie sie die Tür schloss und zu ihm zurückkehrte. Und er bemerkte, wie sie seinem Blick auswich, während sie durch das Wohnzimmer ging. Die Zeit hatte ihrer natürlichen Anmut nichts anhaben können. Die kleinen Fältchen um die kalten, regungslosen Augen waren ihm neu und die feinen Linien auf ihrer Stirn waren länger, als er sie in Erinnerung hatte. Doch all das war bedeutungslos. Ihre Schönheit hatte sich verändert, war aber kein bisschen verloren gegangen. Ihre grauen Haare erinnerten ihn an perfekt gesetzte Pinselstriche auf einem Ölgemälde und wurden zum Glück nicht von künstlicher Farbe verdeckt. Sie hatte nichts von ihrer jugendlichen Frische eingebüßt, weshalb er sich im Vergleich zu ihr plump und angestaubt fühlte.

Was Catherine betraf, hatte sie ihm so viel zu sagen, wusste aber nicht, wo sie anfangen sollte. Also schwieg sie und verschränkte ihre Finger fest ineinander, damit er nicht sah, wie sie zitterten. Und sie wollte ihn auf keinen Fall ansehen. Doch es fiel ihr sehr schwer und schließlich ließ sie vorsichtig den Blick über ihn gleiten.

Sein Gesicht war fülliger geworden, die Wangen runder. Er hatte auch am Bauch zugenommen, doch noch hielt ihn der Ledergürtel im Zaum. Seine Füße sahen größer aus, und sie fragte sich, wieso ihr gerade dieses besondere Detail auffiel.

Dann heftete sie ihren Blick fest auf ihn, als befürchte sie, er könnte sich in Luft auflösen, sobald sie ihn abwendete. Und wenn er wieder verschwand, wollte sie es mit eigenen Augen sehen. Viele Jahre waren vergangen, seitdem sie das letzte Mal einen Blick auf die wenigen verbliebenen Fotografien geworfen hatte, die versteckt auf dem Speicher lagen. Sie hatte vergessen, wie gut er aussah. Wie gut er selbst heute noch aussah. Für diesen Gedanken verurteilte sie sich sogleich.

Er stand unbeholfen da und sah sich im Wohnzimmer um, während er sich zu erinnern versuchte, was wo gestanden hatte, als er zum letzten Mal hier gewesen war. Es kam ihm vertraut vor, trotz der neuen Tapeten, Teppiche und Möbel. Doch alles wirkte sehr klein im Vergleich zu dem, was er nun sein Zuhause nannte.

»Darf ich mich setzen?«, fragte er.

Obwohl sie ihm keine Antwort gab, nahm er Platz.

Auf der Kommode standen gerahmte Fotografien von verschiedenen Personen, doch ohne seine Lesebrille nahm er ihre Gesichter nur verschwommen wahr. So erging es ihm auch, wenn er sich zu erinnern versuchte, wie seine Kinder aussahen – stets verschwammen die Details. Abgesehen von James. Er kannte den Mann, der James geworden war, und das würde er nie vergessen.

Das Schweigen zwischen ihnen hielt länger an, als sie sich bewusst waren. Als ungeladener Gast verspürte er das Bedürfnis, als Erster etwas zu sagen.

»Wie geht es dir? Du siehst gut aus.«

Sie sah ihn verächtlich an, was ihn jedoch nicht beunruhigte. Darauf war er vorbereitet gewesen.

»Schön, was du aus dem Cottage gemacht hast«, fuhr er fort.

Wieder keine Antwort.

Er ließ den Blick über den Kaminvorbau aus Sandstein und den Holzofen schweifen, den sie kurz nach ihrem Einzug eingebaut hatten. Er lächelte. »Funktioniert das alte Ding noch? Erinnerst du dich, wie wir den Kamin fast in Brand gesetzt hätten, weil wir ihn nicht geleert hatten, bevor ...«

»Nein.« Ihre kurze Antwort bewahrte ihn davor, sich weiter in der Vergangenheit zu verlieren.

»Entschuldigung, es ist nur ... nach so langer Zeit wieder in diesem Raum zu sein, erinnert mich daran ...«

»Ich sagte Nein. Du kannst nicht nach fünfundzwanzig Jahren vor meiner Haustür auftauchen und so tun, als wären wir alte Freunde.«

»Es tut mir leid.«

Eine unangenehme, diffuse Stille erfüllte das Zimmer.

»Was willst du?«, fragte sie.

»Was ich will?«

»Genau. Was willst du von mir?«

»Ich will nichts von dir, Kitty.« Das entsprach zum Teil der Wahrheit.

»Nenn mich nicht so. Du hast vor langer Zeit jedes Recht verloren, mich so zu nennen.«

Er nickte.

Seine Stimme klang etwas rauer und tiefer als früher und ein Akzent schwang darin mit, den sie nicht einordnen konnte.

»Und erspare mir deine Entschuldigungen«, fuhr sie fort. »Sie kommen ziemlich spät und sind nicht erwünscht.«

Er hatte sich dieses Anfangsszenario Dutzende Male im Geiste ausgemalt, bevor Luca seine Flüge im Internet gebucht hatte. Wäre sie schockiert? Würde sie ihm eine Ohrfeige verpassen? Ihn in den Arm nehmen, ihn anschreien, weinen oder ihm die Tür weisen? Es hatte unzählige Möglichkeiten gegeben, wie sie hätte reagieren können. Doch diese eisige Feindseligkeit hatte er irgendwie nicht erwartet. Er wusste nicht, wie er darauf reagieren sollte.

»Wohin bist du gegangen?«, fragte sie. »Wo zum Teufel warst du, als ich nach deiner Leiche gesucht habe?«

KAPITEL 4

SIMON

Calais, Frankreich, vor fünfundzwanzig Jahren
10. Juni

Als ich vergangene Nacht im Ladebereich eines Lkw einge-schlossen gewesen war, hatte ich zum ersten Mal Bekanntschaft mit der Reisekrankheit gemacht. Ich weiß nicht mehr, wie oft ich mich übergeben musste, bis anstelle meines Magens nur noch ein hohles Loch übrig war.

Der Fahrer hatte mich gewarnt, dass die Überfahrt knapp anderthalb Stunden dauern würde. Doch durch den einset-zenden Sturm dort draußen hatte sich seine Prognose nicht bewahrheitet. Gleichgültig gegenüber unserem Schicksal, hatte der Ärmelkanal sich unsere Fähre geschnappt und sie wie eine Spielzeugpuppe hin und her geworfen. Ich tastete mich durch die pechschwarze Umgebung und schob mich hinter zwei Umzugskartons, die man an den Seiten des Lastwagens festge-zurrt hatte.

Ich hatte zwar meine Vergangenheit zusammen mit mei-ner Mutter begraben, doch um sie wirklich hinter mir lassen zu können, musste mein neues, freies und unverdorbenes Ich weit weg von ihr aufblühen. Frankreichs geografische Lage war wie geschaffen für meinen Neuanfang. Doch ich hatte keine Ahnung gehabt, wie ich ohne Ausweis oder Geld dorthin gelangen sollte, als mir ein hagerer Lastwagenfahrer mit von Nikotin verfärbtem Schnurrbart und einer Abneigung gegenüber der Staatsgewalt eine Lösung anbot.

Zuvor hatte er mich in der Nähe von Maidstone aufgegabelt. Während wir uns über den britischen Fußball und den Hang der konservativen Regierung, alles und jeden zu privatisieren, unterhielten, wurden wir schnell miteinander warm. Er fragte nicht nach meinen wahren Motiven, als ich erklärte, wohin ich wollte, dass mir jedoch die Mittel dafür fehlten. Doch er hatte seine eigenen Schlussfolgerungen gezogen.

»Ich habe mal eine Weile im Gefängnis gesessen«, erzählte er und drehte sich während des Fahrens eine Zigarette. »Falls du niemanden umgebracht oder kleine Kinder angefasst hast, bringe ich dich rüber.«

So kam es, dass er kurz vor der Zollkontrolle die Anhängertüren hinter mir schloss, während ich mich – mit einer Taschenlampe, einer Dose Bier und seinem selbst geschmierten Käsesandwich ausgestattet – hinter Umzugskartons versteckte. Doch ich konnte weder das Essen noch das Getränk bei mir behalten, als der Sturm losbrach.

Die Wetterbedingungen waren viel zu schlecht, als dass wir hätten anlegen können. Also mussten wir in der Mitte des Ärmelkanals warten, bis sich die reißende Strömung beruhigt hatte. Bei jedem Eintauchen drehte sich mir der Magen um, bis die Fähre endlich sicher im Hafen andockte.

»Mensch, wie siehst du denn aus?«, rief der Fahrer lachend, als er mich auf dem Parkplatz eines französischen Einkaufszentrums absetzte.

Er half mir, als ich mit wackeligen Beinen ausstieg, und ich warf verstohlen meine mit Erbrochenem beschmutzte Kleidung hinter dem Lastwagen in einen Mülleimer. Nur in Unterwäsche stieg ich in sein Führerhaus. Dort zog ich mir etwas Frisches an, das ich in einem Obdachlosenheim, in dem ich in London geschlafen hatte, aus der Tasche eines anderen Mannes gestohlen hatte.

»Weiter kann ich dich nicht mitnehmen«, meinte er, als ich wieder herauskam. »Viel Glück, mein Junge.«

»Danke. Übrigens, wie heißt du eigentlich?«

»Nenn mich einfach Moses«, lachte er und fuhr langsam vom Parkplatz.

Als sein Lkw außer Sichtweite war, zählte ich die Handvoll Francs, die ich aus der Brieftasche auf seinem Armaturenbrett gestohlen hatte.

Saint-Jean-de-Luz, Frankreich
17. Juni

Die rauen Wellen des Atlantiks schwappten über meine Füße und die Haare auf meinen Zehen wiegten sich darin hin und her wie die Stacheln eines Seeigels. Die Nacht brach herein und die rotierenden Lichtstrahlen zweier Leuchttürme schnitten durch den blutroten Himmel. Der Hafen war von drei Betonwänden umgeben, die verhinderten, dass das Wasser und der Horizont jemals aufeinandertrafen. Ein paar Windsurfer, denen es nicht gelang, eine Brise in ihren Segeln einzufangen, saßen auf ihren Brettern und paddelten zum Ufer zurück.

Ich wusste nicht genau, wie lange meine Reise von Nord- nach Südfrankreich gedauert hatte. Ohne Doreens Uhr wusste ich nie, wie spät es war, und es spielte auch keine Rolle mehr. Die Stunden gingen ineinander über wie die Farben eines Batik-T-Shirts.

Ich hatte viel Zeit an französischen Straßenrändern verbracht und nach einem freundlichen Lächeln hinter einer vorbeifahrenden Windschutzscheibe gesucht. Manchmal hatte ich mich in den Toiletten der Eisenbahnwaggons versteckt, um den Fahrkartenkontrolleuren zu entgehen.

In diesen Tagen voller Einsamkeit kamen und gingen die Erinnerungen an die Menschen, die ich zurückgelassen hatte. Ich fragte mich, wie sie ohne mich klarkam. Glaubte sie wie erhofft, ich wäre tot? Oder klammerte sie sich an die vage Hoffnung, ich käme wieder zurück? Hoffentlich nicht, denn ich wollte so schnell wie möglich aus ihren Erinnerungen verschwinden.

Doch mein Verstand wusste, dass ich solche Gedanken im Keim ersticken musste. Würde ich sie häufiger zulassen, würden sie mich nur behindern. Also zwang ich mich, nur noch an die Zukunft zu denken und nicht mehr an die Vergangenheit – und vor allem nicht an sie. Das war nicht einfach, zumal ich sehr viel Zeit hatte.

Für kurze Zeit kann man seine Gedanken leicht beeinflussen. Doch der Teil des Gehirns, in dem all das verborgen ist, was an einem selbst nicht stimmt, lässt sich nicht gern unterdrücken. Je länger ich über das Böse nachdachte, desto schwerer würde es mir fallen, mir die kommenden guten Zeiten vorzustellen. Aber es war meine Entscheidung, und wenn ich wollte, konnte ich solche Gedanken vertreiben.

Kam mir also etwas in den Sinn, das mich herunterzog, erstickte ich diese Erinnerung schon im Keim und erinnerte mich daran, dass sie zu einem Menschen gehörte, der nicht mehr existierte.

Natürlich hatte ich nicht alle Gedanken unter Kontrolle. Doch im Großen und Ganzen lernte ich, mit ihnen umzugehen und sie zu verdrängen. Und als ich am Strand von Saint-Jean-de-Luz im Südwesten des Landes von Bord ging, wusste ich, was zu tun war. Ich musste mich auf Gegenwart und Zukunft konzentrieren. Also schuf ich neue Erinnerungen, indem ich meine Aufmerksamkeit auf das lenkte, was ich ab dem Moment meiner Ankunft sah und spürte.

Ich atmete die feuchte, salzige Meeresluft und die Gerüche ein, die der Wind von den umliegenden Restaurants herüberwehte. Mir gefiel der Strand am Hafen, der mich an ein riesiges zahnloses Grinsen erinnerte, und ich lächelte zurück. Ich war beeindruckt, dass die historischen Bauten von Saint-Jean-de-Luz noch in ihrem ursprünglichen Zustand erhalten geblieben waren. Ich entdeckte eine baskische Kirche, in die ich zu gern hineingegangen wäre.

Vor mir lag der Ozean, links die Grenze zu Spanien und die mächtigen Pyrenäen, hinter mir das französische Festland. Ich konnte überall hingehen und niemand würde es bemerken. Das war der Ort, an dem ich neu anfangen konnte.

Meine Körperhygiene hatte sich in letzter Zeit darauf beschränkt, mich in den schmutzigen Waschbecken an den Fernfahrerrastplätzen und Bahnhöfen zu waschen. Also ging ich als Erstes die Betontreppe hinunter, zog die übel riechende Kleidung aus und lief in Unterwäsche ins Wasser.

Das Salz brannte in meinen Augen, als ich mit dem Gesicht unter Wasser nach dem Meeresboden griff, der mir durch die Finger glitt. Ich schwamm auf eine weiße Metallboje zu, die mit der Wellenbewegung hin und her schaukelte. Mit einem Arm hielt ich mich an ihrem Gerüst fest und sah zur Küste.

Dann tauchte ich unter und das Rauschen der Wellen dröhnte in meinen Ohren. Ich hielt den Kopf so lange unter Wasser, bis ich neu getauft war.

Der Hafen war ein beliebter Anlegeplatz für Boote und Fischkutter, an dem man den Arbeitstag in bilderbuchartiger Behaglichkeit ausklingen lassen konnte. Das leise Vibrieren der Motoren kribbelte in meinen Armen und Beinen, während meine Nerven wieder zum Leben erwachten. Ich schloss die Augen, drehte mich auf den Rücken und schwamm langsam zum Strand zurück, um meine neue Haut von den Strahlen der untergehenden Sonne trocknen zu lassen.

Und da wusste ich auf einmal, dass mein neues Leben perfekt werden könnte.

28. Juni

Der Rauch der Gauloise verschmolz mit dem brennenden Cannabisharz, bevor er durch meine Nase tief in die Lunge wanderte. Ich lehnte mich zurück, sank noch tiefer in den Sand und kostete das Hochgefühl aus, bevor ich wieder ausatmete.

»Verdammt gutes Zeug, Mann«, murmelte Bradley, der mit überkreuzten Beinen neben mir saß.

»Yepp«, antwortete ich, ohne die Augen zu öffnen und ihn anzusehen.

Mithilfe meines gebrochenen Französischs konnte ich mich mit netten Einheimischen verständigen, die mich zu einem Rucksackhotel in der Rue du Jean schickten. Die Gebäude am Strand waren sehr vornehm, während sich das heruntergekommene Routard International drei Straßen weiter versteckte. Seine cremefarbene und olivgrüne Fassade war abgebröckelt und wie Schuppen auf den Bürgersteig gefallen.

Im Inneren verwiesen gerahmte Sepia-Fotografien, die achtlos an den Wänden der Rezeption aufgehängt worden waren, auf seine frühere Existenz als Hôtel Près de la Côte – ein strahlendes dreistöckiges Art-déco-Hotel. Inzwischen waren seine geometrischen Formen verstaubt und hinter einer Ansammlung billiger, moderner Bücherregale und Kommoden kaum noch zu erkennen. Und von seiner früheren Eleganz und der stilvollen Moderne war so gut wie nichts mehr vorhanden.

Im Ballsaal hatten sich einige Marmorfliesen von den Wänden gelöst und lagen in Scherben um einen Flügel herum, der unter zwei zerbrochenen Beinen zusammengeklappt war. Das Hotel war von einem luxuriösen Reiseziel zu einem Unterschlupf für zweifelhafte Gäste mit begrenzten Mitteln verkommen.

Der Rest von Moses' Geld reichte gerade so für eine Woche in einem Bett im Schlafsaal. In den Nächten, die ich in dem Londoner Obdachlosenheim verbracht hatte, hatte ich mich schnell daran gewöhnt, dass die anderen im Schlaf redeten, an ihr Schnarchen und die Gerüche, die sechs Körper auf engstem Raum produzierten.

Hier stiegen hauptsächlich junge Reisende aus Europa ab, die die Strände abseits des Glamours von Cannes und Saint-Tropez erkunden wollten. Ich war älter als die meisten anderen, doch man hatte mir mein Alter noch nie angesehen. Daher konnte ich mich leicht zehn Jahre jünger machen. Die Anhalter-Bräune verlieh meiner Haut einen gesunden Glanz und kaschierte meinen Gewichtsverlust infolge unregelmäßiger Mahlzeiten.

Ich traf hier mit Menschen zusammen, deren Sprache ich oft nicht beherrschte. Aber mithilfe einiger Brocken Deutsch, Italienisch, Französisch und vieler übertriebener Handzeichen mühten wir uns so lange ab, bis wir uns endlich verstanden.

In den ersten Tagen suchte ich nach einem Job, ob nun als einfacher Tellerwäscher in einer Café-Küche oder als Aushilfe auf einem Fischkutter. Doch die Stadt kümmerte sich nur um sich selbst, da war kein Platz für einen Engländer, der sich noch bewähren musste.

Also ging ich auf Entdeckungstour, um mich mit meiner neuen Wahlheimat vertraut zu machen. Die Architektur faszinierte mich noch immer und es gab viel zu entdecken – wie das William Marcels Hôtel du Golf aus der Zeit vor dem Ersten Weltkrieg und der ockerfarbene Country Club in Chantaco, über den ich in den Reader's-Digest-Ausgaben meines Vaters gelesen hatte.

An den Abenden hörte ich den Gästen des Hostels zu, die über ihr Leben vor dieser Reise berichteten, während ich kaum etwas über meine eigene Vergangenheit verriet. Also erzählte ich, dass ich die Universität verlassen hätte, um einige Jahre ein Teil der Welt zu sein, anstatt sie nur als unbeteiligter Außenstehender zu beobachten.

Die Geschichte klang plausibel und ich wiederholte sie so oft, dass ich irgendwann anfing, sie selbst zu glauben.

30. Juni

»Du hättest mir sagen sollen, dass du einen Job suchst«, meinte Bradley, der amerikanische Manager des Hostels. Er war ein netter Kerl Ende dreißig mit schulterlangem grau melierten Haar und Elvis-Koteletten. Sonne und salzige Meeresluft hatten tiefe weiße Linien in seinem Surfergesicht hinterlassen und ihn vorzeitig altern lassen.

»Wüsstest du denn einen?«, fragte ich hoffnungsvoll.

»Na ja, es ist nichts Großes, aber wir brauchen einen Portier. Jemand, der die Gäste an- und abmeldet und kleinere Arbeiten erledigt. Du würdest zwar nicht viel verdienen, hättest aber Kost und Logis frei.«

Das klang perfekt und ich fing am nächsten Tag an. Die Arbeit bot unverhoffte zusätzliche Vorteile. Ich konnte den Schrank mit den vergessenen Kleidungsstücken durchsuchen, Literatur aus dem öffentlichen Bücherschrank lesen und meine Sprachkenntnisse durch die anderen Reisenden verbessern.

Ich strich Wände, hämmerte lose Fußbodenbretter fest, wischte Erbrochenes von den Toiletten im Badezimmer und begrüßte neue Gäste. Dank der ausreichenden Freizeit und der zuverlässigen Brandung konnte ich mithilfe von Bradleys geduldigem Unterricht und seiner Sammlung bunter Surfbretter das Wellenreiten lernen. Nachdem ich die Grundlagen beherrschte, wurde Tauchen zu meiner neuen Passion, gefolgt von Ausritten zu den benachbarten Gebirgsausläufern.

Meine Abende waren herrlich: Nach getaner Arbeit ging ich mit Bradley zum Strand, wo wir ein oder zwei Joints rauchten, während die Sonne unterging, bevor ich schließlich auf ein paar Gläser Whiskey-Cola in einem der Bistros im Ort einkehrte.

Ich passte mich mit Begeisterung an meine neue Lebensweise an. Und nachdem ich meine Altlasten in einer versiegelten Kiste in meinem Kopf verstaut hatte, genoss ich einen Lebensstil, von dem ich nie zu träumen gewagt hätte. In den Augen eines Fremden und sogar in meinen eigenen war ich ein unbeschriebenes Blatt.

* * *

CATHERINE
Northampton, vor fünfundzwanzig Jahren
17. Juni

»Sag uns einfach, wo er ist!«, schrie Shirley, als ich sie an der Schulter packte und aus der Haustür schob.

»Geht jetzt!«, brüllte ich zurück.

Shirleys verzweifelte Stimme hallte durch das Haus, als ich Arthur und sie aus dem Haus warf.

Eine halbe Stunde lang hatten mich Simons Vater und Stiefmutter mit einer Flut erbitterter Fragen und Anschuldigungen überschüttet, und nun hatte ich genug. Meine Nerven lagen bereits ohne ihre Einmischung blank. Eigentlich hatte ich sie schon früher vor unserer Haustür erwartet. Doch offensichtlich waren sie in den vergangenen Tagen zu sehr damit beschäftigt gewesen, darüber nachzudenken, wie er sich in Luft aufgelöst haben könnte. Und inzwischen waren sie überzeugt, dass ich etwas damit zu tun haben musste.

Als sie eintrafen, nutzte ich die Helligkeit des langen Sommerabends und schickte die Kinder zum Spielen in den Garten. Dann holte ich tief Luft und ging langsam zurück in die Höhle des Löwen. Arthur und Shirley saßen im Wohnzimmer nebeneinander, die Arme verschränkt, die Beine übereinandergeschlagen.

»Es tut mir leid, dass ich euch nichts von Simon erzählt habe«, setzte ich an, »aber ich wollte euch nicht beunruhigen.«

»Du findest es also in Ordnung, dass wir von der Polizei erfahren mussten, dass unser Sohn vermisst wird?«, blaffte Shirley. »Du hättest uns das sofort sagen müssen.«

»Ja, ich weiß, und dafür möchte ich mich entschuldigen. Aber ich habe Roger gebeten, euch zu informieren, und er ist Simons bester Freund. Ihr habt es also nicht von einem Fremden erfahren. Und ich möchte mich wirklich nicht deswegen mit euch streiten. Die letzten Wochen waren furchtbar genug.«

»Ja, das habe ich gehört. Es muss wirklich anstrengend sein, nachmittags mit den Kindern ins Kino zu gehen, während ihr Vater vielleicht irgendwo liegt und stirbt«, schnappte Shirley.

»Shirley, so ist das nicht gewesen. Wir waren nur einmal im Kino, und das auf Rogers Rat hin. Im Übrigen sind es meine Kinder. Also entscheide ich, was das Beste für sie ist, nicht du.«

Sie hätte nicht die Kinder hineinziehen sollen, erst recht nicht, wo ihre Großeltern sich nie um sie gekümmert hatten. Sie wohnten zwar nur ein Dorf weiter, boten aber selten an, auf sie aufzupassen oder sie von der Schule abzuholen. Jemand, der sie nicht kannte, hätte leicht glauben können, sie hätten keine Enkel.

Damals, nach der Beerdigung, hatten sie uns weder ihre Hilfe noch eine Schulter zum Ausweinen angeboten. Ich war mir sicher, dass das Simon sehr verletzt hatte, obwohl er es nie zugegeben hatte.

Ich hatte immer angenommen, ich wäre der Grund für ihr fehlendes Interesse. Sie erinnerten sich an einen Jungen, der von Alan Whickers Reisereportagen fasziniert gewesen war und davon geträumt hatte, die Architektur der Welt zu erkunden. Dann hatte er mit dreiundzwanzig geheiratet und sich kurze Zeit später eine Familie aufgehalst. Selbst kurz vor unserer Hochzeit hatte er noch versucht, sie davon zu überzeugen, dass alles, was er jemals wollte, eine eigene normale, liebevolle Familie war. Doch sie hatten mehr für ihn gewollt.

Ich wusste, dass seine Beziehung zu Shirley nicht einfach war. Sie war wie ein großer, blond gefärbter Wirbelsturm, ein paar Jahre nachdem er Doreen hinausgeworfen hatte, in Arthurs Leben hereingebrochen. Ich erinnerte mich daran, wie sich Simon als Teenager oft darüber beschwert hatte, dass sie ihn zu den Hausaufgaben zwang und ihm das Rauchen verbot. Doch sie räumte auch sein Schlafzimmer auf und kochte für ihn, ohne eine Gegenleistung zu erwarten. Er hatte sie vielleicht nie geliebt, aber sie zeigte ihm, wozu eine Mutter fähig war. Ich hatte es nie zugegeben, doch ich hatte ihn darum beneidet, dass er Eltern hatte, die sich um ihn kümmerten.

Nach dem, was Doreen Simon angetan hatte, konnten sie nicht glauben, dass Simon seiner eigenen Familie dasselbe antun würde. Solange nichts das Gegenteil bewies, gingen sie also davon aus, dass ich ihn vertrieben hatte.

»Hast du ihn vielleicht unter Druck gesetzt, noch mehr zu arbeiten?«, setzte Arthur unbeholfen an.

»Nein.«

»Hast du ihn denn genug unterstützt?«, wollte Shirley wissen.

»Ja, natürlich habe ich das.«

»Wollte er wirklich so schnell so viele Kinder haben?«

»Ja, Shirley. Ich bin nicht von allein schwanger geworden.«

»Du könntest ihn reingelegt haben. Viele Frauen tun das, um zu bekommen, was sie wollen.«

»Was, vier Mal?«

»Aber warum ist er denn dann gegangen?«

»Er ist nicht gegangen, er ist *verschwunden*. Und das hat nichts mit unseren Kindern zu tun!«

»Das schließt dich als Grund aber nicht aus, oder, meine Liebe?«

Ich verdrehte die Augen, weil wir uns im Kreis drehten. Ich nahm eine Flasche Wein von der Anrichte und goss mir ein Glas ein, ohne ihnen auch etwas anzubieten. Sie warfen sich einen missbilligenden Blick zu, doch das kümmerte mich nicht. Stattdessen nahm ich einen besonders großen Schluck.

»Bist du dir sicher, dass du nicht weißt, wo er ist?«, fragte Shirley.

»Was ist denn das für eine Frage?«, antwortete ich überrascht. »Glaubst du wirklich, wir würden hier sitzen und dieses Gespräch führen, wenn ich es wüsste?«

»Das ist der ideale Zeitpunkt, es uns zu sagen, Catherine. Mach diesem Elend ein Ende. Hat Simon eine andere Frau? Ist es das? Ist er jetzt bei ihr? Du tust unseren Enkelkindern sehr weh, wenn du deinen Stolz an die erste Stelle setzt und so tust, als wäre er nur verschwunden.«

»Das ist lächerlich! Natürlich hat er keine andere Frau. Und wie kannst du glauben, meine Kinder kämen bei mir nicht an erster Stelle?«

»Viele Frauen sind nicht für die Ehe geschaffen«, mischte sich Arthur ein. »Sie versuchen es gar nicht und wollen ihr Gesicht wahren, indem sie viel Aufhebens machen und behaupten, der Mann sei verschwunden, nachdem er sie verlassen hat.«

»Das sagt gerade der Richtige! Hast du nicht jedem erzählt, Doreen sei fortgegangen, um Missionarin in Äthiopien zu werden? Ich kann mich nicht erinnern, dass du irgendetwas davon erwähnt hast, dass du sie rausgeschmissen hast.«

Er lief rot an.

»Und wenn Simon mir das angetan hat, warum hat er dann auch den Kontakt zu euch abgebrochen?«, fragte ich. »Wenn er mich verlassen hat, dann auch euch.«

»Hat er eine Nachricht hinterlassen, die erklärt, warum er gegangen ist?«, wollte Shirley wissen.

Ich stöhnte. »Du hast mir überhaupt nicht zugehört, oder? Dann buchstabiere ich es dir: Simon ist nicht gegangen. Er ist verschwunden. Für die Polizei gilt er als vermisst. Welchen Beweis braucht ihr noch?«

Shirley stand auf. »Es tut mir leid, dass ich dich das fragen muss, Catherine, aber hast du ihm etwas angetan?«

Diese Frage verwirrte mich. »Was zum Beispiel?«, fragte ich aufrichtig irritiert.

»Vielleicht hattet ihr einen Streit, der aus dem Ruder gelaufen ist. Du hast ihn vielleicht verletzt und bist dann in Panik geraten. Ich sage ja nicht, dass du das gewollt hast, aber …«

»Und dann habe ich die Kinder gebeten, mir zu helfen, seine Leiche in einen alten Teppich zu wickeln und ihn im Garten zu vergraben? Du hast zu viel ›Mord ist ihr Hobby‹ gesehen.«

»Wir haben ein Recht darauf, die Wahrheit zu erfahren! Er ist unser Sohn!«, knurrte sie.

»Er ist nicht dein Sohn, Shirley!«, gab ich zurück. »Aber er ist mein Ehemann, und es sind meine Kinder und ich, die am meisten leiden. Und was tut ihr, um uns zu helfen? Ihrer Mutter vorwerfen, sie sei eine Mörderin? Für was für ein Monster haltet ihr mich?«

Ihr Schweigen sprach Bände.

»Wenn er nicht tot ist, hat er dich verlassen«, antwortete Shirley nüchtern. »Und das überrascht mich offen gesagt nicht.«

Arthur, ihr treues Schoßhündchen, nickte zustimmend.

»Mich überrascht nur, dass er nicht schon früher gegangen ist«, fuhr sie fort. »Ich habe schon immer gesagt, dass man Ausschussware nicht reparieren kann.«

Trotz der Grausamkeit ihrer Worte reagierte ich erst, nachdem ich einen kurzen Blick auf Robbie geworfen hatte, der verwirrt auf der unteren Treppenstufe saß und aufmerksam verfolgt hatte, wie seine Mutter in Stücke gerissen wurde.

»Geht einfach!«, brüllte ich, bevor ich auf Shirley zusprang und ihren Arm ergriff. »Verschwindet aus meinem Haus!«

»Sag uns einfach, wo er ist!«, schrie Shirley, als ich sie an der Schulter packte und aus der Haustür schob.

Arthur trottete verlegen hinter uns her.

»Geht jetzt!«, rief ich und schob sie hinaus. Dann warf ich die Tür ins Schloss und schob den Riegel vor. Ich sammelte mich kurz, bevor ich mit meinem gebrochenen Herzen, das noch immer raste, zu meinem Sohn ging.

»Liebt Dad uns nicht mehr?«, fragte er und strich sich ein paar blonde Strähnen aus dem tränennassen Gesicht. »Ist er deshalb weggelaufen?«

Am liebsten hätte ich seinen Großeltern eine Ohrfeige dafür verpasst, dass sie ihm diesen Floh ins Ohr gesetzt hatten. Stattdessen kniete ich nieder, nahm seine Hände in meine und sah ihm fest in die Augen.

»Ich verspreche dir, Robbie, wo auch immer dein Daddy ist oder was auch immer ihm zugestoßen ist, er ist nicht weggelaufen. Er liebt uns von ganzem Herzen.«

Er sah mich prüfend an, stand auf und ging die Treppe hinauf. »Du lügst«, sagte er leise, als er sich in seinem Schlafzimmer in Sicherheit zu bringen versuchte. »Du bist schuld, dass Daddy weggelaufen ist.«

Es war schon schlimm genug, das von Arthur und Shirley gesagt zu bekommen. Doch zu hören, dass mein kleiner Junge zum ersten Mal in seinem Leben an seiner Mutter zweifelte, war niederschmetternd. Ich hätte ihm nachgehen und ihm erklären müssen, dass Simon von niemandem fortgejagt worden war. Doch Arthur und Shirley hatten meine ganze Kraft aufgezehrt.

Also schenkte ich mir stattdessen noch ein Glas Wein ein, setzte mich in die Küche, vergrub den Kopf in den Händen und kämpfte gegen den Drang an, mich zu übergeben.

25. Juni

An der Art, wie die orangefarbene Vase auf der Kommode vibrierte, erkannte ich, dass ein Polizeiauto vor unserem Haus hielt. Inzwischen kannte ich das dringliche, unverwechselbare Pochen ihrer Motoren, das die Fugen zwischen den Fußbodendielen zum Schwingen brachte. Wie immer überkam mich panische Angst, weil ich mich davor fürchtete, was sie mir sagen würden.

Meistens wollten sie mich auf den neuesten Stand der Ermittlungen bringen oder mir noch mehr Fragen stellen, die ich nicht beantworten konnte. Am schlimmsten waren die Besuche, bei denen sie mir Plastiktüten mit Kleidungsstücken zeigten, die man irgendwo gefunden hatte. Ein Taschentuch, ein Hut, eine Socke, ein Schuh … Die Liste der Gegenstände, die ich identifizieren sollte, wurde immer länger.

Ich sah sie stets schweigend durch, doch nie war etwas dabei, das Simon gehörte. Bei jeder neuen Sackgasse versuchten die Beamten, ihre Enttäuschung zu verbergen. Ein positives Ergebnis hätte sie der Lösung des Falles einen Schritt näher gebracht. Für mich war er jedoch nicht nur ein Fall: Er war mein Ehemann.

Bald präsentierten sie mir nicht nur immer weniger verwaiste Kleidungsstücke, auch ihre Besuche wurden seltener.

30. Juni

James war acht, Robbie fünfeinhalb und Emily knapp vier Jahre alt, und sie hatten für unser neues Leben genauso wenig Verständnis wie ihre ebenso verzweifelte Mum.

Sie ließen mich kaum aus den Augen, damit ich nicht auch noch verschwand. Durch die Küchenvorhänge hindurch spürte ich, wie drei Augenpaare auf mich gerichtet waren und mir permanent folgten, selbst wenn ich nur den Müll hinausbrachte. Ich versicherte ihnen ständig, dass ich nirgendwo hingehen würde, doch sie glaubten mir nicht.

Väter sollten für immer bleiben. Und nachdem sie gelernt hatten, dass dies nicht immer der Fall war, hatten sie Angst, dass auch Mütter nicht für immer bleiben würden. Ich hasste mich dafür, doch ein Teil von mir wünschte sich, ich hätte ihnen sagen können, dass Simon zu Billy gegangen wäre, als sie mich danach gefragt hatten. Das hätten sie leichter verstehen können. Doch es war wichtiger denn je, dass ich so tat, als wäre ich eine durchgehend optimistische Mutter, egal wie ich mich wirklich fühlte.

Emily wusste zwar, dass irgendetwas ihre Welt auf den Kopf gestellt hatte, doch es schien sie nicht sehr zu stören. Tatsächlich genoss sie die zusätzlichen Kuscheleinheiten von unseren Freunden, wenn sie uns besuchten. Ihnen fiel es schwer, beim Anblick ihrer riesigen babyblauen Augen und ihres unschuldigen Grinsens nicht dahinzuschmelzen, besonders wenn sie auf ein Foto von Simon auf der Anrichte zeigte und »Daddy's Gone. No Daddy« sang. Ich nickte mitfühlend und lenkte sie dann mit einem Kuscheltier oder einer Puppe ab.

Robbie nahm es sich am meisten zu Herzen. Er verbrachte immer mehr Zeit mit Oscar, unserem Hund, und sie halfen sich gegenseitig in ihrer Verwirrung. Ich kämpfte mit den Tränen, wenn ich sah, wie sie zusammen im Garten saßen, über die

Felder starrten und darauf warteten, dass Simon wiederauftauchte, als wäre er Teil eines Zaubertricks, der fürchterlich schiefgelaufen war. Wenn ich sie abends ins Bett brachte, lehnte ich Robbies Tür nur an, damit Oscar sich hineinschleichen und an seinem Fußende schlafen konnte.

James war das Ebenbild seines Vaters, von den braunen Locken bis zu dem Funkeln in den grünen Augen und dem ansteckenden Lachen. Eines Nachts breitete er seine Sammlung weißer und brauner Muscheln, die er am Strand von Benidorm gefunden hatte, auf dem Fußboden seines Schlafzimmers aus. Sein Freund Alex hatte ihm erzählt, dass er das Rauschen des Meeres hören könnte, wenn er eine Muschel an sein Ohr hielte und aufmerksam lauschte.

Immer wieder hielt er sie sich ans Ohr und versuchte, Simons Stimme zu hören. Vielleicht hatte er sich ja am Meer verirrt und brauchte seine Hilfe, um wieder nach Hause zu finden. Ich hatte es selbst einmal versucht, aber nichts als das Echo meiner inneren Leere gehört.

* * *

Northampton, heute
8.55 Uhr

Sie starrte ihn erfüllt von unnachgiebigem Hass an, wie sie ihn bisher nur für einen anderen Mann empfunden hatte. Doch diese Person hatte sie schon vor langer Zeit begraben – zusammen mit ihrem Ehemann.

Sie zog die Stirn so kraus, dass sie schmerzte. Sie fand kaum Worte, um auf das zu antworten, was er ihr über die ersten Wochen ohne sie erzählt hatte. Bei all den Möglichkeiten, die sie in Erwägung gezogen hatte – und das waren viele gewesen –, hätte sie nicht damit gerechnet, dass er einfach Urlaub gemacht hatte. Während sie vor Sorge völlig verzweifelt gewesen war, hatte er am Strand gelegen.

Er sollte verstehen, wie ihr Leben auseinandergebrochen war, als er verschwunden war. Er musste wissen, dass sie sich ihr Schicksal nicht ausgesucht hatte, während er sich ein neues Ich erschaffen hatte. Doch selbst wenn sie ihm nur einen Eindruck davon vermitteln könnte, was sie durchgemacht hatte, würde er immer noch nicht verstehen, welche Qualen man durchlitt, wenn man seinen Seelenverwandten vermisste. Dass er die ersten dreiunddreißig Jahre seines Lebens so einfach hatte abschütteln können – und damit diejenigen, die eine wesentliche Rolle darin gespielt hatten –, war für sie unbegreiflich.

»Hast du nicht einen Moment darüber nachgedacht, wie es uns gehen könnte, während du dich mit einem Haufen Teenager bekifft hast?«, fragte sie.

»Ganz so war es zwar nicht, aber damals habe ich das wohl eher nicht«, antwortete er mit schonungsloser Ehrlichkeit. »Ich dachte, ihr geht davon aus, dass ich einen Unfall hatte, man meine Leiche aber nicht finden konnte.«

»Oh, bitte korrigiere mich, wenn ich mich in diesem Punkt irre, aber du hast uns schlichtweg aus deinem Gedächtnis verbannt?«

Er nickte.

»Was ist mit den Geburtstagen? Oder den Jahrestagen?«, hakte sie nach und hoffte auf einen Anflug von Gewissensbissen. »Hast du je an uns gedacht?«

»Am Anfang nicht, nein, aber ich hatte keine Wahl. Nur so konnte ich mein Leben weiterleben.«

»Das ist der Unterschied zwischen dir und mir, Simon. Ich hätte ohne dich und die Kinder niemals weiterleben wollen.«

»Ich musste weg, ich wäre fast erstickt.«

»Oh, jetzt werde bitte nicht melodramatisch«, fauchte sie. »Du hättest mich um die Scheidung bitten können, wenn du nicht mehr länger mit mir hättest verheiratet sein wollen. Das hätte mir zwar das Herz gebrochen, aber ich wäre irgendwann damit fertiggeworden. Außerdem war es eine Sache, mich zu verlassen, aber deine Kinder? Das werde ich nie verstehen.«

Sie spürte den Kloß in ihrem Hals und wie ihre Stimme brüchig wurde. Sie hatte sich vor vielen Jahren geschworen, ihm keine Träne mehr nachzuweinen, und sie wollte ihr Versprechen jetzt nicht brechen.

»Du hast mich gefragt, wo ich hingegangen bin, also habe ich es dir gesagt«, antwortete er ruhig. »Ich bin nicht dafür verantwortlich, wenn dir das, was du gehört hast, nicht gefällt.«

Sie verdrehte die Augen. »Nein, du hast recht. Mit Verantwortung hast du nicht viel am Hut, richtig?«

»Ich bin nicht hier, um mich mit dir zu streiten«, sagte er mit einer unerträglichen Ruhe.

»Warum bist du dann hier? Denn ich habe wirklich eine Wahnsinnswut in mir, die ich kaum zurückhalten kann. Und du machst es mir auch nicht gerade leichter, wenn du mir sagst, dass du uns einfach aus deinem Gedächtnis gestrichen hast.«

»Natürlich habe ich an dich gedacht. Ich habe an euch alle gedacht – später irgendwann. Was ich damit sagen will, ist, dass es mir nicht gutgetan hätte, wenn ich von Anfang an über die Vergangenheit nachgedacht hätte. Ich musste euch alle aus meinen Gedanken verbannen, um weiterleben zu können. Falls das herzlos klingt, möchte ich mich dafür entschuldigen, aber damals habe ich getan, was ich für das Beste hielt.«

Sie schüttelte ungläubig den Kopf und fuhr sich mit den Händen über die Wangen. Sie brannten. Sie ging zum Fenster und öffnete es, damit das Gefühl der Enge ein wenig weichen konnte.

Als das Sonnenlicht auf ihre Haare fiel und ihre Kopfhaut durchschimmerte, glaubte er, eine sichelförmige Narbe an der Seite ihres Kopfes zu erkennen.

Sie drehte sich schnell um. »Hattest du uns alle satt oder nur mich? Was habe ich getan, dass du mich nicht mehr wolltest? Hast du ein besseres Angebot bekommen?«

Noch war er nicht bereit, seine Gründe zu offenbaren, und so ließ er den Blick zum Kamin gleiten, wo er auf einen vertrauten Gegenstand fiel. »Haben uns die nicht Baishali und Steven zur Hochzeit geschenkt?«, fragte er und zeigte auf eine runde orangefarbene Vase.

Obwohl sie sein Themenwechsel irritierte, nickte sie.

»Wie geht es ihm? Ist er inzwischen in Rente?«

»Ja, ist er. Einer seiner Söhne hat das Unternehmen übernommen, das du im Stich gelassen hast. Dann sind Baishali und er nach Südfrankreich gezogen. Schon komisch, dass er dich nicht am Strand getroffen hat. Ihr hättet sehr viel nachzuholen gehabt.«

Er fragte nicht nach Roger. Der richtige Zeitpunkt war noch nicht gekommen.

»Wie auch immer, ich bezweifle, dass du von den Toten auferstanden bist, um Small Talk zu machen«, fuhr sie fort. »Also entweder sagst du mir jetzt, warum du hier bist, oder du kehrst dorthin zurück, wo du hergekommen bist.«

»Du musst zuerst die ganze Geschichte erfahren.«

»Was, noch mehr spannende Urlaubsgeschichten? Dafür habe ich keine Zeit.« Sie ging in Richtung Veranda, als wollte sie die Haustür öffnen, doch sie wusste, dass es eine leere Drohung war. Sie hatte zu viele Jahre auf Antworten gewartet, um das Gespräch jetzt schon zu beenden.

»Bitte, Catherine, du musst wissen, was aus meinem Leben geworden ist. Und ich möchte wissen, was ihr gemacht habt.«

»Du verdienst es nicht, irgendetwas über mich zu erfahren.«

»Ich weiß, dass ich kein Recht darauf habe, aber es ist lange her. Wir brauchen beide einen Schlussstrich.«

Zum Teufel mit dem Schlussstrich, dachte sie. Sie wollte nur wissen, warum. Selbst nach all der Zeit hatte sie immer noch das Gefühl, es wäre ihre Schuld. Dem Puzzle fehlten einige wichtige Steinchen, die sie allein nicht zusammenfügen konnte. Also sagte sie sich, dass sie ihm zwar nachgeben, es ihm aber nicht leicht machen würde – was auch immer an diesem Tag noch passieren würde.

KAPITEL 5

CATHERINE

Northampton, vor fünfundzwanzig Jahren
17. Juli

Ein energisches Klopfen an der Haustür ließ mich bei Sonnenaufgang hochfahren und erschreckte mich zu Tode. Ich sprang aus dem Bett, schaute nervös aus dem Flurfenster und sah Rogers ziviles Polizeiauto und einen Mannschaftswagen, der am Straßenrand parkte. Mein Mund war trocken.

Ich warf mir den Morgenmantel über und rannte mit zitternden Knien die Treppe hinunter, in der Hoffnung, dass der Lärm die Kinder nicht geweckt hatte. *Sie haben seine Leiche gefunden. Ich habe ihn wirklich verloren.*

Roger stand unbeholfen mit gesenktem Kopf da und konnte mir nicht in die Augen sehen.

»Ich weiß, was du sagen wirst«, setzte ich an.

»Kann ich reinkommen?«

»Ihr habt ihn gefunden, oder? Du kannst es mir ruhig sagen.«

»Nein, haben wir nicht, Catherine. Aber ich muss mit dir reden.«

Roger trat ein, während eine Handvoll Polizisten mit Taschenlampen in der Hand am Gartentor standen. Sie trugen Overalls und Stiefel, um die blaue Plastiktüten gewickelt waren. Keiner von ihnen sah mich an.

»Mir tut das Ganze furchtbar leid, aber mir sind die Hände gebunden«, meinte er entschuldigend. »Uns wurde ein alternativer Ermittlungsansatz vorgeschlagen. Und mein Vorgesetzter hat mich angewiesen, dem nachzugehen.«

»Ich verstehe nicht.«

Er schwieg. »Wir haben einen Hinweis bekommen. Deshalb müssen wir nun euren Garten nach … Anzeichen absuchen, dass der Boden kürzlich umgegraben wurde.«

»Kürzlich umgegraben?«, wiederholte ich. »Was soll das heißen?«

»Ich weiß nicht, wie ich es sonst sagen soll, aber es steht die Vermutung im Raum, dass Simons Leiche hier begraben sein könnte.«

»Soll das ein Witz sein?«

»Ich wünschte, es wäre so, aber ich habe einen Durchsuchungsbefehl.« Er zog ein Dokument aus seiner Jackentasche und reichte es mir. Schockiert von der Absurdität der Situation gab ich es ihm zurück, ohne einen Blick darauf geworfen zu haben.

»Glaubst du ernsthaft, ich hätte meinen Mann im Garten begraben?«

»Nein, natürlich nicht. Aber wir müssen allen Hinweisen nachgehen, auch wenn sie von irgendwelchen Spinnern kommen.«

»Wer ist dieser Spinner, Roger?«, wollte ich wissen.

»Das darf ich nicht sagen.«

»Du weißt schon, mit wem du redest, oder? Ich habe ein Recht, es zu erfahren.«

»Es tut mir leid, Catherine, ich kann nicht.«

Ich hielt inne. »Moment, du sagtest ›irgendwelche Spinner‹, als wären es mehrere. Wer würde …«

Meine Stimme erstarb und ich schloss die Augen, als ich erkannte, wer dahintersteckte.

»Arthur und Shirley!«, schäumte ich. »Ich werde das jetzt ein für alle Mal mit ihnen klären.« Ich hatte mir zwar nach unserem letzten Gespräch geschworen, nie wieder ein Wort mit ihnen zu wechseln, war aber wütend genug, um eine Ausnahme zu machen.

»Nein, das wirst du nicht«, antwortete Roger bestimmt. »Du wirst im Haus bleiben und mich meine Arbeit machen lassen. Wir werden nichts finden, aber je schneller wir damit durch sind, desto schneller sind wir wieder weg, bevor deine Kinder und die Nachbarn aufwachen.«

Wütend und frustriert zugleich starrte ich ihn an, während ich befürchtete, ein kleiner Teil von ihm könnte meinen garstigen Schwiegereltern Glauben schenken. Doch in seinen Augen sah ich nichts als Verlegenheit.

»Tu, was du nicht lassen kannst, und dann verschwinde«, fuhr ich ihn an und ließ ihn stehen. Dann versteckte ich mich beschämt und gedemütigt hinter den Vorhängen im Wohnzimmer, während die Beamten schweigend den Garten hinter dem Haus, Simons Terrain, durchsuchten und wahllos die Terrassenplatten um den Teich herum anhoben.

Sie entnahmen Proben vom Aschehaufen seines Lagerfeuers, nahmen mit Spezialklebeband Fasern aus dem Kofferraum seines Wagens auf und siebten die Erde an den Rändern des Vorgartens. Als sie sich jedoch an den rosafarbenen Rosensträuchern vergreifen wollten, die er für mich gepflanzt hatte, als ich am Tiefpunkt war, konnte ich meinen Ärger nicht länger zurückhalten.

»Was zum Teufel tun Sie da?«, schrie ich, während ich auf sie zustürmte. »Sie haben keine Ahnung, was mir die Blumen bedeuten!«

»Der Boden ist frisch umgegraben. Also müssen wir das überprüfen«, antwortete ein uniformierter Beamter mit ausdrucksloser Miene.

Ich riss ihm den Spaten aus der Hand und schleuderte ihn auf den Rasen. »Das macht man in einem Garten – Erde umgraben und Dinge einpflanzen –, Sie Vollidiot!«

Ich stampfte zurück in die Küche und leerte eine halb leere Flasche Wein, die im Kühlschrank stand, bevor ich sie gegen die Wand schmetterte. Oscar huschte völlig verängstigt ins Wohnzimmer, um sich in Sicherheit zu bringen.

Ich ließ die Kinder länger als sonst schlafen, bis die Polizisten ihre Ausrüstung zweieinhalb Stunden nach ihrer Ankunft in den Kofferraum packten und Roger wieder vor der Tür erschien.

»Wir sind fertig. Wie gesagt, wir hatten nicht damit gerechnet, etwas zu finden. Es tut mir wirklich sehr leid, dass wir dir das antun mussten, Catherine.«

»Mir auch«, antwortete ich und knallte ihm die Tür vor der Nase zu.

14. August

»Simon ist nicht tot«, erklärte ich meiner Doppelgängerin im Badezimmerspiegel. »Er ist nicht tot. Er ist nicht tot.«

Jedes Mal, wenn Zweifel in mir aufkeimten, wiederholte ich diesen Satz mantraartig, bis ich wieder daran glaubte. Doch es fiel mir mit jeder Woche schwerer.

Ich spähte in den Schrank, um sicherzugehen, dass alles dort war, wo es hingehörte, wenn er wieder nach Hause käme. Das tat ich sehr oft. Sein Rasierer, Rasierschaum und -pinsel,

Kamm, Wattestäbchen und Deodorant standen immer noch ordentlich aufgereiht nebeneinander – und waren ebenso nutzlos wie ich.

Ich schloss die Türen und hatte Mitleid mit dem gequälten Gesicht, das mich im Spiegel anstarrte. War es unfair gewesen, den Kindern zu sagen, er sei noch am Leben, und ihnen falsche Hoffnungen zu machen? Obwohl ich seine Gegenwart nicht mehr spüren konnte, sagte mir mein Gefühl, dass er nicht für immer fort war. War das genug? Und was für ein Vorbild wäre ich, wenn ich ihren Vater so schnell aufgeben würde?

Tag für Tag galt Simon mein erster und mein letzter Gedanke – und meistens auch jeder weitere Gedanke dazwischen. Abends im Bett erzählte ich ihm von meinem Tag, doch er antwortete mir nie. Trotzdem war ich mir sicher, dass er irgendwo da draußen war und darauf wartete, gefunden zu werden. Ich hatte jedoch das Gefühl, mit diesem Glauben zunehmend einer Minderheit anzugehören.

Anfangs nahm ich an unseren Freunden nur sehr subtile Veränderungen wahr. Niemand hatte den Mut, es in Worte zu fassen. Doch nach und nach bemerkte ich die leisen Zweifel, wenn ich seinen Namen aussprach. Steven erwähnte ihn nur noch selten, es sei denn, es ging um ihr Geschäft, und Baishali zog verlegen an ihren dunklen, schulterlangen Locken und wechselte schnell das Thema. Sogar Paula, auf die ich mich immer verlassen konnte, sah mich an, als wäre ich naiv, weil ich die Möglichkeit nicht in Betracht zog, dass er einfach weggegangen sein könnte.

Damit verletzte sie mich unwissentlich mehr als jeder andere, weil wir uns so nahestanden und sie meinen Instinkten nicht vertraute. Also überlegte ich, ob ich weniger über Simon sprechen sollte. Doch warum sollte ich das tun? Er war mein Ehemann und es war nicht sein Fehler, dass er nicht mehr bei uns war. Warum konnte das außer mir niemand sehen?

Ich ärgerte mich über jeden, der sich nicht voll und ganz auf die Suche nach ihm konzentrierte. Natürlich wusste ich, dass die anderen ihr eigenes Leben hatten, und darum beneidete ich sie, doch ihre Zweifel machten mich unglaublich wütend. Am liebsten hätte ich ihnen gesagt, dass sie verschwinden sollten. Doch ich brauchte ihre Hilfe, um nicht zusammenzubrechen. Also suchte ich Trost in einer Flasche Rotwein. Sie verstand besser als jeder Freund, was ich brauchte.

Ich führte ein Doppelleben, in dem ich mit einem Bein im Treibsand versank, während das andere verzweifelt nach festem Grund suchte, damit ich nicht unterging.

Die Stimmung beim Abendessen wurde immer gedrückter. Ich versuchte, die Kinder in ein Gespräch zu verwickeln oder abzulenken, indem ich sie auf kommende lustige Urlaube, Geburtstage und Weihnachtsfeste vertröstete. Doch es war egal, was ich sagte. Sie wollten nur ihren Vater. Also saßen wir meistens schweigend da und schoben das Essen wie Schachfiguren auf unseren Tellern hin und her, um nicht auf den leeren Stuhl zu starren.

Irgendwann stellte ich Simons Stuhl in die Garage. Doch es machte keinen Unterschied. Denn nun starrten wir auf den leeren Platz.

2. September

Es bedurfte meines achtjährigen Sohnes, um mich endlich zum Handeln zu bewegen.

»Schau mal, was ich gemacht habe, Mummy!«, rief James voller Stolz und drückte mir ein Blatt Papier auf die Brust.

Mir wurde schwer ums Herz, als er mir eine Zeichnung seines Vaters zeigte, unter die er eine 50-Pence-Münze – sein Taschengeld – als Belohnung für denjenigen geklebt hatte, der ihn fand.

»Das können wir ins Fenster hängen«, meinte er voller Hoffnung. Das war der Tritt in den Hintern, den ich gebraucht hatte.

Drei Monate nach Simons Verschwinden musste Roger eingestehen, dass die Ermittlungen der Polizei nichts ergeben hatten. Ich hatte sie ihren Job machen lassen, auch wenn es bedeutete, dass sie mein Haus durchsuchten oder in meinem Garten nach seiner Leiche gruben. Doch sie hatten so wenig herausgefunden, dass ich mir inzwischen dumm vorkam, weil ich den Kindern und Nachbarn keine Antwort geben konnte, wenn sie nach den neuesten Entwicklungen fragten.

Ich war in einen Teufelskreis geraten, in dem ich mir selbst leidgetan und mich darauf verlassen hatte, dass andere ihn fanden. Und dann war ich enttäuscht gewesen, als sie das nicht taten. James' Fahndungsplakat erinnerte mich daran, dass mich nichts daran hinderte, Simon selbst zu finden.

Das gab mir neuen Auftrieb und ich wurde selbst aktiv. Ich rief unsere Lokalzeitung an, die einen Reporter vorbeischickte, damit ein neuer Aufruf gestartet werden konnte. Und nachdem das Interview erschienen war, fragte ein regionaler Nachrichtensender an, ob uns ein Journalist besuchen und filmen dürfte. Ich kann nicht sagen, dass ich stolz darauf war, doch ich benutzte die Angst unserer Kinder, um die Herzen der Zuschauer zu berühren.

»Mummy versucht, die Leute dazu zu bringen, Mitleid mit uns zu haben«, flüsterte ich James und Robbie zu, als der Kameramann uns nicht hören konnte.

»Warum?«, wollte Robbie wissen.

»Wenn jemand weiß, wo Daddy ist, bisher aber nichts gesagt hat, sieht er uns jetzt im Fernsehen und begreift, wie sehr wir ihn vermissen. Und dann sagt er uns, wo wir ihn finden können. Aber wir müssen alle so tun, als wären wir furchtbar traurig, wenn sie uns filmen.«

»Wir müssen doch nicht so tun, als ob«, antwortete James verwirrt. »Wir sind doch traurig.«

Natürlich waren sie das. Ich schwieg und fragte mich, ob ich ihren Schmerz ausnutzte, um mir selbst etwas zu beweisen oder um unserer ganzen Familie zu helfen. Würde es noch größeren psychologischen Schaden anrichten, als sie ohnehin schon erlitten hatten, wenn sie öffentlich vorgeführt würden? Oder rechtfertigte der Zweck die Mittel?

Ich hatte nicht wirklich eine Wahl, also schob ich sie mit ihren Trauermienen ins Wohnzimmer. Ich war eine schreckliche Mutter. Beflügelt von meinem neuen Interesse an unserer Familie kleisterte ich die umliegenden Dörfer, Bushaltestellen und Bahnhöfe, Krankenhäuser, Bibliotheken und Gemeindezentren mit Postern zu, auf die ich ein Foto und die Beschreibung meines Mannes gedruckt hatte.

Ich brachte sie persönlich an. Die Leute waren eher bereit, sie hängen zu lassen, wenn sie mein besorgtes und verzweifeltes Gesicht mit eigenen Augen gesehen hatten. Außerdem schrieb ich über dreißig Briefe und schickte sein Foto an Obdachlosenheime und Heilsarmeezentren im ganzen Land, für den Fall, dass er dort orientierungslos auftauchte. Diese Eigeninitiative gab mir einen Auftrieb, wie ich ihn seit Längerem nicht mehr gespürt hatte. Ich war voller Optimismus und hatte endlich die Zügel selbst in der Hand. Nachdem ich alles getan hatte, was mir eingefallen war, redete ich mir ein, dass ich nur noch abwarten müsste.

Nach dem Fernsehaufruf erhielt die Polizei ungefähr dreißig Hinweise, doch keiner führte zu etwas. Auch die Heilsarmee konnte mir nicht weiterhelfen. Lediglich ein Obdachlosenheim in London erinnerte sich an jemanden, der vage Ähnlichkeit mit Simon gehabt hatte. Doch diese Person war schon vor Monaten weitergezogen.

Ende September stand ich wieder am Anfang.

Es ist schon lustig, wozu der Verstand in der Lage ist, wenn er glaubt, nach einem Strohhalm zu greifen, und nur Brennnesseln erwischt. Unter dem Einfluss des Weines oder der Verzweiflung fielen mir immer lächerlichere Theorien ein, um sein Verschwinden zu erklären. Doch wenn sie auch nur einen schwachen Hoffnungsschimmer boten, griff ich nach ihnen.

Ich durchsuchte die Zeitungen im Mikrofichekatalog der Bibliothek, um herauszufinden, ob womöglich ein Serienmörder auf freiem Fuß war, dem Simon zum Opfer gefallen sein könnte. Ich fragte Roger, ob man ihn in ein Zeugenschutzprogramm gezwungen haben könnte. Ich sprach mit einer wirklich netten Frau beim MI6 und fragte sie, ob er womöglich seit Jahren ein Doppelleben als Spion führte und gerade irgendwo auf der Welt eine Mission zu erledigen hatte. Sie konnte – oder wollte – das weder bestätigen noch leugnen.

Ich verbrachte einen Tag damit, Interviews mit Leuten zu lesen, die behaupteten, Außerirdische hätten sie entführt und Experimente an ihnen vorgenommen. Simon hasste es, wenn sein Arzt an ihm herumdokterte. Also stellte ich mir in einem seltenen Moment der Heiterkeit sein Gesicht vor, während E. T. versuchte, ihm seinen langen Finger in den Hintern zu stecken.

Ich besuchte sogar eine Freundin von Paulas Mutter, eine Hellseherin, die die Stirn runzelte, als sie Simons Kamm in der einen und sein Foto in der anderen Hand hielt. Sie schloss die Augen und summte.

»Also er ist noch nicht auf die andere Seite gegangen, meine Liebe«, sagte sie zu meiner Erleichterung. »Ich spüre, dass er gesund und in Sicherheit ist, aber er ist weit weg. Irgendwo, wo es Sand gibt. Ich sehe Berge und Menschen, die mit lustigem Akzent sprechen. Er lächelt viel. Er scheint sehr glücklich zu sein.«

Ich stürmte hinaus, noch bevor sie fertig war, und ärgerte mich über mich selbst, weil ich auch noch Geld für diesen Schwindel bezahlt hatte.

Wieder zu Hause setzte ich mich an den Küchentisch, ohne den Mantel auszuziehen, und trank ein Glas Wein leer, das ich vorher stehen gelassen hatte.

Vier Monate waren vergangen, seit Simon verschwunden war, und ich war emotional wieder am Morgen des 4. Juni angelangt – ohne ihn, und kein bisschen weiser als zuvor.

7. Oktober

Ich ging früh ins Bett und schaltete das Licht aus, in der Hoffnung, der Wein würde mich schnell einschlafen lassen. Doch dem war nicht so. Irgendwann begann mein Magen zu knurren, aber ich konnte mich nicht einmal dazu aufraffen, mir ein Sandwich zu machen.

Die Vorhänge schloss ich schon seit Langem nicht mehr, damit ich aus dem Fenster schauen konnte, wenn ich wieder einmal nicht schlafen konnte. Der Mond leuchtete heller als jemals zuvor, genau wie die Sterne. Ich starrte auf einen Sternhaufen und versuchte, sie so zusammenzufügen, dass sie Simons Gesicht ergaben.

Ohne dass etwas Besonderes vorgefallen war, hatte ich den größten Teil des Tages in einem neuen Tief verbracht. Es ist egal, ob man die Hand eines geliebten Menschen hält, während sich das Röcheln des Todes langsam in einem Stöhnen auflöst, oder ob die Polizei vor der Haustür auftaucht, um einem zu sagen, dass es einen Unfall gegeben hat. Egal wie der Tod eintritt, der Schmerz ist furchtbar.

Manche Menschen bauen Mauern um sich auf, um sich vor sich selbst oder vor denen zu verstecken, die ihren Schmerz teilen. Manche machen komplett zu, andere trauern für den Rest ihres Lebens. Die Mutigen machen einfach weiter.

Ich konnte nichts von alldem tun. Denn wenn sich jemand ohne Grund, ohne Erklärung und ohne einen Schlussstrich zu ziehen, in Luft auflöst, bleibt nur eine unendliche Leere zurück. Ein klaffender, schmerzender Abgrund, der nicht mit der Liebe, dem Mitgefühl oder der Stärke anderer gefüllt werden kann.

Niemand wusste, dass sich mein Herz in ein schwarzes Loch verwandelt hatte, in dem nichts als unbeantwortete Fragen herumwirbelten. Solange es keinen physischen Beweis für Simons Tod gab, konnte ich ihn nicht wirklich gehen lassen.

Ich konnte keine Beerdigung arrangieren, keine Leiche begraben, hatte niemanden, dem ich die Schuld geben konnte, keine Autopsie, die mir eine medizinische Ursache nannte, keinen Abschiedsbrief, der mir ein Motiv für einen Selbstmord lieferte. Ich hatte nichts. Nur Monate absoluten Nichts.

Und während das Leben aller anderen jenseits unseres Gartentors weiterging, war ich in der Hölle gefangen und fühlte mich so unglaublich allein.

* * *

SIMON
Saint-Jean-de-Luz, vor fünfundzwanzig Jahren
14. Juli

In mir herrschte eine Leere, die gefüllt werden musste. Meine Fantasie war gierig und ich sehnte mich nach einem Projekt, in das ich mich verbeißen konnte. Schon als Junge hatte ich Dinge erschaffen wollen. Vogelhäuschen, Tierhöhlen, Hasenhütten, Dämme in Bächen – was es war, spielte keine Rolle, solange es etwas Greifbares war, das ich von Grund auf errichten und auf das ich stolz sein konnte.

Mein Leben in Frankreich führte ich zufrieden und stressfrei und ich hatte einen Großteil meiner Vergangenheit einfach abgeschüttelt. Doch der Wunsch, etwas zu entwerfen und in die Tat umzusetzen, ließ sich nicht länger ignorieren, seit ich in einem Hostel lebte, das einmal etwas Großartiges gewesen war und nun geradezu um Hilfe schrie. Denn das war es, was ich tat: Dinge entwerfen, erschaffen und restaurieren.

Und je mehr Zeit ich unter seinem Dach verbrachte, desto vertrauter wurde mir seine Persönlichkeit. Ich wusste, welche Dielen knarrten und welche kaum noch in der Lage waren, mein Gewicht zu tragen. Ich wusste, welche Fenster geschlossen bleiben mussten, damit die verrottenden Rahmen nicht auseinanderfielen. Ich wusste, auf welcher Seite des Dachbodens sich die Mäuse am liebsten einnisteten. Ich kannte die Räume, die man bei heftigen Regenfällen meiden sollte, und die Orte, an denen das meiste Sonnenlicht einfiel und an denen Bradleys Cannabispflanzen am besten gediehen.

Ich hatte mich in all seine Vorzüge und Schwächen verliebt. Ich hatte seine Mängel auf eine Art akzeptiert, wie ich es bei einem Menschen nicht konnte. Ich wusste auch, dass man die tiefer liegenden Probleme nicht verdecken konnte, indem man die Risse übertapezierte. Ich sehnte mich danach, das Routard International wieder in das Hôtel Près de la Côte zu verwandeln.

Glaubte man den Geschichten der Einheimischen, war das Hotel Mitte der 1920er-Jahre wie aus dem Nichts aufgetaucht. Entworfen hatte es ein aufstrebender Architekt aus Bordeaux, der sein Projekt nur zweimal besucht hatte – einmal zur Grundsteinlegung und einmal, als sich die Türen für zahlende Gäste geöffnet hatten. Niemand konnte sich an seinen Namen erinnern.

Den Auftrag hatte ihm eine wohlhabende jüdische Familie aus Deutschland erteilt, die befürchtete, ihr Land könnte nach dem Ersten Weltkrieg erneut kollabieren, und daher in

Immobilien im Ausland investierte. Als ihre Heimat ein zweites Mal zusammenbrach, blieb ihr Hotel stehen, während sie vom Erdboden verschwanden. Ihr Vermächtnis war unversehrt geblieben. Da man die Eigentümer des verwaisten Hotels nicht auftreiben konnte, führte es der damalige Manager als sein eigenes weiter. Nach seinem Tod lag das Schicksal des Hotels dann in den Händen entfernter Verwandter, die wenig unternahmen, um seinen Verfall zu verhindern.

Ich war bestürzt, wie man etwas, das einmal so wertvoll gewesen war, vorsätzlich aufgeben konnte, bevor ich die Ironie darin erkannte. Doch ich hatte schon immer mehr mit Gebäuden als mit Menschen anfangen können. Widmete man einem Gebäude Zeit, Liebe zum Detail und Aufmerksamkeit, so würde es einen beschützen und man würde unter seinem Dach sicher sein. Derlei Garantien hatte man bei Menschen nicht. Also machte ich es mir zur Aufgabe, diesem Haus zu helfen, so wie es mir geholfen hatte.

Bradley stellte für mich den Kontakt zum Besitzer her, einem niederländischen Unternehmer. Dieser räumte ein, dass er es bei einer Auktion nur aufgrund der Beschreibung blind ersteigert hätte. Ich schickte ihm ein zwölfseitiges detailliertes Angebot, in dem ich erklärte, wer ich war, was mir sein Haus bedeutete und welche Qualifikationen und Fähigkeiten ich besaß, um es zu neuem Leben zu erwecken.

Außerdem erstellte ich einen Überblick über den Arbeitsaufwand sowie einen Zeit- und Kostenplan. Dann drückte ich die Daumen und wartete. Vierzehn Tage später kam Bradley beim Frühstück zu mir.

»Ich weiß zwar nicht, was du gesagt hast, aber der geizige Mistkerl ist tatsächlich dabei.« Er lächelte und schüttelte mir gratulierend die Hand.

»Echt?«, antwortete ich und war wirklich überrascht, dass man mich ernst genommen hatte.

»Yepp. Am Montag überweist er das Geld auf das Bankkonto des Hostels, damit du anfangen kannst, wann immer du willst. Vermutlich wird er es verkaufen, sobald du fertig bist.«

Das war mir zu diesem Zeitpunkt egal. Die Nachricht war wunderbar und aufregend zugleich. Zum ersten Mal seit Monaten gab es etwas anderes als mich, auf das ich mich konzentrieren konnte.

13. August

Dank der notwendigen Arbeiten am Hostel verbrachte ich viel Zeit mit mir allein. Und mit jeder Freundschaft, die ich im Routard International schloss, erinnerte ich mich mehr an die, die ich zurückgelassen hatte.

Ich dachte an die Zeit zurück, als Catherine und ich noch kein Paar gewesen waren, und an die Freunde aus der Kindheit, die mich geprägt hatten, insbesondere an meinen besten Freund, Dougie Reynolds.

Er war mit seiner Familie aus dem schottischen Inverness ins knapp fünfhundert Meilen entfernte Northamptonshire gezogen. Sein Vater, ein Polizist, war versetzt worden und hatte die Leitung einer neuen Abteilung übernommen. Nachdem man sie aus ihrer vertrauten Umgebung gerissen hatte, zogen sie in der Nachbarstraße ein.

Wir wurden nicht sofort Freunde. Roger, Steven und ich starrten den schlaksigen Grünschnabel mit dem rotbraunen Haar und dem plumpen, unverständlichen Akzent an, der ins Klassenzimmer getrottet kam, als wäre er gerade aus einem Raumschiff gefallen. Während seiner ersten Tage in unserem Revier machten wir einen großen Bogen um ihn. Doch zu unserem Unmut reagierte er kaum auf unser vermeintlich mangelndes Interesse.

Ich hatte gerade auf der Dorfwiese den Fußball so lange wie noch nie in der Luft gehalten und meine persönliche Bestleistung beim Tengeln aufgestellt, als er zu mir herüberkam.

»Ich wette, ich bin besser«, meinte er grinsend und stemmte die Hände in die Hüften, als wäre er Superman.

»Dann mach mal!«, schnaubte ich und schoss ihm den Ball absichtlich zu fest gegen die Brust. Nachdem er den Ball fünfzig Mal, also doppelt so oft wie ich, in die Luft gekickt hatte, reklamierte er den Sieg für sich. Als er mir den Ball zurückgab, wollte ich ein wenig gedemütigt davonschleichen.

»Du musst den Rücken runder machen«, meinte er plötzlich, »und die Arme ausstrecken, um das Gleichgewicht zu halten. Und konzentriere dich auf die Ballmitte.«

Widerstrebend folgte ich seinem Rat. Erst als mein nackter Oberschenkel von dem wiederholten Aufprall des billigen Leders auf der Haut brannte, hörte ich bei einundfünfzig auf. Ich überspielte mein Grinsen, doch mehr war nicht nötig gewesen, um das solide Fundament für eine Freundschaft zu schaffen.

Ich war mir nicht sicher, ob es seine freundliche Art war oder sein stabiles Familienleben, das mich am meisten faszinierte. Dougie hatte eine perfekte Familie, zumindest im Vergleich zu meiner. Eine Mutter, einen Vater, einen Bruder und eine Schwester – für all das hätte ich getötet.

Dougie senior begrüßte seine Frau Elaine jeden Abend, wenn er nach Hause kam, mit einem Kuss auf die Wange. Und sie revanchierte sich mit einem unendlichen Vorrat an Eintöpfen und köstlichen Aufläufen. Ihre Familiengespräche erfüllten das Esszimmer, wenn Michael, Isla und Dougie ihren Eltern alles erzählten, was sie an diesem Tag erlebt hatten. Kein Detail war zu unbedeutend, um nicht erwähnt zu werden.

Alle meine Freunde vergötterten Elaine und ich glaube, sie hielten sie für sexy, noch bevor sie wussten, was sexy überhaupt bedeutete. Ihre Locken leuchteten wie eine Mandarine an Weihnachten, ihre milchig weiße Haut war mit Sommersprossen übersät und ihre Wespentaille erinnerte an Marilyn Monroe. Sie hatte mich nie nach Doreen gefragt, aber ich war mir sicher, dass Dougie ihr die unregelmäßige Anwesenheit meiner Mutter in meinem Leben erklärt hatte. Mir hätte es nichts ausgemacht, wenn sie mich angesichts dieser Umstände bemitleidet hätte. Ich war einfach nur dankbar für die Aufmerksamkeit einer Mutter, auch wenn es nicht meine eigene war. Später sollte Shirley ihr Bestes geben, um mich zu bemuttern, doch zu diesem Zeitpunkt wollte ich keine Matriarchin mehr.

Dougies Eltern behandelten mich wie einen Teilzeitsohn. Mein Platz am Esstisch war stets gedeckt, ob ich dort war oder nicht. Mein Schlafsack lag immer auf einem Feldbett in Dougies Schlafzimmer und sie hatten mir sogar meine eigene Zahnbürste und meinen eigenen Waschlappen gekauft. Alle Reynolds-Kinder wurden ermutigt, ihre Freunde einzuladen, und bei der Anzahl von Kindern, die ein und aus gingen, glich ihr Haus fast einem Jugendklub. Doch ich glaube, an mir hatte Elaine besonderen Gefallen gefunden.

Als Einzelkind war ich fasziniert von der ungewohnten Welt der Geschwisterbeziehungen – wie sie miteinander spielten, lernten und kämpften. Sie zeigten mir, was eine Familie wirklich war. Doch ihnen zuzusehen machte mich auch wütend auf meinen Vater. Das Oberhaupt von Dougies Haus war nicht der Schatten eines Mannes, der sich zu offensichtlich nach seiner verrufenen Frau verzehrte und dabei den eigenen vernachlässigten Sohn übersah.

Ich fragte mich, was meinem Vater fehlte, dass er Doreen nicht halten konnte. Warum liebte sie ihn nicht so, wie Elaine ihren Ehemann liebte? Was fehlte ihm, das sich meine Mutter in den Armen anderer Männer suchen musste? Ihm fehlte natürlich nichts. Mit meiner negativen Einstellung zu ihm lenkte ich nur ab von meinem Gefühl, als Sohn versagt zu haben. Ich wusste, dass der Mann, der mir so viel bot, wie er nur konnte, auch seine Grenzen hatte. Was ich also nicht von ihm bekommen konnte, stahl ich mir von den Reynolds.

Doch die wichtigste Lektion aus der Zeit, die ich mit ihnen verbrachte, lernte ich erst Jahre später: Man findet immer etwas Widerwärtiges, wenn man an der Oberfläche von etwas Perfektem kratzt.

1. September

Obwohl weder Bradley noch ich allzu viel von der Vergangenheit des anderen wussten, sagte mir mein Bauchgefühl, dass man sich auf ihn verlassen konnte. Meine Vorgeschichte war für mich genauso bedeutungslos wie für jeden anderen, weshalb ich ihm niemals freiwillig mein wahres Gesicht gezeigt hätte.

Diese Zurückhaltung war ein Schutzmechanismus, der aus schlechten Erfahrungen resultierte. Denn je mehr man jemandem vertraut, desto wahrscheinlicher ist es, dass die eigenen Illusionen über ihn zerstört werden. Doch so gern ich mich – wider besseres Wissen – selbst als Einzelgänger sah, brauchte ich doch immer noch einen Dougie Reynolds in meinem Leben. Bradley war kurz davor, diese Stelle einzunehmen.

Vor zehn Jahren – die Sperrstunde in der Dorfkneipe war schon längst vorbei gewesen – hatten uns einige Gläser Guinness gesprächig werden lassen. Und irgendwann hatte Dougie mir von dem Übel erzählt, unter dem seine Familie litt. Aus heiterem Himmel gestand er mir, dass sein Vater ein gewalttätiger Schläger war, bei dem Elaine regelmäßig Hören und Sehen verging.

Manchmal hatte er vor der ganzen Familie an seinen Fertigkeiten gefeilt, meistens hatte er sein Hobby aber hinter der Schlafzimmertür ausgelebt. Dougie erklärte mir, dass seine Mutter deshalb so oft seine Freunde zu ihnen eingeladen hätte. Denn wenn sie allein waren, reichte schon ein kleiner Zwischenfall, damit Dougie senior sie erneut verprügelte. Unsere Freundschaft hatte das Unvermeidliche für einen Moment aufgeschoben. Er hatte mich also benutzt.

Ich verbarg mein wachsendes Entsetzen, während er sich unter Tränen an den überstürzten Wegzug der Familie aus Schottland erinnerte. Elaine hatte es so übel erwischt, dass sie vierzehn Tage im Krankenhaus verbracht hatte. Die donnernden Schläge ihres Mannes hatten ihr das Kinn und fünf Rippen gebrochen. Doch anstatt Elaine Hilfe anzubieten, hatten Dougie seniors Kollegen sie überredet, keine Anzeige gegen einen der ihren zu erstatten. Stattdessen boten sie ihnen mit seiner Versetzung die Möglichkeit zu einem Neustart.

Doch ich war nicht von dem Täter enttäuscht, sondern von seinem Sohn. Dougie hatte mich an sein idyllisches Familienleben glauben lassen, obwohl er genau wusste, was mir das bedeutet hatte. Jegliches Mitgefühl oder Verständnis, das er aufgrund seiner Enthüllung hätte erwarten können, wurde von der schweigenden, versteinerten Selbstsucht abgeblockt, die mich beherrschte. Die Schneekugel, in die ich die Reynolds in meiner Vorstellung gepackt hatte, war so heftig geschüttelt worden, dass sich der Inhalt nie wieder zu einem idyllischen Bild zusammenfügen würde. Er hatte mich um die einzige Stabilität betrogen, die ich gekannt hatte. Unwissenheit war ein Segen – und ich hatte diesen Segen geliebt.

Ich war auch von Elaine enttäuscht, weil sie sich nicht von diesem Sadisten getrennt hatte. Meine Mutter hatte wenigstens die Kraft gehabt, uns zu verlassen, auch wenn ihre Gründe nicht überzeugend gewesen waren. Elaine hatte viele Gründe dafür gehabt, war aber geblieben und hatte gelogen, wie alle Frauen.

Irgendwann hatte Dougie mein ausdrucksloses Gesicht bemerkt und an meinem mangelnden Mitgefühl erkannt, dass er sich dem Falschen anvertraut hatte. Damit verlief das Gespräch im Sande, das Thema wurde unter den Teppich gekehrt und nie wieder erwähnt.

Jahre später erfuhr ich, dass auch Dougie nicht das war, wonach es den Anschein hatte. Würde ich mir gestatten, Bradley besser kennenzulernen, würde er mich wahrscheinlich ebenso enttäuschen. Also hielt ich ihn auf Distanz und blieb auf meiner kleinen Insel, anstatt im Meer eines anderen unterzugehen.

7. Oktober

»Er ist tot, Mann. Verdammt.«

Vorsichtig rollte Bradley Darrens steifen Körper auf den Rücken. Er lag mit geschlossenen Augen da, die Stirn war so aschfahl wie ein frostiger Morgen und genauso kalt.

»Ja, das ist er«, seufzte ich, bevor ich eine Patchworkdecke über seinen nackten Oberkörper und das ausdruckslose Gesicht zog. »Er sieht ziemlich friedlich aus. Als hätte er nicht gelitten.«

»Mein Grandpa sah genauso aus, als er im Schlaf an einem Herzinfarkt gestorben ist. Guter Abgang, oder? Ich wette, so war es auch bei unserem Kumpel hier. Wir sollten den Arzt rufen.« Bradley stand auf und ging zum Münztelefon an der Rezeption.

Den Blick auf die Bewegungen meines Freundes gerichtet, suchte ich mit den Händen unter dem Bett des Toten nach dessen Rucksack. Ich verließ mich auf mein Fingerspitzengefühl, um die Metallverschlüsse zu öffnen, und tastete so lange herum, bis ich fand, wonach ich suchte. Ich stopfte meine Beute genau in dem Moment in meine Tasche, als Bradley den Hörer auflegte und sich zu mir umdrehte.

»Der Arzt ist unterwegs!«, rief er.

Darren Glasper war ungefähr einen Monat vor seinem Tod vor unserer Tür aufgetaucht. In unserem Hostel herrschte immer gute Stimmung und es war preiswert, was Reisenden mit knappem Budget am wichtigsten war. Und wie bei mir brauchte es nicht mehr als die fatale Verlockung der uneingeschränkten, zwanglosen Anonymität der Stadt, um Darren davon zu überzeugen, länger als geplant zu bleiben.

Eines Abends erzählte er mir beim Essen, dass er als Jüngster einer achtköpfigen Familie endlich seine eigene Persönlichkeit entdecken wollte, fernab von den Menschen, die sie geprägt hatten. Zunächst hatte er getreu den Gepflogenheiten der Familie die Schule verlassen und sich in die unbefriedigende Arbeit in den Stahlwerken und Gießereien von Sheffield gestürzt. Doch Darren träumte von mehr als einem Dasein als Handarbeiter und einem Beruf, den er verachtete. Zur Überraschung seiner Familie hatte er schließlich verkündet, dass er um die Welt reisen und sich weiterbilden werde, bevor er nach Hause zurückkehrte, um andere zu unterrichten.

Trotz der zwangsläufigen Versuche seiner Familie, ihn von dieser in ihren Augen dummen Idee abzuhalten, ging er fort. Dennoch erzählte er voller Stolz von ihnen und die Wand hinter seinem Etagenbett war mit Familienfotos übersät. Er hatte sie wie einen schützenden Heiligenschein um den Kopf angeordnet und mir einen nach dem anderen vorgestellt. Sie sahen sich alle sehr ähnlich – sogar seine Eltern.

Der Sommer war eine lukrative Zeit für das Hostel und es war voller Gäste. An den Ruhetagen war es aber auch in der Saison etwas ruhiger und das Haus konnte sich etwas erholen. In dieser Zeit stürzte ich mich in die Renovierung, und Darren und einige andere waren mehr als bereit, für mich zu arbeiten.

Ihm war ein Schlafraum mit vier Betten zugewiesen worden. Doch da Bradley und ich ihn an diesem Tag noch nicht gesehen hatten, machten wir uns irgendwann Sorgen.

Aber da hatte Darren die Welt bereits verlassen, von der er so unbedingt ein Teil hatte sein wollen.

Der ortsansässige Arzt traf innerhalb einer Stunde ein und erklärte ihn offiziell für tot. Ich hatte ihm gemeinsam mit seiner grinsenden Familie Gesellschaft geleistet, während wir auf die Polizei und einen Krankenwagen warteten, der ihn zur Autopsie ins Leichenhaus brachte.

Ich fragte mich, welchen Einfluss sein Tod auf das Leben seiner Familie haben würde, und plötzlich taten sie mir leid. Sie würden sich wohl nie damit abfinden, dass sie sich nicht von ihrem Sohn und Bruder verabschiedet oder sich bei ihm dafür entschuldigt hatten, dass sie kein Verständnis für sein Fernweh gehabt hatten.

Einen Moment lang überlegte ich, wie Catherine wohl mit der Situation klargekommen war, als auch ich meinem Herzen gefolgt war. Doch meine Gedanken wurden durch die Ankunft zweier Beamter unterbrochen. Ich verließ das Zimmer und ging in den Hof, um eine Zigarette zu rauchen.

Als ich allein war, schob ich die Hand in meine Tasche und zog Darrens Pass heraus. Sein Bedürfnis, seine alte Welt hinter sich zu lassen, würde durch mich weiterleben. Ich genoss die Zeit in dem Hostel, das für mich ein Ort der Erlösung und der Genesung war. Doch ich wusste, dass mich das Fernweh wieder packen würde, sobald ich das Projekt beendet hatte. Und ohne Reisepass oder Personalausweis war es nicht einfach, irgendwo neu anzufangen. Dieses Problem hatte ich nun gelöst.

Darren und ich hatten beide mandelförmige Augen, und auch Gesichtsform und Frisur ähnelten sich. Ein flüchtiger Blick auf das Foto in seinem Ausweis bestätigte das. Wenn ich für einige Wochen jedem Rasiermesser aus dem Weg ging, hätte ich den gleichen hellen Bart wie er und könnte hingehen, wo immer ich wollte.

Die Gewissensfragen, die mit der Aneignung der Identität eines Mannes einhergingen, der noch nicht einmal vom Leichenbestatter fortgebracht worden war, waren sehr komplex.

Also schob ich sie beiseite. Ansonsten würde es keine weiteren Probleme geben, da ich als Einziger wusste, dass Darren seine Brieftasche in Algerien verloren hatte. Und ohne seinen Pass konnte man seine Familie nicht so schnell aufspüren.

Ich würde der Polizei seinen Vornamen und seine Nationalität nennen und es ihnen überlassen, die Lücken zu schließen. Das verschaffte mir mehr Zeit. Ich drückte meine Zigarette aus und ging in das Gebäude zurück, um in respektvollem Schweigen zuzusehen, wie man seine Leiche fortbrachte.

Darren und ich waren nun freier denn je von den Menschen, die uns aufgehalten hatten.

* * *

Northampton, heute
9.50 Uhr

»Wann habe ich dich denn jemals aufgehalten?«, brüllte Catherine. »Wie kannst du es wagen? Ich habe dich immer unterstützt und ermutigt. Ich habe an dich geglaubt!«

Bei jeder neuen Enthüllung aus seinem Mund verfinsterte sich ihre Stimmung immer mehr, bis sie nur noch schwarzsah. Sie fragte sich, ob der Mann, der vor ihr saß, tatsächlich der war, der ihr vor so langer Zeit versprochen hatte, sie zu lieben, bis dass der Tod sie schied. Er sah aus wie er. Er klang wie er. Sogar seine Eigenheiten waren noch die gleichen, wie er zum Beispiel geistesabwesend mit dem Mittelfinger an seinem Daumen kratzte oder sich auf die Unterlippe klopfte, um seine Angst zu verbergen.

Doch als er von seinem Leben nach dem Bruch mit der Familie erzählte, hörte sie niemanden sprechen, den sie kannte. Hatte das wirklich die ganze Zeit in ihm geschlummert? Ohne Gewissen zu leben? Wieso hatte sie diese verachtenswerte

Hinterlist und diesen Opportunismus nie bemerkt? Die Liebe hatte sie wirklich blind gemacht.

»Und du hast den Ausweis eines Toten gestohlen?«, fragte sie fassungslos. »Das ist widerlich.«

Er rutschte unbehaglich auf seinem Platz hin und her, als würde ihn der Teufel mit einer Heugabel stechen. »Ich bin nicht stolz darauf. Aber ich habe getan, was ich tun musste. Ich hatte keine Wahl.«

Wütend holte sie tief Luft. »Oh, da sind sie ja wieder, diese verdammten Worte. Du hattest keine Wahl. Bitte, erspar mir das. Die Kinder und ich, *wir* hatten keine Wahl. Keine andere Wahl, als irgendwie ohne dich weiterzuleben. Keine Wahl, als alles zu tun, um dich zu finden.«

»Ganz ehrlich, ich hätte nicht gedacht, dass ihr so hartnäckig seid. Ich hatte gehofft, dass ihr nach ein paar Wochen aufgebt.«

»Aber das ist Liebe, Simon. Niemals den Menschen aufzugeben, dem man sein Herz geschenkt hat. Darauf zu vertrauen, dass dieser Mensch immer nach einem sieht, wie schwierig es auch sein mag.«

Sie schüttelte den Kopf über ihre eigene Dummheit, so viel Zeit mit der Suche nach einem Mann verschwendet zu haben, der längst das Land verlassen hatte. Sie starrten sich an, bis sie aufhörte, darauf zu warten, dass er sich verteidigte. Doch ihr Sieg fühlte sich schal an.

Er war nicht bereit, ihr alles zu erzählen und zu erklären, warum er plötzlich wieder in ihr Leben getreten war – ihr Ehemann und zugleich ein Fremder. Das war keine Offenbarung, die er einfach so herausposaunen oder beiläufig in die Unterhaltung einfließen lassen konnte. Sie musste verstehen, warum er diese Entscheidungen getroffen hatte, bevor er enthüllen konnte, welche Rolle sie dabei gespielt hatte, ihn von sich fortzustoßen.

Erst wenn sie ihre eigene Schuld erkennen würde, konnte er seine erste Bombe platzen lassen. Andernfalls würde sie bei ihrer Explosion nur den ohrenbetäubenden Knall der Wahrheit hören, die an den Wänden abprallte. Sie würde nicht innehalten und nachdenken, und er wäre so schnell wieder verschwunden, wie er aufgetaucht war.

Seine Weigerung, selbst ihre grundlegendsten Fragen zu beantworten, machte sie wütend. Sie hatte es verdient, die Wahrheit zu erfahren – die ganze Wahrheit. Doch wider besseres Wissen wurde sie immer neugieriger zu erfahren, was er in all den Jahren gemacht hatte.

Sie hoffte, dass er ein elendes, deprimierendes Leben geführt hatte, ein Leben voller Bedauern, Sehnsucht und Leid. Doch so sah der sonnengebräunte, gesund wirkende Mann nicht aus, der in ihr Haus eingedrungen war. Und alles, was sie bisher gehört hatte, waren nichts als notdürftig kaschierte Vorzüge eines besseren Lebens im Ausland – ohne sie.

Er stand auf und ging zu den Glastüren im Esszimmer, um in den Garten zu sehen, den er einmal entworfen hatte. Seine Mundwinkel gingen nach oben, als er die Terrasse entdeckte, auf der sie an vielen langen Abenden ihre Zukunft geplant hatten. Er hatte seit Jahren nicht mehr an sie gedacht und für einen Moment musste er zugeben, dass es auch gute Zeiten gegeben hatte.

Inzwischen hatte sie einen Grill mauern lassen und eine Holzpagode errichtet, an der sich hellgrüne Weinreben rankten. Er wusste aus Erfahrung, dass aus ihnen niemals ein anständiger Wein werden würde. Ein gelbes Kinderfahrrad lehnte an dem Apfelbaum, den er in der Ecke neben den Tannen gepflanzt hatte. Er fragte sich, wo und wer der Besitzer des Rades war.

»Ich bin froh, dass du unser Haus behalten hast«, sagte er leise.

»Mein Haus«, korrigierte sie ihn sofort. »Es ist mein Haus. Und deinetwegen hätte ich es fast verloren.«

KAPITEL 6

CATHERINE

Northampton, vor fünfundzwanzig Jahren
14. Oktober

»Du verdammter Idiot«, murmelte ich.

Ich bekam es mit der Angst zu tun, während ich den Brief las. Acht Wochen blieben uns noch in unserem Haus. Dann würde die Bank es sich zurückholen. Ich hatte den Stapel brauner Umschläge, die an Simon adressiert waren, ignoriert und sie in die Küchenschublade gesteckt. Aus den Augen, aus dem Sinn. Und ich hatte nicht daran gedacht, unseren Kontostand zu überprüfen.

Ich hatte mich nie ums Geld gekümmert und Simon nur zu gern die Finanzen überlassen. Natürlich hatte ich angenommen, er würde dafür sorgen, dass es uns gut ging. Und solange wir ein Dach über dem Kopf hatten, war das alles, was zählte. Dummes altes Ich.

Daher bemerkte ich erst, dass etwas nicht stimmte, als der erste Scheck platzte. Einige Tage nachdem ich damit in einer Tankstelle bezahlt hatte, landete er wieder vor der Tür und in meiner Hand. Kurze Zeit später lagen zwei weitere von unseren Gas- und Stromversorgern im Briefkasten.

Doch erst als meine Kreditkarte an der Supermarktkasse abgelehnt wurde, wusste ich, dass ich meinen rot angelaufenen Kopf aus dem Sand ziehen und herausfinden musste, wie groß der Ärger war. Der Kühlschrank war fast leer, und unser einziges Essen wartete in einem verlassenen Einkaufswagen darauf, bezahlt zu werden.

Also nahm ich allen Mut zusammen, sah mit zusammengekniffenen Augen auf den Kontoauszug – und bereute es sofort. Ich steckte bis zum Hals in einem Überziehungskredit für Notfälle, von dem ich nicht gewusst hatte, dass er in Anspruch genommen worden war. Simons Einnahmen hatten immer nur die Nebenkosten abgedeckt. Es war kaum etwas übrig geblieben, um es für schlechte Zeiten zurückzulegen.

Steven und er hatten vereinbart, sich so lange nur einen Grundbetrag auszuzahlen, bis die Firma einen bestimmten Gewinn erzielte. Doch jetzt, wo nur die Hälfte der Arbeit erledigt wurde, blieb Steven kaum genug, um seine eigenen Ausgaben zu decken, geschweige denn meine. Es gab nur wenig Bargeld im Haus, das sicher nicht ausreichte, um eine Dürrephase zu überstehen. Und nach drei Monaten natürlicher Erosion war das Reservoir ausgetrocknet.

Trotz der Unruhen, die unser Haus erlebt hatte, gehörte es genauso zur Familie wie die Menschen, die unter seinem Dach lebten. Doch wenn nicht eine gute Fee mit ihrem Zauberstab wedelte, würden wir es verlieren.

Ich war nicht dumm. Wie andere war ich ein bisschen Klatsch und Tratsch gegenüber nicht abgeneigt, und ich wusste, dass man im Dorf über mich redete. Die Leute sahen in die andere Richtung, wenn sie mich auf der Straße entdeckten, weil sie nicht wussten, was sie sagen sollten. Ich hörte die anderen Mütter am Schultor flüstern. Vermutlich glaubten sie, Simon hätte mich verlassen – und wahrscheinlich hätte ich an ihrer Stelle dasselbe gedacht.

Also nutzte ich bei einem Termin mit unserem Bankdirektor den Status der »verlassenen Frau« zu meinem Vorteil aus und beteuerte meine Unwissenheit bezüglich meiner Schulden. Ich verspürte sogar einen Hauch von Schuldgefühlen, als mir in seinem Büro überraschend leicht die Krokodilstränen kamen, um zu beweisen, wie schwer es mir fiel, mit der ganzen Situation fertigzuwerden. Doch es funktionierte.

Er bot mir einen Aufschub von weiteren acht Wochen an, sodass mir insgesamt vier Monate Zeit blieben, um aus den Miesen zu kommen. Danach wären ihm die Hände gebunden, und wir würden unser Zuhause verlieren. Ich hätte ihn küssen können, schlich stattdessen aber nach Hause und schämte mich, weil ich die Dinge so hatte schleifen lassen. Ich marschierte ins Esszimmer und stellte mich der Realität, als ich auf die alten Kontoauszüge voller roter Zahlen starrte, mit denen der Tisch übersät war. Während die Zahlen auf den Blättern wie tanzende Derwische umherwirbelten, gab mir eine Flasche Wein die Kraft, mir das Unheil genauer anzusehen, das sie angerichtet hatten, während ich mit anderen Dingen beschäftigt gewesen war. Schließlich rechnete ich aus, dass meine Ausgaben dreimal so hoch waren wie die Einnahmen. Auch wenn ich hier und da etwas einsparen könnte, die Schulden würden noch weiter steigen.

Da Simon für die Behörden nicht gestorben, sondern nur verschwunden war, konnte ich keine Sozialhilfe in Anspruch nehmen. Ich war in eine Grauzone geraten, die in den Schwarz-Weiß-Bestimmungen nicht vorgesehen war. Ich würde keine Witwenbeihilfe erhalten, da es keine Beweise dafür gab, dass mein Mann tot war; und weil ich nicht »aktiv nach Arbeit gesucht« hatte, konnte ich keine Arbeitslosenunterstützung beantragen. Also blieb mir nur die Familienunterstützung, doch diese vierzehntägige Zahlung reichte nicht lange. Ich steckte zwischen Baum und Borke fest.

Frustriert schenkte ich mir ein zweites Glas Wein ein, während sich meine Augen schneller füllten als das Glas. Ich war wütend auf Simon, weil er mich so zurückgelassen hatte, und wütend auf mich, weil ich die Augen vor der Wahrheit verschlossen hatte. Es musste sich etwas ändern. Es war an der Zeit, mich vom Selbstmitleid zu verabschieden und meine Familie zu ernähren.

Als Erstes verkaufte ich das Familienauto, das ich nur selten benutzte. Dann verpfändete ich widerstrebend meinen Schmuck, einschließlich der wunderschönen Hochzeits- und Verlobungsringe. Ich hatte in all unseren gemeinsamen Jahren nie einen von ihnen abgelegt. Nicht einmal, als wir tagaus, tagein Türen lackiert, Dielen gebeizt und Betonplatten verlegt hatten. Wenn die Ringe dabei Kratzer abbekamen, störte mich das nicht – sie würden uns immer daran erinnern, was wir uns gemeinsam aufgebaut hatten. Selbst als meine Finger in den vier Schwangerschaften angeschwollen waren, blieben die Ringe immer dort, wo ich sie sehen konnte. Jetzt hatte Simons Verschwinden sie zu den traurigsten Dingen gemacht, die ich besaß. Das Einzige, was einen weiteren Tränenausbruch verhinderte, war das Wissen, dass ich sie zurückkaufen könnte, wenn wir ihn fanden.

Den Rest der fehlenden Hypothek trieb ich mithilfe einer Entrümpelungsfirma auf, die ich im Telefonbuch gefunden hatte. Ich bat sie, am späten Abend zu kommen, weil es mir zu peinlich war, wenn die Nachbarn sahen, wie unser Hab und Gut auf der Ladefläche eines Lastwagens fortgebracht wurde.

Ich verkaufte die walisische Küchenanrichte, ein Sofa und einen Fernseher aus dem Arbeitszimmer, die wir kaum benutzt hatten, Simons Schreibtisch, zwei Bücherregale, drei Kleiderschränke, die Geschirrspülmaschine, eine Kommode, einen Frisiertisch und ein Büfett sowie Lampen und Geschirr, die wir zur Hochzeit geschenkt bekommen hatten. Und obwohl es mir das Herz brach, verkaufte ich sogar die Kinderfahrräder. Als die Männer eine Stunde später fortfuhren, hatte ich zwar noch ein Zuhause, aber kaum etwas, um es einzurichten.

Ich saß mit gebrochenem Herzen da und starrte auf die leeren Böden und Wände unseres leeren Hauses. Und während ich den Wein trank und auf meinen nackten Finger starrte, fühlte ich mich wie eine hoffnungslose Versagerin – als Frau und als Mutter. Nicht in Selbstmitleid zu baden war offensichtlich schwieriger als gedacht.

21. Oktober

Meine Kinder liebten mich von Natur aus auf eine selbstlose, wunderschöne Art und ihre Liebe wuchs, je älter sie wurden. Die Liebe, die Simon mir geschenkt hatte, war etwas anderes gewesen. Durch sie hatte ich mich begehrt, geschätzt, respektiert und gebraucht gefühlt. Und dieses Gefühl vermisste ich. Er hatte etwas mitgenommen, von dem ich nicht geglaubt hatte, dass es mir so sehr fehlen würde.

Doch mit jeder Woche, die verstrich, erkannte ich immer deutlicher, dass ich keinen anderen Menschen brauchte, um meinem Leben einen Sinn zu geben, egal wie sehr ich dieses Gefühl geliebt hatte oder mich gerade danach sehnte. Das konnte ich selbst tun, und damit begann ich ausgerechnet im Supermarkt unseres Ortes.

Ich wusste, dass Kassierer und Regalauffüller nicht die tollsten Jobs der Welt waren, als ich die Stellenanzeige im Schaufenster las. Doch eine Bettlerin kann es sich nicht leisten, wählerisch zu sein, also unterdrückte ich den Snob in mir und bewarb mich.

Am ersten Morgen starrte ich in den Spiegel im Belegschaftsraum und erkannte mich kaum wieder. Ich war ein dreiunddreißigjähriges Nervenbündel, das eine schlecht sitzende braune Uniform aus knitterfreiem Stoff und einen »Auszubildende«-Anstecker trug.

Inzwischen war ich es gewohnt, dass Spiegel mich quälten. Ich pilgerte einmal in der Woche zu dem in meinem Badezimmer, um mir einige bittere Wahrheiten zeigen zu lassen. Seit Simon verschwunden war, nahm ich stetig ab. Ich zog an der schlaffen Haut und den boshaften Falten und untersuchte meinen Körper und mein Gesicht sorgfältig auf sichtbare Anzeichen eines Zusammenbruchs. Seufzend registrierte ich die Ausbreitung der Silberfäden, die sich durch mein Haar zogen. Aus den feinen Lachfältchen um die Augen waren tiefe Krater geworden. Paradoxerweise waren sie erst stärker geworden, als mein Lachen gestorben war.

Ich hatte weder Simon noch die Jugend mehr an meiner Seite. Ich war zwar immer noch mehr Jane als Henry Fonda, aber der Unterschied zwischen den beiden schwand zusehends. In welche Richtung sich mein neues Leben auch immer entwickeln würde, ich würde alles geben.

Die meisten Kassiererinnen wirkten um Jahrzehnte jünger als ich. Dabei waren es in Wirklichkeit nur wenige Jahre. Wenn der Ehemann vermisst wurde und man die Familie allein ernähren musste, alterte man einfach schneller. Dank der Arbeit blieb mir keine Zeit für Selbstmitleid. Die Mütter tauschten sich über ihre Kinder aus und lächelten sich wissend an. Die Studenten, die dort als Teilzeitkräfte arbeiteten, unterhielten sich über Partys und beklagten den Prüfungsstress, als wären sie Pioniere auf dem Gebiet des Trinkens und der Hausarbeiten. Insgeheim beneidete ich sie und versuchte, mich daran zu erinnern, wie es sich angefühlt hatte, so wenig Sorgen oder unsichtbare Narben zu haben.

Manchmal hörte ich zu, wie sich die Hausfrauen über ihre faulen, egoistischen Ehemänner beschwerten, und hätte am

liebsten geschrien: »Wenigstens habt ihr eure noch!« Doch stattdessen lächelte ich und nickte zustimmend.

Das Verschwinden meines Mannes löste noch immer eine
gewisse Neugier aus, als gäbe es in unserem Dorf so etwas wie
ein Bermudadreieck. Meistens waren es die älteren Kunden, die
einmal in der Woche ihre Einkäufe erledigten und unbedingt
ihre Ansichten mitteilen wollten, wie es älteren Menschen eigen
ist.

»Glauben Sie, dass er tot ist?« »Ist er fremdgegangen?« »Es
wird nicht einfach sein, einen Mann zu finden, der eine Frau
mit drei kleinen Kindern nimmt, oder?« Mein Fell wurde von
Tag zu Tag dicker und ich lernte, unsensible Kommentare an
mir abprallen zu lassen.

Die meisten Gemeinsamkeiten verbanden mich mit meiner Vorgesetzten Selena – auch wenn wir auf den ersten Blick
sehr verschieden waren. Sie war eine wortgewandte, gebildete
junge Frau mit blond gefärbtem Haar, die nicht wirklich dorthin passte. Mit ihren zwanzig Jahren war sie die einzige junge
Alleinerziehende in dem Laden – und stolz darauf. Der Vater
ihres inzwischen vierjährigen Sohnes hatte sie verlassen, als sie
ihm gesagt hatte, dass sie schwanger war. Doch das hatte sie
nicht davon abgehalten, ihren Weg allein zu gehen.

Sie hatte einen Studienplatz für Wirtschaftswissenschaften
an der Universität von Cambridge abgelehnt und arbeitete wie
verrückt, damit ihr Junge etwas zu essen und anzuziehen hatte,
was ich gut nachvollziehen konnte. Also verbrachte ich mehr
Zeit mit ihr als mit den anderen. Und es war mir egal, ob sie
mich einfach nur bevorzugte oder dachte, ich wäre zu Höherem
berufen als zur Kassiererin. Sie sprach mit unserem stellvertre-
tenden Manager, und kurz darauf wurde ich befördert. Nun
war ich für die Organisation der schwebenden Verrechnungen
und die Erstellung der Dienstpläne verantwortlich.

Mehr Geld und längere Arbeitszeiten bedeuteten, dass ich unser Familienleben neu ordnen musste. Paula, dominant, aber organisiert wie immer, sorgte dafür, dass Baishali und sie sich abwechselten, um tagsüber auf Emily aufzupassen und nachmittags die Jungs von der Schule abzuholen.

»Wir werden alles tun, damit du wieder in die Spur kommst«, meinte Paula. »Nicht wahr, Baish?«

Baishali nickte. Wenn sich Paula im »Organisationsmodus« befand, widersprach ihr niemand, am allerwenigsten Baishali.

Nach der Arbeit erledigte ich die abendliche Routine, die endete, wenn die Kinder gebadet und im Bett waren.

Wenn es dann still im Haus wurde, öffnete ich eine Flasche Rotwein und nahm meinen zweiten und dritten Job in Angriff.

30. Oktober

Als der Sommer dem Herbst gewichen war, beherrschte Simon meine Gedanken etwas weniger.

Ich eröffnete einen Bügelservice für meine geschäftigen Nachbarn, die keine Zeit hatten, sich um Haushalt und Familie zu kümmern und dafür zu sorgen, dass ihre Kleidung nicht zerknittert war. Ich rechnete korbweise ab und verbrachte nachts viele Stunden in der Küche, umgeben von Hemden und Blusen anderer Leute, die auf Kleiderbügeln hingen.

Ich sparte, wo ich konnte, kaufte nur die Eigenmarken im Supermarkt, und das Spielzeug der Kinder stammte aus Secondhandläden. Ich schnitt mir die Haare selbst und ging zu Fuß oder fuhr mit dem Bus. Finanziell hatte ich den Gürtel so eng geschnallt, dass er wie ein Korsett kniff. Neue Kleidung war zwar eine Notwendigkeit, für Alleinerziehende aber verdammt teuer, besonders wenn die Kinder so schnell aus ihr herauswuchsen. Also beschloss ich, dass es viel billiger wäre, wenn ich sie selbst nähte.

Doch der Gedanke, wieder zu Nadel und Faden zu greifen, erschreckte mich zu Tode.

Während eines Großteils meiner Ehe hatte ich mir etwas dazuverdient, indem ich die Garderobe für unsere Freunde umnähte. Aus einem umgenähten Saum hier oder einem neuen Reißverschluss dort wurde irgendwann Kleidung für die Kinder, ein paar Röcke für mich und die Brautjungfernkleider für die Hochzeit einer Freundin.

Es war unmöglich, an diese Kleider zu denken, ohne dass auch Bilder von Billy in meiner Erinnerung auftauchten. Natürlich wusste ich, dass das Nähen nicht an diesem schrecklichen Ereignis schuld war. Ich allein war dafür verantwortlich, egal wie oft Simon oder Paula versucht hatten, mich davon zu überzeugen, dass es ein Unfall gewesen war, an dem niemand Schuld hatte. Trotzdem hatte ich meine Nähmaschine und alle Utensilien weggepackt, als seien sie verflucht. Doch nun musste ich mich damit abfinden: Nähen war praktisch mein einziges Talent und ich musste irgendwie Essen auf unseren Tisch bekommen. Mein Lohn vom Supermarkt reichte zwar für die Rechnungen und die Hypothek, aber kaum für mehr.

Ich trank mir mit einer halben Flasche Rotwein Mut an, bevor ich nach den Nähsachen griff, die ich auf dem Markt gekauft hatte. Dann nahm ich die Zackenschere zur Hand und nähte Schulhemden und Hosen für James und Robbie.

Jede hüpfende Spule, jeder Tritt auf das Pedal und jedes Rasseln des Nähmaschinenmotors brachte die Erinnerung an diesen Tag zurück. Seitdem Simon verschwunden war, hatte ich mein Bestes gegeben, um ihn aus meinen Gedanken zu verbannen.

Und meine Kinder brauchten mich. Also unterdrückte ich den Schmerz und nähte weiter. Als ich fertig war, war ich zwar ziemlich betrunken, doch ich hatte es geschafft. Und damit meine ich nicht, dass man das Ergebnis nicht von den im Laden gekauften Kleidungsstücken unterscheiden konnte, die wir uns nicht leisten konnten – nein, sie waren besser.

Unter den Müttern am Schultor verbreitete sich schnell die Neuigkeit, dass ich ihnen ein kleines Vermögen ersparen könnte, wenn ich auch für ihre Kinder nähte. Und bald schien die Hälfte der Kinder im Dorf Sachen zu tragen, die ich geschneidert hatte.

Und als Freunde anfragten, ob ich auch für sie nähen würde, ging mir ein Licht auf. Das könnte das Ende meiner finanziellen Misere bedeuten. Also versuchte ich es. Sie tauchten vor der Haustür auf, die Arme voller Stoffe und herausgerissener Zeitungsausschnitte von Kleidungsstücken, und hofften, ich könnte sie nachnähen. Überrascht stellte ich fest, dass ich selbst knifflige Designs problemlos kopieren konnte, was mir genügend Vertrauen gab, eigene Entwürfe und Ideen anzubringen.

Die Studentinnen im Supermarkt, die sich von dem geringen Lohn nicht das kaufen konnten, was sie bei den Popstars gesehen hatten, gaben bald einen Teil davon für Outfits aus, die ich angefertigt hatte und die sie dann in der Disco trugen. Selbst Selena, die – zumindest solange ihr Sohn Daniel noch klein war – kein wirkliches Sozialleben besaß, nutzte es aus, eine Freundin zu haben, die imstande war, an einem Abend eine Jacke mit Schulterpolster zu nähen.

Es dauerte nicht lange und ich verbrachte jede Nacht im Esszimmer vor der Nähmaschine, wobei mir nur eine Flasche Wein Gesellschaft leistete. Ich hatte keine Zeit, darüber nachzudenken, wie sich mein Achtzehn-Stunden-Tag auf meine Gesundheit auswirken könnte.

28. Oktober

Es schmerzte so sehr, als würde man mir immer wieder in den Magen treten. Ich krümmte mich schon vor Schmerzen, wenn ich nur den Arm hob, um die letzte Schachtel Cornflakes ins Supermarktregal zu stellen.

Schon den ganzen Tag hatte ich immer wieder Magenschmerzen gehabt. Doch inzwischen hatte ich schmerzhafte Krämpfe. Dabei war meine nächste Periode noch nicht fällig. Schließlich musste ich mir eingestehen, dass etwas nicht stimmte. Ich rang nach Luft, während ich die Palette mit den Kisten im Gang stehen ließ und zur Toilette ging. Dort knöpfte ich meine Latzhose auf, um herauszufinden, woher das feuchte Gefühl in der Leistengegend kam. Ich geriet in Panik, als ich das viele Blut in meinem Slip sah.

Ich machte Feierabend, schlich aus dem Lager, die Hände fest auf den Bauch gepresst, und schleppte mich zur Arztpraxis, die anderthalb Meilen entfernt lag. Die Krämpfe wurden immer schlimmer, während ich auf Dr. Willows wartete, und in dem Moment, als ich mich auf die Liege legte, spürte ich eine Art Knall in mir. Dann verlor ich noch mehr Blut, während sie mir zur Toilette half. Als die Schmerzen zu heftig wurden, verlor ich das Bewusstsein.

»Sie haben eine Fehlgeburt, Catherine«, erklärte mir Dr. Willows behutsam, als ich wieder zu mir kam. »Die Schmerzen, die Sie spüren, sind Kontraktionen in der Gebärmutter. Sie weiten den Gebärmutterhals, damit der Fötus abgehen kann. Wir können nichts weiter machen, als Ihren Körper das tun zu lassen, was er tun muss.«

Ich versuchte, ihre Worte zu verstehen. Wie konnte ich schwanger sein? War mein mütterlicher Instinkt inzwischen so verkümmert, dass ich mein Baby erst spürte, als es starb?

»Aber ich hatte doch meine Periode«, widersprach ich.

»Trotzdem kann man schwanger sein.«

»Im wievielten Monat bin ich?«

»Das kann ich nicht genau sagen, vermutlich im fünften.«

Ich dachte an die Nacht, in der Simon und ich uns das letzte Mal geliebt hatten. Es war das Wochenende vor seinem Verschwinden gewesen, und wieder einmal war ich es gewesen, die darauf gedrängt hatte. Keiner von uns hatte es laut ausgesprochen, doch wir wussten beide, dass der Sex bei uns nur noch rein mechanisch ablief. Ich hatte mir eingeredet, dass wir uns nur ein wenig Mühe geben müssten, damit wir uns mit der Zeit wieder wie wir selbst fühlen würden. Mir war nie in den Sinn gekommen, dass es das letzte Mal sein würde oder dass ich schwanger werden würde.

Dr. Willows führte mich in das Schwesternzimmer und ich legte mich auf die Seite, bis die Schmerzen nachließen. Sie drückte mir eine Handvoll Damenbinden und eine Flasche Schmerzmittel in die Hand und bot mir an, mich nach Hause zu bringen. Ich lehnte ab.

Ich konnte es nicht erklären. Doch statt mich so zu fühlen, wie es jede normale Mutter nach einer Fehlgeburt tun würde, verspürte ich ein unheimliches Gefühl von Distanz. Es war, als ob die traumatische Erfahrung, die ich gerade gemacht hatte, jemand anderen betraf, nicht mich.

Also stand ich vorsichtig auf und verließ die Praxis. Ich ging langsam in den Supermarkt zurück und machte an der Stelle weiter, wo ich kurz zuvor aufgehört hatte. Und während ich eine neue Palette mit Limonadenflaschen auszeichnete, hatten meine Kollegen keine Ahnung davon, dass ich meine Arbeit als zwei Personen verlassen hatte und als eine Person zurückgekehrt war. Oder dass ich gerade in nicht einmal zwei Jahren zwei meiner Kinder getötet hatte.

An diesem Abend brachte ich Emily ins Bett und bat James und Robbie, sich allein fertig zu machen. Ich schob Bauchschmerzen vor und zog mich ins Schlafzimmer zurück.

Ich musste noch eine einzige, einsame Träne vergießen. Ich schloss fest die Augen und bohrte die Fingernägel tief in die

Handflächen, um sie herauszupressen, doch ich spürte immer noch nichts. Ich dachte an mein Leben ohne Billy und ohne Simon. Auch das half nicht. Ich war wie betäubt. Ich fragte mich, ob ich in meinem Leben bereits so viele Tränen vergossen hatte, dass einfach keine mehr übrig waren.

Ich strich mir über den Bauch, in dem sich mein Kind versteckt hatte, und fragte mich, wie ich so die Kontrolle über mein Leben hatte verlieren können. Ich machte den Stress dafür verantwortlich, dass ich das Baby verloren hatte, die Sorgen um Simon, die Kinder und die Finanzen … und vielleicht sogar die Flasche Wein, die neben mir unter der Bettdecke lag. Ich kam zu dem Schluss, dass bei mir jede Hoffnung verloren und ich zu nichts nutze war – und dass mein Baby nur knapp einem Leben mit mir als Mutter entkommen war. Kein Wunder, dass es sterben wollte – wahrscheinlich ahnte es, was auf es zugekommen wäre.

Mein Kopf pochte. Ich griff zum Nachttisch, nahm die dritte Schmerztablette aus Dr. Willows' Packung und spülte sie mit einem Schluck Wein direkt aus der Flasche herunter. Ich zögerte kurz, dann nahm ich die vierte. Und dann die fünfte. Und die sechste, die siebte, die achte und die neunte. Doch bevor ich die zehnte herunterschlucken konnte, musste ich würgen und mich übergeben.

Vor mir auf dem Boden lagen in einer Pfütze aus Alkohol und Galle alle neun Tabletten. Ich konnte mich nicht einmal richtig umbringen.

7. Dezember

»Verdammt noch mal!«, schrie ich, als die Nähmaschinennadel zum zweiten Mal in Folge meinen Finger erwischte. Entweder war es die Erschöpfung oder ein Glas Wein zu viel, was meine

Sicht trübte. Ich lutschte am Finger, um die Blutung zu stoppen, und ging in die Küche, um mir erneut ein Heftpflaster zu holen.

»Du kannst mich mal«, murmelte ich zu Mrs Kellys unfertigem Rock auf dem Esstisch. Ich würde mich ihm später wieder zuwenden, wenn er aus seinen Fehlern gelernt hatte. Ich wickelte mir das Pflaster um den Finger und dachte daran, wie ich mich als Kind in den Modemagazinen meiner Mutter und in einer Welt von Frauen verloren hatte, die in schöne Stoffe gehüllt waren.

Sie war eine verkannte Näherin mit einem Hang zum Größenwahn gewesen. Ich hatte wie gebannt dagesessen, während sie aus dem Nichts wunderschöne Kleider und Mäntel erschaffen hatte. In ihrer Fantasie war sie an einem Ort weit entfernt von dem, an dem sie mit meinem Vater und mir festsaß. Einmal hatte sie zugegeben, dass sie als Kind davon geträumt hatte, für eines der großen Pariser Modehäuser zu arbeiten und atemberaubende Haute-Couture-Kreationen zu nähen, bis die Finger taub waren.

»Das hätte mir mehr Spaß gemacht als alles andere, das mir das Leben vor die Füße geworfen hat«, meinte sie wehmütig, bevor sie mir einen enttäuschten Seitenblick zuwarf, um ihren Standpunkt deutlich zu machen, was jedoch nicht nötig gewesen wäre.

Meine Mutter war fasziniert von der Arbeit des adligen Modedesigners Hubert de Givenchy und seiner Muse Audrey Hepburn. Also kopierte sie seine raffinierten, fehlerfreien Designs auf ihre Weise. Ich teilte ihre Leidenschaft, aber leider lag ihr nicht viel daran, ihre Fertigkeiten mit mir zu teilen.

Ich bat sie, mir beizubringen, was sie wusste, doch sie ignorierte mich. Es war, als hätte sie Angst, ihre Gabe zu verlieren, wenn sie sie an jemanden weitergäbe – sogar an ihr einziges Kind. Doch solange ich mucksmäuschenstill war und keine

Fragen stellte, durfte ich ihr von der anderen Seite des Zimmers bei der Arbeit zusehen.

Schon als kleines Mädchen hatte ich nie wirklich verstanden, warum sich meine Eltern die Mühe gemacht hatten, eine Familie zu gründen – sei es, weil man das damals einfach so machte oder weil ich ein bedauerlicher Unfall gewesen war. Auf jeden Fall brauchten sie mich nicht wirklich. Ich wurde zwar nie körperlich vernachlässigt, doch meine Mutter erinnerte mich stets sehr deutlich an meinen Platz in ihrer Hackordnung.

»Du bist ein Gast in dieser Familie«, blaffte sie mich an, ohne dass ich sie provoziert hätte, »vergiss das nie!«

Trotz ihrer vielen Fehler war es beruhigend zu sehen, welch schöne Kleider ein kaltes Herz hervorbringen konnte. Manchmal wartete ich, bis sie das Haus verlassen hatte, bevor ich mich in ihren Kleiderschrank schlich und die Türen schloss, damit ich sie alle für mich allein haben konnte. Ich schloss die Augen und roch an ihnen oder versuchte, die Materialien anhand der gedämpften Geräusche zu erkennen, die sie zwischen meinen Fingern machten.

Ich erinnerte mich an ein Geschenk, das ich ihr gemacht hatte, als ich neun Jahre alt gewesen war. Ich hatte mein Taschengeld gespart, um vier Meter elfenbeinfarbenen Polyesterstoff zu kaufen. Jeden Abend nach der Schule rannte ich in mein Zimmer und nähte mit der Hand eine Bluse, die zu ihrem Geburtstag fertig war. Natürlich wusste ich, dass sie recht plump war, hoffte aber trotzdem, dass meine Mutter stolz auf das wäre, was ich gelernt hatte, und ihre eigene Handschrift hinzufügen würde. Nachdem sie die Schnur gelöst und das Geschenk ausgepackt hatte, bedankte sie sich mit einem nichtssagenden »Danke«, probierte sie aber nicht einmal aus Höflichkeit an, um zu sehen, ob sie ihr passte.

Ein paar Tage später bat sie mich, den Kamin zu polieren, und ich ging zum Schrank unter dem Küchenspülbecken, um eine Dose Politur zu holen. Da entdeckte ich meine zerfetzte Bluse. Sie hatte sie in Streifen geschnitten, um sie als Staubtücher zu verwenden. Das war eine grausame Lektion gewesen. Man kann entweder aus den Fehlern seiner Eltern lernen oder sie wiederholen und als Entschuldigung für das eigene Verhalten verwenden. Ich habe mir geschworen, ihr niemals die Schuld an meinen Fehlern zu geben. Und von da an machte ich einfach, was ich wollte, ohne mich um ihre Anerkennung zu scheren.

Die Kleider meiner Mutter führten ein langes, aber einsames Leben. Sobald sie fertig waren, wurden sie weder auf Partys noch vor Freunden vorgeführt. Stattdessen hingen sie in Schutzhüllen im Schrank, wo sich außer ihr niemand an ihnen erfreuen konnte.

Dad verehrte den Boden, auf den sie ihre Stoffe legte. Und seine Besessenheit, sie glücklich zu machen, überschattete alles andere in seinem Leben – auch sein Verhältnis zu mir. Ich beneidete meine Freundinnen, wenn sie zugaben, Daddys Mädchen zu sein. Ich war niemandes Mädchen, bis ich Simon begegnete. Doch Dad wusste, dass das Talent meiner Mutter ihr zu einem Glück verhalf, mit dem er nicht mithalten konnte.

»Mummy!« Emilys panische Stimme brachte mich in die Gegenwart zurück. Sie stand in der Tür und verzog das Gesicht. Ich konnte sehen, dass sie in den Schlafanzug gemacht hatte.

»Das ist okay«, meinte ich. »Wir machen dich schnell sauber und dann gehst du wieder ins Bett.« Ich nahm ihre Hand und wir gingen die Treppe hinauf. Ich zerbrach mir zwar den Kopf, konnte mich aber an keinen Moment in meinem Leben erinnern, in dem ich die Haut meiner Mutter so nah an meiner eigenen gespürt hätte.

Weihnachten

Noch nie war unser Haus an einem Weihnachtsmorgen so still gewesen. In den vergangenen Jahren hatte ich immer zugesehen, wie Geschenkpapier wie vereinzelte Silvesterknaller durch die Luft flog. Und ich hatte mir die Ohren bei dem lauten Quietschen der Kinder zuhalten müssen.

Normalerweise hätten sie Simon und mich gegen vier Uhr morgens geweckt, uns in die Arme gekniffen und ängstlich geflüstert: »War er schon da?« Und da sie sowieso nicht mehr eingeschlafen wären, hätten wir uns dem Unvermeidlichen ergeben und wären ihnen die Treppe hinuntergefolgt. Wir hätten die Lichter am Weihnachtsbaum eingeschaltet und genauso viel Freude gehabt, ihnen beim Geschenkeaufreißen zuzusehen, wie beim Einkaufen zuvor.

Doch in diesem Jahr wurde es acht Uhr und es gab kein Feuerwerk im Haus. Ich fürchtete den Moment, in dem sie aufwachten – nicht nur weil ihr Vater nicht da war, sondern auch weil ich mich für die erbärmlichen Geschenke schämte, die auf sie warteten. Ich wusste es, und bald würden sie es auch wissen.

Ich hatte mein Bestes getan, doch die Wahl war einfach, aber verdammt unfair gewesen – entweder viele Geschenke oder ein leerer Kühlschrank für einen Großteil des Januars. Nichtsdestotrotz weckte ich sie nacheinander auf und versuchte, sie aufzuheitern.

»Sind wir nicht brav gewesen?«, fragte James, als er sah, dass nur zwei Geschenke darauf warteten, von ihm geöffnet zu werden.

Ich seufzte. Wenn ich nicht zugeben wollte, dass der Weihnachtsmann ein riesengroßer Schwindel war und dass sich ihre Mutter nicht mehr leisten konnte als das, was vor ihnen lag, blieben mir nicht viele Möglichkeiten, sie davon zu überzeugen, dass sie nicht bestraft wurden.

»Natürlich wart ihr das, mein Schatz«, antwortete ich. »Der Weihnachtsmann hatte aber dieses Jahr nicht so viel Platz auf seinem Schlitten.«

Ich stieß auf taube Ohren.

Ich versuchte sie den ganzen Tag dazu zu ermutigen, diese dünnen bunten Weihnachtshüte zu tragen und mit dem dämlichen Plastikspielzeug zu spielen. Ich verschob sogar das Abendessen, damit sich James das »Top of the Pops«-Weihnachtsspecial ansehen konnte. Robbie sprach kaum ein Wort. Er lag stattdessen in seinem Zimmer auf dem Bett und streichelte Oscar. Nichts, was ich tat, konnte ihre Stimmung heben.

Der Tag hätte ein Festtag sein sollen, doch er fühlte sich hohl an. Anstelle einer ausgelassenen Feier mit sechs Personen gab es nur einen betrunkenen Erwachsenen, der verzweifelt so tat, als wäre das Weihnachtshähnchen tatsächlich ein kleiner Truthahn. Wie jedes Jahr zogen wir nach dem Essen das Gabelbein des Hähnchens auseinander, damit sich derjenige, der das größere Teil gewann, etwas wünschen konnte. Und ich wusste genau, was James sich wünschte. Selbst eine Flasche Wein konnte mich nicht in Festtagslaune versetzen.

Ich trug das schnurlose Telefon fast den ganzen Tag in der Schürzentasche bei mir in der Hoffnung, dass Simon anrufen würde, wenn er noch am Leben wäre. Doch das tat er natürlich nicht.

Plötzlich klopfte es an der Tür und mein Herz machte einen Satz. Bevor ich etwas sagen konnte, sprangen die Kinder von ihren Stühlen und rannten zur Tür.

»Daddy!«, quietschte Emily, als ihre kleinen Beine bei dem Gedrängel unter ihr nachgaben. Für eine Sekunde glaubte ich, sie hätten recht, und lief ihnen nach, während ich für das Wunder betete, das in den Weihnachtsfilmen immer geschieht. Aber als die Tür aufging, standen da Roger, Steven, Paula und Baishali, nicht er.

Sie hatten die Arme voller Geschenke, doch nicht einmal der Weihnachtsmann konnte uns das Einzige bringen, was wir uns alle in Wirklichkeit wünschten.

* * *

SIMON
Saint-Jean-de-Luz, vor fünfundzwanzig Jahren
10. September

Ich saß auf einer umgedrehten Holzkiste vor dem Hostel in der Rue du Jean, legte den Plastikhelm auf den Bürgersteig und zündete mir meine siebte Gauloise an diesem Morgen an. Catherine hatte mir nur in Gesellschaft oder zu besonderen Anlässen das Rauchen erlaubt. Da sich nun aber niemand mehr beschwerte, dass mein Atem nach abgestandenem Tabak stank, war meine gelegentliche Angewohnheit zu einer Vollzeitabhängigkeit geworden.

Ich streckte die Beine aus und zuckte zusammen, als die Kniegelenke knackten. Zwanzigmal am Tag mit der Belegschaft des Hostels das Gerüst hinauf- und hinunterzuklettern, war anstrengend und forderte seinen Tribut von meinem Körper. Doch das Ergebnis war jede Sekunde wert.

Obwohl die Investitionen des Besitzers des Routard nicht ausreichten, um den früheren Glanz des Hotels wiederherzustellen, hatte ich mich in die Arbeit gestürzt, um, so gut ich konnte, etwas von Wert zu erschaffen.

Ich erlaubte mir, an mein erstes Projekt zurückzudenken – eine baufällige Ansammlung von Ziegelsteinen und Mörtel, die schließlich zu unserem ersten Zuhause wurde. Bevor sie und ich uns ein Auto leisten konnten, waren wir Dutzende Male auf dem Weg zur Bushaltestelle und zurück an dem Cottage vorbeigekommen. Obwohl es ziemlich renovierungsbedürftig war, war es uns sofort aufgefallen.

Efeu war an den verblassten, weiß getünchten Wänden hochgewachsen, über das Ziegeldach gekrochen und hatte sich am Kamin festgesetzt. Die hölzernen Fensterrahmen hatten sich verzogen und im Garten hatte seit Jahren niemand mehr gearbeitet. Das Unkraut wetteiferte mit den Bäumen darum, wer höher wachsen könnte.

Doch mir gefiel, dass Catherine sehen konnte, was ich sah – eine gemeinsame Vision seines Potenzials. Dort könnten wir eine Familie gründen, unsere eigene perfekte Familie. Damals lebten wir in einer winzigen Wohnung über einem Fish-and-Chips-Laden, als wir hörten, dass ein Gasableser die Leiche der alten Hausbesitzerin gefunden hatte. Sie hatte dort länger als einen Monat mit dem Gesicht nach unten auf dem Küchentisch gelegen.

Ihr Sohn, mit dem sie sich zerstritten hatte, bot das Haus zum Verkauf an, als wollte er es – und damit die Erinnerung an sie – so schnell wie möglich loswerden. Geld war bei uns nicht gerade im Überfluss vorhanden. Ich hatte gerade erst das Architekturstudium abgeschlossen und meine erste Stelle in einem kleinen Unternehmen angetreten, während sie die Schaufenster in einem Kaufhaus der Stadt dekorierte. Doch wir rechneten aus, dass wir uns die Rückzahlung der Hypothek würden leisten können, wenn wir sparsam wären. Es würde noch Jahre dauern, bis das Haus mit dem Bild übereinstimmte, das wir uns von ihm ausgemalt hatten. Doch das war egal. Tatsächlich war nichts anderes wichtig, als dieses Haus zu kaufen.

Nachdem uns der Anwalt die Schlüssel ausgehändigt hatte, störte uns nicht einmal der Verwesungsgestank. Wir hielten uns einfach Nase und Mund mit Geschirrtüchern zu und stießen im Flur mit einer Flasche Birnenmost auf unser erstes Haus an.

Nun hatten wir etwas, das wir selbst aufbauen konnten und das keiner von uns beiden zuvor erlebt hatte.

Während ich auf die Fortschritte starrte, die ich bei der Renovierung des Routard gemacht hatte, durchströmte mich dasselbe aufregende Gefühl – das Wissen, dass man gerade dabei ist, etwas Makelloses zu schaffen. Plötzlich meldete sich die Stimme wieder, die ich an dem Tag im Wald gehört hatte, als ich Catherine verlassen hatte: »Muss ich dich wirklich daran erinnern, was mit allen perfekten Dingen passiert?«

Ich schüttelte den Kopf und meine Euphorie war augenblicklich verschwunden.

»Es ist nur eine Frage der Zeit, bis sie nicht mehr perfekt sind und dich zerstören.«

18. Oktober

Ich hob den Vorschlaghammer über den Kopf, schwang ihn in Richtung Türgriff und durchschlug das Schloss.

Wir hatten Wetten darauf abgeschlossen, welche Geheimnisse sich hinter der Tür ohne Schlüssel zu dem mysteriösen Abstellraum des Routard befanden. Skelettreste, wertvolle Kunstwerke, die man vor den Nazis versteckt hatte, oder ein riesiger Weinkeller? Selbst ein Paralleluniversum wurde scherzhaft in Betracht gezogen.

Nach zwei gut platzierten Schlägen sprang die Tür auf und enthüllte den Inhalt, der nicht einmal dem niederländischen Besitzer bekannt gewesen war – einen großen pechschwarzen Raum von einem Meter achtzig mal zwei Meter vierzig. Als Bradley mit seiner Taschenlampe hineinleuchtete, seufzten die Zuschauer hinter uns enttäuscht, da der Lichtstrahl auf nichts als Kisten voller Papiere, Quittungen und Rechnungen fiel.

Erst später am Tag, nachdem ich die zersplitterte Tür auf den Müll geworfen hatte, fiel mein Blick auf ein Foto, das aus einer der Kisten ragte, die ich ebenfalls weggeworfen hatte. Ich beugte mich vor und zog es heraus, um es mir genauer anzusehen.

Eine elegant gekleidete Familie, möglicherweise die ursprünglichen Besitzer, stand vor dem makellos aussehenden Hôtel Près de la Côte und strahlte stolz in die Kamera. Den Mann mit dem runden Gesicht, der neben ihr stand, erkannte ich sofort. Es war Pierre Chareau, ein klassischer Modernist und Art-déco-Architekt, dessen Werke ich ausgiebig an der Universität studiert hatte. Ich hatte seine eigensinnige Vision lange Zeit bewundert. Er hatte wie ich eine Ausbildung zum Architekten absolviert und zudem ein großes Interesse an Design und Inneneinrichtung gehabt. Der Höhepunkt seiner Arbeit war das Maison de Verre – das erste Haus in Frankreich, das aus Stahl und Glas erbaut worden war.

Ich nahm die Kiste und schleppte sie zurück in den Innenhof des Hostels. Dann zündete ich mir die erste von vielen Zigaretten an und blätterte durch Hunderte von Seiten mit Entwürfen, Fotografien, Blaupausen und Illustrationen. Es gab Blätter mit handschriftlichen Notizen und Bestellungen – alle von Chareau signiert. Und sie bezogen sich nicht nur auf das Hostel. Es gab auch Skizzen von Gebäuden und Möbeln, die nie gebaut worden waren.

Brachte man sie in eine chronologische Reihenfolge, boten sie einen faszinierenden Einblick in den kreativen Geist eines Genies und in die Projekte, zu denen er sich niemals öffentlich bekannt hatte. Vierzig Jahre nach seinem Tod wohnte ich in dem Haus, das einst nur eine Vision gewesen war. Man hatte mich engagiert, damit ich dem Hotel den Glanz zurückbrachte, den er einst geschaffen hatte. Doch mit diesen Schriftstücken hatte ich auch meinen Heiligen Gral und meinen Ausweg gefunden.

5. Dezember

Ich hatte mich in die letzten Phasen der Renovierung des Hotels gestürzt und arbeitete wie besessen rund um die Uhr, Tag und Nacht. Ich schlief nur wenige Stunden am Stück, was nach und nach seinen Tribut forderte.

Ich hockte gerade in einer Badewanne und dichtete den Rand zu den gefliesten Wänden hin ab, als sich die ziemlich trockene und sehr französische Wanne vor mir plötzlich in die Badewanne meines alten Hauses in Northampton verwandelte. Sie war voller Wasser und Luftblasen und ein Spielzeugboot schwamm von einem Ende zum anderen. Ich blinzelte heftig. Als ich die Augen wieder öffnete, war das Bild so schnell verschwunden, wie es aufgetaucht war. Mir jagte ein Schauder über den Rücken und ich stieg schnell aus der Wanne, um stattdessen an einer Treppe weiterzuarbeiten. Gott sei Dank wiederholte sich dieser Wahnsinn nicht noch einmal. Doch die Erinnerung daran hinterließ einen Schatten, der erst nach mehreren Wochen wieder verblasste.

Als die Feiertage näher rückten, fiel es mir immer schwerer, nicht an die Familie zu denken, mit der ich so viele Weihnachtsfeste verbracht hatte. Doch wenn ich an Catherine dachte, erinnerte ich mich immer wieder daran, dass ich kein Vater und auch kein Ehemann mehr war.

Wir waren uns damals einig gewesen, dass wir schon sehr früh Eltern werden wollten – und Vater zu sein war das größte Geschenk, das sie mir je gemacht hatte. Nichts, was wir uns später gegenseitig angetan hatten, hatte mir jemals das Gefühl der Hochstimmung durch jenen Moment genommen, wenn ich zum ersten Mal diese winzigen, hoffnungsvollen Hände in dem Haus hielt, in das sie hineingeboren worden waren. Jedes Mal, wenn mir eine Hebamme eines der Babys in den Arm gelegt hatte, hatte ich sanft meinen Finger in ihre geballten Fäuste geschoben, ihnen einen Kuss auf die Stirn gegeben und ihnen ins Ohr geflüstert: »Ich werde dich niemals im Stich lassen.« Ich wurde sehr traurig, als ich darüber nachdachte, dass die ersten Worte, die sie jemals gehört hatten, eine Lüge gewesen waren.

»Hey, Mann, du brauchst dringend eine Runde Schlaf«, rief Bradley und holte mich in die Gegenwart zurück. »Sieh doch.«

Er zeigte auf das Geländer, das ich gerade abgeschliffen hatte – ich hatte es erst in der Nacht zuvor gestrichen und lackiert.

Ich gähnte, verbannte Catherine wieder aus meinem Gedächtnis und ging zum Holzbogen in der Eingangshalle. Er fühlte sich zwar glatt an, doch das könnte man noch besser machen. Ich konnte erst mit dem Schleifen aufhören, als er perfekt war.

Heiligabend

Ich hatte noch nie zuvor die Feiertage mit Fremden verbracht. Vermutlich konnte ich mich deshalb nicht auf die bevorstehenden Festlichkeiten freuen. Doch meine Apathie verflog, als Heiligabend vor der Tür stand.

Die abnehmende Gästezahl hinderte uns nicht daran, für gutes Essen und eine ausgelassene Stimmung zu sorgen. Aber ich musste erst mit einer Menge Einheimischer vor den Boulangerien und Patisserien in der Schlange stehen, um Bestellungen für Fleisch und Käse aufzugeben, bis der Funke auch auf mich übersprang. Ich ließ mich von ihrer Fröhlichkeit anstecken, bis ich mich dabei ertappte, wie ich ohne Grund in mich hineingrinste.

Wir sieben, die im Routard International zurückgeblieben waren, genossen – wie es in Frankreich Tradition war – ein köstliches Mitternachtsmenü, bevor wir den Weihnachtstag begrüßten. Wir legten ein sauberes weißes Bettlaken auf den Esstisch und gönnten uns reichlich Stopfleber auf Briochescheiben und Räucherlachs auf Blinis.

Mein Magen war schon mehr als voll, als der Koch, den der Besitzer des Routard als Belohnung für meine Renovierungsarbeiten engagiert hatte, eine Fleischplatte herausbrachte. Ich fühlte mich geehrt.

»Was hast du eigentlich früher an Weihnachten gemacht?«, wollte Bradley wissen, als wir am ruhigen Ufer saßen und zwei dicke Zigarren rauchten.

Ich erinnerte mich an eine Zeit vor zwei Jahren, als ich in der Ecke unseres Wohnzimmers saß und sie alle fünf gedankenverloren beobachtet hatte. Meine Beziehung zu Catherine war zu diesem Zeitpunkt bereits eine Farce und ich gehörte nicht dorthin. Dafür hatte er gesorgt. Ich fühlte mich wie eine Sprungfeder, die unter Spannung stand und sich nur zu gern gelöst hätte, aber nicht wusste, wie oder wann.

»Nichts Besonderes«, antwortete ich ausweichend.

»Ich dachte mir schon, dass du das sagen würdest«, meinte Bradley, bevor wir weiterpafften und zusahen, wie eine Reihe von Sternschnuppen über den Himmel jagte.

Weihnachten

Mit nur einer Handvoll Gästen unter meinem neu gedeckten Dach war das Hostel so erholsam gewesen, wie ich es gewohnt war.

»Willst du jemanden anrufen?«, rief Bradley, als er sein Telefonat beendet hatte, und hielt mir den Hörer hin. Ich zögerte. »Möchtest du jemanden aus deiner Familie drüben in England anrufen? Du weißt doch, dass Weihnachten ist, oder?«

Zum ersten Mal seit ich Catherine verlassen hatte, stellte ich überrascht fest, dass irgendetwas in mir neugierig darauf war, ihre Stimme zu hören. Ich nahm den Hörer, und ohne darüber nachzudenken, hielt ich ihn ans Ohr. Ich wählte die Landesvorwahl, dann die Ortsvorwahl und schließlich alle Zahlen unserer Telefonnummer bis auf die letzte Ziffer.

Mein Finger verharrte über der letzten Zahl, konnte sie aber nicht drücken. Denn selbst wenn ich nur ihr »Hallo« hören würde, wenn sie den Hörer abnahm, oder die Stimmen der Kinder, die mit ihrem Spielzeug im Hintergrund spielten, würde mir das nicht guttun. Diese Zeit des Jahres, in der es um Familie und Zusammengehörigkeit ging, nagte an meiner Entschlossenheit. Doch ich musste wieder zur Vernunft kommen. Andernfalls würde ich meine ganze Arbeit zunichtemachen.

»Nein, ist schon okay«, meinte ich schließlich und gab Bradley den Hörer zurück. Ich musste an der Gegenwart festhalten, nicht an der Vergangenheit.

* * *

Northampton, heute
11.10 Uhr

Er hatte sich jahrelang jegliches Mitgefühl ihr gegenüber verbeten. Doch selbst er konnte nicht ignorieren, wie traumatisch es gewesen sein musste, eine Fehlgeburt zu erleiden und dabei ganz auf sich selbst gestellt gewesen zu sein.

Aber so leid sie ihm auch tat, letztendlich hatte sie sich das selbst zuzuschreiben. Alles. Und sie hatte recht gehabt: Das Baby war mit knapper Not davongekommen.

Die Beharrlichkeit, mit der sie drei verschiedenen Jobs gleichzeitig nachging, hatte ihn überrascht. Doch er erwähnte es nicht, um nicht gönnerhaft zu klingen. Er hatte erwartet, dass sie schnell Ersatz für ihn finden würde, allein schon, um den Kindern finanzielle Stabilität bieten zu können. Aber er hatte dafür gesorgt, dass ein bestimmter Mann niemals eine Option für sie gewesen wäre.

Bisher hatte sie niemanden erwähnt und es schien, als hätte sie sich allein durchgeboxt. Er bewunderte das ebenso wie die Tatsache, dass sie wieder mit dem Nähen angefangen hatte. Schließlich hatte sie geglaubt, dass dieses Hobby ihre Familie zerstört hätte. Insgeheim wusste er, dass er nicht dafür verantwortlich gewesen war. Ganz und gar nicht. Es musste ihr finanziell wirklich sehr schlecht gegangen sein, dass sie Nadel und Faden wieder in die Hand genommen hatte.

Bei jeder Geschichte, die er von seinen Abenteuern ohne seine langweilige Frau und seine Kinder erzählte, war sie hin- und hergerissen. Sollte sie ihn in die brutale Realität zurück- holen, die er zurückgelassen hatte? Oder sollte sie dafür sorgen, dass er erkannte, was sie erreicht hatte?

Niemand konnte jemals ihre Tiefpunkte wirklich begrei- fen, ohne sie mit ihr zusammen durchlebt zu haben. Sie wusste, dass er die Trauer verstand. Schließlich hatten sie sie gemeinsam durchlebt. Doch er konnte nachempfinden, welchen Schmerz man fühlte, wenn man jemanden verlor, ohne jemals zu wissen, ob er wirklich verloren war.

Sie wollte, dass er dasselbe Leid empfand, das er ihnen zugefügt hatte, doch sein Mitleid brauchte sie nicht. Außerdem erweckten seine gesunde Bräune und der maßgeschneiderte Anzug kaum den Eindruck eines Mannes, der von Reue geplagt wurde oder schwere Zeiten durchgemacht hatte.

Sie wollte einfach nur irgendeine menschliche Emotion hinter seiner stahlharten Fassade entdecken, irgendeinen Beweis, dass sie während ihrer Ehe nicht völlig blind gewesen war, was ihn betraf. Dass irgendwo in ihm noch ein Funken Mitgefühl steckte.

Sie dachte, es für einen kurzen Moment in ihm erkannt zu haben, als sie ihm von ihrem Weihnachtsfest ohne ihn erzählt hatte und dabei das peinlich berührte Reiben seines Mittelfingers gegen seinen Daumen bemerkte. Diese Angewohnheit zeigte, dass ihm nicht gefiel, was er hörte. Sie beschloss, das zu ihrem Vorteil zu nutzen.

Wenn er Spielchen spielen wollte, indem er sie zappeln ließ, bis er seine Wahrheit erzählte, würde sie diese Zeit nutzen, um es ihm so unbehaglich wie möglich zu machen. Und ihre Kinder würden ihre Waffe sein.

Vor allem aber würde sie alles tun, um ihm zu zeigen, dass sie nicht mehr das naive Dummchen war, das er sitzen gelassen hatte.

KAPITEL 7

CATHERINE

Northampton, vor fünfundzwanzig Jahren
Silvesterabend

»Du bist betrunken, Mummy«, heulte James.

»Sei nicht albern«, fuhr ich ihn an und zog den Saum seines Kostüms noch weiter nach unten. »Und hör um Gottes willen auf zu zappeln.«

»Aua! Du tust mir weh!«

Ich versuchte gerade, sein Batman-Kostüm für die Silvesterparty im Gemeindesaal fertig zu nähen. Dabei hatte ich ihn versehentlich mit einer Nadel am Knöchel gestochen und war nicht in der Stimmung für seine Nörgelei.

Die Woche war sehr anstrengend gewesen. Ich hatte uns allen komplett neue Kostüme für eine Veranstaltung anfertigen müssen, an der ich überhaupt kein Interesse hatte. Außerdem hatte ich in den letzten beiden Tagen fünfzehn Überstunden im Supermarkt geleistet und eine Liste mit Anfragen für Näharbeiten, die so lang wie mein Arm war. Und mit den Körben voller ungebügelter Kleidungsstücke, die sich im Flur stapelten, hatte ich noch nicht einmal angefangen. Mein Tag hatte einfach nicht genug Stunden. Wer wollte mir also einen

Vorwurf daraus machen, dass ich ab und an ein Glas Wein zur moralischen Unterstützung trank?

Nun, fürs Erste schon einmal James.

In der Regel entkorkte ich die erste Flasche zum Frühstück. Und bis zum frühen Abend lag eine weitere leere Flasche neben dem Mülleimer in der Küche. Aber natürlich war ich nicht betrunken, redete ich mir selbst ein, und es ärgerte mich, dass mein Sohn mir so etwas unterstellte.

»Sei still, es war doch nur ein kleiner Pikser«, fuhr ich ihn an. James stiegen die Tränen in die Augen, was mich nur noch wütender machte, weil er mich jetzt noch mehr Zeit kosten würde. Ich bohrte die Fingernägel in seine Handgelenke, bis er sich krümmte, und wurde noch lauter: »Okay, entweder hörst du jetzt auf rumzuheulen und lässt mich weitermachen oder du kannst auf der Party wie ein Depp aussehen und dich von deinen Freunden auslachen lassen. Was ist dir lieber?«

Ich hatte die Worte noch nicht ausgesprochen, da wusste ich schon, dass ich wie meine Mutter klang. Ich hatte mir damals viel von ihr anhören müssen und es hatte mir überhaupt nicht gefallen. Doch je abweisender ich wurde, desto häufiger zeigte sie ihr hässliches Gesicht.

Es war nicht James' Fehler, dass ich schlechte Laune hatte. An Weihnachten hatte ich Simon mehr denn je vermisst, das neue Jahr stand vor der Tür, und ich glaubte nicht daran, dass das Leben einfacher werden würde.

Es half auch nichts, dass außerdem noch mein vierunddreißigster Geburtstag war – mein erster Geburtstag ohne ihn, seit wir elf Jahre alt waren. Ich wollte mich unter der Decke verkriechen, in ein alkoholbedingtes Koma fallen und sieben Monate früher wieder aufwachen. Dann würde ich ihn für den Rest unseres Lebens nicht mehr aus den Augen lassen. Stattdessen sollte ich auf eine Party voller Paare gehen, die mir vor Augen führten, was mir fehlte.

Außerdem war ich wütend, weil die Kinder meinen Geburtstag vergessen hatten, obwohl ich selbst versucht hatte, nicht an ihn zu denken. Vier ungeöffnete Karten und Geschenke von Freunden lagen auf dem Küchentisch, doch es gab keine Extraküsse oder Umarmungen von der eigenen Familie – nur unerbittliche Forderungen nach Essen, Kostümen und Aufmerksamkeit. Ich sehnte mich danach, wieder im Mittelpunkt der Aufmerksamkeit eines anderen Menschen zu stehen.

»Das war's. Und jetzt zieh es aus, sonst zerknitterst du es nur«, grummelte ich, während James aus dem Zimmer stapfte.

Ich saß allein auf dem Fußboden des Wohnzimmers und starrte auf den letzten Tropfen Wein im Glas – und im Haus. Ich verfluchte die Kinder dafür, dass sie mich so viel Zeit gekostet hatten, sodass ich es nicht mehr in die Weinhandlung geschafft hatte, bevor sie vorzeitig geschlossen hatte. Wenn alles andere um mich herum schieflief, war der Wein mein Sicherheitsnetz, und ich wurde wütend, wenn ich keine Flasche zur Hand hatte, wenn ich sie brauchte. Es machte mir Angst, noch drei Stunden warten zu müssen, bis die Party begann und ich etwas zu trinken bekam.

Ein lautes Krachen in der Küche war der Tropfen, der das Fass zum Überlaufen brachte. Meine Mutter und ich brüllten zusammen los. »Verdammt noch mal, jetzt seid endlich still oder es gibt keine Party und ihr geht alle früh ins Bett!«, schrie ich und hoffte, dass mir die Kinder eine Ausrede dafür liefern würden, heute zu Hause zu bleiben.

Ihre Stimmen wurden erst zu einem Flüstern, dann zu einem Kichern und schließlich zu einem Quieken.

»Okay«, blaffte ich. Ich stand auf, wobei ich mich mit wackeligen Beinen gegen die Armlehne des Sofas stützen musste, und wankte zur Küche, um sie zur Rede zu stellen. Sie hatten mir die Rücken zugewandt, doch Robbie konnte den Kleber und die Schere in seinen Händen oder die zerrissenen

Zeitungen, die über den Arbeitsplatten und den Boden verteilt waren, nicht verstecken.

»Was zum Teufel macht ihr da? Schaut euch dieses Chaos an! Und ihr dürft nicht mit Scheren spielen. Das wisst ihr doch! Los, geht in eure Zimmer, sofort!«

Ich sprach zwar ein wenig undeutlich, doch mein Ausbruch überraschte sie. Als sie auseinanderfuhren, sah ich eine selbst gemachte Geburtstagskarte mit einer Zeichnung unseres Hauses und unserer Familie auf dem Tisch liegen. Sie hatten sie mit getrockneten Nudeln und goldenem Weihnachtsglitzer verziert.

»Happy Birthday, Mummy«, murmelten sie zusammen, als Emily sie mir überreichte. Darin stand: *Für die beste Mummy der Welt. Wir haben dich sehr lieb.* Jeder von ihnen hatte mit einem andersfarbigen Stift unterschrieben und seine Lieblingssachen als Geburtstagsgeschenke eingepackt – eine Muschel, einen Dinosaurier und Flopsy.

»Sie machen uns glücklich. Deshalb dachten wir, sie machen dich auch glücklich«, meinte James, ohne mir dabei in die Augen sehen zu können.

Ich schämte mich entsetzlich. Als ich die Karte schloss, bemerkte ich, dass Simon in ihrem Bild fehlte. Sie hatten verstanden, dass es nur noch uns vier gab. Die Einzige, die das nicht getan hatte, war ich gewesen.

Es war, als hätte jemand die Luft aus mir herausgelassen. Mein Körper sackte in sich zusammen, mein Unterkiefer klappte nach unten und zum ersten Mal seit Langem weinte ich vor ihren Augen. Meine Tränen waren so schwer, dass erst mein Kopf nach vorne fiel und dann der ganze Oberkörper. Meine Kinder reagierten, indem sie sich wie Rugby-Spieler um mich herumdrängten.

»Nicht weinen, Mummy!«, rief Robbie. »Wir wollten dich nicht traurig machen.«

»Das habt ihr nicht«, schluchzte ich. »Das sind Freudentränen.« Und einige davon waren das auch. Nicht alle, wohlgemerkt, aber einige. Plötzlich erkannte ich, was seit Simons Verschwinden mit mir los war.

Tief in mir drinnen wusste ich, dass ich mich auf den Alkohol verlassen hatte, um nicht durchzudrehen. James hatte recht gehabt. Ich war betrunken und konnte mich an keinen Tag seit Simons Verschwinden erinnern, an dem ich nicht mindestens ein paar Gläser geleert hatte.

Ich hatte ihn durch den Wein ersetzt. Und mit der Zeit war er zu meinem Halt geworden, dem einzigen Lichtschimmer in meiner dunklen Ecke der Welt. Er war das Einzige, was den Dingen die Härte nahm und sie wieder erträglich machte. Er verhinderte, dass ich mich nachts hin und her warf, weil er mich einschlafen ließ. Er tröstete mich, wenn ich mir all die schlimmen Dinge vorstellte, die Simon zugestoßen sein könnten. Er war meine Belohnung dafür, dass ich einen weiteren Tag nach der Fehlgeburt überstanden hatte, ohne zusammenzubrechen.

Doch wenn ich zu viel davon trank, wurde ich wütend. Ich hasste mich selbst dafür, dass ich trank, machte aber Simon dafür verantwortlich. Schließlich hatte er mich zu einem Leben gezwungen, das ich nie gewollt hatte. Schlimmer noch, er brachte mich dazu, meinen Frust an den Kindern auszulassen. Natürlich war es nicht sein Fehler, sondern meiner.

Schließlich entschieden wir uns gemeinsam gegen die Party im Gemeindehaus, packten die Faschingskostüme in eine Tasche und stellten sie in den Schrank unter der Treppe. Dann blieben wir bis Mitternacht wach, um das neue Jahr zusammen zu begrüßen, während wir den Countdown im Fernsehen verfolgten. Und die drei Paar Arme, die mich so lange gestützt hatten, ohne dass ich es bemerkt hatte, gaben mir mehr Kraft und Halt, als eine Flasche Wein es jemals wieder könnte – oder würde.

* * *

SIMON
Saint-Jean-de-Luz, vor vierundzwanzig Jahren
Neujahr

Champagnerkorken flogen durch die Luft, als tausend Stimmen auf dem Stadtplatz jubelten. Die Kirchenglocken von Saint-Jean-de-Luz läuteten das neue Jahr ein, das die Einwohner mit Schulterklopfen und Wangenküsschen begrüßten.

Mein erster »réveillon de la Saint-Sylvestre« hatte schon früher am Abend mit einem Festessen begonnen, das das Küchenpersonal der Restaurants, Cafés und Bars im Ort mit Freude gekocht, blanchiert und gebraten hatte. Zur prachtvollen Wiedereröffnung stapelte sich überall in meinem restaurierten Hôtel Près de la Côte das Porzellan mit köstlichen Speisen, die einem das Wasser im Mund zusammenlaufen ließen. Wir hatten die Holztische zusammengeschoben, mit elfenbeinfarbener Spitze und Leinen bezogen und mit künstlichen Stechpalmenzweigen und weißen Stumpenkerzen dekoriert. Kerzen erhellten den Raum und tauchten die Anwesenden in ein warmrotes Licht, als würden wir inmitten eines Feuers tafeln.

Ich war einer von mehr als dreihundert Freunden, Nachbarn und Ladeninhabern, die nebeneinander auf Holzstühlen saßen und die Festlichkeiten genossen. Kurz nach dem Essen war es Zeit für den traditionellen Spaziergang durch die milde Luft zur Kirche, um die Mitternachtsmesse zu besuchen. Auch wenn ich meinen Glauben vor langer Zeit ad acta gelegt hatte, musste ich – fast wie ein Heuchler – diesen Ort besuchen, um mich für meine zweite Chance zu bedanken. Und um eine dritte zu bitten.

Als die Kirchenglocken läuteten, schloss ich mich der großen Gemeinde an, die mit brennenden Fackeln auf den Platz strömte, zum endgültigen Ziel unserer Feierlichkeiten. Dort spielte eine Blaskapelle in Uniform traditionelle französische Volkslieder, während Luftballons durch die laue Luft schwebten und Silvesterknaller den Himmel erhellten.

»Frohes neues Jahr, Kumpel!«, rief Bradley, als wir miteinander anstießen.

»Gleichfalls.«

»Irgendwelche guten Vorsätze?«

»Nur einen«, meinte ich vage.

»Und?«

»Und was?«

»Was für ein Vorsatz?«

»Das kann ich dir nicht sagen, bringt Unglück.«

»Unglück? Ihr Briten seid ein seltsames Volk.« Er schüttelte amüsiert den Kopf und ging in Richtung einer gertenschlanken Kellnerin, die ihm schon den ganzen Tag aufgefallen war.

Ich blieb an meinem Platz unter einem kahlen Kirschbaum und machte im Geiste Fotos, während die Menge sang, trank und tanzte. Ich stellte mein halb volles Glas auf den Sockel einer Statue, drückte die Zigarette auf dem Kopfsteinpflaster aus und ging langsam in Richtung Hôtel Près de la Côte. Ich stand auf der gegenüberliegenden Straßenseite und begutachtete, wie die Monate intensiver Renovierung sein Aussehen radikal verändert hatten. Ich war begeistert von meiner Leistung.

Ich schloss die Haustür auf und wurde von dem herzlichen Geräusch der Stille begrüßt. Ich ging den Flur hinunter in mein Zimmer und holte den Leinenrucksack aus dem Schrank, den ich vor Kurzem gekauft hatte. Er enthielt meine spärliche Sammlung weltlicher Besitztümer – Kleidung, ein paar Bücher, Karten und Geld, das ich in zusammengerollten Socken versteckt hatte –, die ich am Abend zusammengepackt hatte. Und natürlich Darrens Reisepass. Nicht nur das Hostel würde im neuen Jahr mit einer neuen Identität aufwarten.

Ich schloss die Schlafzimmertür und ging zurück zur Rezeption. Dort blieb ich kurz stehen, um ein Foto zu betrachten, das Bradley an einer Pinnwand befestigt hatte. Es zeigte ein Dutzend von uns, einschließlich Darren, wie wir im Hof saßen und die Bierflaschen in Richtung Kamera hoben. Ich erwiderte ihr Lächeln.

Ich hatte die letzten sechs Monate meines Lebens mit Menschen verbracht, die keine Ahnung hatten, wer ich wirklich war. Niemand hatte über mich gerichtet, mich herausgefordert oder verletzt, und das kam mir sehr gelegen. Ich war in Sicherheit gewesen und hätte noch ein Jahr oder zwei ... vielleicht sogar fünf Jahre in dieser Stadt bleiben können. Doch ich wusste, dass sie mich nur enttäuschen würde. Alles, was dich glücklich macht, enttäuscht dich irgendwann.

Und es war sinnlos, mir ein neues Leben aufzubauen, wenn ich es nicht leben würde. Dann wäre alles umsonst gewesen. Es war das Beste für mich, mich aus eigenen Stücken aus dem Staub zu machen, solange ich nur gute Erinnerungen daran hatte. Also bereitete ich schweren Herzens, aber voller Vorfreude mein Verschwinden vor.

Ich zündete für mich und für jedes der drei Kinder, das ich zurückgelassen hatte, eine Kerze an und stellte sie in das Speisezimmer, an die Rezeption, in mein Schlafzimmer und vor die Hintertür. Es dauerte keine Minute, bis ihre zentimeterhohen Flammen am Saum der Vorhänge leckten, dann in Richtung Himmel kletterten und dabei alles zerstörten, was ihnen in den Weg kam.

Ich schloss die Haustür hinter mir ab, schnallte mir den Rucksack um und ging die lange, steile Straße zum Bahnhof hinauf. Auf halbem Weg hielt ich inne, um einen letzten nostalgischen Blick auf das Gebäude zu werfen, das mir geholfen hatte, mir eine neue Identität zu erschaffen. Ein rotes Leuchten hatte bereits einige Räume erhellt und es würde nicht mehr lange dauern, bis weitere folgten.

Wie zuvor mit meiner Familie hatte ich auch hier etwas fast Perfektes erschaffen. Doch die Perfektion schwindet. Catherines Perfektion war geschwunden und das Hôtel Près de la Côte würde nachziehen. Niemand würde die Liebe spüren, die ich dafür empfunden hatte. Niemand würde seinen Hilferuf so hören, wie ich es getan hatte, oder das Gebäude so wiederherstellen, wie es das verdient hatte. Ich würde nicht zulassen, dass andere es verkommen ließen, so wie es schon einmal geschehen war. Ich würde derjenige sein, der entschied, wie sein wohlverdientes Finale aussah.

Eine Viertelstunde später saß ich vor dem verlassenen Bahnhof auf dem Bürgersteig und zog ein letztes Mal die sanfte Seeluft ein. Ich legte mich auf den Bürgersteig, schob mir den Rucksack unter den Kopf und schlief ein, während um mich herum das Silvesterfeuerwerk nachhallte und Menschen riefen.

* * *

**Northampton, heute
12.30 Uhr**

»Ich verstehe das nicht«, sagte sie völlig verwirrt. »Du hast mit Leib und Seele an der Renovierung dieses Gebäudes gearbeitet und es dann in Brand gesteckt?«

Er nickte langsam und klopfte mit dem Fuß auf den Boden.

»Das machst du also?«, fuhr sie fort. »Du arbeitest hart dafür, etwas Wunderbares zu erschaffen, und zerstörst es dann wegen einer Sache, von der du glaubst, ich hätte sie dir vor fünfundzwanzig Jahren angetan?«

Diesmal bewegte er seinen Kopf nicht. Doch sie blieb hartnäckig.

»War das unser Problem? Wir waren die perfekte Familie, die du schon immer haben wolltest, aber als du sie hattest, hast du erkannt, dass du uns doch nicht brauchst?«

»Nein«, antwortete er mit Bestimmtheit. Sie waren alles andere als perfekt gewesen. Dafür hatte sie gesorgt. Doch das würde er sich für später aufheben.

Nach und nach wich ihre anfängliche Wut der Enttäuschung. Er schien fest entschlossen zu sein, sie mit ausgewählten Episoden aus seiner Vergangenheit zu unterhalten. Doch da es so viele Lücken gab, die Platz für Interpretationen ließen, wollte sie natürlich mehr erfahren. Dann verschloss er sich plötzlich so fest wie eine Auster oder wechselte das Thema. Sie hasste sich selbst dafür, dass sie sich von seiner Erzählung gefangen nehmen ließ. Trotzdem war sie nicht bereit, all ihre Fragen herunterzuschlucken, nur weil er ihr die Antworten verweigerte.

»Aber du hast dort Freunde gefunden. Während ich wie ein Sklave geschuftet und alles verkauft habe, was wir besaßen, musstest du dich um nichts auf der Welt kümmern!«

»Nichts, was einem ein Gefühl von Zufriedenheit gibt, hält ewig, Catherine«, antwortete er. Er lächelte, doch sie konnte die Traurigkeit dahinter sehen. »Nicht das Hotel, nicht die Menschen, nicht mein Leben hier oder mein Leben dort. Also ist es besser, aus eigenen Stücken zu gehen, bevor man von jemandem dazu gezwungen wird.«

»Dann warst du depressiv? Mit Depressionen kenne ich mich aus – du wusstest, was ich durchgemacht habe, bevor du gegangen bist. Aber du hättest mit mir darüber reden können, mich für dich da sein lassen können, so wie du für mich gewesen bist. Du hättest nicht weglaufen müssen.«

»Ich habe nicht gesagt, dass ich depressiv war, Catherine. Das interpretierst du hinein.«

Sie war außer sich. »Okay, dann noch mal, ich verstehe es nicht! Warum bist du gegangen? All diese verdammten Rätsel und du hast mir immer noch nicht die eine Sache gesagt, die ich wissen möchte. Was habe ich getan, das so schlimm war, dass du weggelaufen bist?«

Er ließ sie im Ungewissen. Sie wusste nicht, was für ein Spiel er spielte. Doch er hatte mehr Übung als jeder Politiker darin, die wirklich wichtigen Fragen unbeantwortet zu lassen.

Sosehr sie es hasste, wie eine Marionette manipuliert zu werden, hatte sie dennoch das Gefühl, dass sie noch eine Weile mitspielen musste, bevor sie selbst die Fäden in der Hand halten würde.

KAPITEL 8

CATHERINE

Northampton, vor vierundzwanzig Jahren
4. Januar

Ich hätte mich nicht deplatzierter fühlen können, wenn ich ein Clownskostüm und einen Haarreif mit Plüschohren getragen hätte.

Die Glocke über der Tür erklang, als ich das Fabien's betrat. Es war, als würde ich die Seiten des Vogue-Magazins betreten. Die Wände zierten orange-, rost- und goldfarbene Tapeten, und die Kleiderstangen aus Mahagoniholz standen nahe den Ausstellungstischen, auf denen ausgewählte Dinge lagen. An der Decke hing mittig ein Kristallleuchter. Die ganze Boutique erinnerte an Joan Collins' begehbaren Kleiderschrank.

Ich warf einen Blick auf die Designeretiketten an den Kleiderbügeln. Preisschilder waren jedoch keine zu sehen. Was die Kleider kosteten, interessierte die Art von Frauen nicht, die das Glück hatten, hier einkaufen zu können. Wie die Kleider meiner Mutter waren die des Fabien's dazu bestimmt, im Schrank der anderen zu hängen, nicht in meinem.

»Atemberaubend, nicht wahr?«, hörte ich eine rauchige Stimme hinter mir. Ich drehte mich erschrocken um und zog die Hand zurück, als hätte man mich beim Ladendiebstahl ertappt.

Selena hatte gefragt, ob ich ihre Mutter nach den Weihnachtsfeiertagen aufsuchen könnte, und ich hatte angenommen, dass ich einige Änderungen für sie vornehmen sollte. Als sie mir jedoch erzählte, dass das Fabien's ihrer Mutter gehörte, konnte ich es kaum fassen. Diese Boutique war eines der wenigen unabhängigen Bekleidungsgeschäfte in der Stadt, die hochwertige Mode aus Italien und Frankreich importierten. Ich hatte mich nie getraut hineinzugehen. Meine Erfahrung mit dem Fabien's beschränkte sich auf sehnsüchtige Blicke ins Schaufenster, wenn ich zum nächsten Modekaufhaus ging.

»Ich bin Selenas Mutter, Margaret. Sie müssen Catherine sein«, meinte sie und hielt mir eine manikürte Hand hin. Ihre langen rubinroten Fingernägel lenkten den Blick auf die Diamanten in ihren goldenen Ringen.

»Sehr erfreut, Sie kennenzulernen«, erwiderte ich und schämte mich für meine Hände, die an Nadelkissen erinnerten.

Margaret verkörperte die Boutique, die sie besaß, mit jeder Faser und war eben der Grund, warum ich sie nie betreten hätte. Sie mochte Mitte fünfzig sein und war der Inbegriff von Glamour der alten Schule – eine Mischung aus Joan Crawford und Rita Hayworth. Ihr kastanienbraunes Haar trug sie in einem perfekten Knoten, und die Falten, die senkrecht über ihre Wangen und ihre Lippen liefen, ließen ihre Vorliebe für Sonne und Zigaretten erkennen. Ich fragte mich, warum ihre Tochter kaum über die Runden kam.

»Ich habe nicht viel mit Selena gemeinsam, richtig?«, meinte sie. »Ich habe versucht, ihr zu helfen, finanziell, meine ich. Aber sie hat meine Sturheit geerbt und weigert sich, auch nur einen Penny anzunehmen. Ich bin trotzdem stolz auf sie. Egal, schauen Sie sich ruhig weiter um.«

Meine Befangenheit nahm weiter zu, als sich Margarets Blick quasi in mich hineinbohrte, um anhand der Kleidung, die mir gefiel, Rückschlüsse auf mich zu ziehen. Schließlich ergriff sie wieder das Wort.

»Ich möchte gleich zur Sache kommen, meine Liebe. Ich möchte, dass Sie für mich arbeiten.«

»Oh, ich weiß nicht, ob ich hierher passe«, stammelte ich.

»Nein, nein«, lachte sie. »Ich meine nicht als Verkäuferin. Die findet man wie Sand am Meer. Ich möchte, dass Sie einige Kleidungsstücke für mich entwerfen.«

Ich muss ziemlich verblüfft ausgesehen haben. Für einen Aprilscherz war es zu früh.

Margaret erzählte mir, dass sie die Sachen gesehen hatte, die ich für Selena und ihre Freunde genäht hatte. Und obwohl der moderne Stil der Teenager nicht nach ihrem Geschmack war, war sie von meiner Liebe zum Detail und der Qualität meiner Arbeit beeindruckt.

»Oh, ich kopiere nur, was ich in Zeitschriften sehe«, sagte ich halb geschmeichelt, halb verlegen.

»Was für sich genommen schon ein Talent ist«, sagte Margaret. »Meine Liebe, ich verteile Lob niemals leichtfertig. Ich habe mir Ihre Arbeit sehr genau angesehen, so genau, dass ich diese verdammten Sachen auf der Suche nach Fehlern fast auseinandergenommen habe. Sehr zum Ärger meiner Tochter übrigens. Aber Ihr Niveau ist ziemlich außergewöhnlich. Ihre Auswahl der Stoffe ist offensichtlich – wie soll ich es sagen, ohne Sie zu verärgern – eher ›Durchschnitt‹. Aber Sie haben eindeutig ein Gespür dafür, was einer Frau steht. Und wenn ich sehe, wie Sie wie ein Kind im Süßwarenladen in meiner Boutique umherstreifen, dann weiß ich, dass Sie nach mehr streben, als Schuluniformen und trendige Kleidungsstücke für Mini-Madonnas zu nähen.«

»Ich weiß nicht«, sagte ich, da ich weder an Komplimente gewöhnt war noch mit ihnen umgehen konnte. Ich folgte ihr wie ein Welpe an der Leine, während sie zielstrebig mit mir durch das Geschäft ging, Ständer durchsuchte und Kleider über meinen Arm legte.

»Sie sind nicht perfekt, doch das ist keiner von uns, meine Liebe«, fuhr sie fort. »Einige Ihrer Kleidungsstücke sind noch verbesserungswürdig, aber daran können wir arbeiten. Ich möchte, dass Sie ein paar Teile mitnehmen und sie sich ganz genau ansehen. Wie sind sie zusammengesetzt? Wie werden Applikationen, Ripsbänder und Raffungen eingesetzt? Der Teufel steckt im Detail. Das sind die Feinheiten, die die Kleidung in meinem Geschäft von der unterscheidet, die man im Kaufhauskatalog findet. Dann kommen Sie, sagen wir in einem Monat, wieder mit drei Ihrer eigenen Kreationen hierher. Meine Kundinnen geben sich nicht mit weniger als dem Besten zufrieden – und ich auch nicht.«

Margarets Haupteinnahmequelle war hochwertige Kleidung. Gleichzeitig wurden kleine, unabhängige und erschwingliche Labels, die Mode in limitierten Ausführungen für Frauen über vierzig anboten, populärer. Und da Margarets Klientel immer älter wurde, musste sie eine ebenso finanzkräftige jüngere Kundschaft mit einem frei verfügbaren Einkommen ansprechen. Und ich hatte das Gefühl, dass Margaret stets bekam, was sie wollte.

»Wenn Sie mir beweisen können, dass Sie das bisher unentdeckte Talent sind, für das ich Sie halte, kommen wir ins Geschäft«, fügte sie lächelnd hinzu.

Einen nervösen Händedruck später saß ich auf dem Oberdeck von Bus Nummer fünf und klammerte mich verzweifelt an Kleider im Wert von eintausend Pfund.

5. Januar

Kleidung für Kinder zu nähen, denen Modetrends egal waren, oder für Teenager, die Designerschlitze in ihrer Jeans haben wollten, war eine Sache. Stücke zu entwerfen, die Margarets Erwartungen erfüllen würden, war etwas ganz anderes.

Zum ersten Mal in meinem Leben hatte ich die Chance, mein Talent wirklich zu Geld zu machen. Doch ich hatte Angst. Was, wenn sie über meine Ideen lachte? Was, wenn ich nicht originell genug wäre und mein Talent nur reichte, um bereits vorhandene Kleidung zu kopieren?

Ich hätte mir tagelang darüber den Kopf zerbrechen können, aber der einzige Weg, es herauszufinden, bestand darin, mit dem Zittern aufzuhören und loszulegen. Am Tag nach meinem Treffen mit Margaret saß ich bei einer Tasse Tee am Esstisch, umgeben von Robbies Buntstiften und einem leeren Skizzenblock, während ich mir vorstellte, wie sie mir die Hölle heißmachte. Dann zeichnete ich. Und zeichnete. Und zeichnete.

Nur hatte keines der Ergebnisse auch nur ansatzweise die Qualität, die sie bestellt hatte. Meine Entwürfe waren bestenfalls langweilig. Ihnen fehlte der Pep, und wenn ich das sah, würde Margaret es auch erkennen.

Wenn ich jemals ein Glas Wein zur Inspiration gebraucht hatte, dann in diesem Moment. Doch als die Standuhr im Flur vier Mal schlug, begab ich mich geschlagen, aber nüchtern ins Bett.

Die folgenden drei Abende verliefen genauso und ich war kurz davor, dem Druck nachzugeben. Am fünften Tag warf ich mich im Bett hin und her und gestand mir widerwillig ein, dass das alles nichts als Flausen gewesen waren. Meine Mutter hatte recht: Ich würde niemals so gut wie sie werden. Obwohl ihre Arbeit so viel besser gewesen war als meine, hatte sie gewusst, wo sie hingehörte. Und sie hatte nichts entworfen, damit es anderen gefiel. Ich fragte mich, ob sie noch immer nähte. Meine

Eltern waren vor Jahren von hier an die Südküste gezogen. Wir schrieben uns jedes Jahr gegenseitig Weihnachtskarten, doch mehr Kontakt gab es zwischen uns nicht. Sie hatten uns einmal wenige Monate nach James' Geburt besucht, mehr nicht. Was Großeltern anbelangte, die eine aktive Rolle im Leben ihrer Enkel spielen wollten, hatten meine Kinder kein Glück.

Ich dachte an die Kleider in Mums Kleiderschrank – zeitlose Stücke, die auch noch nach zwanzig Jahren auf den Ständern fantastisch ausgesehen hätten. Na ja, vielleicht mit einem höheren Saum hier oder einem Gürtel dort. Oder mit ein paar zusätzlichen Knöpfen und einem Reißverschluss. Eigentlich wären viele ihrer Entwürfe geeignet, so wie sie waren, dachte ich mir. Plötzlich hatte ich eine Idee.

Ich lief in Bademantel und Hausschuhen die Treppe hinunter und breitete den Seidenstoff aus, den ich für etwas Besonderes aufbewahrt hatte. Dann begann ich, aus dem Gedächtnis zu arbeiten, und lieh mir zur Inspiration einige Entwürfe meiner Mutter aus.

Und so ging es die nächsten vier Wochen mit verschiedenen Materialien weiter, bis ich schließlich meine drei Originalteile fertiggestellt hatte. Dann dankte ich meiner Mutter und ging ins Bett – erschöpft, aber lächelnd.

4. Februar

Stille. Fünfzehn lange, nervenaufreibende Minuten der Stille. Ich war so nervös, dass meine Handflächen schwitzten.

Ich hatte Margaret einen Businessanzug, eine Keilhose und ein Seidenkleid überreicht und nun schlug mir das Herz bis zum Hals, während sie an ihnen herumzupfte, an den Nähten zog, sie gegen das Licht hielt und schüttelte, als versuchte sie, den letzten Tropfen Ketchup aus einer Flasche herauszubekommen. Endlich war sie fertig.

»Wie schnell können Sie noch drei machen?«, fragte sie. Am liebsten hätte ich sie umarmt und gedrückt, bis ihr Haarknoten sich löste oder ihre Schulterpolster platzten.

Am Ende der Woche hingen meine Entwürfe mit einigen wenigen Änderungen auf den Ständern des Fabien's. Jedes Mal, wenn ich darüber nachdachte, was ich erreicht hatte, musste ich grinsen. Ich drückte die Daumen und hoffte, dass wenigstens ein Teil eine Käuferin finden würde.

Ich hätte mir keine Sorgen machen müssen. Als ich mit weiteren Stücken zurückkam, waren die ersten drei schon verkauft. Margaret gab mir einen Scheck über hundertvierzig Pfund – so viel verdiente ich im Supermarkt in zwei Wochen. Hätte ich das Geld nicht so dringend gebraucht, hätte ich es eingerahmt und an die Wand gehängt, damit die ganze Welt es sehen konnte.

28. März

Mich um drei Jobs und drei Kinder zu kümmern war ziemlich anstrengend.

Ich wusste, dass ich viel mehr Kleider nähen könnte, wenn ich den ganzen Tag Zeit dafür hätte und nicht nur ein paar Stunden hier und da. Als ich zum zweiten Mal an der Nähmaschine einschlief, gestand ich mir endlich ein, dass ich nicht Wonder Woman war.

Irgendetwas musste ich aufgeben. Also wagte ich den Sprung ins kalte Wasser und kündigte meinen Job im Supermarkt. Doch ich wollte nicht alles auf eine Karte setzen und bügelte weiterhin die Kleidung meiner Nachbarn. So konnte ich immer einen Teil von Margarets Zahlungen zurücklegen, um nach und nach mein Haus neu einzurichten.

Zuerst kaufte ich den Kindern gebrauchte Fahrräder. Dann ersetzte ich die Möbelstücke, die ich verkauft hatte, und richtete mein Nähzimmer ein. Bald wurde aus dem ehemaligen Esszimmer ein Raum vollgestellt mit Kleiderstangen, Zeitschriftenstapeln, Stoffrollen, zwei Schaufensterpuppen und mehreren Kisten voller farbiger Baumwollspulen.

Ich dachte an die Zeit vor ein paar Monaten zurück, als ich in diesem Zimmer gesessen und mir lächerliche Theorien darüber ausgedacht hatte, was mit Simon passiert sein könnte. Nun saß ich dort, um in ausgeliehenen Bibliotheksbüchern über die Geschichte der modernen Mode zu lesen – von Klassikern wie Christian Dior und Guccio Gucci bis zu aktuelleren Berühmtheiten.

Als meine Ideen und Inspirationen immer schneller kamen, wurde mir klar, dass ich nicht mehr die Kitty sein würde, die er einmal gekannt hatte, wenn Simon den Weg nach Hause fand. Ich orientierte mich neu und gewann neues Selbstbewusstsein, und das aus eigener Kraft. Während ich mein neues Ich kennenlernte – und mochte –, fühlte ich mich schuldig bei dem Gedanken, dass nicht jede Veränderung etwas Schlechtes war.

2. April

In meinen Träumen erschien Simon immer nur als Silhouette – ein Schemen, der sich in den Zimmerecken versteckte und mich schweigend beobachtete.

Doch in dieser Nacht sah ich sein Gesicht. Die Sonne ging gerade auf und ich stand am Schlafzimmerfenster und sah, wie sein regungsloser Körper auf dem Feld zu mir herüberstarrte. Irgendwann lächelte er und ich spürte, wie ich rot wurde – wie damals, als er mich im Englischunterricht zum ersten Mal angesehen hatte.

Als er sich umdrehte und wegging, geriet ich in Panik. Ich rief ihm nach, aber er ignorierte mich. Ich hämmerte mit den Fäusten gegen die Scheibe, doch er verschwand in einer

Staubwolke am Horizont. Ich schrie immer lauter, bis ich schließlich aufwachte. Dann lag ich da und war wütend auf ihn.

Plötzlich tauchte Dougies Gesicht so unvermittelt in meinem Kopf auf, dass ich zusammenfuhr.

Vier Jahre lang hatte ich ihn auf Abstand gehalten, doch ich wäre eine Närrin zu glauben, dass es so einfach war. Ich hatte immer angenommen, ich hätte eine gute Menschenkenntnis. Schließlich hatte ich mich vor den verletzenden Bemerkungen meiner Mutter nur schützen können, indem ich ihre Stimmungen schon ausmachte, bevor ich mich ihr näherte.

Simons Freunde Steven und Roger ließen sich leicht einordnen und hatten sich kaum verändert, als sie zu Männern heranwuchsen. Doch Dougie war anders. War Simon nur mit Dougie zusammen, waren beide sehr ernst. Waren die anderen dabei, benahm Simon sich wie die anderen Jungs. Also hatte ich ihm den Spitznamen Chamäleon gegeben und irgendwie gefiel es mir, wie er seine Farben an die Umgebung anpasste, ohne sich selbst dabei zu verlieren. Dougie, Steven, Roger und ich sahen immer nur Teile von ihm.

Doch für Dougie war Simon mehr als nur sein bester Freund gewesen und er hatte mich nicht gerade mit offenen Armen empfangen, als Simon mich in seine kleine Gang aufgenommen hatte. Er war nicht nur ein Junge, der sich nicht nach doofen Mädchen umdrehte. Er konnte wirklich nicht verstehen, warum sich sein bester Freund in eins verknallt hatte.

Und als er einmal bemerkte, dass ich ihn beobachtete, während er Simon heimlich beobachtete, verriet sein rotes Gesicht, was er mit Worten nicht sagte. Ich war ein wenig eifersüchtig darauf, wie nah die beiden sich waren, und plötzlich begannen Dougie und ich, wie Kinder miteinander zu wetteifern. Wenn ich ihm etwas erzählte, das Simon mir erzählt hatte, ärgerte er mich mit einem »Ja, das weiß ich schon«. Und bei anderen

Gelegenheiten zahlte ich es ihm heim. Wir buhlten um Simons Aufmerksamkeit.

Meinen ersten Kuss mit Simon habe ich immer bereut. Nicht dass es dazu gekommen war, sondern wie und wo. Ich hatte ihn absichtlich in Dougies Schlafzimmer dazu angestiftet, weil ich wusste, dass er hereinkommen und uns erwischen würde. Ich küsste ihn, weil ich ihn küssen wollte. Doch ich wusste auch, dass unsere Rivalität endlich ein Ende hätte, wenn ich Dougie in seinem eigenen Revier in die Schranken verwies.

Und als er uns entdeckt hatte, wünschte ich mir, ich wäre nicht so hinterhältig gewesen. Er sah so bemitleidenswert aus, als er mit einem Tablett mit Sandwichs und Getränken dastand. Seine Mundwinkel fielen herab und das Licht in seinen Augen erlosch. Ich hatte Simons Herz gewonnen, aber Dougies niedergetrampelt.

Das war ein Wendepunkt in meiner Beziehung zu Dougie gewesen. Wir kamen zu einer unausgesprochenen Übereinkunft, dass wir uns Simon zwar teilen konnten, ich aber immer die Oberhand haben würde. Und irgendwann wurden wir sogar zu ungleichen Freunden.

Bis sich eines Nachts, viele Jahre später, alles änderte.

7. April

Ich war erschöpft, weil ich über Monate einen unsichtbaren Mann verteidigt hatte.

Ich hatte aufgehört, vor dem Badezimmerspiegel »Simon ist nicht tot« zu singen, weil ich im Herzen nach und nach akzeptierte, dass das möglicherweise nicht wahr war. Es kam nur auf eine einzige Tatsache an – er konnte nicht seit zehn Monaten verschwunden sein, ohne dass ihm etwas passiert wäre. Und ohne Beweise, die mir sagten, dass er noch lebte, fand ich mich widerstrebend mit Rogers Theorie ab, dass er höchstwahrscheinlich am Tag seines Verschwindens bei einem Unfall ums Leben gekommen war.

In der Zwischenzeit machten sich meine Kinder ihre eigenen Gedanken.

»Hat sich Daddy umgebracht?«, fragte Robbie unvermittelt, als wir gerade vom Park nach Hause gingen.

»Wer hat das gesagt?«, fragte ich zurück.

Er sah verängstigt aus. In letzter Zeit sah er oft verängstigt aus, und ich machte mir langsam Sorgen. Er verschwand oft im Garagenbüro seines Vaters, und ich hörte, wie er leise von seinem Tag erzählte. Ich hatte gedacht, ich wäre die Einzige gewesen, die das tat. Ich war mir nicht sicher, ob ich weiterhin zulassen sollte, dass er sich mit einer Erinnerung unterhielt. Doch wenn er darin den Trost fand, den er bei seiner Mutter offensichtlich nicht finden konnte, schadete es vielleicht nicht.

»Was ist das?«, wollte Emily wissen.

»Meine Freundin Melanie sagt, dass sich Leute rumbringen, die traurig sind und in den Himmel gehen wollen«, erklärte Robbie.

»Es heißt umbringen«, platzte James heraus, bevor ich es erklären konnte, »und bedeutet, dass sich Leute selbst absichtlich wehtun, weil sie nicht mehr bei ihrer Familie sein wollen.«

»Nein, Daddy hat sich nicht umgebracht«, sagte ich. Ich wusste nicht, wie ich das Gespräch beenden sollte.

»Aber woher willst du das wissen?«, fragte James. Er dachte offensichtlich nicht zum ersten Mal darüber nach.

»Weil Daddy keinen Grund dafür hatte. Die Menschen tun das nur, wenn sie glauben, dass sie keine andere Wahl haben. Daddy hat uns viel zu sehr geliebt.«

Ich hatte es keiner Menschenseele erzählt, aber ich hatte mich auch schon gefragt, ob er das vielleicht getan hatte. Ich dachte über all das nach, was mit Billy passiert war, und fragte mich, ob ich zu sehr mit mir selbst beschäftigt gewesen war, um zu bemerken, wie sehr auch er darunter gelitten hatte. Wäre ich eine bessere Ehefrau gewesen, hätte ich seine Traurigkeit vielleicht bemerkt, anstatt mich in meiner zu suhlen.

»Okay, ich denke, dass Folgendes passiert ist«, meinte ich leise. »Ich glaube, dass Daddy an dem Tag, an dem er verschwunden ist, irgendwo eine neue Laufstrecke ausprobieren wollte. Und dann hat er sich wohl verlaufen und einen Unfall gehabt. Aber weil niemand weiß, wohin er gegangen ist, können wir ihn nicht finden.«

»Sollen wir noch einmal nach ihm suchen?«, fragte Robbie.

»Ich glaube nicht, dass das helfen würde. Und ich glaube auch nicht, dass er bald wieder zurückkommen kann.«

Den Gedanken, dass er vielleicht tot war, konnte ich noch immer nicht laut aussprechen.

Inzwischen waren wir zu Hause angekommen, und Emily lief zur Schaukel im Garten.

»Ist er im Himmel?«, fragte Robbie.

Ich schwieg einen Moment und hasste mich für das, was ich nun sagen würde. »Ja«, sagte ich schließlich. »Das könnte sein.«

»Wann kommt Daddy denn zurück?«, rief Emily von der Schaukel.

»Ich glaube nicht, dass er das tut, Süße.«

»Oh«, antwortete sie und runzelte die Stirn. »Schubs mich ganz fest an, Mummy.«

Ich stieß sie leichter an, als sie erwartet hatte, und sie warf ihre Beine vor und zurück, um höher zu kommen. »Fester, Mummy. Du schubst mich nicht fest genug an!«

»Warum willst du denn so hoch hinaus?«

»Damit ich Gott so lange in den Hintern treten kann, bis er Daddy wieder nach Hause schickt.«

Gute Idee, dachte ich.

* * *

SIMON
Paris, vor vierundzwanzig Jahren
10. Januar

Ich hob den Kopf, um zu dem Verlagsbüro im dritten Stock auf dem Boulevard Haussmann zu schauen, und fingerte nervös an den zwanzigtausend französischen Franc in meiner Hosentasche herum.

Ich war enttäuscht von mir, weil ich derjenige gewesen war, der alles verkauft hatte, was Pierre Chareau geschrieben, gezeichnet und dann aus unbekannten Gründen an das Hôtel Près de la Côte geschickt hatte. Doch ich hatte getan, was nötig gewesen war, um weiterzukommen.

Es hatte vier Züge und zwei Busse gebraucht, bis ich Paris erreicht hatte. Mein Rucksack enthielt nur wenige persönliche Dinge, um Platz für die seltensten Gegenstände zu schaffen, die ich aus dem Müll gerettet hatte. Die übrigen Sachen hatte ich sechs Wochen zuvor per Post an Madame Bernard, eine Herausgeberin von Kunst- und Geschichtsbüchern, geschickt, um sie ihr zum Verkauf anzubieten.

Ich hatte daran gedacht, die Sammlung an das Musée des Arts Décoratifs zu übergeben, wo man sie neben anderen bemerkenswerten Werken berühmter französischer Visionäre ausgestellt hätte. Doch der nächste Teil meiner Reise würde teuer werden und ich konnte mir keine Großzügigkeit leisten.

Nach meiner Ankunft dauerte es einige Tage, bis Madame Bernard die Echtheit der jüngsten Einlieferungen überprüft hatte. Nachdem man sie für echt befunden hatte, bot man mir ein Honorar und eine prozentuale Beteiligung am zukünftigen Buchverkauf an und garantierte mir Anonymität.

Ich lobte mich selbst für meine Bitte, die Tantiemen an eine Adresse in England weiterzuleiten. Ich bezweifelte, dass Darren Glaspers Familie jemals erfahren würde, warum sie hin und wieder Schecks von einem Pariser Verlag erhielt. Doch wenn es half, den Mythos aufrechtzuerhalten, dass die allzu kurze Reise ihres verstorbenen Sohnes erfolgreich gewesen war, war es jeden Centime wert.

Darren und ich hatten beide unser früheres Leben hinter uns lassen und noch einmal neu anfangen wollen. Daher wusste ich, dass er nun, wo er seinen Pass nicht mehr brauchte, verstehen würde, dass ich sowohl diesen als auch seine Identität benutzte. Falls es wirklich einen Himmel gab, würde er voller Stolz zu mir hinuntersehen und mich ermutigen.

Da ich weder eine feste Adresse noch ein Bankkonto hatte, hatte ich mir das Geld bar auszahlen lassen. Nun, wo ich über die finanziellen Mittel verfügte, um weiterzureisen, ging ich in ein Reisebüro, um einen einfachen Flug zu buchen.

New York, USA
4. Februar

Während alle anderen um uns herum in ihren zugewiesenen Etagenbetten schliefen, hatte ich geräuschlosen Sex mit einem Mädchen.

Ich presste die Handfläche gegen die Betonwand, damit das Metallgestell des Bettes nicht dagegenschlug. Die andere hielt ich über ihren Mund, damit die schlafenden Nachbarn ihr Stöhnen nicht hörten, als sie kam. Ich tat es ihr bald gleich und ließ dann meinen schlaffen Körper neben sie fallen.

Ihren Namen hatte ich schon wieder vergessen. Doch es spielte keine Rolle, da sie am nächsten Morgen nach Chicago reisen wollte. Ich zog mir meine Unterwäsche an und wollte ihr einen höflichen Kuss auf die Wange geben, doch sie war bereits eingeschlafen, betrunken wie sie war.

Am Tag nach meinem Abschied von Paris war mein Alter Ego Darren Glasper in New York gelandet.

Die Unwissenden sehen in Amerika oft ein modernes Land ohne Geschichte oder Kultur. Was ich jedoch wahrnahm, war ein Kontinent, der in jeder Person, in jedem Gebäude und auf jeder Straße mit kleinen Enklaven der Kultur übersät war. Nur weil sich kein Glaubensbekenntnis, keine Religion und keine Gesellschaftsklasse hervortat, hieß das nicht, dass einer ganzen Nation etwas Wesentliches fehlte.

Und in welchem Land könnte man besser noch einmal von vorne anfangen als in dem, an dessen Eingang ein Wahrzeichen mit zerbrochenen Ketten an den Füßen und einer Fackel in der Hand stand, die mir meinen Ausweg erhellte?

In der Jugendherberge in Lower Manhattan führte ich das Leben eines Teenagers, der im Körper eines dreiunddreißigjährigen Mannes gefangen war. Meine Tage hatten keine Routine und ich handelte völlig spontan. Ich wollte mich auf jeden neuen Sinneseindruck stürzen, auf den ich zufällig stieß, und dazu gehörte auch das andere Geschlecht. Als Teenager hatten meine Freunde sich mit vielen Mädchen vergnügt. Ich dagegen hatte nur mit Catherine eine Beziehung geführt. Und da ich das erste Mädchen geheiratet hatte, in das ich mich verliebt hatte, hatte ich sehr viel verpasst.

Und in den Hostels gab es ständig Nachschub. Ich genoss die Gesellschaft von Frauen, und kurze Flirts und One-Night-Stands brachten nicht das Risiko mit sich, dass sie mich näher kennenlernen oder mehr von mir wollten. Ich brauchte den körperlichen Kontakt mit Menschen, aber nie sehr lange und ohne Emotionen. Nur gerade so lange, um mich daran zu erinnern, dass ich immer noch zu einer Beziehung fähig war, auch wenn sich das nur in leeren, nahezu anonymen sexuellen Handlungen mit gleichgesinnten Partnerinnen ausdrückte.

Und es passierte überall, in Restauranttoiletten, engen Gassen und Schlafsälen voller schlafender Touristen bis hin zu einer Unterführung im Central Park. Ich kannte keine Scham und nur wenige Grenzen. Ich musste viele verschwendete Jahre nachholen, und Sex ohne Gefühle verschaffte mir sofort Befriedigung. New York war die Stadt, die niemals schlief, und ich hatte die Absicht, ihrem Beispiel zu folgen.

Ich ging zu meinem Etagenbett auf der anderen Seite des Schlafsaals, kroch in meinen Schlafsack und dachte an meinen ersten Kuss zurück.

Ich hatte Catherine nie gesagt, dass er nicht mit ihr gewesen war.

21. Februar

Ich war an diesem Tag schon einmal über die Brooklyn Bridge gelaufen. Bei meiner Rückkehr blieb ich stehen, lehnte mich gegen das Geländer neben dem Bürgersteig und starrte über die Weite des East River.

Ich dachte an die Zeit zurück, als ich elf Jahre alt gewesen war. Dougie und ich hatten eines Nachmittags eine lange Radtour in die Stadt gemacht und irgendwann den Abington Park erreicht. Wir hatten nur Unsinn im Kopf und stopften modrige Ulmenblätter und einen Stapel Zeitschriften, die ein fauler Zeitungsjunge weggeworfen hatte, in das Überlaufrohr eines angrenzenden Baches. Als unser Meisterwerk der modernen Technik schließlich fertig war, warteten wir geduldig darauf, dass eine zornige Flut sich über die Stadt ergoss, sobald der Bach über sein Ufer trat. Doch der Plan war zu ehrgeizig gewesen und nach einer Stunde war Northampton immer noch staubtrocken.

Gelangweilt hatte ich mich auf die Ellbogen im Gras zurückgelehnt und die Augen geschlossen. Plötzlich spürte ich etwas Weiches, Sanftes auf meinen Lippen. Es blieb für einen Moment dort, während ich überlegte, ob ich noch wach oder schon halb eingeschlafen war. Ich öffnete die Augen und sah Dougies Lippen auf meinen.

Er zog sie so schnell zurück, wie sie gekommen waren, und starrte mich mit großen Augen an, als hätten sie ein Eigenleben entwickelt, das er nicht kontrollieren konnte. Wir rührten uns nicht, während der eine das Geschehene zu verstehen versuchte und der andere auf eine Reaktion wartete.

»Entschuldigung«, platzte er schließlich heraus, bevor er sich sein Fahrrad schnappte und so schnell davonradelte, wie seine dünnen Beine in die Pedale treten konnten.

Ich blieb verwirrt im Gras liegen. Jungs küssten keine Jungs, Jungs küssten Mädchen. Wenn ein Junge einen Jungen küsste, war er schwul. Alles, was ich über Homosexualität wusste, war, dass man Schwule meiden sollte. Und wenn man auf einen traf, sollte man ihm eine Abreibung verpassen. Sie waren schmierige alte Männer, die allein in Kinos saßen und nur auf eine Gelegenheit warteten, um junge Kerle anzufassen. Oder sie landeten im Gefängnis, weil sie sich gegenseitig schmutzige Dinge angetan hatten, die ich nicht wirklich verstand.

Ich wusste nicht, wie ich reagieren sollte, und ging schnell die Konsequenzen durch, wenn ich mich jemand anderem anvertraute. Sollte ich meinem Vater oder Roger erzählen, was passiert war? Oder würden sie denken, ich sei auch schwul, weil ich ihn nicht verprügelt hatte? Ich wollte nicht, dass man mir unterstellte, auch so einer zu sein. Und wenn es die anderen wüssten, dürfte ich nicht mehr mit Dougie spielen, Zeit in seinem Haus verbringen und Teil seiner Familie sein. Ich wollte nicht derjenige sein, der meinen besten Freund ins Gefängnis brachte. Da ich also mehr zu verlieren hatte als er, schwieg ich.

Am nächsten Morgen hielt ich wie gewohnt bei Dougie an, um mit ihm zur Schule zu gehen.

»Beeil dich, wir kommen zu spät«, sagte ich.

Er sah mich an – offensichtlich verwirrt, weil ich mich nicht von ihm fernhielt. Und während wir hastig die High Street entlangliefen, sah ich aus den Augenwinkeln, wie er immer wieder den Mund öffnete, um etwas zu sagen, es sich dann aber wieder anders überlegte. Schließlich sagte er doch etwas.

»Gestern …«

»Vergiss es.«

»Hast du jemandem erzählt, dass …«

»Natürlich nicht. Und jetzt beeil dich, sonst müssen wir nachsitzen.«

Es war das letzte Mal, dass wir dieses Thema angesprochen hatten. Das hieß aber nicht, dass ich es je vergessen hätte.

Meinen zweiten ersten Kuss erlebte ich nicht lange danach mit Catherine. Wir saßen gerade auf Dougies Bett und lasen ein Interview mit David Bowie in einer Zeitschrift, als sie sich ohne Vorwarnung vorbeugte, ihre Hand unter mein Kinn legte, mein Gesicht zu sich heranzog und mich küsste.

Es war ein wundervoller, warmer, süßer Kuss. Sie schmeckte nach Veilchenpastillen. Ich wusste, je länger es dauerte, desto wahrscheinlicher wurde es, dass Dougie uns erwischte. Sie zog sich langsam zurück und schenkte mir das schönste Lächeln, das ich je gesehen hatte. Dann bemerkten wir einen Schatten und drehten uns zu Dougie um, der mit einem Tablett voller Snacks in der Tür stand.

Er verarbeitete gerade, was er gesehen hatte. Dann kam wieder Leben in sein ausdrucksloses Gesicht und er stellte die Sandwichs und Getränke in die Mitte des Bettes, als hätte er nichts gesehen.

Ich wusste, dass ich ihn verletzt hatte. Doch ich wusste nicht, wie lange er warten würde, um sich zu revanchieren.

20. März

Ich ließ ein zweites Mal meinen Blick über die Reihe von Stadthäusern in Brooklyn schweifen und huschte dann über die Straße zu einem schäbigen Fahrzeug, das zwischen den dicht am Bordstein geparkten Autos eingekeilt war. Ich hatte gesehen, dass die Besitzerin vergessen hatte, die Tür abzuschließen, als sie sich mit zwei Tüten voller Lebensmitteln und einem heulenden Kleinkind die Treppe hinaufgekämpft hatte.

Die Beifahrertür zierte eine faustgroße Delle und die Kunststoffabdeckungen in Holzoptik, die sich allmählich ablösten, waren vom Sonnenlicht ausgebleicht. Auf den Rücksitzen prangten Kratzer einer großen Hundepfote. Links unten an der Heckscheibe klebte ein Sticker mit dem Namen *Betty*. Sie hatte eine Vorgeschichte – wie ich.

Ich schlüpfte unbemerkt in den Kombi und verband die Kabel unter der Lenkradsäule miteinander, wie Roger es mir gezeigt hatte, als ich die Schlüssel meines Wagens verloren hatte. Nach dem ersten Fehlversuch gab es einen Funken und ein Stottern … und *Betty* erwachte zum Leben.

Natürlich hätte ich mir etwas Größeres und Moderneres aussuchen können. Doch sie erfüllte die grundlegenden Kriterien – sie war praktisch und unauffällig. Sie hatte viel Platz im Innenraum, sodass ich Mitfahrer mitnehmen konnte, und ich konnte ihre beiden Sitzreihen nach vorne klappen und in ihr schlafen, wenn ich wollte.

Nachdem ich zwei Monate lang New York bis in die verborgensten Ecken erkundet hatte, wurde ich wieder rastlos. Die Zeugen besserer Tage im heruntergekommenen Meatpacking District, die Größe des Central Park, der erleuchtete Ruhm des Broadways und die Bars und Bordelle von SoHo hatten mir nichts mehr zu bieten. Das Stadtleben hatte mich erschöpft, und es war an der Zeit weiterzuziehen.

Ich fädelte mich in den Straßenverkehr ein und starrte auf das Kruzifix, das am Rückspiegel baumelte. Als ich es abriss und auf den Rücksitz warf, prallte es von etwas ab – einem Kindersitz. Plötzlich fielen mir die langen Autofahrten ein, die wir mit drei kleinen Kindern im Fond des Wagens zum Lake

District und zur Küste von Devonshire unternommen hatten. Ich erinnerte mich, wie ich James und Robbie zuhörte, als sie darum stritten, wer als Nächstes meinen Walkman benutzen durfte. Emily war noch ein Baby gewesen und mit ihren Rasseln beschäftigt. Catherine schlief auf dem Vordersitz und schnarchte leise. Während ich am Steuer saß, lauschte ich dem Stimmengewirr der Familie, die wir gemeinsam erschaffen hatten, und lächelte.

Ich wollte nichts davon vermissen, tat es aber trotzdem.

Jetzt wollte ich eine weitere Reise in die große weite Welt unternehmen, doch dieses Mal würde ich allein sein.

* * *

Northampton, heute
13.20 Uhr

Sie hatte bemerkt, dass er sich immer unwohler fühlte. Jedes Mal, wenn einer von ihnen die Kinder erwähnte, klopfte er sich mit dem Finger auf die Lippe. Sie freute sich, dass ihr Plan funktionierte. Langsam, aber sicher würde sie ihn Stück für Stück zermürben, bis er wenigstens etwas Reue dafür zeigte, was er seiner Familie angetan hatte.

Denk daran, warum du hier bist, sagte er sich. *Erinnere dich, wer verantwortlich ist.* Anfangs hatte er sich ziemlich erfolgreich eingeredet, dass es richtig gewesen war, die Kinder am Morgen seiner Abreise nicht noch einmal zu sehen. Doch tief in seinem Inneren war es das Einzige, das er bedauerte. Denn nachdem er sich gezwungen hatte, ihre kleinen Gesichter aus seinem Gedächtnis zu verbannen, hatte er sie sich später nicht wieder in Erinnerung rufen können.

Seit er Luciana getroffen hatte, hatte er immer öfter an sie gedacht und musste sich auf Vermutungen verlassen, wie sie heute aussehen könnten. Er fragte sich, wem sie nachgeschlagen waren und ob nur James das Lächeln seines Vaters geerbt hatte. Wie klang ihr Lachen? Welchen Charakter hatten sie? Es hatte ihn etwas deprimiert zu wissen, dass er sie kaum geprägt hatte. Was auch immer sie genetisch von ihm übernommen hatten, *sie* hatte sie geprägt, nicht er.

Er stellte sich vor, was vielleicht passieren würde, wenn sie sich unter anderen Umständen wiedersähen. Würden sie ihn mögen? Im Idealfall würden sie ihn zuerst als alten Freund der Familie kennenlernen und feststellen, dass er ein anständiger Kerl war. Wenn sich dann herausstellte, wer er wirklich war, würde es ihnen schwerer fallen, den Kontakt zu jemandem abzubrechen, den sie mochten.

Während er seinen Tagträumen nachhing, ärgerte sich Catherine über seine Erinnerungen an schmutzige Affären mit Huren und hübschen jungen Dingern.

»Also bist du weggelaufen, weil ich dich im Bett nicht befriedigen konnte? Oder wolltest du einfach nur mit Mädchen schlafen, die halb so alt waren wie du?«, fragte sie empört. »Du klingst wie ein Perverser.«

»Natürlich bin ich das nicht.«

»Nun, entschuldige, dass ich das sage, aber bisher habe ich nur erfahren, dass deine Frau schlecht im Bett war und deine Moral nicht besser ist als die eines alten Lustmolchs. Und während ich mich mit deinem Tod abgefunden habe, hast du Hotels niedergebrannt und dich in Amerika herumgetrieben!«

Als er es aus der Perspektive eines anderen hörte, musste er sich eingestehen, dass es genau so klang, obwohl es nicht weiter von der Wahrheit hätte entfernt sein können. Er biss sich auf die Lippe, sowohl von seiner Taktlosigkeit als auch von ihr frustriert, weil sie sich zu sehr an den Details festbiss, anstatt das Gesamtbild zu sehen. Er musste die Situation wieder unter Kontrolle bekommen, doch sich aus Catherines Griff zu befreien erwies sich als schwierig.

»Willst du nicht nach deinen Kindern fragen oder wie sie es ohne dich geschafft haben?«

»Ja, natürlich«, antwortete er. »Wie geht es ihnen?«

»Das geht dich nichts an.«

Eins zu null, notierte sie auf einer imaginären Anzeigetafel.

»Sei nicht kindisch«, zischte er. Es war das erste Mal, dass er die Geduld mit ihr verlor.

»Wag es nicht, mich kindisch zu nennen.« Ihre Stimme wurde tiefer. »Wag es nicht.«

»Es tut mir leid, das war falsch von mir.« Er spürte einen dumpfen Schmerz in seinem Kopf. Er wusste, was das bedeutete.

Zum ersten Mal, seitdem der Geist erschienen war, hatte sie das Gefühl, die Oberhand zu haben. Jetzt wollte er etwas von ihr. Sie konnte nun entweder so tun, als ob das Leben ihrer Kinder ohne ihn auf Rosen gebettet gewesen wäre, oder das Messer tiefer in die Wunde rammen, indem sie ihm die Wahrheit sagte.

»Fürs Protokoll«, antwortete sie schließlich, »ich habe drei wundervolle, liebevolle Kinder großgezogen. Und nichts davon ist dir zu verdanken.«

Erst dann bemerkte sie, dass er die Luft angehalten hatte und auf die Bestätigung wartete, dass es ihnen allen gut ging. Sie spürte, wie ihre Augen schmal wurden, als er kaum hörbar, aber erleichtert seufzte. Plötzlich erinnerte sie sich, dass sie auch einen Vater hatten. Es war lange her, dass sie ihn so gesehen hatte.

Also entschloss sie sich spontan, von ihren Höhen zu erzählen und ihre Tiefen nicht auszuschlachten. Und sie würde sicherstellen, dass er verstand, dass sie rückblickend für nichts auf der Welt auch nur eine Minute ihres Lebens ohne ihn verändern würde.

KAPITEL 9

CATHERINE

Northampton, vor vierundzwanzig Jahren
15. April

Es war mein eigener dummer Fehler, weil ich die Folgen nicht bedacht hatte. Sie zeigten sich nicht unmittelbar nach meinem Eingeständnis, dass ich nicht mehr daran glaubte, dass Simon noch lebte. Doch die Kinder schienen Stück für Stück zu zerbrechen.

Trotz der Geburtstagskarte, auf die sie nur uns vier gemalt hatten, hatten sie heimlich gehofft, dass man ihn noch finden würde ... bis ich den Mund aufgemacht hatte. Sie wussten nicht anders mit ihrer Trauer umzugehen, als auf jemanden wütend zu sein. Und da er nicht da war, bekam ich das meiste ab.

Eine alleinerziehende Mutter zu sein war umso schwerer, wenn man wusste, wie es gewesen war, die Verantwortung mit jemandem zu teilen. Nun war ich gezwungen, eigene Entscheidungen zu treffen. Ich war der gute und der böse Bulle, Erzieherin und Ernährerin, Freund, Eltern und Feind. Ständig schwebte eine Wolke voller Schuldgefühle über mir. Ich hatte Schuldgefühle, weil ich trank, weil ich sie wegschickte, wenn sie frech waren, weil ich sie vernachlässigte, wenn ich arbeitete, weil ich zugelassen hatte, dass ihr Daddy verschwunden war … einfach wegen allem.

Natürlich waren sie zu jung, um meine Grenzen zu erkennen und um zu wissen, welche Knöpfe sie besser nicht drücken sollten. Gelang es ihnen nicht, ihren Willen durchzusetzen, brachen sie aus wie kleine Vulkane, was wiederum meine Gefühle Simon gegenüber veränderte. Ich war dankbar, dass sie immer an ihn dachten, sehnte mich aber auch danach, dass er allmählich in ihren Erinnerungen verblasste. Ich wusste, dass es egoistisch war, aber es würde mein Leben um einiges erleichtern.

James rebellierte, indem er um sich schlug. Ich wurde mehrmals wegen seiner Wutausbrüche von der Schulleiterin einbestellt. Als einem anderen Jungen nach einer Prügelei ein Zahn fehlte, blieb ihr schließlich nichts anderes übrig, als James für eine Woche zu suspendieren. Ich versuchte, ihn in dieser Zeit zur Vernunft zu bringen, ihn zu verstehen und zu bestrafen, und ich dachte, ich wäre zu ihm durchgedrungen. Doch dann brachte Roger ihn eines Abends im Streifenwagen nach Hause, weil er Steine auf Autos geworfen hatte, die vor der Kirche geparkt waren. Ich stand wieder da, wo ich angefangen hatte.

James war wütend auf seinen Vater, weil er ihn verlassen hatte, und ich war mit meinem Latein am Ende. Er hatte keine Lust mehr, mit den Freunden zu spielen, die er nicht verprügelt hatte. Also ließ er seine Wut an seinen kampfmüden Spielzeugsoldaten und Ninja Turtles aus und ließ sie in blutigen Kämpfen sterben. Er hörte sogar auf, die Bücher der Hardy Boys zu lesen, die Simon ihm gekauft hatte. Und er sah auch nicht mehr zu, wie dicke Männer in bunten Trikots samstagnachmittags im Fernsehen beim Wrestling miteinander rangen.

Nur wenn er Musik hörte, schien er auf irgendeine Art Frieden zu finden. Er gab sein ganzes Taschengeld für CDs aus, was mich auf eine Idee brachte. Ich zog die alte Akustikgitarre, die Simon ihm zu seinem fünften Geburtstag geschenkt hatte, unter dem Bett hervor, wo James sie hingeschoben hatte. Ich entstaubte sie und ließ neue Saiten aufziehen, bevor ich sie James gab, was ihn wie erwartet wenig beeindruckte.

»Das hier habe ich dir auch gekauft«, meinte ich und reichte ihm ein Gitarrenhandbuch sowie einige Noten seiner neuen Lieblingsgruppe U2.

»Glaubst du, dass sie dort hingekommen sind, wo sie jetzt sind, weil sie blutige Fingerknöchel hatten und von der Schule geflogen sind?«, fragte ich leise, wobei ich insgeheim annahm, dass tatsächlich alle Rockstars auf diese Weise zum ersten Mal mit der Anarchie in Berührung gekommen waren.

Er zuckte die Schultern.

»Nun, das sind sie nicht. Sie haben so lange an ihrer Musik gearbeitet, bis sie mit ihr das ausdrücken konnten, was sie wollten. Wenn du wie sie sein willst, solltest du als Erstes lernen, wie man darauf spielt. Falls es dir Spaß macht und du jeden Tag übst, bezahle ich dir richtigen Unterricht. Und eines Tages kannst du vielleicht sogar deine eigenen Aufnahmen machen.«

Natürlich war ich mir sicher, dass er das nicht tun würde, doch eine kleine Notlüge würde ihm nicht schaden. Ein winziges, neugieriges Funkeln blitzte in seinen Augen auf, was er aber zu verbergen versuchte. Und als er dachte, ich würde nicht zuhören, begann er hinter seiner geschlossenen Schlafzimmertür, die Akkorde zu lernen.

Im Laufe der nächsten Wochen führte seine Begeisterung wiederum zu ganz eigenen Problemen – wir mussten uns nämlich immer wieder bis zum Gehtnichtmehr sein furchtbares Geklimper von »Mysterious Ways« anhören. Doch wenn dadurch seine Gedanken und Fäuste beschäftigt waren, war meine geistige Gesundheit ein geringer Preis, den ich zu zahlen hatte.

Doch bei dem armen Robbie sah die Sache ganz anders aus.

1. Mai

James davon zu überzeugen, er könnte der nächste Bono werden, war ein Kinderspiel im Vergleich dazu, Robbie aus der Reserve zu locken. Ich hatte unterschätzt, wie tief seine Probleme lagen.

Als er vom Baby zum Kleinkind und dann zu einem kleinen Jungen herangewachsen war, hatte ich akzeptiert, dass er anders war als sein Bruder oder die Kinder unserer Freunde. Er war ein sensibles Kind, das sich abschottete und zu einer Zeit das Gewicht der Welt auf seinen jungen Schultern trug, als sie ihn hätte tragen sollen. Er konnte aus einem kleinen Problem ein riesengroßes machen, indem er sich allein damit auseinandersetzte, anstatt es mit mir zu teilen.

Und während sich James und Emily an die neuen Gegebenheiten anpassten, zog sich Robbie immer weiter in sich zurück. Ich brauchte eine dieser kleinen Gabeln, die man in einem französischen Restaurant bekommt, wenn man einen Teller Weinbergschnecken bestellte, um ihn aus seinem Gehäuse zu ziehen.

Seine Lehrer meinten, er benehme sich gut. Er war für sein Alter sehr intelligent, und was das Schreiben und Rechnen anging, war er viel weiter als andere Sechsjährige. Doch er hatte kein Interesse daran, vor der Klasse zu zeigen, wie intelligent er war. Er zog sich immer mehr von den anderen zurück.

Robbie schien nichts gegen die Gesellschaft seiner Geschwister zu haben, doch er brauchte sie nicht. Sie liefen gegen eine Wand, wenn sie ihn baten, sich mit ihnen zu unterhalten oder gemeinsam zu spielen. Und nach und nach sprach er immer weniger, bis er eines Tages ganz verstummte.

In ihrer gewohnt sachlichen Art versuchte Paula, mich davon zu überzeugen, dass er nur Aufmerksamkeit erregen wollte. Baishali reagierte dagegen sensibler auf meine Bedenken. Und nach einer Woche durchgehenden Schweigens war ich außer mir vor Sorge. Damit begann eine Reihe von Terminen bei Ärzten und Kinderpsychologen, bis wir schließlich bei einer Spezialistin für psychisches Wohlergehen landeten.

»Er ist nicht dumm«, verteidigte ich ihn nach einer Flut von Fragen und Untersuchungen gegenüber Dr. Phillips. Ich hielt Robbies Hand und fürchtete mich vor ihrer Einschätzung hinsichtlich meines Sohnes.

»Das weiß ich, Mrs Nicholson«, sagte sie und lächelte beruhigend. »Ziel dieses Treffens ist es herauszufinden, was das Problem sein könnte, nicht, Robbie zu beurteilen.«

»Was glauben Sie denn, was mit ihm nicht stimmt?«

»Ich glaube, dass er an einem sogenannten selektiven Mutismus leidet. Das heißt, dass er sprechen könnte, wenn er wollte, sich aber entschieden hat, es nicht zu tun.«

»Ich bin nicht sicher, ob ich das verstehe«, sagte ich stirnrunzelnd. »Wollen Sie mir sagen, dass er einfach nicht mehr mit mir sprechen will?«

»Nicht nur mit Ihnen, sondern mit niemandem. Das kommt selten vor, aber es passiert. Kinder, insbesondere solche, die empfindlich auf eine Veränderung in der Umgebung oder der Familie reagieren, können das Gefühl haben, dass sie nur wenig Kontrolle über ihr Leben haben. Was sie jedoch kontrollieren können, ist, wie sie auf diese Situationen reagieren. Und Robbie hat darauf reagiert, indem er beschlossen hat, nicht mehr zu sprechen.«

»Also ist es nur eine Phase?«

»Vielleicht, vielleicht auch nicht. Ich habe Fälle wie Robbies erlebt, wo es Jahre anhielt. Bei anderen dauerte es nur wenige Wochen, bis sie sich wieder normal verhielten. Das lässt sich nicht abschätzen.«

Ängstlich drehte ich mich zu Robbie um, der aufmerksam zuhörte, aber keinen Ton von sich gab.

»Robbie, bitte, sag etwas. Sag Dr. Phillips, dass sie sich irrt.«

Er sah mich an und öffnete den Mund, überlegte es sich dann aber anders, schloss ihn wieder und schaute zu Boden.

Billy, mein Zusammenbruch und schließlich das Verschwinden seines Vaters hatten einen Dominoeffekt gehabt, den ich hätte voraussehen müssen. Die Welt war zu groß und unheimlich für meinen kleinen Jungen und er hatte Angst, dass jemand seine Stimme hören könnte.

»Ich schlage vor, Sie gehen nach Hause und machen wie gewohnt weiter«, fügte Dr. Phillips hinzu. »Ich kann Ihnen einen ausgezeichneten Therapeuten empfehlen – und, Mrs Nicholson, ich habe bisher noch keinen Fall erlebt, wo es ewig andauerte. Versuchen Sie, sich keine Sorgen zu machen, und seien Sie geduldig.«

Sie hatte gut reden.

30. Mai

Robbie zu mehr Selbstbewusstsein zu führen würde ihm nicht helfen. Also taten wir nicht so, als hätte er sich nicht verändert, setzten ihn aber auch nicht unter Druck.

Ich lernte, niemals das Einfühlungsvermögen von Kindern zu unterschätzen. Seine Geschwister verstanden vielleicht seine Gründe nicht, aber sie akzeptierten sie und behandelten ihn wie immer. Seine Lehrerin hörte sogar auf, ihm vor den anderen Schülern Fragen zu stellen, um ihn nicht in Verlegenheit zu bringen.

Aber Robbies Entfremdung hatte zur Folge, dass er in den Spielstunden allein blieb. Eines Morgens setzte ich ihn ab und blieb vor dem Schultor stehen, während ich den anderen Kindern dabei zusah, wie sie mit Spielzeugfiguren und Himmel und Hölle spielten.

Mir wurde schwer ums Herz, als ich Robbie allein in einer Ecke sitzen sah. Am liebsten wäre ich zu ihm gelaufen, hätte ihn in den Arm genommen, sein dichtes blondes Haar gestreichelt und ihn nach Hause getragen, wo ich alles in Ordnung bringen könnte. Doch ich wusste, dass das unmöglich war. Ich musste es ihn auf seine eigene Art verarbeiten lassen. Ich war schuld daran, nicht er.

4. Juni

Simon war seit einem Jahr verschwunden und Emily hatte nun fast ein Viertel ihres Lebens ohne ihren Vater verbracht. Er hatte dieses wunderschöne Energiebündel mit erschaffen, aber nicht das Glück gehabt zu sehen, wie es zu einem erstaunlichen kleinen Mädchen heranwuchs. Und ihr war ein gutes Vorbild entgangen, weil sie ihren Vater nicht wirklich kennengelernt hatte. Das machte mich traurig.

Sie hatte Simons Herz für Tiere geerbt. Immer wieder lagen verlassene Starenjunge, Schnecken mit zerbrochenen Häusern, Würmer mit halben Körpern auf unserem Küchentisch, manchmal auch Kaulquappen, die ihren »Frosch-Daddy« vermissten, wie sie mir erklärte.

Als sich das Verschwinden ihres Vaters das erste Mal jährte, war unsere Familie einigermaßen intakt. Wir waren verängstigt, einsam, mitgenommen, verlassen, verwirrt, stumm und wütend gewesen und hatten immer noch ein paar blaue Flecke. Aber wir gaben uns nicht geschlagen.

Meine Arbeit brachte mir einen soliden, regelmäßigen Lohn ein, die Rechnungen und die Hypothek wurden pünktlich bezahlt, und ich hatte gelernt, meine Gefühle in Schach zu halten, wenn ich an Simon dachte. Mir wurde klar, dass ich ihn mehr wollte als brauchte.

Dank der kleinen Schritte, die wir vorangekommen waren, waren wir endlich bereit, uns von ihm zu verabschieden. Am Jahrestag seines Verschwindens zogen wir uns unsere schönsten

Kleider an und gingen Hand in Hand vom Haus zur Brücke über den Bach. Oscar blieb ein Stück zurück und war fest entschlossen, eines der wilden Kaninchen zu fangen, die ihn immer überlisteten. Es hatte Zeiten gegeben, in denen ich mich gefragt hatte, wie es sich anfühlen würde, ins Wasser zu gehen und von der Strömung mitgerissen zu werden. Doch das lag inzwischen hinter mir.

»Ich wollte dir sagen, dass ich dich sehr vermisse, Daddy, und danke für meine Gitarre«, begann James, nachdem wir uns hingesetzt hatten. Dann riss er die Zeilen eines Liedes, das er über seinen Vater geschrieben hatte, aus einem Heft, warf die Seite über das Holzgeländer und ließ sie davontreiben.

Alles, zu dem sich Robbie durchringen konnte, war ein Lächeln, als er eine Zeichnung in den Bach fallen ließ, auf der Simon neben einem Engel auf einer Wolke saß. Emily war ganz aufgeregt über unseren Ausflug, konnte seine Bedeutung aber nicht erfassen. Sie sang stattdessen »Happy Birthday to You« und konnte nicht verstehen, warum der Rest ihrer Familie kicherte. Ich nahm sie in den Arm.

Ich hatte das letzte Foto ausgedruckt, das wir von uns allen an Ostern gemacht hatten, und ließ es nach unten schweben.

»Danke, Simon, für die wundervollen Jahre, die wir zusammen verbracht haben, und für die Familie, die wir geschaffen haben. Ich werde dich immer lieben.«

Wir saßen bis zum späten Nachmittag auf der Brücke, ließen Erinnerungen wieder aufleben und erzählten einander Anekdoten – von Simons und meinem Kennenlernen bis hin zu dem besten Fußballspiel, zu dem er die Jungs je mitgenommen hatte.

Ein Jahr, das so schrecklich und schmerzhaft begonnen hatte, ging voller Wärme und Liebe zu Ende.

* * *

SIMON
Georgia, USA, vor vierundzwanzig Jahren
19. April

Ich war der glücklichste Mann der Welt, während ich in Amerika meine Wiedergeburt erlebte.

Die Hotels und Motels waren komfortabel und boten viele Annehmlichkeiten. Gleichzeitig waren sie aber auch nichtssagende, einsame Orte. Ich wusste meine eigene Gesellschaft zu schätzen, aber umgeben von Gleichgesinnten war das Abenteuer umso spannender. Wenn ich nicht auf der Straße unterwegs war, checkte ich am liebsten in Hostels ein und ging die Anschlagtafeln durch, auf denen Reisende nach Mitfahrgelegenheiten zu den verschiedensten Orten suchten. An den meisten Tagen war *Betty* voller neuer Gesichter, während wir an der Ostküste entlang durch Indianapolis, Memphis, Atlanta und Savannah fuhren.

Diese kurzen Beziehungen verschafften mir naturgemäß nur kurzfristig Befriedigung. Landkarten, Fernweh und der freie Wille sorgten früher oder später dafür, dass sich unsere Reiserouten trennten und wir uns niemals wiedersehen würden.

Von Zeit zu Zeit dachte ich an die Menschen zurück, die ich verlassen hatte. Bei meinem Lebensstil würde ich niemals jemanden finden, der sie alle ersetzen könnte. Doch ich fragte mich manchmal, ob ich mir das vielleicht eines Tages wünschen würde.

Jahrelang war Catherine die einzige Konstante in meinem Leben gewesen. Seit dem Tag, an dem uns unser Englischlehrer gemeinsam »Macbeth« einstudieren ließ, waren wir unzertrennlich gewesen. Ihr braunes lockiges Haar, ihre Apfelbäckchen und ihr Lächeln hatten meinen Blick magisch angezogen. Sie war nicht wie die anderen Mädchen – sie versuchte nicht, älter auszusehen, indem sie den Rocksaum höher zog oder einen weiteren Knopf an der Bluse öffnete. Sie trug weder künstliche Farbe auf den Lippen noch Wimperntusche. Ihre Kleidung war modisch und figurbetont, kombiniert mit persönlichen Details wie einer Schleife oder einem Gürtel. Mir gefiel, dass sie anders war, weil ich es auch war.

Meine Liebe war nicht groß genug gewesen, um meine Mutter zum Bleiben zu bewegen. Daher war ich immer wieder erstaunt, dass Catherine beschlossen hatte, an meiner Seite zu bleiben.

Uns verbanden viele Dinge. Besonders beeindruckt war ich jedoch davon, wie sehr sich unsere Elternhäuser glichen. Doreen hatte meine Familie zerstört und Catherines löste sich langsam von allein auf, nur ohne ein solches Drama. Trotzdem ließ sie sich nie von ihrer großen Traurigkeit beherrschen. Irgendwie hielt sie sich von dem dunklen Ort fern, an dem ich hauste.

Und sie schien zu wissen, dass sie am Ende bekommen würde, was sie wollte, wenn sie nur daran glaubte. Sie inspirierte mich, es ihr nachzutun. Doch wenn ich nun zurückschaute, fragte ich mich, ob sie mich vielleicht nicht nur reparieren wollte und dann das Interesse verloren hatte, als ich repariert war. Denn am Ende stellte sich heraus, dass sie genauso war wie alle anderen, die mich kleinkriegen wollten.

Doch damals waren ihre Stärke und ihr Temperament ansteckend gewesen, und nur in ihrer Nähe hatte ich das Gefühl gehabt, die Welt erobern zu können.

Und das tat ich nun – nur ohne sie.

Miami, USA
4. Juni

Ich hatte gerade eine zweite Flasche Bier beim Kellner bestellt, als mir eine Zeitung auf dem Nebentisch auffiel.

Einen Großteil des Morgens hatte ich unter dem aquamarinblauen Himmel am Strand von Bal Harbour in Miami verbracht. Dana und Angie, zwei verwegene kanadische Mädchen, die ich beim Frühstück im Hotel kennengelernt hatte, hatten mir Gesellschaft geleistet. Wir hatten gerade unser Picknick beendet, das sie zur Mittagszeit am Strand aufgebaut hatten. Doch als mir die Sonne, die bald ihren Höchststand erreichen würde, auf den Schultern zu brennen begann, tauschte ich den Sand gegen ein schattiges Café ein.

Auf meiner Reise hielt ich mich meistens von Zeitungen fern und ignorierte die Dinge, die sich jenseits meines eigenen Horizonts abspielten. Doch das Datum auf der Ausgabe des »Miami Herald« kam mir bekannt vor. Dann fiel der Groschen – ich war jetzt ein Jahr alt. Vor genau zwölf Monaten hatte ich mein Haus und die Menschen, die darin lebten, verlassen und war auf dem Weg zu einem heruntergekommenen alten Campingplatz gewesen. Wenn ich gewusst hätte, wie großartig das Leben sein könnte, wäre ich wahrscheinlich viel früher gegangen.

Ich legte die Zeitung zurück und starrte auf das endlose Meer. Mein Jahr allein hatte sich wie ein ganzes Leben angefühlt, aber auf positive Weise. Ich fragte mich, ob es Catherine genauso ging.

Ich erinnerte mich, wie ich sie zu einer Nachmittagsvorstellung von »Frühstück bei Tiffany« ins Kino eingeladen hatte. Wir waren damals fast dreiundzwanzig Jahre alt gewesen und seit beinah einem Jahrzehnt zusammen. Trotzdem benahmen wir uns in der hintersten Reihe noch immer wie verliebte Teenager. Es war mein letztes Jahr an der Universität und ich lebte damals bei Arthur und Shirley. Bis wir das Cottage gekauft hatten, hatte sich unser Liebesleben auf ein paar gestohlene Momente beschränkt, die wir ausnutzten, wann und wo immer wir es einrichten konnten.

»Glaubst du, wir werden eines Tages heiraten?«, fragte ich sie über ihren Kopf hinweg, der auf meiner Schulter lag.

»Natürlich«, antwortete sie, ohne zu zögern. Sie schien überrascht, dass ich das überhaupt infrage stellte. Sie zog ein weiteres Bonbon aus der Papiertüte und steckte es sich in den Mund.

»Und wann sollten wir das deiner Meinung nach tun?«, fuhr ich fort, wobei ich versuchte, so fröhlich wie sie zu klingen.

»Wann immer du willst. Ich warte seit zehn Jahren, aber wenn ich noch mal so lange warten muss, brenne ich stattdessen vielleicht mit Dougie durch.«

Ich glaube nicht, dass das so bald passieren wird, dachte ich.

»Okay, Kitty – willst du mich heiraten?«

»Ja«, antwortete sie, ohne den Blick von Audrey Hepburn zu nehmen. Ihre ungerührte Miene wurde nur durch den Druck auf meinen Arm Lügen gestraft.

Am nächsten Wochenende fuhren wir mit dem Zug nach London – ein Ort, der für mich immer noch mit negativen Erinnerungen an meine Mutter und meinen leiblichen Vater Kenneth verbunden war – und kehrten mit einem bescheidenen Goldring mit einem winzigen Diamanten in der Mitte zurück. Den Stein konnte man nur mithilfe des Hubble-Weltraumteleskops erkennen. Ich war dankbar, ein Mädchen gefunden zu haben, das keine materiellen Dinge brauchte, um sich wertvoll zu fühlen.

Später am Abend, als mein Vater und Shirley wie jeden Samstag einen Salat vor dem Fernseher aßen und »Am laufenden Band« sahen, hielt ich Catherines Hand fest.

»Wir haben euch etwas zu sagen«, verkündete ich. »Wir haben geheiratet.«

Unsere Freude wurde mit Schweigen beantwortet. Ich hatte nicht erwartet, dass Luftschlangen und Luftballons von der Decke fallen würden – ein schlichtes »Herzlichen Glückwunsch«

hätte genügt. Stattdessen sahen sie erst sich an, dann uns und dann wieder hinüber zum Moderator der Fernsehshow.

»Ich gehe jetzt nach Hause, Simon. Du kannst ja später vorbeikommen«, schlug Catherine vor, die bemerkt hatte, dass die Stimmung kippte. Sie gab mir einen Kuss auf die Wange und ging. Ich wartete, bis die Haustür ins Schloss fiel, bevor ich etwas sagte.

»Was war das denn?«, begann ich.

Mein Vater schluckte sein Essen hinunter, legte das Besteck zurück auf das Tablett und verschränkte die Arme.

»Simon, du bist zu jung für eine Ehe.«

»Ich bin zweiundzwanzig. Du warst nur ein paar Jahre älter als ich, als du Doreen geheiratet hast.«

»Genau. Catherine ist ein hübsches Mädchen, aber sie ist nicht bodenständig genug. Die Mädchen von heute … sind anders als zu meiner Zeit. Sie sind temperamentvoller und erwarten mehr vom Leben. Früher oder später wird sie erkennen, dass sie mehr will als dich. Und dann wird es zu spät sein. Ich garantiere dir, dass sie dir das Herz brechen wird.«

Ich musste schlucken.

»Sie ist nicht Doreen«, erwiderte ich. »Nur weil du meine Mutter aus dem Haus getrieben hast, heißt das noch lange nicht, dass ich das Gleiche tun werde.«

Beide waren zu verblüfft, um zu antworten, doch ich war noch nicht fertig.

»Ich liebe Kitty und werde es immer tun. Es gibt nichts auf der Welt, das uns jemals trennen könnte. Niemals.«

Ich stürmte wütend aus dem Haus und holte Catherine ein. Hätte ich ihnen doch nur zugehört, anstatt auf mein Herz zu hören, bevor wir vor den Altar getreten waren.

»Darren, kommst du mit zum Schwimmen?« Danas Stimme hinter mir holte mich in die Gegenwart zurück.

»Ich trinke nur noch aus, dann komme ich.«

Ich antwortete gern auf einen anderen Namen. Ich trank den letzten Schluck lauwarmes Bier und ließ den Blick über meine Umgebung gleiten.

»Wusstet ihr eigentlich, dass ich heute Geburtstag habe?«

»Nie im Leben, Mann!«, quietschte Angie. »Und wisst ihr was? Wir können ihn auf die beste Art feiern!«

Eine halbe Stunde später saßen wir zu dritt in meinem Hotelzimmer und schnupften die erste von vielen Lines eines bitteren weißen Pulvers, durch das ich bis zum späten Nachmittag mit ihnen schlafen konnte.

Wenn mein zweites Jahr so bereichernd sein würde wie das erste, wäre ich ein sehr glücklicher Mann.

* * *

Northampton, heute
14.05 Uhr

Sie war sich nicht sicher, was sie am meisten an ihm verwirrte – dass er seine Taten offensichtlich nicht bedauerte oder dass er völlig gefühllos wirkte.

Zuerst hatte sie sich sein widerwärtiges Geständnis anhören müssen, dass er sie alle aus seinem Gedächtnis gelöscht hatte. Darauf folgte der allzu detaillierte Bericht über sein süßes Leben in seinem verlängerten Urlaub. Und nun hatte er die Erinnerung an den ersten Jahrestag seines Verschwindens entweiht – diesen wichtigen Moment im Leben ihrer Familie –, indem er ihn mit Drogen und zwei Schlampen gefeiert hatte.

Drogen? In seinem Alter? So ein verdammter Idiot. Und dann hatte er sie noch einmal verletzt, als er zugab, er wünschte sich, er hätte auf seinen Besserwisser von Vater gehört und sie niemals geheiratet. Sie verabscheute ihn dafür, dass sie sich wie ein Fehler fühlte.

Was sie nicht bemerkt hatte, war, dass es ihm genauso schwergefallen war, ihr zuzuhören. Er wusste es zu würdigen, dass sie ihm erklärt hatte, wie die Kinder mit seinem Verschwinden umgegangen waren. Er hätte es ihr nicht übel nehmen können, wenn sie ihn im Ungewissen gelassen hätte. Doch sie hatten sein Verschwinden nicht sofort akzeptiert und ihr Leben weitergelebt, wie er es gehofft hatte. Sie waren damals noch so jung und formbar gewesen, und er war so naiv gewesen zu glauben, sie hätten sich irgendwie durchgeboxt und ihn irgendwann vergessen. Er hatte nicht geahnt, wie dringend sie ihn brauchen würden. Sich einen gesichtslosen Sohn vorzustellen, der sich von den Menschen abgrenzte, die ihn liebten, war sehr ernüchternd.

Obwohl er befürchtet hatte, dass Robbie anders war als seine anderen Kinder, versetzte ihm sein fehlendes Verständnis dafür, wie zerbrechlich der Junge gewesen war, einen Stich ins Herz.

Und das würde nicht der letzte sein.

KAPITEL 10

SIMON

Key West, USA, vor dreiundzwanzig Jahren
1. Februar, 18.15 Uhr

Fünf Quadratmeilen. Fünfundzwanzigtausend Menschen. Fünfzig Hotels. Zwanzig Gästehäuser. Drei Hostels. Viertausendfünfhundert Meilen von zu Hause entfernt.

Die Chancen standen fast zu schlecht, um sie zu berechnen. Trotzdem schaffte es das Schicksal, mein neues Leben in Form zweier vertrauter Gesichter mit meinem alten Leben zu verknüpfen.

Dank seiner Lage an der südlichsten Spitze Amerikas war Key West ein beliebtes Ziel für Angler und Taucher. Nachdem ich die grundlegenden Dinge über das Tauchen bei Bradley in Frankreich gelernt hatte, hatte ich mir geschworen, die Meere zu erkunden, wo und wann sich mir die Gelegenheit bot.

Ich hatte mich die ganze Woche mit einer Gruppe anderer fortgeschrittener Tauchanfänger immer weiter von der Küste entfernt. Das kristallklare Wasser am Riff und die bunten Farben der Korallen waren atemberaubend. Ich schwamm hinter Schwärmen von Fischen her und beneidete sie um die Umgebung, die sie für selbstverständlich hielten.

Am kommenden Wochenende wollte ich meinen ersten Tauchgang zu einem Wrack wagen, um die Überreste der *Benwood* zu erkunden – einem gut hundert Meter langen Frachter, der vor der Küste von Key Largo gesunken war. Da ich fünf Tage hintereinander getaucht war, waren meine Muskeln etwas überstrapaziert und ich genoss einen Abend allein in einer Strandbar.

Nachdem ich so viel Zeit in der Gesellschaft von Fischen verbracht hatte, fand ich es herzlos, sie zu essen. Also bestellte ich mir einen Caesar Salad, setzte mich an einen hell erleuchteten Tisch im Freien und zündete mir eine Zigarette an. Ich freute mich darauf, den Sonnenuntergang über den Booten zu genießen, die am Horizont vor sich hin dümpelten. Mein Blick fiel auf ein Pärchen, das auf der gegenüberliegenden Straßenseite Hand in Hand ging und vor einem Hotel stehen blieb, um sich zu küssen. Zunächst wirkten sie weder außergewöhnlich noch bedeutsam, doch selbst von Weitem kam mir irgendetwas an ihrer Körpersprache bekannt vor. Ich fragte mich, ob sich unsere Wege vielleicht in irgendeinem Hostel gekreuzt hatten. Als jedoch die Scheinwerfer eines vorbeifahrenden Autos ihre Gesichter beleuchteten, blieb mein Herz stehen.

Dort standen Roger und Paula.

Ich starrte sie mit offenem Mund an, während Roger eine Kamera vom Hals nahm und die Stufen ins Hotel hinaufging. Paula blieb auf der Straße zurück und nestelte an einem Ohrring, während sie sich ein wenig umsah.

Bevor ich reagieren konnte, wanderte ihr Blick über mich hinweg. Doch als sie ein zweites Mal zu mir herübersah und sich unsere Blicke trafen, wusste ich, dass das Spiel vorbei war.

* * *

CATHERINE
Northampton, vor dreiundzwanzig Jahren
1. Februar

Sie hatten so lange verstaubt auf der Veranda gelegen, dass sie schon zum Mobiliar gehörten. Jedes Mal, wenn ich an ihnen vorbeigegangen war, hatte ich Simons Laufschuhen einen kurzen Blick zugeworfen und mich danach gesehnt, ihn darin wiederzusehen. Doch irgendwann hatte ich akzeptiert, dass er sie nie wieder tragen würde.

Sie wegzuräumen war, als hätte ich die letzte Seite eines Buches erreicht, das ich noch nicht aus der Hand legen wollte. Doch nachdem ich mich Schritt für Schritt durch die kleinen Herausforderungen gekämpft hatte, verloren die großen ihren Schrecken. Also hob ich sie auf und stellte sie neben meine Gummistiefel unter ein Regal in der Speisekammer.

Später an diesem Tag standen sie plötzlich wieder auf der Veranda. Also stellte ich sie wieder weg, nur um sie am Morgen wieder dort vorzufinden. Ich schimpfte mich selbst eine dumme Kuh, als ich mir vorstellte, der Geist meines Mannes hätte sie dorthin zurückgebracht, wo sie hingehörten.

Vermutlich war Robbie der wahre Schuldige. Da ihn sein Logopäde langsam dazu ermutigte, seine Stimme und sein Selbstvertrauen wiederzuerlangen, wollte ich ihm nicht die Stirn bieten und riskieren, dass er glaubte, etwas Falsches zu machen. Nur um sicherzugehen, stellte ich sie noch einmal weg. Ein paar Tage später saß ich schweigend in der Küche und trennte eine Jackentasche ab. Ich hörte das Klackern von Oscars Pfoten, während er durch das Haus lief. Er bemerkte nicht, dass ich ihn dabei beobachtete, wie er den ersten Schuh an den Schnürsenkeln packte und vorsichtig damit davonging. Dann kehrte er zurück und nahm den zweiten.

Ich folgte ihm und sah zu, wie er sie wieder an den Platz vor der Haustür stellte, an dem sie fast zwei Jahre lang gestanden hatten. Er erschrak, als er mich sah, gewann dann aber seine Fassung wieder und trottete davon. Ich hatte an die Gefühle aller im Haus gedacht, nur nicht an die von Simons treuem Freund.

Also stellte ich die Schuhe nicht mehr weg, bis auch er uns verlassen hatte.

* * *

SIMON
Key West, USA, vor dreiundzwanzig Jahren
1. Februar, 18.20 Uhr

Ich drehte den Kopf so schnell herum, dass mir ein brennender, stechender Schmerz in Nacken und Hinterkopf fuhr.

Doch mir blieb keine Zeit, darüber nachzudenken oder meine Haltung zu ändern. Stattdessen konzentrierte ich mich auf ihr Spiegelbild im Rauchglasfenster des Restaurants und betete, dass sie mich nicht bemerkt hatte. Doch sie blieb stehen, wo sie war, und blinzelte, als hätte sie etwas Bekanntes gesehen.

Roger hatte mich sicher nicht in Florida aufgespürt. Ich wusste nie, für welche Richtung ich mich entschied, bis ich eine Weggabelung erreichte. Es bedurfte schon einer Kristallkugel, um vorherzusagen, wo man mich in der nächsten Woche finden könnte. Außerdem hatte Simon keine Spuren hinterlassen. Ich war Darren Glasper.

Es muss also Zufall gewesen sein, dass wir zur gleichen Zeit in der gleichen Stadt auf der gleichen Straße unterwegs waren. Das Schicksal war ein unberechenbarer Bastard.

Ich betete, dass Paula recht schnell zu dem Schluss käme, dass ihre Augen sie getäuscht hätten. Ich beobachtete ihr

Spiegelbild, während sie hinter mir den Kopf schüttelte, als glaubte sie wie ich, dass es zu weit hergeholt sei, um wahr zu sein. Unentschlossen trippelte sie von einem Fuß auf den anderen, als suchte sie die Bestätigung einer anderen Person, wie lächerlich sie sich machte. Doch es gab niemanden, der ihr helfen konnte.

Ich entspannte mich ein wenig, als sie sich in Richtung der Hotelstufen drehte, die Roger kurz zuvor hinaufgegangen war. Dann zögerte sie, drehte sich um und wiederholte ihre Bewegungen, als würde man sie mit einer Fernbedienung erst zurück- und dann wieder vorspulen.

Mein Herz raste, und ich hoffte, sie würde in das Gebäude laufen, um Roger zu holen. Dann könnte ich verschwinden. Doch das tat sie nicht. Stattdessen trat sie näher an den Bordstein heran, um besser sehen zu können.

In diesem Moment setzte mein Selbsterhaltungstrieb ein, und ohne den Kopf zu drehen, warf ich meine brennende Zigarette auf den Bürgersteig, stand auf und ging. Zu gern hätte ich über die Schulter geschaut, um sicherzugehen, dass ich allein war, doch ich hatte Angst vor dem, was ich dann sehen könnte. Ich ging schneller.

»Simon!«

Der Klang ihrer Stimme traf mich wie ein Stich. Meine Brust brannte und ich spürte das dringende Bedürfnis, mich zu übergeben. Ich bekam kaum Luft und die Beine drohten unter mir wegzuklappen. Das Einzige, was ich tun konnte, war, sie zu ignorieren und weiterzulaufen.

»Simon!«, erklang es wieder, dieses Mal aber strenger.

Ihre Stimme war sehr nah. Sie musste an Boden gewonnen haben, war aber immer noch auf der anderen Straßenseite. *Gib einfach auf!*, schrie ich im Geiste und beschleunigte mein Tempo, sodass ich fast rannte. Doch Paula musste gejoggt sein, um mit mir mitzuhalten. Ich hatte vergessen, wie nervig sie sein konnte, wenn sie etwas wollte. Wie ein Hund, der sich in einen Knochen verbissen hatte. Meistens hatte ich sie nur geduldet, weil sie Catherines beste Freundin und Rogers Freundin war. Mir war Baishali lieber gewesen, eine passive Seele, die nicht gern für Ärger sorgte. Warum konnte nicht sie mich gesehen haben?

Inzwischen konnte ich meine Frustration nicht mehr unterdrücken. Also handelte ich wider besseres Wissen und drehte mich um. Ich sah, wie sie nach einer Lücke zwischen den fahrenden Autos suchte, um die Straßenseite zu wechseln. Das nutzte ich aus und rannte los – wie die Beute, die verzweifelt versucht, dem Jäger zu entkommen.

»Du bist es, nicht wahr?«, rief sie über den Lärm der Fahrzeuge hinweg. Eine rote Ampel verschaffte ihr die Gelegenheit, die sie brauchte, und sie schoss mit der Geschwindigkeit eines Tornados über die Straße.

»Bleib stehen, du Feigling!«, schrie sie. »Ich weiß, dass du es bist!«

Mein Körper schmerzte bereits von meinen Tauchgängen im Meer, meine Angst wuchs, und dank meines täglichen Zigarettenkonsums war ich ziemlich außer Atem. Plötzlich wusste ich, dass ich mich dem Unvermeidlichen stellen musste, und blieb stehen.

Innerhalb von Sekunden gruben sich ihre Finger in meine Schulter, und sie riss mich herum. Obwohl sie sich sicher gewesen war, dass ich es war, starrte sie mich ungläubig an, als sie ihre Vermutung bestätigt sah. Wir starrten uns schweigend an, bevor sie ihrer Wut Luft machte.

»Du selbstsüchtiger Idiot! Wie kannst du ihnen das antun?«, schrie sie und stieß mir gegen die Brust.

Ich behielt mein Pokerface und schwieg.

»Deine Familie ist ohne dich durch die Hölle gegangen«, fuhr sie fort. »Weißt du das eigentlich?«

Ich wollte es nicht wissen.

»Und was hast du zu deiner Verteidigung zu sagen?«

Eigentlich nichts.

»Was stimmt denn nicht mit dir?«, keifte sie, zunehmend frustriert von meiner ausdruckslosen Miene.

Bis vor ein paar Minuten war bei mir alles in Ordnung gewesen.

Sie verpasste mir eine Ohrfeige. Meine Wange brannte. Sie schlug mich noch mal. Meine Wange wurde taub. Noch ein Schlag. Ich spürte nichts.

»Mein Gott, Simon. Hast du eine Ahnung, was du uns allen angetan hast?«

Das interessierte mich nicht.

»Sag etwas, du Feigling! Du schuldest mir eine Erklärung!«

Das tat ich nicht. Tatsächlich verspürte ich nicht den Drang, mich oder meine Handlungen Paula oder jemand anderem gegenüber zu rechtfertigen. Ich schuldete der Welt nichts und es ärgerte mich, dass sie arrogant genug war zu glauben, dass ich es tat.

»Was? Bleibst du jetzt einfach da stehen?«

Nein, das würde ich nicht.

Mit aller Kraft, die ich aufbringen konnte, umklammerte ich ihr Gesicht mit beiden Händen, schob sie rückwärts den Bordstein hinunter und stieß sie auf die Straße in den Gegenverkehr.

Ihr blieb nicht einmal Zeit, um zu schreien.

Weder das Knirschen ihrer Knochen unter den Rädern des Wagens noch das Kreischen der Bremsen brachten mich dazu, stehen zu bleiben und mich umzudrehen.

* * *

Catherine regte sich nicht, während sie sein entsetzliches Geständnis verarbeitete. Ihr Ehemann war ein Mörder.

Sie wollte es nicht glauben, denn was er gerade zugegeben hatte, ergab überhaupt keinen Sinn. Sie hatte noch nie jemanden getroffen, der einen Menschen ermordet hatte. Den sie in ihr Haus gelassen hatte. Den sie geliebt hatte. Sie hatte keine Ahnung, wie sie reagieren sollte.

Für eine Weile, die ihm wie eine Ewigkeit erschien, sprach keiner von ihnen. Er hielt den Blick auf den Teppich gerichtet, ihrer durchbohrte ihn. Er hielt es für unpassend, das Schweigen zu brechen.

»Du … hast Paula getötet?«, stammelte sie.

»Ja, Catherine, das habe ich«, antwortete er zurückhaltend, aber ohne große Reue.

»Sie war schwanger«, sagte sie leise.

Er holte tief Luft. »Das wusste ich nicht.«

Die Farbe wich aus ihrem Gesicht und ihr wurde übel. Eigentlich war es mehr als nur Übelkeit: Sie wusste, dass sie sich übergeben würde. Sie sprang von ihrem Stuhl auf und zuckte zusammen, als ihr kraftloser Knöchel von ihrem Gewicht überrascht wurde. Sie stolperte die Treppe hinauf ins Badezimmer und schlug die Tür hinter sich zu. Ihr blieb keine Zeit, die Klobrille anzuheben, bevor sie sich das erste Mal übergeben musste und eine Sauerei auf dem Boden hinterließ. Das zweite Mal war sie vorbereitet und traf die Toilette.

Er blieb unten. Zu erfahren, dass an diesem Tag zwei Menschen ihr Leben verloren hatten und nicht nur einer, wie er angenommen hatte, stimmte ihn traurig. Doch er hatte getan, was damals notwendig gewesen war.

Er stand auf, lief im Zimmer auf und ab und hörte sie im oberen Stock würgen. Er hatte immer gewusst, dass es unangenehm werden würde, wenn er ehrlich zu ihr war – und das war schließlich der Grund, warum er hier war. Und es würde noch schlimmer werden. Viel schlimmer. Denn Paula war nicht die erste Person, die er getötet hatte, und sie war auch nicht die letzte. Aber das musste Catherine jetzt noch nicht wissen.

Im Badezimmer ging Catherines Übelkeit irgendwann vorbei. Doch sie blieb auf dem Boden sitzen, hielt sich mit dem Arm immer noch am Spülkasten fest und hatte den Rücken gegen den Heizkörper gelehnt.

Plötzlich bekam sie Angst vor dem Monster unten im Wohnzimmer – jetzt, wo er enthüllt hatte, wozu er fähig war. Sie wirbelte herum und streckte den Arm aus, um die Tür zu verschließen. Die Türen waren zwar alt und schwer, aber man konnte sie trotzdem aufbrechen. Ein paar Tritte genügten.

Sie fragte sich, wie jemand, den sie so gut gekannt hatte – mit dem sie sich ein Leben und eine Familie aufgebaut hatte –, eine herzensgute Seele wie Paula hatte verletzen können. Es war schon eine Weile her, dass sie das letzte Mal an ihre alte Freundin gedacht hatte. Trotzdem erinnerte sie sich noch an den Schrecken, als sie erfahren hatte, dass sie bei einem zufälligen, scheinbar völlig sinnlosen Angriff im Ausland niedergeschlagen und getötet worden war. Trotz langwieriger Ermittlungen war nie jemand festgenommen oder angeklagt worden.

Sie war natürlich am Boden zerstört gewesen. Kurz bevor Paula und Roger in den Urlaub gefahren waren, hatte Paula ihr anvertraut – wie es beste Freundinnen so tun –, dass sie schwanger war. Catherine hatte sich so für sie gefreut und drei Strampler und einen Overall herausgesucht, die sie ihr geben wollte, wenn sie zurückkamen. Sie hatte in sie hineingeweint, als Paulas Mutter ihr die Nachricht überbrachte.

Sie erinnerte sich auch an den Tag der Beerdigung, an dem das ganze Dorf Paula die letzte Ehre erwiesen hatte. Danach hatte sie viel Zeit damit verbracht, Roger zu trösten, der sich die Schuld gab, weil er Paula in diesen wenigen entscheidenden, tödlichen Minuten allein gelassen hatte. Er hatte nie erfahren, wohin sie gehen wollte, als sie ermordet wurde.

Ohne Vorwarnung drehte sich plötzlich der Türknauf, und sie sprang auf.

»Lass mich in Ruhe!«, krächzte sie mit wunder Kehle. Aber er hatte noch nicht vor zu gehen.

»Catherine«, sagte er ruhig. »Bitte komm raus.«

»Warum erzählst du mir das alles? Wirst du mich als Nächstes töten? Bist du deshalb zurückgekommen?«

Unter anderen Umständen hätte er gelacht. »Nein, natürlich nicht.«

»Wie kann ich mir dessen sicher sein? Ich habe keine Ahnung, wer du bist. Du bist mir fremd.«

»Du mir auch. Aber wir alle verändern uns, Catherine. Wir alle.«

»Aber wir werden deshalb nicht alle zu Mördern und töten unsere Freunde!«

Da konnte er nicht widersprechen. »Komm wieder nach unten und lass uns reden.«

»Worüber? Nichts, was du sagen könntest, könnte rechtfertigen, was du getan hast.«

»Das werde ich auch nicht versuchen. Was geschehen ist, ist geschehen, und ich werde nichts zurücknehmen. Ich habe eine weite Reise auf mich genommen, um dich zu sehen, Catherine. Bitte.«

Sie schwieg und hörte, wie er langsam die Treppe hinunterging. Sie holte ein paarmal tief Luft und spritzte sich dann kaltes Wasser ins Gesicht. Sie trocknete sich mit einem Handtuch ab und erschrak beim Anblick ihres Spiegelbilds. Eine alte Frau starrte sie an. Als er in ihr Haus gekommen war, hatte sie sich wie dreiunddreißig gefühlt. Nun war sie schlagartig wieder achtundfünfzig Jahre alt.

Sie beseitigte die Sauerei auf dem Badezimmerboden, ließ den gesunden Menschenverstand außer Acht und schloss die Tür auf. Auf dem Weg zur Treppe beschloss sie, dass sie zuerst einen blutigen Kampf austragen würde, wenn sie durch seine Hände sterben würde.

KAPITEL 11

SIMON

Colorado, USA, vor dreiundzwanzig Jahren
2. Mai

Keines der Gesichter der anderen, die ich getötet hatte, hatte mich so verfolgt wie Paulas.

Ständig dachte ich daran, wie warm ihre weichen Wangen gewesen waren und wie ihre Haare meine Fingerrücken berührt hatten. Und wie überraschend leicht sie sich angefühlt hatte, als ich sie auf die Straße gestoßen hatte.

Ich konnte noch immer hören, wie ihre Haut aufplatzte und ihre Knochen brachen, als der Lieferwagen sie zermalmte. Und mir schoss noch immer das Adrenalin ins Blut, als ich ins Hotel zurückrannte, meinen Rucksack schnappte und in die Nacht verschwand.

Doch als ich *Bettys* Gaspedal durchtrat und Key West hinter mir ließ, sah ich nur eines im Rückspiegel – das Gesicht meiner imaginären Insassin Paula.

In den nächsten drei Monaten blitzten Tennessee, Kentucky, Missouri, Nebraska, Kansas und Colorado wie eine Bilderserie in einem View-Master aus rotem Plastik auf. Die meiste Zeit verbrachte ich auf der Straße und las andere Ausreißer auf, damit sie mir halfen, die Zeit totzuschlagen – neue Freunde für die Tage und Frauen für die Nächte. Und wenn es keine Freiwilligen gab, suchte ich mir welche, die eine stundenweise Bezahlung nötig hatten.

Ob knochig oder rubensartig, ob mit schokoladenfarbener Haut oder blass wie der Tod – das Aussehen spielte keine Rolle, wenn ich mich hinter sie kniete, während sie auf Händen und Knien das Gleichgewicht hielten. Und wenn sie die chemischen Stimulanzien liefern konnten, an denen ich seit meinem ersten Treffen mit den beiden Mädchen in Miami Gefallen gefunden hatte, war es umso besser.

Ich bot jedem eine Mitfahrgelegenheit, der irgendwo anders hinwollte, selbst wenn es ein Bundesstaat war, der Hunderte von Kilometern von meiner geplanten Route entfernt lag. Ich tat alles, damit ich nicht im eigenen Netz gefangen war. Denn dann hätte ich mich mit meinen Taten auseinandersetzen müssen.

Ich zweifelte keinen Moment daran, dass es richtig gewesen war, Paula zu töten. Tatsächlich war ich immer noch wütend auf sie, weil sie mich in die Enge getrieben hatte. Paula hatte eine Wahl gehabt, ich nicht. Als sie mir folgte, hatte sie die falsche getroffen. Ich dagegen hatte mich richtig entschieden.

Ich hatte mir große Mühe gegeben, meine Vergangenheit und Gegenwart voneinander zu trennen. Und hätte sie mich nach einem Grund gefragt, hätte ich ihr die Ereignisse vorhersagen können, die zwangsläufig eingetreten wären, wenn ich sie hätte davonkommen lassen. Sie wäre ins Hotel zurückgeeilt, um Roger zu erzählen, dass sich sein vermeintlich toter Freund in Wirklichkeit die Sonne Floridas auf den Pelz scheinen ließ. Bei ihrer Rückkehr nach England hätte er sich dann verpflichtet gefühlt, Catherine mitzuteilen, dass sie nicht verwitwet, sondern sitzen gelassen worden war. Solange ich vermisst wurde, gab es Raum für Zweifel und man nahm an, dass ich tot sei.

Mit der Bestätigung käme die Gewissheit und die Leute würden entweder gut oder schlecht über mich denken. Beides wollte ich nicht.

Paula hatte den Preis dafür gezahlt, dass sie sich in etwas eingemischt hatte, das vorherbestimmt gewesen war. Und dafür war ich nicht verantwortlich.

Utah, USA
20. Juli

Ich nahm meine Habseligkeiten aus dem Rucksack und breitete sie im Halbkreis auf dem salzhaltigen Boden aus. Ich bildete zwei Stapel – »Behalten« und »Wegwerfen«. Der erste enthielt Lebensnotwendiges wie Kleidung, Landkarten, Darrens Reisepass und Geld.

Der zweite war für die Gegenstände gedacht, die ich nicht mehr benötigte oder verwenden würde wie die Telefonnummern von Personen, die ich bereits vergessen hatte. Andenken erinnerten mich nur an Erfahrungen, die ich bereits gemacht hatte. Mich interessierte, was kommen würde. Und wenn ich mit leichtem Gepäck reisen wollte, würden mich Emotionen nur belasten.

Ich legte ein verwaschenes Jeanshemd zwischen die Stapel, packte den Rucksack wieder ein und stellte ihn hinter den nächsten Felsbrocken. Die aussortierten Gegenstände verfrachtete ich in *Bettys* Kofferraum. Dann schnitt ich den Ärmel des Jeanshemds auf, schraubte den Tankdeckel ab und führte den Stoff vorsichtig Zentimeter für Zentimeter in das Loch ein.

Sechstausend Meilen lang war *Betty* die perfekte Reisebegleiterin gewesen, aber nun war ihre Zeit vorbei. Ihre Hinterachse klopfte schon bei den leisesten Unebenheiten und sie brauchte alle drei Stunden dreißig Minuten Pause.

Andernfalls strömte wie bei einem Geysir Dampf aus ihrem Kühler.

Als ihre letzte Ruhestätte hatte ich die Salzwüste ausgewählt. Sie erstreckte sich über fünfzig Quadratmeilen so flach und strahlend weiß, als hätte Gott beim Erschaffen der Welt keine Zeit mehr gehabt und frustriert seine Farbtöpfe weggeworfen. Hier konnte *Betty* ihre Spuren hinterlassen.

Ich zog ein Feuerzeug aus der Jeans und nach einigen Versuchen fing die Manschette des Hemdes Feuer. Ich trat einen Schritt zurück und starrte in ihre Fenster, während ich mir verzweifelt vorzustellen versuchte, wie die Erinnerungen an diejenigen, die ich hatte opfern müssen, langsam in den Flammen im Wageninneren verbrannten. Doch das Einzige, was brannte, war mein Spiegelbild.

Ich zündete mir eine Zigarette an, ließ *Betty* stehen und wartete auf die Explosion. Statt eines riesigen Feuerballs gab es nur ein Rumoren. Langsam züngelten Flammen unter den Türen hervor und versengten die Fenster. Ein Reifen nach dem anderen platzte, dann gab es einen Knall und die Scheiben zersprangen.

»Sind Sie okay, Mister?«, rief ein Mann aus seinem Truck, als er am Straßenrand hielt. »Was ist mit Ihrem Wagen passiert?«

»Er war überhitzt und hat Feuer gefangen.«

»So ein Mist, Mann. Sie hatten Glück, dass Sie da rausgekommen sind. Kann ich Sie mitnehmen?«

»Das wäre großartig.«

»Wohin wollen Sie? In die nächste Stadt?«

»Eigentlich, wo auch immer Sie hinfahren. Hier ist nichts mehr zu retten und ich kann es mir nicht leisten, mich darum zu kümmern.«

Der Mann schaute zu *Bettys* lodernden Überresten, dann musterte er mich von oben bis unten, als fragte er sich, wen es so wenig störte, dass gerade sein einziges Transportmittel in

Flammen aufgegangen war. Schließlich zuckte er die Achseln. »Ich fahre nach Nevada. Ist das okay?«

Ich nahm sein Angebot an. Während wir immer weiter fuhren, sah ich durch den Außenspiegel, wie *Betty* rauchte und sich schließlich von mir verabschiedete, indem sie explodierte und wie ein Komet in den Himmel schoss.

* * *

CATHERINE
Northampton, vor dreiundzwanzig Jahren
17. Juli

»Ich werde mich zurückziehen, Catherine«, meinte Margaret. Fast hätte ich meinen Tee über den Küchentisch gespuckt.

»Jim und ich ziehen nach Spanien«, fuhr sie fort, ohne mein Entsetzen zu bemerken. »Wir haben eine schöne kleine Villa an der Küste von Andalusien gekauft. Ich werde im nächsten Sommer den Ausverkauf starten, und wenn alles gut geht, sollten wir spätestens an Neujahr dort sein.«

»Oh«, antwortete ich. Sie hätte mir genauso gut eine Ohrfeige geben können.

Ich hatte mich voller Elan darangemacht, Kleider für das Fabien's zu kreieren, und sogar meinen Bügelservice eingestellt. So war es mir gelungen, in anderthalb Jahren über hundert Outfits fertigzustellen. Es war auch eine Art Therapie gewesen, um nicht an die arme Paula zu denken. Baishali und ich vermissten sie so sehr. Wir konnten es kaum ertragen, trösteten uns gegenseitig und versuchten unser Bestes, um Paulas Eltern dabei zu helfen, mit ihrem Verlust fertigzuwerden.

Angesichts von Margarets Neuigkeiten sah ich mich mein Leben hinter Kasse Nummer sieben im Supermarkt fristen.

211

»Haben Sie schon einen Käufer?«, fragte ich. Vielleicht wäre mein neuer Chef genauso interessiert an meiner Arbeit.

»Das hängt von Ihnen ab, meine Liebe«, erwiderte sie und schob eine Zigarette in eine Plastikspitze. »Ich biete Ihnen das Vorkaufsrecht an.«

Ich musste laut lachen. Die Aussicht, den Rest ihres Lebens unter der spanischen Sonne zu verbringen und Sangria zu trinken, die von knackigen Kellnern serviert wurde, war ihr offensichtlich auf den Verstand geschlagen.

»Sie wissen, dass ich nicht so viel Geld habe!«, antwortete ich. »Schauen Sie sich um. Alles in diesem Haus ist aus zweiter oder dritter Hand. Oder es ist kaputtgegangen und wurde wieder zusammengeklebt. Wie um alles in der Welt könnte ich es mir leisten, Ihr Geschäft zu kaufen?«

»Oh, Sie sollten niemals zulassen, dass Geld einer guten Idee im Wege steht«, meinte sie. »Soweit ich das sehe, haben Sie drei Möglichkeiten: Sie können einen Bankkredit oder eine zweite Hypothek auf Ihr Haus aufnehmen – oder wir beide treffen eine finanzielle Vereinbarung, bis die gesamte Summe getilgt ist.«

»Aber ich habe keine Ahnung vom Geschäft!«

»Sie lassen sich wohl immer neue Ausreden einfallen. Ich hatte auch keinen blassen Schimmer, als ich damals anfing. Hat mich das abgehalten? Hat es nicht. Was hält Sie also ab?«

»Margaret, ich bin nicht wie Sie«, seufzte ich und erinnerte sie an das Offensichtliche. »Sie trauen sich alles zu, was Sie sich vorgenommen haben – und Sie haben das nötige Kleingeld. Ich habe Kinder, um die ich mich kümmern muss und die ein Dach über dem Kopf brauchen. Es geht nicht.«

Sie zog lange an ihrer Zigarette und goss sich eine dritte Tasse Tee aus der Kanne ein.

»Erinnern Sie sich, was Sie mir von Ihrer Mutter erzählt haben? Dass sie sich Ihnen gegenüber wie ein Miststück aufgeführt hat?«

»Ich habe sie nicht Miststück genannt«, unterbrach ich sie ein wenig überrascht.

»Nun, sie war eins, finden Sie sich damit ab. Sie haben alles Negative angenommen, das sie Ihnen jemals nachgeworfen hat, und es ins Positive gewendet. Was haben Sie nach Billy gemacht? Sie haben sich wieder aufgerafft und weitergemacht. Und als Simon verschwand? Ich wette, Sie haben im Selbstmitleid gebadet, Ihre Wunden geleckt und dann Ihre Kinder an die erste Stelle gesetzt, richtig?«

Ich nickte.

»Sehen Sie? Sie lassen sich nicht unterkriegen, meine Liebe. *Sie* finden immer einen Weg. Sie sind viel stärker als ich. Eine Gelegenheit wie diese bietet sich Ihnen nicht jeden Tag. Deshalb bitte ich Sie, sie mit beiden Händen zu ergreifen.«

Ich schwieg einen Moment und dachte über ihren Vorschlag nach. Aus meiner Perspektive erschien ein Stabhochsprung über den Grand Canyon einfacher.

»Seien Sie ehrlich, glauben Sie wirklich, dass ich das kann?«

»Wann war ich Ihnen gegenüber jemals nicht ehrlich, Catherine? Wenn ich nicht davon überzeugt wäre, dass Sie es könnten, hätte ich Ihnen dieses Angebot nicht gemacht. Also, was sagen Sie?«

26. November

Die Monate vergingen wie im Flug.

Nachdem Margaret mir das Angebot gemacht hatte, konnte ich an nichts anderes mehr denken. Mein altes Ich hätte es als ziemlich lächerlichen Vorschlag abgetan. Doch die Zeiten hatten sich geändert, und ich mich auch. Nun war ich es mir selbst schuldig, zumindest darüber nachzudenken.

Ich hatte genug gespart, um die Hypothek für fünf Monate zu bezahlen, und konnte meinem Bankberater meine Bücher vorlegen, die bewiesen, dass ich inzwischen kreditwürdig war. Doch das würde nicht Margarets kompletten Verkaufspreis abdecken. Und das war nicht mein einziges Problem.

»Das College hat eine Abendschule«, hatte sie mir im Sommer erklärt und war damit einer weiteren Ausrede zuvorgekommen. »Zwei Abende pro Woche zu den Themen Geschäftsführung, Buchhaltung und Kontoführung.«

»Aber was ist mit meinen Kleidern? Ich werde nicht genug Zeit haben, um sie zu nähen und gleichzeitig ein Geschäft zu führen.«

»Dafür gibt es Angestellte, meine Liebe. Bitten Sie einige der Mädchen an der hiesigen Modeschule um Hilfe – sie werden Ihnen die Füße küssen, wenn sie hier Erfahrungen sammeln können. Und Selena wollte zwar mein Angebot nicht annehmen, aber ich bin mir sicher, dass sie sehr gern für Sie arbeiten wird.«

Bei jedem Gegenargument, das ich anführte, fand Margaret Gründe, warum ich es tun konnte. Und damit entzündete sie ein Feuer in mir, das ich noch nie zuvor gespürt hatte. Ich war wie Dorothy in einem Zyklon gefangen. Doch egal wie oft ich auch die Hacken in meinen rubinroten Halbschuhen zusammenschlug, ich war immer noch in Oz. Ich musste es versuchen.

Doch dafür musste ich zwei getrennte Leben führen. Zu Hause müsste ich weiterhin die Mutter meiner Kinder sein, während ich in der Boutique eine angehende Geschäftsfrau sein würde, die sich nach und nach einarbeitete.

In den folgenden Monaten begleitete ich Margaret zu Treffen mit Designern und Fabrikanten nach London. Sie bezahlte sogar meine Flüge zu Modeschauen in Paris, Mailand und Madrid. Das war eine andere Welt, die mich zugleich erschreckte und faszinierte. Es war, als würde ich in die Modemagazine hineinspringen, die ich las. Und wenn ich ehrlich bin, dachte ich manchmal, dass ich es nicht verdient hätte, an Orten wie der dritten Reihe vor dem Laufsteg zu sein, auf dem Thierry Mugler seine Frühjahrskollektion vorstellte.

Die Stimme meiner Mutter sagte mir, ich sei eine Betrügerin und Margarets Sozialprojekt. Um sie zu ärgern, blieb ich dabei, um zu sehen, wie weit ich gehen könnte.

Ich bezweifelte, dass ich den Mut oder das Vertrauen gehabt hätte, das zu tun, wenn Simon noch am Leben gewesen wäre. Ich hatte meine Erfüllung darin gefunden, seine Frau und die Mutter seiner Kinder zu sein. Doch vor zwei Jahren war ich eine andere Frau gewesen. Bei jeder neuen Herausforderung entdeckte ich in mir Leidenschaften, Ambitionen und den Wunsch, ich selbst zu sein.

Und ich war dabei, etwas zu finden, das ich nicht erwartet hatte, je wiederzusehen.

* * *

Northampton, heute
15.30 Uhr

Sie hatte aufmerksam jedem Wort gelauscht, das er gesagt hatte, und sich an den Hoffnungsschimmer geklammert, dass er vielleicht bedauerte, Paula getötet zu haben. Dass er Paula die Schuld an ihrem Tod gab, zeigte jedoch den wahren Charakter dieses Mannes. Eigentlich war er gar kein Mann, dachte sie.

Er war ein Schatten, ein lebloser, farbloser Schatten.

Sosehr sie sich auch bemühte, sie konnte nicht verstehen, warum er nach all der Zeit zurückgekommen war, um etwas zu gestehen, von dem er wusste, dass es sie anwidern würde. Er hätte sein Geheimnis mit ins Grab nehmen können, und sie wäre so klug wie vorher gewesen. Warum wollte er sie verletzen? Bestimmt würde nur jemand so bereitwillig derart abscheuliche Taten zugeben, der wusste, dass er nichts mehr zu verlieren hatte. Was hatte er also verloren, dass er so furchtlos war?

Er war mit den Gedanken woanders. Zu hören, was sie erreicht hatte, bestärkte ihn in der Überzeugung, dass es richtig gewesen war, sie zu verlassen. Aber galt das auch für die Kinder? Er war sich noch immer unschlüssig, und je länger er darüber nachdachte, desto stärker wurden die Kopfschmerzen.

»Ist es das, was du tust, wenn etwas keinen Nutzen mehr für dich hat oder dir im Weg steht?«, fragte sie.

»Ich bin mir nicht sicher, was du meinst.«

»Paula. Das Auto, das du angezündet hast. Das Hotel, das du niedergebrannt hast. Mich. Die Kinder. Wenn dir etwas unangenehm wird oder deine Pläne durchkreuzt, zerstörst du es.«

»Nein, nein«, antwortete er. Wieso verstand sie nicht, warum er *Betty* und das Haus hatte anzünden müssen? Er hatte geglaubt, sie würde erkennen, dass es selbstlose Handlungen gewesen waren, mit denen er frühere Kapitel seines Lebens abgeschlossen hatte. Doch es lohnte sich nicht, weiter darüber zu diskutieren. Vielleicht würde sie später erkennen, dass nur diejenigen seine Härte zu spüren bekamen, die ihm schaden wollten.

»Wenn du nicht gekommen bist, um mich zu verletzen, solltest du mir einen guten Grund nennen, warum ich nicht die Polizei anrufen und melden soll, was du Paula angetan hast.«

»Ich habe keinen, und du hast jedes Recht dazu. Aber warte mit dem Anruf wenigstens so lange, bis du alles gehört hast.«

»Und wann wird das sein?«, fragte sie, als sich das ungute Gefühl in ihrem Magen wieder bemerkbar machte.

Bald, dachte er. *Bald*.

Kapitel 12

CATHERINE

Northampton, vor zweiundzwanzig Jahren
7. Januar

Ich kann reinen Gewissens sagen, dass ich in den zweieinhalb Jahren nach Simons Verschwinden keinen anderen Mann angesehen hatte.

Manchmal hatte ich zwar davon geträumt, wie es wäre, sich noch einmal zu verlieben. Doch der knackige Adoniskörper in meiner Fantasie hatte nie ein Gesicht gehabt, das mein Herz im Sturm erobert hätte. Außerdem hatte ich Angst, mich zu verlieben – denn damit wäre auch die Gefahr verbunden, wieder jemanden zu verlieren. Das wollte ich nicht noch einmal durchmachen. Also schwor ich mir, mir diesen potenziellen Ärger vorerst zu ersparen.

Stattdessen konzentrierte ich mich ganz auf meine Schneiderei – und suchte händeringend nach Möglichkeiten, das Geld aufzutreiben, um Margaret das Fabien's abkaufen zu können. Steven hatte gute Arbeit geleistet, um Simons und sein Geschäft zum Erfolg zu führen, und beschäftigte inzwischen fünf Mitarbeiter. Mir gehörte immer noch Simons Hälfte, und als ich Steven von Margarets Angebot erzählte, meinte er, ich wäre verrückt, es abzulehnen. Also vermutete ich, dass er mir das zusätzliche Kapital verschaffen könnte, das ich brauchte, indem er mich ausbezahlte.

Theoretisch war das die perfekte Lösung. Doch bevor ich ihn direkt darauf ansprechen wollte, musste ich noch über vieles nachdenken. Simon hatte so viel Zeit in das Geschäft investiert, um es von Grund auf aufzubauen, sodass ich ihn wieder ein Stück weit losließ, wenn ich seinen Anteil verkaufte. Doch ich musste mich an erste Stelle setzen, und wenn ich mich auch von seinen Träumen verabschiedete, so half er mir, meine zu verwirklichen. Mit Stevens Geld und einem kleinen Kredit von der Bank würde ich bald ein eigenes Unternehmen haben.

Ich hatte gerade alles für das kommende Jahr geplant, als etwas – oder besser gesagt, jemand – daherkam und meine Pläne durchkreuzte.

Tom fiel mir schon am ersten Abend meines Buchhaltungskurses auf, den Margaret mir ans Herz gelegt hatte. Er war der Einzige, der lächelte, als ich nervös das Klassenzimmer betrat. Er war attraktiv, hatte dunkles, welliges Haar und graue Schläfen und seine wenigen Lachfalten lenkten meinen Blick auf seine kastanienbraunen Augen.

Ich trug einen Stapel Lehrbücher vor mir her, der mir bis zur Brust reichte, als mir Emilys Barbie-Mäppchen herunterfiel. Toms Hand schoss vor und fing es auf. Als er das grinsende Plastikgesicht und die unglaublich dünne Taille der Puppe sah, musste er schmunzeln. Ich errötete.

»Ich glaube nicht, dass du die alle heute Abend brauchst«, meinte er, als wir uns in der ersten Pause in die Schlange vor dem Kaffeeautomaten einreihten.

»Wie bitte?«

»Deine Lehrbücher da sind für den gesamten Kurs gedacht«, meinte er und zeigte auf meinen Tisch. »Es sei denn, du willst den Stoff von sechs Monaten an einem einzigen Abend durchnehmen.«

Mein nervöses Lachen klang wie das Grunzen eines Schweins, und ich zuckte innerlich zusammen.

Tom stellte sich vor und erzählte mir, dass er ein eigenes Geschäft mit Holzskulpturen und Designermöbeln aufbauen wollte. Er hatte vor Kurzem eine erfolgreiche Karriere als Anwalt an den Nagel gehängt, um sich seinen Traum zu erfüllen – eine mutige Entscheidung für einen Mann Ende dreißig. Und er hatte genauso wenig Ahnung von Buchhaltung wie ich. Damit hatten wir schon einmal etwas gemeinsam.

»Hast du später schon was vor?«, fragte er, als wir zu unseren Plätzen zurückkehrten. »Wir könnten nachher noch was trinken gehen.«

»Ich?«, fragte ich überrascht. »Oh, ähm, ich muss nach Hause.«

»Wie wäre es mit dem Wochenende? Zum Beispiel am Samstagabend? Zum Abendessen? Das heißt, falls du Zeit hast. Und Lust.«

»Ich kenne dich ja kaum«, antwortete ich und klang wie eine verklemmte Jungfrau aus einem Roman der Brontë-Schwestern.

Er grinste. »Dafür ist das Abendessen ja gedacht.«

Ich starrte ihn verständnislos an. Dann entwickelte mein Mund ein Eigenleben, bevor mein Gehirn etwas dagegen tun konnte.

»Ich habe drei Kinder, und mein Mann ist verschwunden und er ist wahrscheinlich tot. Aber ich weiß es nicht genau, weil wir ihn seit Jahren nicht mehr gesehen haben. Und ich hatte kein Date mehr, seit ABBA den Eurovision Song Contest gewonnen hat«, platzte ich heraus.

Er lächelte schweigend, bis er sich sicher war, dass die Informationsflut ihren Höhepunkt erreicht hatte.

»Entschuldigung, ich weiß auch nicht, woher das gerade kam«, stammelte ich.

»Nun, ich bin von einer geldgierigen Ex-Frau geschieden, die leider sehr lebendig ist, und ich würde gern mit dir ausgehen.« Er lächelte mich an. »Also, wie sieht es aus?«

11. Januar

Ich war mir nicht sicher, wie ich dazu gekommen war, mir in einem chinesischen Restaurant gebratene Nudeln mit Hühnchen mit einem ungebundenen, umwerfend attraktiven Mann zu teilen.

Ein Date mit Mitte dreißig war nicht viel anders als ein Date im Teenageralter. Als Sechzehnjährige hatten mich meine wachsenden Brüste und die Pickel verunsichert, als Sechsunddreißigjährige waren es meine hängenden Brüste und die Schwangerschaftsstreifen.

Als ich mich für mein »Date« – ein Wort, das irgendwie lächerlich klang, wenn es eine Frau in meinem Alter benutzte – schminkte, starrte ich in diesen erbarmungslosen Badezimmerspiegel. Ich erinnerte mich, wie gut Simon und ich zusammengepasst hatten, dass ich von Anfang an keinen anderen gewollt hatte. Natürlich hatten mich auch andere Jungs eingeladen, aber im Gegensatz zu ihnen hatte er verwundbar gewirkt. Und der Simon, an den ich mich erinnerte, war lustig und spontan gewesen und hatte mich mit seinen verblüffenden Parodien der Lehrer zum Lachen gebracht. Er hatte wunderschön detailgetreue Porträts von mir gezeichnet und sie in meinen Schulheften versteckt, wo ich sie später finden konnte. Er hatte mir das Gefühl gegeben, alles für ihn zu sein.

Nun fragte ich mich, was Tom wohl in mir sah. Ich trug mehr Päckchen mit mir herum, als im Hauptpostamt lagerten. Meine ehemals strahlend blauen Augen hatten Umstände getrübt, auf die ich keinen Einfluss gehabt hatte. Und mein Vertrauen in das andere Geschlecht ging gegen null. Nein, eigentlich war es noch kleiner. Ich war nicht das, was man als einen »guten Fang« bezeichnen würde.

Zweimal hätte ich ihn fast angerufen, um abzusagen, weil angeblich eines der Kinder krank geworden war. Doch dann erinnerte ich mich daran, dass ein Date nur eine weitere Hürde war, die darauf wartete, genommen zu werden. Schließlich hatte ich nichts zu befürchten. Als sich die Schmetterlinge in meinem Bauch endlich beruhigt hatten, fühlte ich mich von seinem Sinn für Humor, seinem Selbstbewusstsein und seiner Ehrlichkeit angezogen.

Tom erzählte mir, dass ihn seine Ex-Frau wegen eines viel jüngeren Mannes verlassen hatte. Er hatte sich von der Scheidung und seinem extrem stressigen Beruf abgelenkt, indem er Holz geschnitzt und unglaubliche Skulpturen und Möbel geschaffen hatte.

»Ich weiß nicht, wie ich es erklären soll, ohne wie ein Idealist oder Hippie zu klingen«, meinte er. »Aber eines Tages hatte ich so etwas wie eine Offenbarung. Mir wurde klar, dass ich alles tun konnte, was ich wollte, wenn ich nur mit ganzem Herzen dabei war. Und der kreative Umgang mit Holz erfüllt mich mehr als der Weg, den ich mir selbst in der Juristerei vorgegeben hatte. Die anderen Anwälte in der Kanzlei hielten mich für verrückt, als ich kündigte. Aber ich musste es einfach versuchen, auch wenn die Chancen eigentlich nicht gut standen. Verstehst du, was ich meine?«

Ich erkannte mich in jedem Wort, das er sagte, wieder. Und genau wie ich war Tom neu in der Dating-Szene.

»Ich habe schnell gelernt, dass ein Mann, der kein Anwalt mehr ist und stattdessen seinem Herzen ins Unbekannte folgt, für Frauen nicht so attraktiv ist wie einer, der weiß, wo er hingehört«, fuhr er fort. »Das mag ich so an dir. Du hast mich nicht so angesehen, als hieltest du mich für verrückt.«

Ich beobachtete ebenfalls seine Reaktionen auf meine Geschichte, die ich ihm nun ausführlicher erzählte als bei unserem ersten Treffen, als ich mit einem »Eines Morgens verschwand mein Ehemann einfach vom Erdboden« herausplatzte.

»Glaubst du, dass er noch lebt?«, fragte Tom.

»Nein«, antwortete ich. »Ich bin sämtliche Szenarien durchgegangen, die sich vielleicht abgespielt haben könnten, aber ich glaube nicht, dass ich jemals die Wahrheit erfahren werde. Also haben die Kinder und ich akzeptiert, dass wir ihn verloren haben.«

»Und du bist bereit, dein Leben weiterzuleben?«

»Ja«, antwortete ich mit Bestimmtheit. »Ja, das bin ich.«

»Gut.« Er lächelte und griff nach meiner Hand.

12. Juni

Ohne dass ich es jemals erklären musste, wusste Tom, dass meine Wunden noch nicht ganz verheilt waren.

Ich ließ es mit unserer Beziehung langsam angehen und vorsichtig, mit einem Drink nach dem Unterricht, einem Mittagessen im Pub, einem Kaffee und schließlich einem Kuss. Dabei spielte es keine Rolle, dass der Vordersitz seines Autos vor einem Baumarkt nicht wirklich einem Jackie-Collins-Roman entsprungen war. Er verlieh meinem Leben den dringend benötigten Nervenkitzel.

Und damit kamen die Schuldgefühle. Hatte ich Simons Andenken beschmutzt? Es gab zwar dieses »bis dass der Tod uns scheidet« in unserem Eheversprechen, aber keine Klausel für unerwartetes Verschwinden.

Ich fragte mich, was er tun würde, wenn es andersherum wäre, und ich war mir nicht sicher, ob er sein Leben weitergelebt hätte. Doch nach allem, was ich durchgemacht hatte, spürte ich, dass ich wieder etwas Glück verdient hatte.

Trotzdem ließ ich Tom fast vier Monate warten, bis ich bereit war, mit ihm zu schlafen. Ich hatte mich daran gewöhnt, meinen Körper als ein einsames Schiff zu betrachten, das von einer Ein-Mann-Besatzung gesteuert wurde. Und Tom war jemand, der es in neue Gewässer steuern wollte. Bei jeder Berührung, jedem Stoß und jedem Kuss fiel es mir schwer, mich darauf zu konzentrieren, ihm Vergnügen zu bereiten oder zu spüren, wie er mir Vergnügen bereitete. Ich war zu sehr damit beschäftigt, das unwillkürliche Zittern meines Körpers zu unterdrücken. Doch beim zweiten Mal war ich viel entspannter und beim dritten Mal konnte ich es nicht erwarten. Und es sollten noch viele Male folgen.

Ich hatte immer noch Zweifel in Bezug darauf, was mein Körper Tom oder irgendeinem anderen Mann wohl zu bieten hatte. Daher war Sex im Hellen ein absolutes Tabu. Fünf Schwangerschaften hatten ihre Spuren hinterlassen und mir einige Komplexe beschert. Doch Tom schien das nicht zu stören. Er war kein Kevin Costner, aber es brauchte auch kein Sixpack, keine straffen Schenkel oder die Libido eines Achtzehnjährigen, um mich in Stimmung zu bringen.

Ich genoss gemeinsame Aktivitäten wie Kino- und Theaterbesuche, lange Spaziergänge mit Oscar am Kanal oder die Besuche in Holz- und Textilmuseen. Wir interessierten uns für das, was der andere mochte. Und langsam entwickelte ich tiefe Gefühle für Tom, die weit über die Schwärmerei für den ersten Jungen hinausgingen, der mir einen Hauch von Aufmerksamkeit geschenkt hatte.

Die Kinder waren der einzige Teil meines Lebens, den ich noch nicht teilen wollte. Meine Beziehung zu ihnen war so ehrlich wie möglich, weshalb ich nicht lügen und ihn wie ein schmutziges kleines Geheimnis verstecken wollte. Gleichzeitig wollte ich aber auch keinen Ärger heraufbeschwören.

James' Temperament hatte mich nicht mehr auf Trab gehalten, seitdem er all seine Energie in seine Gitarre steckte. Ich war so stolz, als ich ihn das erste Mal im Schulorchester auf der Bühne sah, und blamierte ihn bis auf die Knochen, als ich nach seinem ersten öffentlichen Solo aufstand und jubelte. Auch Robbies Kommunikationsfähigkeiten verbesserten sich allmählich. Ich hatte mich damit abgefunden, dass er niemals eine Quasselstrippe wie Emily sein würde. Doch als er wieder Einladungen zu Geburtstagsfeiern seiner Schulfreunde annahm, wusste ich, dass wir auf einem guten Weg waren.

Also streute ich Toms Namen hin und wieder in ein Gespräch ein und erklärte ihnen, dass er ein Freund von Mummy war, den sie in der Abendschule kennengelernt hatte. Als wir uns häufiger verabredeten, erkannte Emily als Erste, dass er vielleicht mehr als nur der Mann war, der Mummy bei ihren Mathehausaufgaben half.

»Dürfen wir deinen Freund kennenlernen?«, fragte sie, als wir die Enten im Park mit altem Brot fütterten.

»Welchen Freund?«

»Der dich zum Lächeln bringt. Tom.«

»Warum bringt er mich zum Lächeln?«, wollte ich wissen und spürte, wie ich rot anlief.

»Immer wenn du uns sagst, dass du ihn siehst, gehen deine Mundwinkel so hoch«, antwortete sie und schenkte mir ein breites, freches Grinsen. »Du liebst ihn!«

»Ja, Mummy, warum können wir ihn nicht kennenlernen?«, quiekte James.

Zu meiner Freude und zu meinem Entsetzen hatten sie mir die Entscheidung abgenommen.

9. Juli

Ich hatte mich in gleichem Maße darauf gefreut wie davor gefürchtet, dass Tom die Kinder kennenlernte. Wir waren so lange zu viert gewesen, dass ich vergessen hatte, wie es sich anfühlte, zu fünft zu sein.

Am Tag bevor er kam, hatte ich mich mit den Kindern unterhalten, um ihnen zu erklären, dass Tom ihren Vater nicht ersetzen würde, und forderte sie auf, es mir zu sagen, falls sie ihn nicht mochten. Ich hatte ihre Gefühle immer über meine eigenen gestellt. Wenn es also bedeutete, dass unsere Beziehung schon im Keim erstickt werden würde, dann sollte es so sein.

Als er an die Tür klopfte, hatte ich mich ganz darauf eingestellt, dass sie ihm die gesamte Bandbreite an kindlichen Emotionen darbieten würden, wie Wutanfälle, unbehagliches Schweigen, Feindseligkeit und ein grundsätzliches Austesten der Grenzen. Wie sehr ich mich geirrt hatte. Sie waren so neugierig, gut erzogen und höflich, dass ich dachte, ich müsste Tom davon überzeugen, dass ich sie nicht aus Stepford entführt hatte. Außerdem fühlte ich mich mies, weil ich ihnen so wenig zugetraut hatte.

Tom war völlig entspannt und hatte gleich einen guten Draht zu ihnen, obwohl er selbst kein Vater war. Er schenkte jedem die gleiche Aufmerksamkeit, und sie konnten es kaum erwarten, ihm ihre Schlafzimmer und Spielsachen zu zeigen. Sogar Robbie sprach ein wenig mit ihm – ein deutliches Zeichen, dass er ihn mochte.

Als ich nach dem Abendessen in der Küche stand und das Geschirr abwusch, schloss ich die Augen und nahm mir einen Moment Zeit, um dem Lachen meiner Kinder und der Männerstimme zu lauschen, die im Haus widerhallten.

Ich hätte nicht erwartet, eines dieser Dinge je wieder unter diesem Dach zu hören.

24. November

Es war zwar schwierig, einen weiteren Ball in der Luft zu halten, doch ich fand eine Möglichkeit.

Ich gewann meinen Kampf gegen die einfache Buchhaltung, während sich Margaret entspannte und von sonnigeren Gefilden träumte. Tom wusste, dass er nach den Kindern und der Boutique an dritter Stelle stand, und er verstand, dass wir uns nicht so oft sehen konnten, wie wir wollten.

Zweimal in der Woche schlief er bei uns, und einmal in der Woche, wenn Selena auf die Kinder aufpasste, blieb ich bei ihm. Meistens kam er abends zum Essen vorbei und sein Tag endete damit, dass er von sechs Händen für Gutenachtgeschichten und Badezimmergänge in drei verschiedene Richtungen gezogen wurde.

Während seiner Zeit an der Uni hatte Tom in einer Rockgruppe gespielt. Doch seine Versuche, mir als eingefleischtem Fan von George Michael und Phil Collins Led Zeppelin schmackhaft zu machen, waren reine Zeitverschwendung. James dagegen war mehr als gewillt, sich für verschiedene Musikrichtungen zu begeistern. Also nahm Tom ihn mit auf Konzerte in Birmingham und London von Bands, deren Namen ich noch nie gehört hatte. Danach kehrten die beiden immer lauthals singend nach Hause zurück, die Arme voller Merchandising-Produkte.

Ich ließ ihn sein Werkzeug und sein Holz in Simons Werkstatt bringen, und bald wehte regelmäßig der Geruch von frischem Sägemehl durch den Garten.

Tom wusste, dass Simons Gegenwart so lange im Cottage zu spüren war, wie seine Familie dort lebte. Doch falls es ihn störte, zeigte er es nie. Ich war es gewohnt gewesen, einen Mann im Haus zu haben, und er erinnerte mich daran, wie sehr ich die Anwesenheit meines Ehemanns genossen hatte.

Und dann zerstörte Simon alles über sein Grab hinaus.

* * *

SIMON
San Francisco, USA, vor zweiundzwanzig Jahren
7. Januar

Nachdem *Betty* nur noch ein zerschmolzenes Gehäuse war, das tief im Wüstenboden versunken war, war ich auf Züge und Greyhound-Busse umgestiegen.

Sie brachten mich nach Kanada, dann wieder nach Amerika in Richtung Colorado und Nevada. Wo ich war, war unwichtig, solange ich in Bewegung blieb. Die Einsamkeit stellte die größte Bedrohung für meinen Geisteszustand dar, da sie mir Zeit zum Nachdenken ließ.

Bei meiner Ankunft in Frankreich hatte ich ziemlich genau erkannt, wie mein Denkprozess funktionierte, und ihn entsprechend beeinflusst. Wenn ich über etwas nicht nachdenken wollte, packte ich es in eine Kiste und verschloss sie. Doch die Gedanken an Paula konnte ich nicht so einfach wegschließen, ihr Tod nagte wie ein langsam wachsender Krebs an mir. Sosehr ich es auch versuchte, ich konnte es nicht verdrängen. Die Erinnerungen an ihre letzten, schicksalhaften Momente überkamen mich so oft, dass ich mich bald fragte, ob ich mich bei unserer Konfrontation richtig verhalten hatte. Wenn ja, warum spukte sie mir dann so oft im Kopf herum? Warum hörte ich immer noch ihre Stimme, die meinen Namen rief? Warum brannte meine Wange immer noch von ihren Ohrfeigen? Warum konnte ich nicht die Verwirrung ausblenden, die ich in ihren Augen gesehen hatte, als ich sie auf die Straße gestoßen hatte?

Unzählige Male erinnerte ich mich daran, dass Paula mich zum Handeln gezwungen hatte, nicht umgekehrt. Doch das reichte nicht.

In jeder Stadt gab es ein Viertel mit zweifelhaftem Ruf, sodass man sich leicht Betäubungsmittel besorgen konnte, wenn man die bekannten Zeichen des Verfalls an den Bewohnern entdeckte. Bald war Kokain das Einzige, das meine Gedanken an Paula im Zaum hielt.

Cannabis schmeckte mir immer noch, aber nur zum Runterkommen am Abend. Dann rauchte ich ein paar Joints und zögerte den Weg ins Bett so lange wie möglich hinaus. Ich schlüpfte erst in den Schlafsack, wenn ich zu erschöpft und entspannt war, um irgendetwas zu analysieren.

Ich blieb ständig in Bewegung und unternahm so viel wie möglich. Ich sah mir Sehenswürdigkeiten an, suchte nach dem Adrenalinkick beim Rafting und Klettern oder verbrachte Zeit mit anderen Reisenden und sprach mit ihnen über den nächsten Ort, den ich besuchen wollte. Je mehr unmarkierte Wege ich erkundete, desto weniger Gelegenheiten boten sich, allzu bekannte noch einmal aufzusuchen.

Die Aussicht, länger als ein paar Tage an einem Ort zu bleiben und womöglich noch mehr zu hadern, machte mir Angst. Doch ich konnte nicht den Rest meines Lebens damit verbringen, ständig unterwegs zu sein. Irgendwann würde ich zusammenbrechen.

Nachdem ich zwei Jahre permanent in Bewegung gewesen war, hatten meine Knochen um eine Pause gebettelt. Und mein Verstand sehnte sich nach einer Pause. Also beschloss ich auf Empfehlung anderer, in San Francisco Zuflucht zu suchen.

Als ich dort ankam, stand ich auf einem der Twin Peaks und verstand, warum so viele Auswärtige ihr Herz an die Stadt verloren hatten. Der herrliche Panoramablick, die bezaubernden viktorianischen Häuser und der diesige Himmel waren ebenso verlockend wie beruhigend.

Ich wohnte im Haight-Ashbury Hostel, das friedlich in der Mitte dessen schlummerte, was vor fünfundzwanzig Jahren das

Zentrum der Hippie-Rebellion gewesen war. Viele der Love-and-Peace-Generation waren geblieben und bereits anhand ihrer Kleidung leicht auszumachen.

Dank seiner kompakten Struktur konnte ich San Francisco zu Fuß und mit der Straßenbahn erkunden. Es war eine Welt jenseits der weiten Landschaften, die ich durch Zug- und Busfenster gesehen hatte. Und als mein Körper ruhiger wurde, folgte mein Gehirn allmählich seinem Beispiel.

Es gab viele Parks, Museen, Galerien und Kaffeehäuser, in denen ich mich entspannen und das bunte Treiben bestaunen konnte. Ich war zu Hause in einer Stadt der Außenseiter.

Die Atmosphäre des Hostels spiegelte seine Umgebung wider und erinnerte mich an die sichere Zuflucht, die ich im Routard International vorübergehend gefunden hatte. Wie sein Vorgänger war es ein ehemaliges Hotel, das bereits bessere Tage gesehen hatte.

Doch das einzige Renovierungsprojekt, an dem ich Interesse hatte, war ich selbst. Bis mir jemand ein Angebot machte, das ich nicht ablehnen konnte.

20. April

Da ich Dutzende von Hostels unterschiedlicher Standards kennengelernt hatte, konnte ich Mike, den ziemlich unerfahrenen Besitzer des Haight-Ashbury Hostels, beraten. Ich war zu einem Experten für die Mindestanforderungen geworden, die ein Low-Budget-Reisender erwartete. Und er hatte ein offenes Ohr für meine Vorschläge. Was als beiläufiger Meinungsaustausch bei einem Glas Budweiser begonnen hatte, entwickelte sich zu einem Stellenangebot als Manager.

Ich war in die Stadt gereist, um zur Ruhe zu kommen. Dreieinhalb Monate Selbstmedikation in einer neuen

Umgebung brachten mich demjenigen näher, der ich gewesen war, als ich meine Abenteuerreise angetreten hatte.

Und mein altes Ich schätzte die Herausforderung. Die Möglichkeit, freie Hand beim Aufbau eines Geschäfts aus dem Nichts zu haben, war zu gut, um sie abzulehnen. Das würde auch meinem ständig rotierenden Verstand helfen, sich auf konstruktive Ideen zu konzentrieren. Eine solche Zielstrebigkeit hatte ich nicht mehr gespürt, seit ich die Rue du Jean entlanggegangen war, mit den Flammen eines brennenden Hotels im Rücken.

Ich hielt zweimal wöchentlich Reiseseminare ab, in denen ich Gäste über abgelegene Ziele informierte, ihnen erklärte, wo sie ohne Greencard Arbeit fanden und mehr für ihr Geld bekamen. Ich arbeitete mit Hostels im ganzen Land zusammen und handelte Rabatte für gegenseitige Empfehlungen aus. Und da ich selbst für kurze Zeit Gast in einem Obdachlosenheim in London gewesen war, ermutigte ich unsere Gäste, ein paar Stunden Zeit zu erübrigen, um in einer Suppenküche in der Innenstadt Mittagessen zu verteilen.

Doch fernab von diesen Ablenkungen fand ich immer noch kaum Schlaf. Wenn ich mich also nicht in einem nächtlichen Cannabiskoma befand, führte ich die Gäste durch Bars und Klubs im Mission District. Darren Glasper war zehn Jahre jünger als ich, und mir fiel es körperlich immer schwerer, mit den Partygängern mitzuhalten, die noch jünger waren als er. Der einzige Weg, um genügend Ausdauer für diese endlos turbulenten Nächte zu gewinnen, war die Steigerung meines Kokainkonsums. Und wenn der lähmende Kater am nächsten Morgen zu heftig war oder meine Nasenlöcher sich zu taub anfühlten, um noch mehr Kokain zu ziehen, führte ich meinem Körper über das Zahnfleisch Amphetamine zu, damit ich bei Bewusstsein blieb und funktionierte. Mit meiner Gesundheit

Raubbau zu betreiben erschien mir als vernünftige Methode, meinen inneren Aufruhr in Schach zu halten.

Es war viel interessanter, Darrens Karikatur zu sein als Simon Nicholson. Ich stürzte mich mit einer solchen Begeisterung in diese Rolle, dass ich oft kaum noch wusste, wo er aufhörte und ich anfing.

3. Juli

Meine Lippen kribbelten, als mir der kalte, salzige Wind und das Wasser ins Gesicht peitschten und die Haare zerzausten.

Während die Fähre von Alcatraz an ihren Anlegeplatz an Pier 33 zurückkehrte, dachte ich unentwegt an die einen Meter fünfzig mal zwei Meter fünfzig großen Zellen, die ich gerade besichtigt hatte. Obwohl das Gefängnis bereits 1963 stillgelegt und zu einer wichtigen Touristenattraktion umgebaut worden war, ging von ihm noch immer eine gespenstische Beklommenheit aus.

Ich fühlte mit den sechsunddreißig ehemaligen Insassen, die versucht hatten, seiner Enge zu entkommen. Viele hatten sich für einen Tod in den Strömungen der Bucht entschieden, anstatt den Rest ihres Lebens hinter Gittern zu verbringen. Ich kannte die Angst, gefangen zu sein, besser als die meisten anderen, doch das hatte auch mein alter Freund Dougie getan, wenn auch aus ganz anderen Gründen.

Mehr als fünfundzwanzig Jahre waren vergangen, doch ich hatte weder Dougies Kuss jemals vergessen noch mit irgendjemandem darüber gesprochen, nicht einmal mit Catherine. Als wir älter wurden, durchschaute ich manchmal seine Tarnung, und ich wusste, dass er Gefühle für mich hegte, die über Freundschaft hinausgingen. Es waren kleine Dinge, wie sein Blick, der an mir hängen blieb, während ich sprach, oder wie er sich in der Kneipe auf mich konzentrierte, anstatt wie Roger und Steven mit den Mädchen zu flirten.

Doch ich empfand seine Aufmerksamkeit weder als störend noch als unangenehm. Im Gegenteil. Ich empfand es als Privileg, zwei Menschen in meinem Leben zu haben, die einen Ausgleich zu meiner kaputten Herkunftsfamilie schufen.

Doch ich machte mir Sorgen um Dougie. Ich hoffte, dass er irgendwann wie ich sein Glück finden würde, ob nun mit einem Mädchen oder einem Jungen. Ich wollte ihn nicht leiden sehen oder derjenige sein, der ihm Leid zufügte. Doch aufgrund unserer gegensätzlichen Veranlagung war dies unvermeidlich.

»Ich werde heiraten«, platzte ich heraus, als wir gerade in eine Disco in der Stadt gingen, um uns mit Catherine und Paula zu treffen. »Ich habe sie letzte Woche gefragt.«

Dougie starrte mich kurz an, zwang sich dann aber sofort zu einem Lächeln. »Das ist großartig!«, rief er und nahm mich in den Arm. »Ich freue mich für euch beide. Sie ist ein tolles Mädchen.«

»Ich möchte, dass du mein Trauzeuge wirst«, antwortete ich und war mir dabei bewusst, dass ich damit der Verletzung möglicherweise noch eine Beleidigung hinzufügte.

»Es wäre mir eine Ehre, danke. Ich hole Getränke zum Feiern.« Er rannte zur Bar, und im Spiegelbild hinter dem Tresen sah ich, wie er sich in die Unterlippe biss. Dann schenkte er blitzschnell der Barfrau dasselbe Grinsen wie mir.

Innerhalb von drei Monaten hatte Dougie Beth einen Heiratsantrag gemacht, einer Lehrerin, die er später an diesem Abend kennengelernt hatte. Die beiden wurden ein Jahr nach Catherine und mir ein Ehepaar.

Plötzlich begannen die Motoren der Fähre zu arbeiten und wirbelten das Wasser in der Bucht auf, bevor wir anlegten.

Als ich die hölzerne Gangway in Richtung Fisherman's Wharf zurückging, fragte ich mich, was aus Beth geworden war. Ich hoffte, dass sie inzwischen mit einem anderen Mann glücklich war, der sie wirklich liebte, und nicht von dem Mann für immer zerstört worden war, zu dem Dougie geworden war.

11. November

Die chemischen Substanzen prallten an meinen Arterienwänden ab, während ich das letzte Vergnügen aus meinem hedonistischen Lebensstil herauspresste. Doch als ich zufällig mein Spiegelbild in der Glastür einer Buchhandlung erblickte, musste ich zweimal hinsehen, so sehr erschreckten mich das Gesicht und der Körper, die mir zwar ähnelten, aber ungepflegter und gequälter aussahen, als ich sie in Erinnerung hatte.

In diesem Moment akzeptierte ich endlich, dass es einen Zusammenhang zwischen Paulas Tod vor mehr als achtzehn Monaten und meinen ausgehöhlten Wangen und den dunklen Halbmonden unter meinen trüben Augen gab. Das Zahnfleisch über meinen Oberkieferzähnen war rot und wund, und meine linke Wange hatte begonnen, minimal, aber sichtbar zu zucken, was nur auftrat, wenn ich kaum noch Aufputschmittel im Körper hatte.

Ich sah viel älter als meine sechsunddreißig Jahre aus und doppelt so alt wie Darren, der nun siebenundzwanzig gewesen wäre. Ich hatte mich an dem Ort verloren, an dem ich mich hatte finden wollen. Die Identität, die ich angenommen hatte, verzehrte mich. Doch das reichte noch nicht, damit ich mich schämte oder mich dazu durchrang, die Entscheidungen zu meinem neuen Lebensstil neu zu bewerten. Stattdessen ging ich weiter und schwor mir, mich wieder auf Vordermann zu bringen, indem ich mehr Obst und Gemüse essen würde.

Außerdem dachte ich über dringendere Fragen nach. Seit meiner Ankunft in San Francisco, also innerhalb weniger als eines Jahres, hatte ich den Rest des Geldes des französischen

Verlegers für Kokain und Alkohol ausgegeben. Inzwischen betrog ich Mike, den Besitzer des Hostels, um meine Reserven aufzustocken. Mir standen genügend Zimmer zur Verfügung, in die ich Gäste ein- und ausquartieren konnte, ohne ihre Namen in das Register aufzunehmen. Sie blieben für alle außer mich anonym, und ich steckte das Geld ein.

Meine Kasse wurde ebenso gefüllt durch großzügige Spenden, mit denen sich eine Drogendealerin dafür erkenntlich zeigte, dass ich ihr einen diskreten Handel im Gebäude erlaubte. Nur sie und ich wussten, dass der kaputte Spender in den Damentoiletten mehr als hundert Tamponapplikatoren aus Kunststoff enthielt, in denen jeweils ein halbes Gramm Kokain versteckt war.

Darren zog Genugtuung daraus, im Mittelpunkt der Aufmerksamkeit zu stehen. Er war übermütig; er war unberechenbar; er inspirierte andere, sich selbst zu entdecken; er war ein Meister der Anekdoten, auch wenn die meisten von ihnen Lügen waren. Er bildete das genaue Gegenteil meiner Rückständigkeit. Und vor allem war Darren immun gegen Simons innere Dunkelheit.

Doch was mein Gefängnis der Täuschung letztendlich zerstörte, war ein Mann, den ich nie getroffen hatte und der gekommen war, um mich zu finden.

2. Dezember

Einmal im Monat bot ich eine Führung entlang der kalifornischen Küste in einem umgebauten Greyhound-Bus an, den Mike aus einer Laune heraus auf einer Auktion gekauft hatte. Für jeweils fünfzig Dollar gingen die Gäste des Hostels an Bord der *Purple Turtle*, um zu einer Besichtigungstour nach Santa Cruz, Santa Barbara, Los Angeles und San Diego, teilweise auch nach Tijuana jenseits der mexikanischen Grenze aufzubrechen.

Mike hatte die meisten Sitze aus dem Bus entfernt und durch Matratzen ersetzt. So war ein fahrbares Hostel entstanden, in dem sich die Gäste als Teil einer kleinen Gemeinschaft auf Rädern fühlen und gleichzeitig die Umgebung entdecken und schlafen konnten.

Ich wollte nur noch ausgiebig frühstücken, bevor ich mich mit meiner gepackten Tasche auf den Weg zu meiner nächsten Führung machen würde.

»Sitzt da jemand, Kumpel?«, fragte eine britische Stimme, als ich mich im belebten Speisesaal des Hostels auf einen Berg Pfannkuchen stürzte.

»Tu dir keinen Zwang an«, antwortete ich. Als ich aufsah, fiel mein Blick auf einen Mann mit zotteligen Haaren Ende zwanzig, der nicht bei mir eingecheckt hatte. Sein Lächeln erinnerte mich an jemanden. »Bist du gerade erst angekommen?«

Er schien ausgehungert und schob sich hastig seine Rühreier und Röstis in den Mund. »Ja, vor ungefähr einer Stunde. Ich bin total kaputt. Ich bin vor vier Wochen in New York gelandet und jage seitdem kreuz und quer durchs Land.«

»Okay, und warum hast du es so eilig?«

»Ich suche jemanden. Und dabei könntest du mir vielleicht helfen. Bist du jemals auf einen Typen gestoßen, der sich Darren Glasper nennt?«

Ein Schauer überlief mich.

»Darren Glasper?«, wiederholte ich, um sicherzustellen, dass mich nicht die Amphetamine halluzinieren ließen, die ich gerade mit einer Kanne Kaffee heruntergespült hatte.

»Ja. Das ist nicht sein richtiger Name. Er gibt sich als mein Bruder aus.«

Plötzlich erkannte ich ihn anhand der Familienfotos, die über Darrens Bett im Routard in Frankreich geklebt hatten. Im ersten Moment wollte ich schon meinen Teller zur Seite schieben und flüchten, doch seine fehlende Feindseligkeit bedeutete, dass er nicht wusste, dass ich sein Mann war.

»Nein, bei dem Namen klingelt es nicht«, log ich. »Warum tut er das?«

»Um das herauszufinden, bin ich hergekommen.«

Der Mann stellte sich als Richard Glasper vor. Er erklärte mir, wie die französische Polizei seine Familie, fünf Monate nachdem Bradley und ich seine Leiche entdeckt hatten, über Darrens vorzeitigen Herztod informiert hatte. Wir hatten ihnen gegenüber zwar die Staatsangehörigkeit bestätigt, doch Bradley hatte seinen Nachnamen nicht gekannt und ich hatte ihn verschwiegen, um Zeit zu gewinnen.

Man hatte einen Abdruck von Darrens Zähnen über den Ärmelkanal geschickt. Doch erst nachdem seine Familie ihn als vermisst gemeldet hatte, wurden die beiden Zahnakten miteinander abgeglichen.

Da war es schon zu spät gewesen, um seine Leiche nach Hause zu holen. Ein Schreibfehler hatte dazu geführt, dass man Darren als Landstreicher klassifiziert und eingeäschert hatte. Seiner Familie überreichte man ein Plastikgefäß mit Asche und sonst nichts.

»Das hat meiner Mutter das Herz gebrochen«, fuhr Richard fort. »Monate später bekamen wir den ersten dieser seltsamen Schecks von einem französischen Buchverlag, und dann erzählte uns die Polizei, der Name meines Bruders sei in New York gemeldet worden, weil sein amerikanisches Visum abgelaufen sei. Die Adresse, die er als Wohnort angegeben hatte, war eine Jugendherberge gewesen. Der Manager hat die Fotokopien in seinen Unterlagen überprüft, und jemand, der Darrens Reisepass benutzt hat, war tatsächlich dort abgestiegen.«

Ich nickte, während ich innerlich wütend auf mich selbst war, weil ich meine Spuren nicht verwischt hatte. Was zum Teufel hatte ich mir dabei gedacht, die Tantiemen seiner Familie zu spenden? Ich hätte ihr genauso gut Brotkrumen hinterlassen können, damit sie mich bis zur Haustür verfolgen konnte. Ich hatte keine Sekunde lang die Möglichkeit in Betracht gezogen, dass mich meine Täuschung auf diese Art heimsuchen würde. Ich war zu sehr damit beschäftigt gewesen, mir zu meiner Menschenfreundlichkeit zu gratulieren.

Ich bewegte die Hände unter dem Tisch, damit Richard nicht merkte, dass sie zitterten.

»Meine Mutter war überzeugt, dass jemand einen Fehler gemacht hatte und Darren noch am Leben war«, fuhr er fort. »Doch die Polizei hatte die Ermittlungen eingestellt und beharrte darauf, dass dem nicht so war. Sie glaubte ihnen nicht. Wir haben den Verband der Jugendherbergen kontaktiert und herausgefunden, dass dieser Typ fast drei Jahre lang unter dem Namen meines Bruders durch die Gegend gereist war. Und der Manager des Hostels in Seattle glaubt, dass er hier regelmäßig mit Darren spricht. Zwischen ihnen besteht eine Art Empfehlungsvereinbarung.«

Ich räusperte mich. »Was wirst du ihm sagen, wenn du ihn findest?«

»Es geht nicht darum, was ich sagen werde, sondern darum, was ich tun werde«, erwiderte Richard mit zusammengekniffenen Augen. »Dieser Bastard hat meine Mutter zerstört. Sie starb an gebrochenem Herzen, weil sie glaubte, ihr jüngstes Kind wollte nichts mehr mit uns zu tun haben. Und wenn es das Letzte ist, was ich tue, ich werde dem ein Ende setzen.«

»Dann viel Glück«, antwortete ich und stand auf. »Ich will nicht unhöflich sein, aber ich muss einen Ausflug organisieren.«

»Alles gut, Kumpel, hat mich gefreut, dich kennenzulernen. Wenn du etwas hörst, lässt du es mich wissen, okay? Ich wohne in Zimmer 401.«

»Klar.«

Ich ließ mein halb aufgegessenes Frühstück, wo es war, und zwang mich, nicht in mein Schlafzimmer zu stürmen. Ich stopfte meine wenigen Habseligkeiten in den Rucksack, ging erst zur Damentoilette und dann zu Richards Zimmer, um sicherzustellen, dass er mich nie wieder stören würde.

3. Dezember

Als die *Purple Turtle* über den Highway 1 die Pazifikküste entlangtuckerte, wusste ich, dass ich entlarvt worden war, weil ich das Leben eines längst verstorbenen Menschen gelebt hatte. Ich hatte gedacht, ich hätte mir ein neues Leben geschaffen, indem ich meine Identität ausgelöscht hatte. Dabei hatte ich nicht auf meinem Leben aufgebaut, sondern auf dem eines anderen.

Und es gab noch eine weitere Person, deren Leben ich verändert hatte. Während unseres ersten Zwischenstopps in Santa Cruz hatte ich die Polizeibehörde von San Francisco angerufen und sie über einen Briten informiert, der durch die Jugendherbergen des Landes zog und mit Drogen handelte. Sein Name sei Richard Glasper und man würde ihn in Zimmer 401 des Haight-Ashbury Hostel mit einem Dutzend mit Kokain gefüllten Tamponapplikatoren in seinem Koffer finden.

Das Ganze geschah zu Richards eigenem Wohl. Mich hatten nicht seine Drohungen beunruhigt, was er der Person antun würde, die sich als sein Bruder ausgab. Ich hatte Angst davor, was ich ihm antun könnte, wenn er sich mir in den Weg stellte. Und dazu wäre es sicherlich gekommen, wenn ich geblieben wäre.

Ich hatte aus Amerika so viel Mark gesaugt, dass es keinen Knochen mehr gab, den ich genießen konnte. Die Hälfte unserer Reise war fast vorbei und ich wusste, dass ich mich in San Francisco nicht wieder zeigen konnte, ohne entlarvt zu werden.

Tijuana, Mexiko
4. Dezember

Ich hatte keine Skrupel, die Gäste des Hostels ohne Fahrer oder Führung sich selbst zu überlassen, als wir in Tijuana ankamen. Wenn ich ihnen in meinen Seminaren etwas beigebracht hatte, dann, dass die einfallsreichsten Reisenden die erfolgreichsten waren.

Nachdem ich meine Dollars in Pesos umgetauscht und mir den Rucksack auf den Rücken geschnallt hatte, während meine Fahrgäste in einer Tequila-Bar abgelenkt waren, schlich ich mich auf der Suche nach der Küste von Baja California zum Highway 1D davon.

Innerhalb weniger Minuten hatte ich Simon Nicholson wieder zum Leben erweckt und er teilte sich die Ladefläche eines Pick-ups mit einem Dutzend Holzkisten voller Wassermelonen.

* * *

Northampton, heute
16.15 Uhr

Er war nicht dumm. Er hatte angenommen, wenn nicht sogar erwartet, dass sie sich irgendwann wieder verliebt hatte. Eigentlich wäre es sehr seltsam gewesen, wenn sie es nicht getan hätte.

Doch nun besaß sein Nachfolger eine Identität, und das passte ihm nicht. Zu hören, wie sie voller Zuneigung von diesem »Tom« sprach, der so leicht in seine Schuhe, sein Haus und sein Bett geschlüpft war ... Er konnte nicht anders, als sich über den Mann zu ärgern. Er hatte sie schon lange vor seinem Abgang nicht mehr geliebt und seine Gefühle überraschten

239

ihn. Er war fast eifersüchtig, gestand er sich ein. Seine Schläfen begannen zu pochen.

Er wusste, dass er kein Recht hatte, darüber zu urteilen, was sie mit ihrem Leben tat oder mit wem sie es verbrachte. Aber einem Fremden zu erlauben, den Vater für seine Kinder zu spielen, gefiel ihm nicht.

»Wäre es dir lieber gewesen, wenn ich für immer allein geblieben wäre?«, fragte sie plötzlich, als hätte seine Miene seine Gedanken verraten.

»Nein, nein«, stotterte er, »natürlich nicht.«

Der Schmerz in seinem Kopf wurde ungeduldiger und verlangte nach Aufmerksamkeit. Doch ihr unerbittlicher Blick, der alle seine Gesten analysierte, bedeutete, dass er nicht auf die Uhr schauen konnte, um zu sehen, wie sehr er mit der Einnahme seiner Tabletten im Verzug war, ohne dass sie nach dem Grund fragen würde.

Sie hatte sich insgeheim gefreut, als sie gesehen hatte, wie er zusammengezuckt war, während sie von Tom erzählt hatte. Sie hatte erkannt, dass selbst ehebrecherische, feige Mörder neidisch werden konnten, wenn sie hörten, wie austauschbar sie waren, und lächelte vor sich hin.

Trotzdem war sie sich der potenziellen Gefahr, die von dem Mann vor ihr ausging, weiterhin bewusst, auch wenn sie nicht mehr so viel Angst hatte wie zuvor. Doch sie hatte auch einen Hauch von Erleichterung verspürt, als er zugegeben hatte, dass Paulas Tod schließlich doch sein Gewissen belastet hatte. Vielleicht gab es noch einen Funken Hoffnung für ihn. Sie verstand, dass er Drogen genommen hatte, um mit seinem Gewissen klarzukommen. Sie hatte getrunken, um mit seinem Verlust fertigzuwerden.

»Seid ihr, du und – ich habe seinen Namen vergessen –, noch zusammen?«, wollte er wissen.

»Nein, Tom und ich sind nicht mehr zusammen. Aber wir sind immer noch gute Freunde«, antwortete sie stolz auf diese seltene Leistung.

»Was hast du damit gemeint, als du sagtest, ich hätte alles zerstört?«

Sie starrte ihn an. »Toms und meine Beziehung ging in die Brüche, als ich herausfand, dass du noch lebst.«

Kapitel 13

CATHERINE

Mein Blick ging hektisch hin und her und untersuchte jeden roten Backstein und jede Schicht Mörtel der Ladenfront des Fabien's.

Selbst nachdem Margaret und ich die Verträge unterzeichnet hatten, dauerte es noch eine Weile, bis mir wirklich bewusst war, dass die Boutique mir gehörte. Ich war zur Besitzerin eines Geschäfts geworden, das ich anfangs nicht zu betreten gewagt hatte.

»Gut gemacht, Mädchen«, hörte ich Margarets Stimme hinter mir. »Sie haben keine Ahnung, wie stolz ich auf Sie bin.«

Doch das wusste ich, weil ich selbst so mit mir zufrieden war, dass ich unaufhörlich grinsen musste. Aber ich war nicht dumm. Es war gut und schön, ein profitables Geschäft zu übernehmen, doch es würde mir viel Mut und Einsatz abverlangen, den Erfolg aufrechtzuerhalten.

Ich entwarf weiterhin meine eigene Kleiderkollektion, entweder zu Hause oder im Hinterzimmer des Ladens, während meine alte Supermarktkollegin Selena in der Boutique arbeitete, sich um das Alltagsgeschäft kümmerte und die Kundschaft bezauberte.

Emily begann, sich für meine Arbeit zu interessieren, wie ich es bei meiner Mutter getan hatte. Doch selbst wenn sie mir im Weg stand oder mich aufhielt, weigerte ich mich, dem Beispiel zu folgen, das ich kennengelernt hatte. Obwohl sie noch keine acht Jahre alt war, brachte ich ihr bei, wie man Knöpfe an- und Säume umnähte. Und ich ermutigte sie, mit mir gemeinsam die Modemagazine durchzublättern, um nach Inspiration zu suchen und bei den aktuellen Trends auf dem Laufenden zu bleiben.

Während Robbie plötzlich Interesse an Computerspielen zeigte und Tom James neue Lieder auf der Gitarre beibrachte, genoss ich die Zeit, die Emily und ich zusammen verbrachten. Gleichzeitig tat mir Simon leid wegen dem, was er verloren hatte.

1. August

Im Cottage kehrte nur selten Ruhe ein, aber wenn sie das tat, begrüßte ich die Stille wie einen alten Freund.

Hin und wieder unternahm Tom etwas allein mit den Kindern und ich genoss diese seltenen Stunden, in denen kein Fernseher dröhnte und kein Fußball gegen das Garagentor prallte. Während der wilde Haufen im Park war, erfüllte ich ein Versprechen, das ich mir vor langer Zeit gegeben hatte, und räumte Simons Kleider aus unserem Kleiderschrank.

Ich hatte in den vergangenen Monaten bereits öfter darüber nachgedacht, nachdem Tom nun zu unserem Leben gehörte. Doch ich war immer davor zurückgeschreckt, weil ich das Gefühl hatte, als würde ich einen weiteren Teil von Simon wegwerfen. Selbst wenn er auf wundersame Weise wieder vor unserer Haustür auftauchen sollte, würde er das bestimmt nicht tun, um sein T-Shirt zu wechseln.

Also schloss ich die Augen und öffnete die Schranktür. Ich nahm ein Kleidungsstück von Simon nach dem anderen von den Holzkleiderbügeln und legte sie ordentlich gefaltet in Plastiktüten, um sie in den Wohltätigkeitsladen zu bringen.

Jedes Teil ließ eine vergessene Erinnerung aufsteigen, zum Beispiel wie er einen neuen Pullover ausgepackt hatte, den ich ihm zum Geburtstag gekauft hatte, oder wie er ein Hemd zu einer Party getragen hatte. Ich hob den Kragen seiner braunen Cordjacke an die Nase und roch noch einen schwachen Hauch seines Aftershaves. Um meine Hand hatte ich die blau gestreifte Krawatte gewickelt, die er bei seinem ersten Termin mit dem Bankdirektor getragen hatte, bei dem er einen Geschäftskredit beantragt hatte. Ich hatte ihm einen Windsor-Knoten gebunden, weil seine Hände zu sehr gezittert hatten, um es selbst zu tun.

Ich hätte erwartet, in Tränen auszubrechen. Doch ich spürte nur Wärme, keine Traurigkeit. Ich gab seine Kleider weg, nicht ihn. Überall auf dem Boden lagen Säcke verstreut, als das Telefon klingelte.

»Könnte ich bitte Mr Simon Nicholson sprechen?«, fragte eine raue Männerstimme.

»Ich fürchte, mein Mann ist tot«, sagte ich. »Mit wem spreche ich denn?«

»Ich heiße Jeff Yaxley. Ich bin Wärter im Gefängnis Wormwood Scrubs in London.«

Das machte mich neugierig.

»Mr Nicholsons Vater ist vor ein paar Monaten gestorben und er hat mich gebeten, eines seiner Besitztümer an seinen Sohn zu schicken«, fuhr er fort.

»Arthur ist tot?«, fragte ich geschockt. »Entschuldigung, aber sagten Sie nicht, dass Sie aus einem Gefängnis anrufen?«

»Arthur? Nein, Kenneth Jagger. Als Mr Nicholson ihn besuchte, hat er Ihre Adresse hinterlassen.«

»Ich glaube, Sie haben den falschen Simon Nicholson«, antwortete ich. »Der Vater meines Mannes heißt Arthur und lebt ein Dorf weiter. Und soweit ich weiß, war Arthur noch nie im Gefängnis.« In meinem Kopf erschien das Bild von dem alten Kauz hinter Gittern, und ich musste grinsen.

»Oh, dann muss da eine Verwechslung vorliegen«, antwortete er. »Bitte entschuldigen Sie die Störung.«

»Warten Sie«, sagte ich schnell, bevor er auflegte. »Also hat jemand, der den Namen und die Adresse meines Mannes benutzt hat, diesen Mann im Gefängnis besucht? Wann war das?«

»Oh, einen Moment bitte«, sagte er und ich hörte das Rascheln von Blättern. »Laut Gästebuch war das am 8. Juni vor vier Jahren.«

»Nun, dann kann es definitiv nicht Simon gewesen sein, denn er ist am 4. Juni verschwunden.«

»Verschwunden?«

»Ja, mein Mann ist an diesem Tag verschwunden und wurde seitdem nicht mehr gesehen. Der Fall ist noch nicht abgeschlossen, aber man hält ihn für tot.«

Ich dachte darüber nach, konnte mir aber nicht vorstellen, wer vorgegeben haben könnte, Simon zu sein.

»Was hat dieser Kenneth ihm hinterlassen?«, fragte ich.

»Eine Uhr.«

Plötzlich ging mir im hintersten Winkel meines Gehirns ein Licht auf. Ich musste schlucken.

»Eine goldene Rolex«, fuhr er fort. »Sie ist ziemlich schwer. Ein schönes Stück ...«

Doch ich hörte ihm schon nicht mehr zu. Ich spürte einen stechenden Schmerz in der Brust, als sich seine Worte wie ein Tropfen Blut in einem Glas Wasser ausbreiteten und alles beschmutzten.

Ich legte auf, stürmte die Treppe ins Schlafzimmer hinauf, um nach einer quadratischen grünen Kiste zu suchen, die auf einem Regal im hinteren Teil des Schrankes lag. Darin sollte die Uhr von Simons Mutter liegen: das Einzige, das sie ihm jemals geschenkt hatte. Doch ich hatte nie gesehen, dass er sie trug.

Ich hielt die Schachtel in der Hand, zögerte aber, sie zu öffnen. Wenn seine Uhr darin lag, hatte jemand seine Identität benutzt. Wenn die Schachtel leer war, konnte das nur eines bedeuten: dass Simon sie mitgenommen hatte und dass er mich absichtlich verlassen hatte.

»Bitte, bitte, bitte«, flüsterte ich, als die goldenen Scharniere aufsprangen. Sie war leer.

Nein, du musst sie woanders hingelegt haben, dachte ich. Also durchsuchte ich den restlichen Kleiderschrank, doch er war inzwischen fast leer. Ich riss alle gefalteten Klamotten aus den Müllsäcken und durchsuchte jede Tasche. Nichts. Ich tastete in sämtlichen Schuhen, um nachzusehen, ob er sie dort hineingelegt hatte. Dann durchsuchte ich die Schubladen seines Nachttischs. Jedes Mal, wenn ich nichts fand, fiel mir eine andere Stelle ein, an der ich nachsehen könnte. Ich durchsuchte jeden Winkel des Hauses, sogar die Orte, die ich bereits abgesucht hatte, als er das erste Mal verschwunden war. Dann zog ich meine Turnschuhe an und rannte zu der einzigen Person, die meine Zweifel zerstreuen könnte – Arthur.

Fünfzehn Minuten später stand ich völlig aus der Puste vor seiner Haustür.

»Wer ist Kenneth Jagger?«, keuchte ich.

Ich betete, dass er es nicht wusste. Stattdessen wich jede Farbe aus Arthurs Gesicht. In dem Moment wurden mir zwei Dinge klar – ein Mann namens Kenneth Jagger war Simons richtiger Vater und mein Mann hatte geplant, mich zu verlassen.

»Du solltest nicht hier sein«, antwortete er nervös und wollte die Haustür schließen, doch ich stellte den Fuß in den Türrahmen.

»Wer ist Kenneth Jagger?«, wiederholte ich.

»Ich weiß nicht, wovon du sprichst. Und jetzt geh bitte.«

»Du lügst, Arthur, und ich bleibe so lange hier, bis du mir die Wahrheit sagst. Oder möchtest du, dass ich Shirley in diese Sache hineinziehe?«

Er gab sehr schnell nach, als er sah, dass das keine leere Drohung war.

»Wir treffen uns in fünf Minuten hinter der Garage«, antwortete er. Er war nach zwei Minuten dort.

»Woher kennst du seinen Namen?«, wollte Arthur wissen und hielt absichtlich ein wenig Abstand zu mir.

»Das spielt keine Rolle«, entgegnete ich. Ich wollte ihm nicht sagen, dass Simon wahrscheinlich noch lebte.

»Sucht Kenneth Kontakt?«

»Wenn, dann nur durch einen Hellseher. Er ist tot.«

Arthur schien erleichtert.

»Also, war er Simons Vater?«

»Nein, das bin ich«, fuhr er mich an, zögerte dann aber. »Aber Kenneth ist sein Erzeuger.«

Arthur war vielleicht ein eingeschüchterter, erbärmlicher kleiner Mann, aber er war kein Lügner. Widerwillig erzählte er mir, wie er Doreen kennengelernt hatte, als sie bereits schwanger gewesen war, und wie sie während ihrer vielen Abwesenheiten immer wieder zu Kenneth zurückgekehrt war.

»Und Simon wusste das?«, fragte ich erstaunt, weil ich keine Ahnung davon gehabt hatte.

»Ja, aber erst, seit er sie mit dreizehn in London besucht hat. Kenneth war da und Simon fand heraus, wer er war. Das hat ihn fertiggemacht. Danach hat Simon ihn nie wiedergesehen.«

Doch ich hatte den Beweis, dass er sich irrte.

»Also, warum willst du das alles wissen?«, fragte er.

Ich zögerte. Ich könnte ihm alles erzählen, was ich wusste: Simon war aus freien Stücken gegangen und hatte vier Tage später diesen Jagger im Gefängnis besucht. Aber wozu sollte ich das tun? Wenn er vorgehabt hätte zurückzukommen, hätte er es vor langer Zeit getan. Also würde ich Arthur nur falsche Hoffnungen machen. Und sobald er es seiner Frau erzählt hätte, würde sie Roger informieren und alte Wunden, die noch nicht ganz verheilt waren, würden wieder aufreißen, und all das nur, um einen Mann zu finden, der nicht gefunden werden wollte.

Was um alles in der Welt sollte ich den Kindern erzählen? In den vergangenen vier Jahren hatte ich sie davon überzeugt, dass ihr Vater tot sei. Wie sollte ich ihnen jetzt erklären, dass ich mich geirrt und er sie verlassen hatte? Gott allein wusste, wie viel Schaden das anrichten würde. Also erzählte ich Arthur nur, dass ein Gefängniswärter versucht hatte, Kenneths nächsten Angehörigen nach seinem Tod aufzuspüren.

»Catherine«, fragte er, als ich gerade gehen wollte, »wie geht es den Kindern?«

»Du hast jedes Recht verloren, nach ihnen zu fragen, als du mich des Mordes beschuldigt hast«, erwiderte ich und ging, um ihn seinen Schuldgefühlen zu überlassen.

Ich war unglaublich wütend und musste Simon irgendwie wehtun. Ich lief mit geballten Fäusten nach Hause, aufgebracht wegen Simons bitteren Verrats. Also schnappte ich mir eine Schere und zerschnitt seine Kleider. Zerfetzte Pullover, Hosen, T-Shirts und Jacken flogen durch die Luft und verteilten sich überall im Raum. Ich wollte nicht, dass jemand anderes Kleidung trug, die von seinen Lügen befleckt war.

Die gerahmten Fotos von ihm, die ich auf der Anrichte aufgestellt hatte, flogen in den Mülleimer. Jede sichtbare Spur dieses Bastards von Ehemann wurde im Haus ausgelöscht. Plötzlich erinnerte ich mich an die rosafarbenen Rosensträucher, die er vor dem Küchenfenster für mich gepflanzt hatte.

Ich rannte zur Garage, nahm die Schere vom Haken und machte sie dem Erdboden gleich. Er hatte sie für mich gepflanzt, als ich meinen Tiefpunkt erreicht hatte, und sie waren zu einem Ort geworden, zu dem ich immer dann ging, wenn ich Trost brauchte. Er hatte sogar das ruiniert.

Als ich fertig war, setzte ich mich auf den Rasen. Ich war zu benommen, um zu blinzeln, um zu weinen oder um mich zu übergeben, obwohl mir nach allen dreien der Sinn stand. Als am späten Nachmittag die anderen wieder nach Hause kamen, war Simon für mich gestorben. Noch einmal.

»Wo sind denn Papas Bilder geblieben?«, fragte James stirnrunzelnd, der es als Erster bemerkte.

»Sie sind auf dem Dachboden«, log ich.

»Warum?«

»Weil ich sie dorthin gebracht habe«, antwortete ich scharf.

Die Kinder sahen sich verwirrt an, spürten aber instinktiv, dass sie besser nicht weiter nachfragen sollten. Tom folgte mir nach oben ins Schlafzimmer.

»Was ist los, Catherine?«, fragte er. Als ich nicht antwortete, legte er mir die Hand auf die Schulter und wollte mich zu sich heranziehen. Ich konnte ihm nicht einmal in die Augen sehen.

»Ich habe den Kleiderschrank ausgeräumt. Wenn du möchtest, kannst du ihn für deine Kleidung nutzen.«

»Was ist heute passiert?«

»Ich bin aufgewacht.«

Dann schloss ich mich im Badezimmer ein und versuchte, meinen Zorn wieder unter Kontrolle zu bekommen. Zum zweiten Mal hielt ich etwas vor Tom geheim – die erste Sache hatte ich bisher noch keiner Menschenseele erzählt, nicht einmal Simon.

Aber Simons Geheimnis war weitaus schlimmer als meines.

Weihnachten

Tom und die Kinder schliefen tief und fest, während ich die frühen Morgenstunden des Weihnachtstags auf dem Dachboden verbrachte und meine Hochzeitsfotos zerriss.

Ich hatte versucht einzuschlafen, als mir plötzlich wieder eingefallen war, wo sie waren, und ich konnte Simons Gesicht keine Nacht länger in meinem Haus ertragen. Ich sah sie nicht an, während ich sie aus den Alben nahm und zerriss. Als ich fertig war, lagen sie wie Konfetti um meine kalten nackten Füße herum. Ich war zu wütend, um wieder ins Bett zu gehen. Ich saß auf dem Boden und lauschte dem Gluckern der Zentralheizung, während ich an ihn dachte.

Ich war wütend auf mich wegen all der Zeit, die ich um ihn geweint, mir Sorgen um ihn gemacht, »Vermisst«-Plakate gemalt, in Krankenhäusern angerufen, um ihn getrauert hatte ... Das war alles umsonst gewesen. Er war einfach davongelaufen.

Während wir bei unserer verzweifelten Suche nichts unversucht gelassen hatten, war er auf dem Weg nach London gewesen, um einen Mann zu besuchen, den er kaum kannte, und hatte ihm seinen wertvollsten Besitz gegeben. Seine Leiche verrottete nicht in irgendeinem Graben – er war irgendwo da draußen, weit weg von uns, ziemlich lebendig.

Ich wünschte mir, er wäre tot.

Jedes Mal, wenn ich daran dachte, was für eine Närrin und Lügnerin er aus mir gemacht hatte, ballte ich die Fäuste. Ich war wütend und verletzt. Die einzige Person, der ich mich möglicherweise hätte anvertrauen können, war Paula. Doch auch sie hatte ich verloren. Aber selbst sie hätte diese Last vermutlich nicht tragen können, ohne es Roger zu erzählen.

Ich hatte das Gefühl, als hätte jemand ein Ventil in meinem Herzen geöffnet und als würde die ganze Liebe, die ich für Simon empfunden hatte, wie ein übel riechendes Gas austreten.

Und immer wieder kam mir nur eine einzige Frage in den Sinn: *Warum?*

Ich kannte einen Ort auf dieser Welt, zu dem er gegangen war, nachdem er uns verlassen hatte – das Londoner Gefängnis, in dem er seinen leiblichen Vater besucht hatte. Das warf jedoch noch mehr Fragen auf. Und jede war noch unlösbarer als die vorangegangene. Was hatte er nach seinem Besuch bei Kenneth gemacht? Wer wusste noch, dass er nicht tot war? Wie lange hatte er davon geträumt wegzulaufen? War es eine spontane Entscheidung gewesen oder Teil eines verdrehten Planes, der darin bestanden hatte, mich zu heiraten, den vernarrten Vater zu spielen und dann einfach fortzugehen? Warum hatte ich nie gespürt, dass er mir entglitt?

War er seiner Mutter ähnlicher, als er es sich hatte anmerken lassen? Hatte er wie viele andere Männer überall im Land verteilte Geliebte? Wohin ging man, wenn man weder Freunde noch Geld hatte? Bereute er es, wusste aber nicht, wie er nach Hause zurückkommen sollte?

Warum, Simon? Warum?

Mein frustrierter Schrei ertönte lauter, als es die Kirchenglocken später am Tag tun würden. Doch ich betete nur darum, dass er in einem ewigen Zustand jämmerlichen Elends auf der Erde umherirrte.

Denn genau so hatte er mich zurückgelassen.

Northampton, vor zwanzig Jahren
11. April

Tom hatte keine Fehler. Er war das, was die meisten Frauen als Mr Right bezeichnen würden. Doch Simon hatte mir beigebracht, dass einem selbst ein Mr Right Leid antun konnte, wenn man es am wenigsten erwartete.

Ich hatte mich nicht mit einer rosaroten Brille in unsere Ehe gestürzt. Angesichts unserer Vorgeschichte mit zwei gestörten Elternpaaren wusste ich, dass wir uns glücklich schätzen konnten, wenn wir mit nicht mehr als ein oder zwei Tiefschlägen durchs Leben kamen. Und wenn man sich stritt oder von schreienden Kindern ans Haus gekettet wurde, war es völlig normal, dass man sich vorstellte, einfach davonzulaufen.

Doch genau das hätte es bleiben sollen – eine Vorstellung. Er hatte sie jedoch wahr gemacht. Und mein Verstand sagte mir eins: Wenn mir das der Mann antun konnte, dem ich seit Ewigkeiten meine Liebe und mein Vertrauen geschenkt hatte, dann würde mir Tom, also jemand, den ich im Vergleich dazu erst seit fünf Minuten kannte, dasselbe antun.

Nachdem ich von Simons Täuschung erfahren hatte, ließ ich die Wut, die ich auf ihn hatte, an diesem armen unschuldigen Herzen aus, ohne dass Tom jemals verstand, warum. Ich begann, ihn beim Abendessen zu beobachten und mich zu fragen, warum ein so attraktiver, lustiger und fürsorglicher Mann mit einer Familie zusammen sein wollte, die nicht seine eigene war. Anstatt glücklich oder dankbar dafür zu sein und zu glauben, dass ich ihn verdient hatte, misstraute ich ihm plötzlich.

Ich fragte mich, ob ich nur eine Notlösung war, bis er eine jüngere, besser aussehende Ausgabe fand, die ihm eigene Kinder schenken konnte. Dann dachte ich ernsthaft darüber nach, ein Kind mit ihm zu bekommen. Es war der Grundinstinkt eines Mannes, sich fortzupflanzen, und ich hielt ihn davon ab, obwohl er niemals angedeutet hatte, dass er eigene Kinder haben wollte. Andererseits hatten unsere gemeinsamen Kinder meinen Mann ja auch nicht davon abgehalten wegzulaufen.

Außerdem hatte ich ein Geschäft zu führen und wusste, dass ich nicht mit all dem Wahnsinn und dem Aufruhr fertigwerden konnte, die ein weiteres Kind mit sich bringen würde. Also war es eine Tatsache, dass Tom mich irgendwann verlassen würde. Das taten die Menschen, die ich liebte. Sie verließen mich. Mum, Dad, Billy, Simon, Paula …

Bevor er also die Chance hatte davonzurennen, versuchte ich monatelang, ihn zu vertreiben. Ich musste über jeden seiner Schritte Bescheid wissen und brachte mich selbst um den Verstand, weil ich mir ständig überlegte, was er tat, wenn wir nicht zusammen waren. Ich kramte im Handschuhfach seines Autos auf der Suche nach Slips anderer Frauen. Ich durchsuchte seine Brieftasche nach Rechnungen von Orten, von denen er mir nicht erzählt hatte, dass er dort gewesen war. Ich wühlte in den Koffern, die er in seiner Garage aufbewahrte, um festzustellen, ob sie gepackt waren, falls er bei Nacht und Nebel abhauen wollte. Eines Nachts ließ ich sogar die Kinder allein zu Hause schlafen, während ich hinter einem Baum vor seinem Haus stand und auf weibliche Besucher wartete.

Trotz aller hinterhältigen, dummen Versuche, Beweise dafür zu finden, dass ich recht hatte, gab es keinen Hinweis darauf, dass er etwas anderes war als ein anständiger, ehrlicher Mann. Und das machte mich wahnsinnig – wenn ich alle Hinweise übersehen hatte, dass Simon unglücklich gewesen war, würde ich sie wahrscheinlich auch in Toms Fall nicht erkennen.

Also brach ich immer wieder wegen Nichtigkeiten einen Streit vom Zaun – wegen Lebensmitteln, die er vergessen hatte zu kaufen, Mülleimern, die nicht rechtzeitig hinausgebracht worden waren, ich gab sogar vor, dass er mich im Bett nicht zufriedenstellte.

Und ich wusste die ganze Zeit ganz genau, was ich tat. Ich konnte einfach nicht anders, als alle Männer mit Simon über einen Kamm zu scheren. Es heißt, man treibe einen Hund am schnellsten in den Wahnsinn, wenn man ihn streichelte und dann schlug.

Aber mein Hund kam immer wieder zurück, um sich noch mehr davon abzuholen.

12. Mai

»Lass mich bei euch einziehen«, sagte Tom plötzlich.

»Was … Warum?«, antwortete ich verwirrt, weil er nach all meinen Schikanen noch immer nicht genug hatte. Ganz im Gegenteil.

»Ich bin nicht dumm, Catherine. An dem Tag, als du Simons Kleidung weggeworfen hast, ist irgendetwas passiert. Und auch wenn du nicht mit mir darüber sprechen möchtest, weiß ich, dass du Gewissheit über unsere Beziehung brauchst. Also lass mich dir beweisen, dass ich es ernst meine. Ich liebe dich. Ich liebe die Kinder. Wir sind jetzt seit mehr als zwei Jahren zusammen, also lass uns doch einfach sehen, wohin das führt. Lass mich bei euch einziehen.«

Ich sah ihm in die Augen, warf ihn aufs Bett und liebte ihn auf der Stelle. Dabei wusste ich die ganze Zeit, dass unsere Beziehung niemals halten würde. Wir zögerten das Unvermeidliche nur hinaus.

Ich tat so, als wären wir eine Familie – und versuchte, mich selbst davon zu überzeugen, dass wir es vielleicht doch schaffen könnten. Doch dann meldete sich mein Groll gegen Simon wieder. Ich wachte nachts auf und streckte den Arm aus, nur um nachzusehen, ob Tom noch da war. Einmal schrie ich ihn an, weil er nicht mehr neben mir lag. Dabei war er nur zur Toilette gegangen.

Ich zeigte ihm für den Rest der Woche die kalte Schulter, wenn er später als sonst aus der Kneipe nach Hause kam. Und als ich zwei Telefonnummern auf dem Einzelverbindungsnachweis meiner Rechnung nicht zuordnen konnte, war ich felsenfest davon überzeugt, dass er eine Affäre hatte.

Wie oft mir Tom auch versicherte, dass er mein unverzeihliches Verhalten verstand, Simon hatte bereits jede Zukunft ruiniert, die wir beide hätten haben können.

Und sechs Wochen nachdem er bei uns eingezogen war, bat ich Tom zu gehen.

* * *

SIMON
Los Telaros, Mexiko, vor einundzwanzig Jahren
13. April

Der Billardstock zerbrach wie ein Zahnstocher, als er auf die Schultern des alten Mannes traf. Er grunzte, als er nach vorne gestoßen wurde und auf dem Tisch landete.

Sein Angreifer, der genauso betrunken, aber älter war als sein Opfer, wirbelte mit der anderen Hälfte des Queues in der Hand herum und brach dann orientierungslos zusammen. Sein Gegenüber tastete auf dem Tisch nach einer Kugel, um sie seinem Angreifer gegen den Kopf zu schleudern. Als er sie jedoch hochhob, fiel sie ihm dank einiger Whiskeys zu viel wieder aus der Hand, kullerte quer durch den Raum und berührte dabei kaum die Fußleiste.

Miguel und ich bemühten uns, bei diesem tollpatschigen Kampf, der sich vor unseren Augen abspielte, nicht zu lachen, und halfen schließlich den beiden betrunkenen Rentnern wieder auf die Beine. Ziellos wie von einem Hurrikan beschädigte Windmühlensegel wirbelten ihre Arme herum, trafen aber nur die verrauchte Luft, während sie um die Aufmerksamkeit derselben Prostituierten kämpften.

»So benehmen sie sich jedes Mal«, erklärte Miguel, als er den gebrechlicheren der beiden dort aufhob, wo dieser gerade zu Boden gegangen war.

»Ich dachte, sie seien Freunde. Zumindest habe ich sie zusammen hereinkommen sehen«, meinte ich, während ich den zweiten Mann zurückhielt.

»Freunde? Sie sind Vater und Sohn!«, lachte er. »Und sie haben beide den gleichen Frauengeschmack. Wenn man einmal in diesem Bordell war, gibt es nicht mehr viel im Leben, das man noch nicht gesehen hat.«

Ich hatte seit fast vier Monaten keine Drogen mehr genommen und war durch Mexiko getrampt, als ich das Bordell zum ersten Mal betrat. Viele Städte, in die ich in dieser Zeit gekommen war, hatten ihre eigenen Whiskerías – Bordelle, in deren Hinterzimmern viel mehr als nur Whiskey verkauft wurde. Mit ihren Leuchtreklamen zogen sie die Fernfahrer an, die sich mit weiblicher Gesellschaft von den endlosen Straßen ablenken wollten.

Mit seinem orangefarbenen Ziegeldach und den schwarzen schmiedeeisernen Balkonen, die die Fassade im ersten Stock verzierten, ähnelte dieses Bordell in Los Telaros aber eher einem Hotel. Es gab keine Beschilderung oder Hinweise dafür, dass es etwas anderes war. Ich war nicht auf der Suche nach Arbeit, und Sex war das Letzte, woran ich gerade dachte. Alles, was ich brauchte, war etwas Alkoholisches, um meinen Durst zu stillen, und einen Platz, an dem sich meine geschundenen Füße erholen konnten.

Drinnen wurden die lilafarbenen Wände von Porzellanlampen auf Rauchglastischen beleuchtet. Über den weißen Ledersofas und einer einsamen Rezeption hingen an den Holzbalken Kronleuchter aus Glas herab. Duftkerzen überdeckten den Zigarrenrauch mit einem Hauch von Sandelholz und Vanille. Die geschlossenen Samtvorhänge schützten vor neugierigen Blicken.

Der wahre Zweck des Hauses wurde an der Bar enthüllt, an der Männer aller Altersklassen von mehr oder weniger bekleideten Mädchen aufmerksam umworben wurden.

Ich hatte an der Theke gesessen, die Eiswürfel in meinem Whiskeyglas klirren lassen und amüsiert diese Show verfolgt.

Die Mädchen bewiesen großes schauspielerisches Talent, wenn sie vorgaben, an den Freiern interessiert zu sein und nicht an den Pesos in ihren Taschen.

»Darf ich Ihnen eine junge Dame vorstellen, Señor?«, fragte der Barmann.

»Nein, ich will nur etwas trinken«, antwortete ich.

»Das sagen alle beim ersten Mal«, lachte er und schenkte mir nach. »Kommen Sie aus Europa?«

»Ja, aus England.«

»Dann sind Sie ja weit weg von zu Hause. Was treibt Sie hierher?«

»Ich reise durch die Weltgeschichte und arbeite hier und da.«

»Was arbeiten Sie denn?«, wollte er wissen, während er sich bedächtig durch den Spitzbart fuhr.

»Tischlerarbeiten, Reparaturen, Bauarbeiten. Aber ich streiche und tapeziere auch … solche Sachen eben.«

»Haben Sie je eine Frau geschlagen?«

»Natürlich nicht!«

»Nehmen Sie Drogen?«

»Nein.« Na ja, zumindest nicht mehr seit meiner Abreise aus San Francisco.

»Legen Sie gern hübsche Mädchen flach?«

»Wie bitte?«, fragte ich lachend und hätte mich fast an dem Whiskey verschluckt.

»Legen Sie gern hübsche Mädchen flach?«

»Manchmal! Aber wie ich schon sagte, ich will nur einen Drink.«

Er drehte sich um und rief in Richtung eines Zimmers: »*Madama! Oiga, madama!*«

Eine kleine Frau mittleren Alters mit grauem Haar, das zu einem Pferdeschwanz zusammengebunden war, humpelte schnellen Schrittes auf uns zu.

»*Cuál es el problema, Miguel?*«

»Ich habe Ihren Mann gefunden. Wie heißen Sie, *hombre?*«

»Simon«, antwortete ich.

Die Frau musterte mich finster von oben bis unten und murmelte etwas vor sich hin. Dann packte sie meine Hand und bog meine Finger nach hinten.

»Aua!« Ich zuckte zusammen und versuchte, sie aus ihrem Griff zu befreien. Doch er war bemerkenswert stark.

»Lass die Finger von meinen Spirituosen, erledige die Jobs ordentlich, die man dir gibt, und sorge dafür, dass die Männer den Mädchen nicht wehtun«, blaffte sie mit einem nicht identifizierbaren Akzent. »Und leg nicht die hübschen Mädels flach.«

»Okay, okay«, antwortete ich, zog die Hand zurück und rieb meine schmerzenden Finger. Sie verschwand in ein Hinterzimmer und ich starrte Miguel verwirrt an.

»Was war das denn?«, fragte ich.

»Willkommen bei Madame Lola«, meinte er grinsend und hob ein Schnapsglas. »Sie haben jetzt einen Job!«

1. August

Die männlichen Bewohner der Stadt brachten mir wegen meiner Arbeit in einem Bordell eine eigenartige Mischung aus Respekt und Neid entgegen. Wenn ich in der Stadt Vorräte einkaufte, ignorierten mich die Freier, wenn sie in Begleitung ihrer Ehefrauen waren. Waren sie jedoch allein, wurde ich mit einem Nicken oder einem wissenden Grinsen bedacht.

Ich hatte mich schnell an meine ungewöhnliche Umgebung gewöhnt. Bald erschien es mir normal, hinter einer verschlossenen Schlafzimmertür die Lederpeitsche auf die Haut eines verklemmten Geschäftsmanns knallen zu hören. Ich dachte nicht großartig darüber nach, wenn ich wegen eines verlegten Schlüssels einen nackten Polizisten vom Bettpfosten befreien musste, an den er sich selbst mit seinen Handschellen gefesselt hatte. Und mir fiel auch der Priester kaum auf, der in Damenunterwäsche von Mädchen in französischen Dienstmädchenuniformen wie ein mexikanischer Benny Hill über den Flur gejagt wurde.

Das Bordell gab es schon genauso lange wie das Dorf. Es lag fünfundvierzig Minuten mit dem Auto von Guadalajara entfernt, der zweitgrößten Stadt Mexikos. Einige Männer fuhren zwar kilometerweit, weil Madame Lola den Ruf genoss, zuvorkommend und diskret zu sein und die begehrenswertesten Mädchen zu bieten. Doch mindestens ein Viertel der Kundschaft des Bordells kam aus dem näheren Umkreis. Einige Freier schlüpften sogar aus ihren Ehebetten, wenn ihre Frauen tief schliefen, um ein paar Stunden später mit einem Grinsen auf dem Gesicht wieder zu ihren nichts ahnenden Frauen zurück ins Bett zu kriechen.

Für mich war das Haus mein Arbeitsplatz, kein Spielplatz. Natürlich hatte ich Bedürfnisse, doch ich hatte San Francisco verlassen, weil ich alles zurücklassen wollte, was an Darren und mir nicht gestimmt hatte.

Doch als ich mich in eine Hure verliebte, sollte sich mein Leben erneut ändern.

23. Oktober

»Du bist verrückt nach ihr, nicht wahr, *hombre*?«

Ich wäre fast von der Trittleiter gefallen, als Miguel hinter mir auftauchte.

»Sie wird dir das Herz brechen«, lachte er. »*Chicas* wie sie machen das immer.«

»Ich weiß nicht, was du meinst«, antwortete ich und belog uns beide. Ich tauschte die Glühbirne aus, klappte die Leiter zusammen, brachte sie in den Abstellraum zurück und ließ das Mädchen allein.

Ich ging zum Pick-up, um in der Stadt neue Elektrokabel zu kaufen. Als ich zu ihrem Schlafzimmerfenster sah, bewegte sich ihr geschlossener Vorhang ganz leicht. Ich sehnte mich danach, mit ihr in dem Zimmer dahinter zu sein. Die Wahrheit war, dass ich mich verliebt hatte.

Auf der Fahrt kam ich zu dem Schluss, dass sich diejenigen, die für Madame Lola arbeiteten, selbst glücklich schätzten. Dünne Frauen, orientalische Frauen, ältere Frauen, tätowierte Frauen, europäische Frauen, rothaarige, kahl rasierte und eine, die eine Vierteltonne auf die Waage brachte ... Alle Düfte und Geschmäcker wurden in sicheren, sauberen Räumlichkeiten angeboten.

Andere Prostituierte hatten nicht so viel Glück. Ich sah sie, als ich in die Stadt kam, wie sie kaum bekleidet am Straßenrand standen oder breitbeinig auf kaputten Plastikstühlen saßen, um Laufkundschaft anzuziehen. Andere warteten wie abgenutzte Vogelscheuchen auf den Feldern.

Die meisten Männer, die Madame Lolas Bordell besuchten, verhielten sich respektvoll gegenüber den Mädchen. Doch es gab auch Ausnahmen, Männer, die meinten, sie hätten durch ihre Bezahlung auch ein Recht auf Misshandlung erstanden, wenn dies ihr sexuelles Vergnügen steigerte. Und dann griffen Miguel und ich ein.

Ich hatte Gewalt schon immer verurteilt, insbesondere gegenüber Frauen. Meine Mutter, Dougies Mutter ... Ihr Leben war durch die ungerechtfertigte Wut eines Mannes zerstört worden.

Beth war Dougie fünf Jahre nach der Hochzeit davongelaufen. Wenn ich abends nach Hause kam, traf ich ihn beim Abendessen mit meiner Familie, weil er Angst davor gehabt hatte, in ein leeres Haus zurückzukehren. War ich nicht da, heulte er stattdessen Catherine die Ohren voll. Doch ich bin mir sicher, dass er ihr nicht viel erzählt hat.

»Ich werde nie das haben, was du hast«, jammerte er eines Abends, nachdem seine Frau ihn verlassen hatte. Er schätzte den Abstand zwischen seiner leeren Bierdose und dem Küchentisch falsch ein. Catherine schlief oben und ich sehnte mich danach, zu ihr zu gehen.

»Was habe ich denn?«, seufzte ich und wappnete mich für eine neue Welle von Selbstmitleid.

»Jemanden, der dich liebt. Eine Familie.«

»Das wirst du auch irgendwann haben. Du musst nur den richtigen Menschen treffen.«

»Nein, werde ich nicht, weil ich wie mein Vater bin. Früher oder später enden wir alle wie unsere Eltern, egal wie sehr wir uns auch dagegen wehren. Das wirst du auch.«

»Das ist Unsinn. Ich bin nicht wie Doreen, und du bist nicht wie dein Vater.«

»Doch, das bin ich.« Er schwieg einen Moment und rieb sich die Augen, bevor er flüsterte: »Ich habe sie geschlagen.«

»Wen? Deine Mum?«

»Nein, Beth.«

»Wie bitte?« Ich hoffte, ich hätte mich verhört. »Meinst du mit ›Ich habe sie geschlagen‹, dass es ein Versehen war oder Absicht?«

»Ich habe sie oft geschlagen.« Er senkte beschämt den Kopf.

Ich lehnte mich erstaunt und enttäuscht zurück. Nachdem er miterlebt hatte, wie seine Mutter alldem ausgeliefert gewesen war, schien er trotzdem die Geschichte seines Vaters zu wiederholen. »Warum hast du das getan?«, fragte ich verblüfft.

»Ich weiß es nicht. Ich werde einfach wütend und bin die ganze Zeit frustriert und dann schlage ich zu. Ich kann nichts dagegen tun.«

»Natürlich kannst du das! Du schlägst deine Frau nicht ohne Grund. Warum?«

Langsam sah er zu mir auf und sein Blick bohrte sich tief in meinen. »Wenn das jemand wissen müsste, dann du …« Seine Stimme erstarb, und er nahm seine Jacke und stolperte aus dem Haus.

Ich war ihm widerwillig gefolgt, hatte ihm den Arm um die Taille gelegt, um ihn zu stützen, und mich auf allerhand fruchtlose Bemühungen eingestellt.

Die Erinnerungen an jene Nacht gingen mir durch den Kopf, als ich mit dem Pick-up vor dem Haus am Straßenrand hielt. Ich fragte mich, was das Mädchen hinter dem Vorhang wohl gerade machte. Ob sie mich jemals so bemerkte wie ich sie? Ich konnte nur darauf hoffen.

11. Februar

Monatelang hatte ich sie beobachtet, wie sie tagein, tagaus in ihre Bücher versunken war. Dabei blieb sie ihren Lieblingsschriftstellern treu – immer waren es Werke von Dickens, Huxley, Shakespeare und Hemingway. Vermutlich konnte sie sich durch sie an einen Ort weit weg von dem Bordell flüchten, in dem sie lebte.

Wo immer ich Wartungsarbeiten rund um das Freudenhaus durchführte, lenkte sie mich allein durch ihre Nähe ab. Von den rund dreißig Frauen, die in dem Haus lebten oder arbeiteten, war sie die Einzige, die allein durch ihre Existenz meine Welt zum Stillstand brachte.

Es waren nicht der feine Glanz ihres schulterlangen kastanienbraunen Haares, ihre olivgrüne Haut oder ihre prallen rosaroten Lippen. Es waren nicht die Seidenmieder, die sich an ihre Hüften und Brüste schmiegten, oder der Abgrund ihrer braunen Augen, die mich trunken machten.

Es war ihre völlige Gleichgültigkeit gegenüber der Welt, in der sie lebte. Während die anderen Mädchen um die

Aufmerksamkeit eines Freiers buhlten, blieb sie distanziert. Und dadurch wurde sie ein umso attraktiveres Kaufobjekt für die Männer mit den dicken Brieftaschen.

Ihre Kolleginnen nahmen so viele Männer mit aufs Zimmer, wie sie kriegen konnten, sie dagegen akzeptierte nur einen pro Tag und niemals am Wochenende. Und dank ihrer Selbstrationierung war die Nachfrage nach ihr groß. Ihre freie Zeit verbrachte sie in Madame Lolas Büro oder sie verschwand in ihrem Schlafzimmer im hinteren Teil des Gebäudes.

Wir wechselten nie ein Wort, sahen uns nie an, für sie existierte ich nicht. Doch das war egal. Ich war von Luciana besessen.

* * *

Northampton, heute
17.05 Uhr

»Warum hast du mir nie von Kenneth Jagger erzählt?«, wollte sie wissen.

Er schwieg einen Moment, um über die Entscheidung seines jugendlichen Ichs nachzudenken, das Wissen um seinen leiblichen Vater für sich zu behalten. Dann hörte sie aufmerksam zu, als er Dinge über sein Leben enthüllte, die er während ihrer gemeinsamen Zeit vor ihr versteckt hatte.

Er erklärte ihr, warum sein erstes Ziel nach der Flucht London gewesen war und wie er mehr über Doreens Tod erfahren hatte. Er erzählte von seinem Treffen mit Kenneth, vergaß aber zu erwähnen, was er ihm ins Ohr geflüstert hatte oder warum sein leiblicher Vater seinen einzigen Sohn als Monster gebrandmarkt hatte.

Sie hatte Doreen nie getroffen und im Laufe der Jahre nur wenige, nebensächliche Dinge über sie gehört. Natürlich war sie neugierig auf die Mutter des Mannes gewesen, den sie liebte, und hatte mehr erfahren wollen. Doch er war von seiner Mutter mehr verletzt worden, als er jemals zugegeben hatte. Sie hatte nie ein Foto von Doreen gesehen und sich stattdessen in ihrer Vorstellung ein Bild von ihr gemacht. Für sie sah sie aus wie Dusty Springfield. Er hatte gelacht, als sie ihm das einmal erzählt hatte.

Dass er Zeit an Doreens Grab verbracht hatte, damit sie nicht allein war, erinnerte sie an das Feingefühl, zu dem er fähig war. Sie würde ihm immer dankbar für die vier Kinder sein, die er ihr geschenkt hatte. Seine späteren Handlungen hatten jedoch alles Gute, das er in der Vergangenheit getan hatte, so gut wie ausgelöscht.

»Ich habe dir nichts über Kenneth erzählt, weil ich ihn nicht als meinen Vater anerkennen wollte«, gab er zu. »Ich hasste diesen Mann von dem Moment an, in dem wir uns das erste Mal gesehen hatten, und ich wollte nicht, dass du in mir siehst, was ich in ihm sah.«

»Und trotzdem bist du genauso geworden wie er, wenn nicht noch schlimmer.« Sie wusste, wie kaltschnäuzig das klang. Doch er hatte ihre Gefühle nicht verschont, da würde sie sich auch nicht zurückhalten.

»Jetzt nicht mehr«, korrigierte er sie, »aber für eine Weile vielleicht schon.«

»Wenn du ihn so sehr gehasst hast, warum hast du dir dann die Mühe gemacht, ihn zu besuchen?«

»Um einen Schlussstrich zu ziehen.«

»Und um mir die gleiche Höflichkeit entgegenzubringen, brauchtest du fünfundzwanzig Jahre?«

Er schwieg.

Es verletzte sie zwar, dass er ihr ein so wichtiges Geheimnis nicht anvertraut hatte, wütend war sie jedoch darüber, dass er ihr Dougies gewaltsames Verhalten der armen Beth gegenüber verschwiegen hatte. Obwohl Beth und sie sich nie so nahegestanden hatten wie sie, Paula und Baishali, hätten sie zu dritt Beth bestimmt helfen können. Und dann wäre vielleicht vieles von dem, was später noch geschehen sollte, anders gekommen. Mittlerweile war er froh, dass es mit ihrem tollen Freund nicht geklappt hatte. Ihm gefiel nicht, was er von ihm hörte. Niemand war so perfekt, und das hätte sie irgendwann herausgefunden. Sie sollte ihm dankbar dafür sein, dass er ihr den Kummer erspart hatte.

»Bist du dir eigentlich der Tatsache bewusst, dass du tot bist?«, fragte sie aus heiterem Himmel. »Ich meine, offiziell tot. Man muss sieben Jahre warten, bevor man eine vermisste Person für tot erklären kann. Also habe ich an deinem siebten Jahrestag einen Anwalt engagiert und ein paar Monate später deine Sterbeurkunde in der Hand gehalten.«

»Obwohl du wusstest, dass ich noch am Leben war?«, antwortete er, verunsichert durch ihre überraschende Irreführung.

»Das ist richtig. Aber warum sollte mir das etwas ausgemacht haben, wo du doch dein Leben mit uns nicht zu schätzen wusstest?«

Er verstand ihre Motive, doch ihre Ungeniertheit gefiel ihm nicht. Sie genoss es, mit ihm zu spielen.

»Es war nicht leicht, weder rechtlich noch moralisch«, fuhr sie fort, »und ich musste den Kindern und den Behörden gegenüber so tun, als wärst du tot. Außerdem musste ich beweisen, dass ich bei der Suche nach dir alle Möglichkeiten ausgeschöpft hatte. Doch das war einfach, denn wie Roger und unsere Freunde aussagten, war ich sehr gründlich gewesen. Nach einer Anhörung vor Gericht warst du nicht nur für uns gestorben, sondern auch vor dem Gesetz.«

»Wozu all die Mühen? Das klingt ein wenig sinnlos.«

»Es ist mir egal, wie es für dich klingt. Ich habe es getan, weil du dich entschieden hattest, wie Lazarus wieder von den Toten aufzuerstehen – denn das warst du –, und ich wollte es dir nicht zu einfach machen. Außerdem konnten Emily und Robbie mit dem Geld von deiner Versicherung studieren. Damit kam es uns allen zugute, dass man dich offiziell für tot erklärt hatte.«

Sie hatte ihm ein wenig den Wind aus den Segeln genommen, als ihm wieder einmal bewusst wurde, dass er ihre Charakterstärke unterschätzt hatte. Und er war sich nicht sicher, was er angesichts ihrer Vorgehensweise empfand.

»Hatte ich eine Beerdigung?«, fragte er hoffnungsvoll.

»Ja, aber nur um der Kinder willen. Tatsächlich freuten sie sich, einen Schlussstrich zu ziehen, denn einen Vater zu haben, der sich in Luft aufgelöst hatte, lastete schwer auf ihnen. Also half sie ihnen dabei, ihr Leben weiterzuleben. Sie sprachen sowieso immer seltener von dir, als sie älter wurden.«

Das entsprach zwar nicht der Wahrheit, doch das musste er ja nicht wissen. Tatsächlich hatte sie gelernt, sich auf die Zunge zu beißen, wenn die Kinder seinen Namen erwähnten, und besonders, wenn sie voller Sehnsucht über ihn sprachen.

Doch er wusste, dass es eine Lüge war, und erinnerte sich Wort für Wort an das, was James in dem Video auf dieser Website gesagt hatte.

»Erzählst du mir von meiner Beerdigung?«, fragte er, immer noch verwundet von ihrer Schadenfreude.

»Was gibt es sonst noch zu sagen? Du hattest ein leeres Grab und einen Grabstein auf dem Dorffriedhof. Ich erinnere mich nicht mehr wirklich an viele Details, nur dass es eine Erleichterung war.«

Wieder war sie nicht ehrlich, und er durchschaute ihre widersprüchlichen Aussagen.

»Du hast deinen Ehemann begraben und erinnerst dich kaum noch daran? Das glaube ich dir nicht.«

»Und wieso sollte es mich interessieren, was du glaubst?« Sie lachte bitter.

»Warum hast du dir die Mühe mit dem Grabstein gemacht, wenn dir so wenig daran lag?«

»Wie gesagt, wegen der Kinder.«

»Aber du hast doch gesagt, sie hätten nie über mich gesprochen. Warum sollten sie dann ein Grab für mich gewollt haben?«

Sie schaute weg und antwortete nicht. Noch immer brachte alle paar Monate eines der Kinder Blumen auf den Friedhof und stellte sie in eine Vase, die Emily mit acht Jahren in einem Töpferkurs gemacht hatte. An Weihnachten pilgerten sie noch immer jedes Jahr zusammen dorthin – selbst sie, wenn auch nur, um den Schein zu wahren. Es war die einzige Zeit im Jahr, in der sie sich erlaubte, an ihn zu denken.

Er appellierte an ihr Wohlwollen. »Catherine, ich verspreche dir, dass du mich heute zum letzten Mal sehen wirst. Also bitte, lass uns ehrlich miteinander sein.«

»Was weißt du denn schon von Ehrlichkeit, Simon?«, antwortete sie ausdruckslos.

»Ich habe gelernt, dass es das ist, was die Leute brauchen, bevor sie ihr Leben weiterleben können. Es gibt so vieles, was wir uns damals hätten sagen sollen. Aber ich bin hier, um alles zu erklären, auch wenn dir vieles davon wehtun wird.«

Da hast du recht, dachte sie. Er hatte sie bereits in den letzten Stunden oft verletzt, und sie hatte das Gefühl, dass es nur die Spitze des Eisbergs sein könnte. Sie atmete scharf ein.

»Die Kinder baten mich, eine Beerdigung zu organisieren, weil sie sich eines richtigen Abschieds beraubt fühlten. Schließlich gab es keine Leiche, die sie begraben konnten«, erklärte sie widerwillig. »Ist es das, was du hören möchtest? Alle, die du je gekannt hast, kamen deswegen. Ich habe sogar einen Ahornsarg bestellt – dein Lieblingsholz –, damit die Leute Erinnerungen an dich hineinlegen konnten, wie deinen Bierkrug aus der Kneipe und die Fußballmedaillen. Und nach dem Gottesdienst haben wir eine Party im Haus gegeben, bei der sie dein Leben gefeiert haben.«

Er hörte aufmerksam zu und lächelte, berührt von den Mühen, die sie sich trotz allem, was sie wusste, gemacht hatte.

»Ich habe es nicht für dich getan«, fügte sie scharf hinzu. »Mir war die ganze Zeit übel, weil du mich gezwungen hast, die trauernde Witwe zu spielen. Du hast mich zu einem Komplizen deiner Lüge gemacht, und dafür habe ich dich gehasst. Und das tue ich immer noch. Wäre es nach mir gegangen, hätte ich alles verbrannt, was du jemals berührt hast.«

Sein Blick ging zu Boden wie der eines Hundes, mit dem man schimpfte.

KAPITEL 14

SIMON

Los Telaros, Mexiko, vor zwanzig Jahren
13. Mai

Wohin ich auch ging auf der Welt, der Tod folgte mir überallhin.

Ständig drangen die Geräusche erwachsener Männer aus den Zimmern, die vor Ekstase und Schmerz brüllten und schrien, und hallten über die Korridore des Bordells.

Doch die Schreie, die ich an diesem Nachmittag hörte, stammten von einer Frau und zeugten von Angst, nicht von Freude. Und aus Lucianas Zimmer drangen nur selten Geräusche. Ich ließ Farbtopf und Pinsel fallen, stürmte die Treppe hinauf und über den Flur und trommelte mit den Fäusten gegen ihre Tür.

»Bist du okay?«, rief ich besorgt. »Luciana!«

Drinnen hörte ich das Brüllen eines Mannes und erstickte Schreie von Luciana. Ich drehte den Türknauf, doch er gab nicht nach. Ich geriet in Panik, hob das Bein und trat mehrmals gegen die Tür, während der Kampf im Zimmer weiterging.

Endlich sprang die Tür aus dem Rahmen und ich stürmte hinein. Doch bevor ich mich auf irgendetwas oder irgendjemanden konzentrieren konnte, schlug mir etwas Schweres gegen die Schläfe. Ich fiel gegen die Wand und ging wie ein Sandsack zu Boden. Orientierungslos wollte ich wieder aufstehen, wurde aber durch einen zweiten Schlag davon abgehalten.

Dieses Mal reagierte ich instinktiv. Ich packte meinen Angreifer am Fußgelenk und warf ihn um. Er fiel zwar um wie ein Baum im Sturm, aber nur, um sich sofort auf mich zu stürzen. Seine Fäuste schlugen immer wieder gegen meinen Kopf und den Hals. Ich musste mich schützen, als das Trommelfeuer auf mich niederging und mein Kopf zunehmend unempfindlich gegen den Schmerz wurde. Ein gezielter Tritt in seine nackten Genitalien ließ ihn zur Seite kippen und setzte ihn kurzzeitig außer Gefecht. Ich war fast wieder auf den Beinen, als er mir mit einem Faustschlag die Nase brach.

Als sich sein Gesicht meinem näherte, packte ich ihn an beiden Seiten des Kopfes, doch er nutzte meinen ungeschützten Oberkörper und schlug mir in die Nieren. Benommen und atemlos versetzte ich ihm zwei ungeschickte Schläge an den Kopf, die ihn nur noch wütender machten.

Zum ersten Mal sah ich, mit wem ich es zu tun hatte. Ich fragte mich, ob das nackte, haarige Wesen vor mir mit seinen knapp zwei Metern Größe und mindestens hundert Kilo Muskelmasse ein Mensch oder ein Tier war. Ich ging zu Unrecht von Letzterem aus.

Dann griff er nach einer Figur, hob sie über den Kopf und lachte spuckend. Seine riesigen schwarzen Pupillen und der Speichel speiende Mund würden wohl die letzten Dinge sein, die ich in diesem Leben sah. Ich hatte das Unvermeidliche bereits akzeptiert, als plötzlich eine Tischlampe aus dem Nichts auftauchte und gegen seinen Schädel schlug. Er fiel auf die Knie, das Gesicht vor Schreck und Unverständnis verzerrt. Die Metalllampe schwang kurz nach hinten, bevor sie ihn immer wieder traf. Die Augen des Mannes verschwanden in ihren Höhlen, und ich sah nur noch das glänzende Weiß, bevor er mit dem Gesicht nach unten auf dem nassen Teppich zusammensackte.

Erst jetzt bemerkte ich Luciana, deren blutverschmiertes Gesicht von verfilzten Haaren verdeckt wurde. Ihre Unterwäsche war zerfetzt und die Lampe wackelte in ihren zitternden Händen.

Ich kroch auf den niedergestreckten Riesen zu und drehte ihn auf den Rücken, um seinen von Krämpfen geschüttelten Körper zu fixieren.

Die ersten Worte, die sie zu mir sprach, waren völlig emotionslos.

»Geh weg von ihm.«

»Wir müssen einen Krankenwagen rufen.«

»Wir werden gar nichts tun. Als ich mir keine Dinge von ihm in den Körper schieben lassen wollte, meinte er, seine Tochter würde sich immer nur auf die Lippen beißen und schweigen, wenn er das bei ihr tat. Also lass dieses Tier so sterben, wie es das verdient.«

Mir fielen keine Argumente zu seiner Verteidigung ein, also starrte ich auf den geschundenen Mann, der sich selbst auf die Zunge biss. Zusammen sahen wir zu, wie hellrosa Bläschen aus seinem Mund sprudelten, bis die Krämpfe langsam abklangen. Schließlich gab sein Gehirn den Kampf auf und seine Seele trat ihre Reise, von wo auch immer er herkam, zurück in die Arme des Teufels an.

Von dem Moment an, als ich nach unten humpelte und Madame Lola über den Kampf in Lucianas Zimmer informierte, reagierte sie mit militärischer Präzision, um alle Spuren des Mannes oder seiner Raserei zu entfernen. Sie schien nicht zum ersten Mal gezwungen zu sein, ein unerwartetes Chaos zu beseitigen.

Sie wechselte in den Autopilotmodus, während sie der Horde entsetzter Mädchen Befehle zurief und die Überreste der Tür betrachtete. Die Frauen schwirrten wie ein verirrter Feuerwerkskörper in sämtliche Richtungen aus.

»Miguel, ist genug Benzin im Pick-up, um bis zu den Schluchten zu kommen?«

»Ja.«

»*Bueno*. Bring ihn nach hinten. Die anderen gehen nach unten und kümmern sich um die Gäste.«

Dann sah sie Luciana an. »Wer hat ihm das angetan?«, wollte sie wissen.

»Das war ich«, antwortete ich. Madame Lola nickte zustimmend.

»Gut. Wenn sich das hier herumspricht, wird sie kein Mann mehr anfassen. Also sorg dafür, dass das nicht passiert.«

Eine Stunde später saßen wir im Wagen, und Luciana unterbrach ihr wachsames Schweigen nur gelegentlich, um mir den Weg zu weisen.

Sie schaute durch das Beifahrerfenster auf die vorbeifliegenden Felder. Ich hätte zu gern mit ihr gesprochen, aber die Umstände waren wohl kaum passend. Schließlich lag die eingewickelte Leiche des Mannes, den sie gerade getötet hatte, hinten im Pick-up.

Ich hielt mich von den Hauptstraßen fern und fuhr über Feldwege, während ich mich fragte, wie groß ihre Wut gewesen sein musste, um dem Mann ohne Mitleid beim Sterben zuzusehen. Ich verstand sie voll und ganz. Ich hatte diesen Punkt auch schon einmal erreicht.

»Dort drüben.« Sie wies mit einem abgebrochenen Fingernagel in eine Richtung.

Ich hielt den Pick-up zwischen versengten Maisfeldern am Straßenrand an. Wir griffen nach zwei Schaufeln und fingen an, ein Grab auszuheben. Der Boden war trocken und unnachgiebig, sodass wir eine Ewigkeit brauchten, bis wir so tief gegraben hatten, dass die Sturzfluten des Frühlings seine Leiche nicht wie ein Floß aus Plastikfolie das Tal hinunterspülen würden.

Die Gesichtszüge des Mannes waren unter dem fest gewickelten Plastik nicht zu erkennen. Ich brauchte meine ganze Kraft, um den massigen Körper an den Fußgelenken vom Wagen auf den Boden zu ziehen. Dann zog ich ihn durch das unwegsame Gelände und ließ ihn schließlich in sein Grab rollen.

Luciana kniete nieder und wickelte die Plastikfolie von seinem Kopf. Dann zog sie plötzlich eine silberne Pistole aus ihrer Jeans. Ich erstarrte, als sie ohne zu zögern zweimal den Abzug drückte und ihm zuerst ins linke und dann ins rechte Auge schoss. Ich taumelte rückwärts, während meine Ohren dröhnten.

»Das ist eine Visitenkarte der Banden«, erklärte sie mir. »Eine Kugel in jedem Auge bedeutet, dass er etwas gesehen hat, was er nicht hätte sehen sollen, und dass er bestraft wurde. Sollte jemals seine Leiche gefunden werden, wird die Polizei glauben, dass ihn seine eigenen Leute hingerichtet haben.«

Ich nickte verstört, während sie die Folie wieder um seinen Kopf wickelte. Dann schaufelten wir Erde auf ihn. Wir warfen die Schaufeln zurück in den Wagen, und als ich mich wieder umdrehte, stand sie plötzlich dicht hinter mir. Dann drückte sie meine schmerzenden Schultern gegen die Tür, zog meinen Mund an ihren heran und küsste mich mit einer Leidenschaft, die mein Körper noch nie erlebt hatte. Der Schmerz, als ihre Nase gegen meine gebrochene stieß, war qualvoll und zog sich über mein ganzes Gesicht, doch er war das Opfer wert, ihr so nah zu sein.

Sie löste die Schnalle meines Gürtels, ich zog ihr das T-Shirt aus, und wir zuckten beide zusammen, als unsere Schnittwunden, die geschwollene Haut und die blauen, gelben und violetten Prellungen gegeneinanderstießen. Nachdem wir fertig waren, fuhren wir so schweigend ins Bordell zurück, wie wir gekommen waren.

23. Juli

Jede Nacht schlich sie sich in mein Bett und wir liebten uns schweigend. Im Gegensatz zu unserem ersten Mal mit dem bitteren Geschmack des Todes und der Lust in den Kehlen war es jedes Mal eine langsame und sinnliche Erfahrung. War sie dann der Meinung, dass wir fertig waren, schlüpfte sie wieder in ihre Kleidung und verschwand, als wäre nichts passiert.

Luciana und ich haben nie über den Tag gesprochen, an dem sie einen Mann getötet hatte. Tatsächlich sprachen wir nie miteinander. Ich fragte mich, ob sie mich aus Dankbarkeit liebte oder es als Möglichkeit ansah, mich zu kontrollieren. Ihr Beruf bedeutete, sich Männern gegen Geld zu überlassen. Wenn sie also vorgab, wann wir Sex hatten, gab es keinen Zweifel daran, wer das Sagen hatte.

Ihre Gründe spielten keine Rolle. Wenn Sex das einzige Mittel war, durch das ich ihre Luft einatmen und ihre Haut auf meiner spüren konnte, war ich dankbar für alles, was sie mir gab. Und als die Tage zu Wochen und schließlich zu Monaten wurden, blieb sie bei jedem Besuch etwas länger in meinem Zimmer.

Meine größte Angst war immer gewesen, dass die Frau, die ich liebte, Sex mit einem anderen Mann haben könnte. Da es jedoch Lucianas Beruf war, gegen Geld Sex mit anderen Männern zu haben, war das kein Fremdgehen. Es war ein Geschäft. Ich hatte keinen Moment daran gezweifelt, dass ich ihre einzige außerberufliche Aktivität war. Es war die perfekte Partnerschaft – und die monogamste Beziehung, die ich jemals geführt hatte.

14. November

Ich rollte mich auf die Seite und sah zur Tür, als ich hörte, wie sich der Knauf drehte. Ich lächelte und zog einladend das Betttuch zurück, doch sie beschloss, sich in einen Sessel am

Fenster gegenüber von meinem Bett zu setzen. Sie zündete sich eine Zigarette an und blies Ringe in die Luft.

Nachdem unsere nächtliche Liaison nun schon sechs Monate andauerte, hatte Luciana endlich ihre Entscheidung getroffen und wartete verhalten meine Reaktion ab.

»Ich heiße Luciana Fiorentino Marcanio«, begann sie bedächtig, »und ich bin in Italien geboren und aufgewachsen.«

Ich lehnte mich gegen das Kopfteil und hörte aufmerksam zu.

»Ich bin mit meiner Mutter nach Mexiko gekommen, nachdem mein Vater uns töten lassen wollte. Er war ein reicher, aber bösartiger Mann, der sie missbraucht hat und davon überzeugt war, dass sie mit jedem eine Affäre hatte, der ihr gegenüber aufmerksam war. Er war ihre einzige Liebe, doch seine Paranoia und Unsicherheit erlaubten es ihm nicht, das zu glauben. Und meine Mutter war nicht stark genug, um ihn zu verlassen. Sie tat ihr Bestes, um ihm zu gefallen und sein Vertrauen zu gewinnen, aber wenn man immer wieder einer Sache beschuldigt wird, gibt man irgendwann auf und dem anderen recht. Er trieb sie in die Arme eines Geschäftskollegen, was er schließlich herausfand. Er bezahlte jemanden dafür, dass er ihren Liebhaber tötete, aber erst, nachdem er ihn kastriert hatte. Meine Mutter erfuhr davon, indem sie seine Genitalien in einem Geschenkkarton auf ihrem Frisiertisch fand.«

Ich zündete mir ebenfalls eine Zigarette an und nahm einen langen Zug. Ihre Geschichte faszinierte mich.

»Als meine Schwester Caterina und ich älter wurden, redete er sich ein, dass wir wie unsere Mutter Huren werden würden«, fuhr sie fort. »Er beäugte misstrauisch jeden unserer Schritte und stellte Aufpasser ein, die uns zur Schule und zurück begleiteten, damit wir nicht mit Jungen verkehrten. Aber Caterina und der Sohn unseres Gärtners, Federico, standen sich sehr nahe – er war wahrscheinlich ihr einziger Vertrauter außer mir.

Und als mein Vater sah, wie sie sich unterhielten, verprügelte er Federico so schlimm, dass der arme Junge nie wieder arbeiten konnte. Caterina war untröstlich und gab sich die Schuld. Wenn sie in die Zukunft blickte, hatte sie keine Hoffnung, dass sich etwas änderte, und so konnte sie nicht leben. Sie wartete bis zum Geburtstag meines Vaters, um sich die Pulsadern aufzuschneiden und in einem seiner Weinberge zu sterben. Ich habe ihre Leiche gefunden.«

Sie hielt inne und sah auf ihre Füße hinunter.

»Natürlich waren meine Mutter und ich am Boden zerstört. Doch es war, als hätte jemand einen Schalter in ihrem Kopf umgelegt. Sie hatte bereits eine Tochter im Stich gelassen und würde den gleichen Fehler nicht noch einmal machen. Also liefen wir nur mit unseren Pässen und etwas Geld, das unsere Haushälterin uns von ihren Ersparnissen gab, fort und haben ihn nie wiedergesehen.«

Luciana schloss die Augen.

»Der Mann, der mich angegriffen hat und den ich getötet habe ... er war nicht der Erste, der durch meine Hand gestorben ist. Meine Mutter und ich flohen nach London, wo wir bei ihrer Cousine lebten. Endlich hatten wir ein gutes Leben. Es war nicht wie in Italien, wo wir in einem vergoldeten Käfig gelebt hatten – wir besaßen nichts von materiellem Wert, aber wir waren frei. Dann haben uns die Leute meines Vaters aufgespürt. Ein Mann tauchte in unserer Wohnung auf und schoss der Cousine meiner Mutter und ihrem Sohn in den Kopf. Er wollte auch sie töten, bemerkte aber nicht, dass ich hinter ihm in der Küche stand. Ich griff nach einem Messer und stach ihm in den Hals. Doch er hatte bereits abgedrückt und traf meine Mutter ins Bein. Ich habe sie verbunden und wir konnten fliehen. Schließlich kamen wir nach Mexiko, wo mein Vater niemals nach uns suchen würde. Wir fingen an, unseren Körper zu verkaufen, um zu überleben, und irgendwann war es nichts anderes als ein Job wie jeder andere.«

»Der Mann, den wir begraben haben«, unterbrach ich sie, »hat den auch dein Vater geschickt?«

»Nein, er war nur ein Monster, das das Monster in mir nicht sehen konnte. Ich habe zwei Menschen getötet, und ich weiß, dass auch du schon getötet hast.«

Sie machte erneut eine Pause, und ich erstarrte.

»Ich habe gesehen, wie du mich an diesem Tag in meinem Zimmer angesehen hast. Die meisten Männer wären abgehauen, aber du bist geblieben. Du hattest dich in mich verliebt, weil du dachtest, du hättest eine verwandte Seele gefunden. Da wusste ich, dass du aus irgendeinem Grund etwas Furchtbares getan hast, das aber notwendig war, um dich selbst zu schützen. Und es gibt nichts Schlimmeres, als jemandem das Leben zu nehmen. Du hast mich verstanden.«

Ich überlegte kurz, ob ich ihr sofort von meiner Vergangenheit erzählen sollte, aber es war ihr Moment, nicht meiner.

»Was ist mit deiner Mutter passiert?«, fragte ich. »Ist sie noch in Mexiko?«

»Ja«, antwortete sie lächelnd. »Sie ist unten. Und sie heißt Lola Marcanio.«

»Deine Mutter ist Madame Lola?«, fragte ich überrascht.

Sie nickte. »Ich weiß, was du jetzt denkst – wie kann sie ihrer Tochter erlauben, weiterhin als Hure zu arbeiten? Nun, sie hat keine andere Wahl! Als wir endlich genug Geld gespart hatten, um die vorherige Madame auszubezahlen, wollte Mama, dass ich damit aufhörte und sie bei der Verwaltung des Hauses unterstützte. Aber das ist nicht das, was ich wollte. Ich helfe ihr bei der Buchhaltung, aber ich prostituiere mich weiterhin. Vielleicht mache ich das, um meinen Vater zu ärgern. Vielleicht gefällt es mir einfach, die Kontrolle über etwas zu haben, weil ich früher nichts kontrollieren konnte … Ich weiß es nicht. Aber ob es nun richtig oder falsch ist, ich treffe meine eigenen Entscheidungen und verdiene mir meinen Lebensunterhalt selbst, und ich habe mich für diesen Job entschieden.«

Luciana drückte ihre Zigarette in einem Aschenbecher aus und starrte auf die Dächer der schwach beleuchteten Stadt.

»Warum erzählst du mir das jetzt?«, wollte ich wissen.

»Nur unsere alte Haushälterin wusste, wo wir leben, und sie hat es keiner Menschenseele verraten. Heute Morgen habe ich einen Brief von ihr erhalten, in dem sie mir schrieb, dass mein Vater tot ist. Jetzt bin ich bereit, nach Italien zurückzukehren. Und du kommst mit mir.«

* * *

CATHERINE
Northampton, vor zwanzig Jahren
22. Oktober

Das schwungvolle »S« in Nicholson verriet mir den Namen des Absenders, noch bevor ich den Umschlag öffnete.

Ich fragte mich, warum Simons Stiefmutter Shirley mir nach fünf Jahren beidseitigen Schweigens geschrieben hatte.

In dem Umschlag steckte eine weiße Karte mit einem Foto von Arthur und auf einer hinzugefügten Haftnotiz stand: Ich würde mich wirklich sehr freuen, wenn ihr alle kommen könntet.

Ich schaute aus dem Fenster in den Garten. Unsere Wege hatten sich nicht mehr gekreuzt, nachdem ich Arthur damals angeblafft hatte und wissen wollte, wer Kenneth Jagger war. Und ich hatte schon lange nicht mehr an die beiden gedacht.

Und nun hielt ich eine Gottesdienstordnung für seine Beerdigung in der Hand.

25. Oktober

»Ich bin überzeugt, dass er an einem gebrochenen Herzen gestorben ist«, gab Shirley nach Arthurs Einäscherung leise zu. »Bitte versteh mich nicht falsch, ich gebe dir nicht die Schuld. Aber nach deinem Besuch war er nie wieder der Alte.«

Die Kinder, die nicht gerade begeistert gewesen waren, dass ich sie zur Beerdigung eines Großvaters gezerrt hatte, an den sie sich kaum erinnerten, saßen in der Ecke von Shirleys Wohnzimmer und spielten auf einem Handy. Shirley hatte mich in der Zwischenzeit von den wenigen Trauernden weg in die Küche geführt.

»Er lebt, oder?«, fragte sie ernst und sah mir direkt in die Augen. »Ich meine Simon, er lebt.«

Ich zögerte, die Büchse der Pandora wieder zu öffnen, auf der ich nur mit Mühe den Deckel halten konnte. Doch insgeheim sehnte ich mich danach, es jemandem zu erzählen. Sie schenkte sich ein Glas Wein ein und bot mir auch eines an, doch ich schüttelte den Kopf.

»Ein paar Tage nachdem du Arthur das letzte Mal gesehen hast«, fuhr sie fort, »erzählte er mir, dass du nach Kenneth gefragt hast. Dann erzählte er mir, dass Kenneth Simons richtiger Vater ist. Obwohl ich keine Ahnung davon hatte, konnte ich verstehen, warum er geschwiegen hatte. Er hatte Simon wie seinen eigenen Sohn geliebt. Es tat ihm weh, alles noch einmal auszugraben.«

»Es tut mir leid, aber es gab niemanden, den ich sonst hätte fragen können«, antwortete ich und fragte mich, ob es richtig gewesen war, seine schmerzhafte Vergangenheit noch einmal ans Tageslicht zu zerren.

»Er wusste, dass du aus einem bestimmten Grund gefragt haben musstest. Also bat er Roger, ihm bei der Suche nach Kenneth zu helfen. Ich glaube, Arthur hat ihm erzählt, Kenneth wäre ein alter Schulfreund oder so etwas. Um es kurz zu machen, Roger stellte für Arthur den Kontakt zum Gefängnis her, wo man ihm das Gleiche wie dir erzählte – dass Simon dort aufgetaucht ist, nachdem er verschwunden war.«

»Ich habe den Kindern nichts gesagt«, antwortete ich abwehrend. »Ich glaube nicht, dass sie es wissen sollten.«

»Das hätte ich auch nicht getan«, sagte Shirley entschlossen. »Das würde nur noch mehr Schaden anrichten. Ich habe gesehen, was es mit Arthur gemacht hat. Er wusste nicht, womit er es verdient hatte, dass ihn Doreen und sein einziges Kind im Stich ließen. Sosehr ich mich auch bemühte, ich konnte ihn nicht davon überzeugen, dass es nicht seine Schuld war. Er tat sein Bestes, den Gleichgültigen zu mimen, aber er wurde sehr depressiv. Tief in seinem Inneren wusste er, dass Simon nicht mehr nach Hause kommen würde, und irgendwann wurde ihm das Herz zu schwer. Er hat einfach aufgegeben.«

Was auch immer ich in der Vergangenheit von Arthur gehalten hatte, er hatte immer versucht, sein Bestes für seinen Sohn zu geben. Doch es war nicht genug gewesen.

»Weißt du immer noch nicht, warum er gegangen ist?«

»Nein, Shirley. Ich weiß es einfach nicht.«

»Das ist längst überfällig, aber es tut mir wirklich leid«, fügte sie hinzu und griff nach meinen Händen. »In unser beider Namen, es tut mir leid, dass wir dich nicht so unterstützt haben, wie wir es hätten tun sollen. Und mir tun die Anschuldigungen sehr leid. Wir waren schrecklich zu dir – und das werde ich, wie Arthur, bis zum Lebensende bereuen.«

»Danke«, antwortete ich. Ich wusste, dass sie es ernst meinte. Und nun, wo ich erkannte, dass Arthur und sie zwei weitere Kollateralschäden von Simons Taten waren, schwand all die Bitterkeit der letzten Jahre zwischen uns. Ich würde nicht zulassen, dass er noch jemanden zerstörte.

Shirley lächelte dankbar, nahm ihr Glas und ging zurück ins Wohnzimmer.

»Hast du schon Pläne für Samstagabend?«, fragte ich sie. Sie schüttelte den Kopf. »Dann komm doch gegen sechs zum Abendessen zu uns, damit du deine Enkelkinder richtig kennenlernen kannst.«

Sie nickte, und wir schlugen ein neues Kapitel in unserer Beziehung auf.

* * *

Northampton, heute
17.50 Uhr

Es begann als selbstgefälliges Grinsen, das sie nicht lange verbergen konnte, obwohl sie so tat, als müsste sie husten.

»Es tut mir leid«, sagte sie und legte die Hand auf den Mund, um ein Kichern zu unterdrücken. Er starrte sie an. Ihre Reaktion erschreckte ihn. Er hatte im Laufe des Tages die verschiedensten Reaktionen an ihr gesehen, aber keine, die an Heiterkeit erinnerte.

»Ich will nicht unhöflich sein«, meinte sie. »Aber wie soll ich reagieren, wenn du mir erzählst, dass du dich in eine Prostituierte verliebt hast?«

Sie zog ein Papiertaschentuch aus dem Ärmel und tupfte sich die Augen, während sie angesichts dieser Absurdität noch immer kichern musste. Hätte ihr gestern jemand gesagt, dass ihr vermisster Ehemann bald wiederauftauchen und ihr erklären würde, wie es ihm bei seiner fünfundzwanzigjährigen Reise um die Welt ergangen war, hätte sie das nicht geglaubt. Oh, und unterwegs hatte er eine ihrer besten Freundinnen ermordet und sein Herz einer Hure geschenkt, die wie er keine Skrupel hatte, Menschen zu töten.

Als ihr Lachen abebbte, fragte sie sich, ob sie jemals in der Lage sein würde, mit all dem klarzukommen, was er gesagt und getan hatte. Jedes Mal, wenn sie versuchte, eine neue Enthüllung zu begreifen, kam schon die nächste, die die letzte in den Schatten stellte. Sie brauchte einen Moment für sich, um ihre Gedanken zu sammeln.

Wortlos verließ sie den Raum und ging in den Garten. Dort wusste sie nichts mit sich anzufangen, also nahm sie die Kleidung von der Wäscheleine ab und nutzte die Atemtechniken, die sie in ihren Pilateskursen gelernt hatte.

Er blieb im Wohnzimmer zurück und dachte an Arthur. Die Erinnerungen an seinen Vater waren so lange Zeit mit den unglücklichen an Doreen verbunden gewesen, dass er den Mann hinter seiner Mutter nicht geschätzt hatte, den Mann, der ihn wie sein eigenes Kind geliebt hatte.

Sowohl seine Mutter als auch sein Vater waren gestorben, ohne zu wissen, was mit ihrem Sohn passiert war. Nur mit Kenneth hatte er die Dinge geklärt, und der hatte es am wenigsten verdient gehabt.

»Tut mir leid, Dad«, flüsterte er und fuhr sich mit der Hand über die Augenwinkel.

18.00 Uhr

»Falls es ein Trost ist, ich hatte nicht vor, mich wieder zu verlieben«, kam seine Stimme von hinten und ließ sie zusammenfahren.

Wie ein Matador in einer Stierkampfarena stand sie mit einem roten Geschirrtuch in den Händen in der Küche. Je länger sie sich fragte, wie ihm eine Hure ein besseres Leben bieten konnte als sie, desto wütender wurde sie.

»Wie viel hat sie von dir verlangt?«, fuhr sie ihn an. »Fünfzig Pfund? Hundert? Oder gab es für dich einen Stammkundenrabatt?«

Er antwortete nicht, weil ihm klar war, dass die Wut nur eine kleinkarierte Seite von ihr zum Vorschein brachte. Er überlegte, ob er es ihr noch einmal erklären sollte oder ob sie doch nur hören würde, was sie hören wollte.

»Nun, ihr klingt wie das perfekte Paar«, fuhr sie fort. »Ich meine, ihr seid beide in der Lage, mir nichts, dir nichts Menschen zu ermorden. Wenigstens hast du die eine Leiche begraben und nicht einfach auf der Straße liegen lassen, wie du es mit Paula gemacht hast. Bist du eigentlich deswegen hier? Ist das Flittchen wieder auf die Straße zurückgegangen? Bist du deshalb nach Hause gekommen?«

»Nein, Catherine«, antwortete er müde. »Ich habe Luciana versprochen, alles zu klären, bevor es zu spät ist.«

»Du kannst niemals wiedergutmachen, was du mir angetan hast. Und ich brauche kein Mitleid von einer Prostituierten.«

Die Wand neben der Speisekammer, an der viele kunstvoll geschnitzte Bilderrahmen aus Holz hingen, die sie auf Bali gekauft hatte, lenkte ihn ab. Er ließ sich in diesen Tagen sehr oft von Dingen ablenken.

Die Rahmen enthielten Fotografien ihrer Kinder. Die Momentaufnahmen ihres Lebens ohne ihn zogen sich über zwei Jahrzehnte hinweg, und er konnte nicht anders, als sich zu fragen, was vielleicht hätte sein können.

»Ist das Robbie?«, fragte er und zeigte auf einen Jungen neben einem blauen Ford Fiesta. Sie nickte. »Er sieht Luca sehr ähnlich.«

»Wer ist Luca?«

»Mein Sohn«, antwortete er. »Ich habe auch noch eine Tochter.«

Ihr fiel die Kinnlade herunter. Doch bevor sie sich wieder im Griff hatte, wurden sie durch das Geräusch der sich öffnenden Haustür unterbrochen. Die Zeit stand still, bis Emily in der Küche auftauchte.

»Mum, habe ich meine Handtasche in …«, begann sie, bevor sie bemerkte, dass ihre Mutter Besuch hatte. »Oh, tut mir leid«, meinte sie, ohne die Panik im Gesicht ihrer Mutter zu bemerken. Ihre Eltern starrten sich an, als hätte man sie bei einem geheimen Stelldichein überrascht.

Mum, wiederholte er im Stillen. Er erkannte sie als die junge Frau, die an ihm vorbeigegangen war, als er am Morgen vor dem Cottage angekommen war, und er verlor sich im Anblick seiner Tochter, die er zuletzt als Kleinkind gesehen hatte. *Wie viel habe ich versäumt?*, dachte er. *Wie viel bloß?*

Catherines Gehirn reagierte in Zeitlupentempo, sie wusste nicht, wie sie ihrer Tochter den Fremden in ihrer Küche vorstellen sollte. Sie stand wie versteinert da, als er zu sprechen begann.

»Hallo«, sagte er, »ich bin Darren.« Er lächelte höflich und streckte Emily die Hand entgegen. Das war der erste Name, der ihm einfiel. Alte Gewohnheiten sind schwer abzulegen.

»Hallo«, antwortete sie und erwiderte seinen Händedruck, obwohl sie sich immer noch nicht sicher war, wer der adrette Gentleman mit den warmen Händen war.

»Ich bin ein alter Schulfreund deiner Mutter«, sagte er.

»Wirklich?«, fragte Emily begeistert. »Sehr erfreut, Sie kennenzulernen.«

»Ja, das geht mir genauso. Ich habe Catherine seit vielen Jahren nicht mehr gesehen, aber ich bin gerade auf der Durchreise und dachte mir, ich schaue einfach mal vorbei, um zu sehen, ob sie immer noch hier lebt.«

Er war ein überzeugender Lügner, musste Catherine zugeben. Aber er hatte ja auch viel Übung darin. Sie fühlte sich wie ein Kaninchen, paralysiert vom Scheinwerferlicht, während sich Vater und Tochter unterhielten und sie nicht wusste, wie sie sich aus ihrem Bannstrahl befreien konnte.

»Ich bin ihre Tochter, Emily«, meinte sie. »Wie war denn meine Mutter damals in der Schule? Ich wette, sie war ein richtiger Gutmensch.«

Er lachte. »Das kann man wohl sagen. Sie war eine kluge Frau, die immer alles richtig machen wollte.«

»Hat sie Ihnen von ihren Boutiquen erzählt?«, fragte Emily sichtlich stolz auf die Leistungen ihrer Mutter. »Sie hat inzwischen acht ... eine sogar auf der King's Road in London.«

Er lächelte. »Ja, sie hat sehr viel erreicht.«

»Wie dem auch sei, Mum, habe ich meine Handtasche hier liegen gelassen?«

»Ich ... Ich weiß nicht genau«, stammelte sie.

»Ich sehe mal nach«, antwortete Emily und ging ins Wohnzimmer. Während ihrer Abwesenheit starrten sich Emilys Eltern an – er freute sich, Emily getroffen zu haben, und sie war dankbar, dass er seine Identität nicht preisgegeben hatte. Sie schwiegen, bis sie mit ihrer Handtasche zurückkehrte.

»Hab sie gefunden. Möchtest du immer noch heute zum Abendessen vorbeikommen, Mum? Olivia hat nach ihrer Granny gefragt, aber wenn du etwas mit deinem Freund unternehmen willst, können wir es auch verschieben.«

Sie sah, wie er auf »Granny« reagierte, und ärgerte sich, dass er Dinge über ihre Familie erfuhr, die zu erfahren er kein Recht hatte. »Kann ich auch morgen kommen?«, fragte sie, während ihre Stimme brach. Sie wollte, dass ihre Tochter ging.

»Natürlich«, antwortete Emily. Sie war schon fast an der Tür, als sie sich noch einmal umdrehte. »Darren, wenn Sie mit meiner Mutter zur Schule gegangen sind, müssen Sie doch auch meinen Vater gekannt haben, Simon?«

Er grub die Fingernägel in seine Handflächen. »Ich erinnere mich zwar an ihn, kannte ihn aber nicht sehr gut, fürchte ich.«

»Oh«, meinte Emily sichtlich enttäuscht. »Nun, es hat mich gefreut, Sie kennenzulernen. Bis morgen, Mum.«

Die Tür fiel hinter ihr ins Schloss. Ihre Anspannung verschwand allmählich wieder und sie schwiegen erleichtert, doch beklommen.

»Sie sieht aus wie du …«, meinte er schließlich, doch sie winkte ab.

»Tu das nicht«, antwortete sie.

KAPITEL 15

CATHERINE

Northampton, vor zehn Jahren
14. August

Wir saßen dicht gedrängt vor dem Fernseher, der an der Wand des Pubs hing. Mal klopfte ich nervös mit den Fingernägeln auf dem Tisch vor mir, mal spielte ich mit dem feuchten Bierdeckel, während wir warteten.

Die zehn Minuten fühlten sich wie eine Ewigkeit an, bis der agile junge Moderator endlich verkündete, weshalb wir uns hier alle versammelt hatten. Der Wirt drehte die Lautstärke auf, und plötzlich war es in dem vollen Raum mucksmäuschenstill.

»Nun folgt eine Band, die heute ihr Debüt in ›Top of the Pops‹ gibt. In dieser Woche stehen sie auf Platz vier – Driver, mit dem Titel ›Find Your Way Home‹«.

Alle in der Kneipe jubelten und klatschten, als die Kamera eine Nahaufnahme des Gitarristen zeigte, der die ersten Töne des Liedes anstimmte.

»Das ist er! Das ist er!«, schrie ich. Ich konnte mich einfach nicht zurückhalten. Alle konnten sehen, wie mein Sohn James mit seiner Band im Fernsehen auftrat.

James hatte nie einen Gedanken an ein Studium verschwendet, erst recht nicht, nachdem er mit drei anderen musikbegeisterten Freunden in der Oberstufe eine Band gegründet hatte. Sie hatten jeden Abend stundenlang in Simons altem Büro in der Garage geprobt. Ich hatte ihnen erlaubt, die Wände mit leeren Eierkartons von der örtlichen Geflügelfarm zu bekleben, damit sich die Nachbarn nicht über den Krach beschwerten.

Als James sechzehn Jahre alt wurde, war mein kleiner Junge ein freier Mann. Sein erster Akt der Rebellion bestand darin, die Schule mit einem mittelmäßigen Zeugnis zu verlassen, um von nun an ganz seinem Herzen zu folgen. Es war nicht das, was ich mir für ihn gewünscht hatte. Ich hatte im Laufe der Jahre genug über die Kurzlebigkeit des Ruhms gelesen, um zu wissen, wie unvorhersehbar und unerbittlich das Showbusiness war. Doch ich war mit der Boutique selbst meinen Träumen gefolgt, und so ermutigte ich meinen Sohn, seinen zu folgen, auch wenn sie ihn am Ende vielleicht nur zum Arbeitsamt führen würden.

Es dauerte sechs lange Jahre, in denen seine Band in billigen Kneipen spielte, bis sich ihre Entschlossenheit endlich auszahlte. Jemand von einer Plattenfirma sah sie auf einem kleinen Rockfestival in Cornwall und erkannte ihr Potenzial.

Schließlich wurde ihre dritte Single, »Find Your Way Home«, vom Musiksender der BBC ins Repertoire aufgenommen, und es dauerte nicht lange, bis sie durch ihr jugendliches gutes Aussehen die Zeitschriftenseiten, Klatschkolumnen und Charts eroberten. Und ihr Konzert bei »Top of the Pops« war ihr erster großer Fernsehauftritt.

Robbie reichte seiner Großmutter Shirley und Emily Taschentücher, damit sie sich die Tränen trocknen konnten, und sie waren nicht die Einzigen, die sie brauchten. Tom hatte nach wie vor seinen Platz im Leben der Kinder, obwohl wir nicht mehr zusammen waren, und er war mit seiner sympathischen Verlobten Amanda zu uns in die Kneipe gekommen. Er hatte viele Auftritte von Driver besucht, und als ihr dreieinhalbminütiger TV-Ruhm vorbei war, waren er und ich in Tränen ausgebrochen. Alle in dem Pub kannten James ihr Leben lang und teilten meinen Stolz.

Aber ich war natürlich auf alle meine Kinder stolz. Robbie war selbst als Teenager der ruhigste von allen geblieben. Doch er hatte sein selbst gewähltes Exil überwunden und uns alle überrascht, als er an die weit entfernte Sunderland University ging, um irgendetwas mit Computer, Festplatten und Mega-Sonstwas zu studieren – alles Dinge, von denen ich keine Ahnung hatte. Und obwohl er noch keinen Abschluss hatte, hatte man ihm bereits einen Job in South London angeboten, bei dem er Grafiken für Spiele entwarf.

Emily teilte die Leidenschaft ihrer Mutter und Großmutter für Kleidung und Design und ging beruflich noch einen Schritt weiter: Sie konnte es kaum erwarten, demnächst am London College of Fashion zu studieren. Und obwohl es wahrscheinlich ein Leichtes für sie gewesen wäre, männliche Verehrer zu gewinnen, indem sie den Auftritt ihres Bruders bei »Top of the Pops« erwähnte, hatte sie nur Augen für Daniel, Selenas Sohn.

Er war ihre Sandkastenliebe gewesen, und zu sehen, wie sie sich gegenseitig zum Lachen brachten, erinnerte mich an Simon und mich in ihrem Alter. Ich betete zu Gott, dass Daniel sie niemals so verletzen würde, wie Simon es mit mir getan hatte.

Ich sah mich in dem Pub um, in dem sich meine Familie und Freunde mit mir freuten. Es gab keinen Mann in meinem Leben, aber ich hatte drei Kinder, die ich über alles liebte, und ein Unternehmen, das inzwischen aus fünf Boutiquen überall in der Grafschaft bestand. Und während ich drei weitere plante, darunter eine in London, war mein Leben so perfekt, wie es nur sein konnte. Aber die größten Momente sind genau das – nur Momente.

Und naturgemäß dauern sie nicht ewig an.

* * *

SIMON
Montefalco, Italien, vor zehn Jahren
3. Juli

»Das ist mein Schicksal. Du gewinnst, mein Freund«, keuchte ich und schleppte meine schweren Beine über den roten Boden und in Richtung des eisgekühlten Wassers unter dem Schatten der Pagode.

Stefan, mein Trainer, grinste und hob den Daumen, während ich die gesamte Flasche leerte, um meinen Durst zu löschen. Ich winkte ihm zum Abschied zu, fuhr mir mit einem Handtuch über die Stirn und kam langsam wieder zu Atem. Ich verfluchte mich dafür, als Engländer so verrückt gewesen zu sein, nachmittags unter der sengenden Sommersonne Italiens eine Trainingsstunde genommen zu haben.

Ich bewunderte meine Umgebung ständig voller Ehrfurcht. Ich hatte bestimmt schon hundert Mal über unsere atemberaubenden Täler und Weinberge gestarrt, aber niemals die herzliche Umarmung dieses großartigen Landes um mich herum für selbstverständlich gehalten.

Als wir nach Italien gekommen waren, stand ich dem Leben, das Luciana und mich erwartete, zögerlich gegenüber. Für mich war es selbstverständlich geworden, mit begrenzten Mitteln von der Hand in den Mund zu leben. Doch plötzlich hatte ich mich in eine Frau verliebt, die ein Vermögen geerbt hatte, wie ich es mir nie hätte erträumen können. Und diese potenzielle Stabilität würde mich besorgniserregend weit von meiner gewohnten Lebensweise entfernen. Ich hatte schon einmal die Behaglichkeit der Normalität kennengelernt und wusste, wie schmerzhaft es war, wenn man sie aufgeben musste.

Bei unserer Ankunft spürte Luciana meine Besorgnis. Sie drückte beruhigend meine Hand, während ihr Chauffeur den

Bentley seines verstorbenen *padrone* durch die offenen Eisentore die gepflasterte Auffahrt hinaufsteuerte.

Ich kniff die Augen zusammen, als die Sonne hinter der riesigen, weitläufigen Villa unterging, die einmal Lucianas Zuhause gewesen war. Der Duft des Lavendels in den Blumenbeeten und Terrakottatöpfen erfüllte die Luft.

Wir gingen durch die riesigen Holztüren hinein, während sie mir erklärte, dass an dieser Stelle bereits seit dreihundert Jahren ein Haus gestanden hatte. Man hatte es absichtlich eine Meile oberhalb der Stadt Montefalco erbaut, als hätte man die Bewohner an die Bedeutung seines Eigentümers erinnern wollen.

Sobald Luciana Marianna – ihre Haushälterin, Retterin und alte Freundin – sah, fiel sie ihr in die Arme und weinte vor Dankbarkeit für ihre Hilfe in der Vergangenheit. Es war das erste Mal, dass ich sie so verletzlich sah. Gemeinsam durchstreiften sie die verwunschenen Korridore der Villa, ließen verlorene Erinnerungen an Lucianas Schwester aufleben und stellten sich den Geistern der Vergangenheit.

Ich hatte in Lucianas Kindheitserinnerungen keine positiven Geschichten über Signor Marcanio gehört. Doch insgeheim fand ich durch dieses Haus etwas, das ich an einem so vulgären Mann bewundern konnte.

Er hatte den Charme des Hauses mit verständnisvoller und akribischer Anstrengung wiederhergestellt. Das Herzstück bildete das offene, zweiteilige Wohnzimmer, dessen Wände eine frei liegende, knapp sechs Meter hohe Balkendecke trugen. Der Kamin bildete den Mittelpunkt des Raumes und erinnerte an einen Kirchenaltar, bereit für eine Gemeinde, die niemals eingeladen werden würde.

Dem makellosen Dekor fehlte jedoch die persönliche Note. Nirgends standen Familienfotos oder Nippes herum. Stattdessen gab es nur sorgfältig ausgewählte abstrakte Gemälde, kunstvollen Glasschmuck und ein exotisches Aquarium. Lucianas Vater hatte sich mit ganzem Herzen der Gestaltung dieses Hauses gewidmet, aber im Umgang mit seiner Tochter keine solche Hingabe gezeigt.

Wir wanderten durch die Gärten, in denen man gepflasterte Plätze inmitten weiter, üppiger Rasenflächen angelegt hatte. Einige von ihnen wurden mit Holzpagoden, an denen Weinreben rankten, vor der Sonne geschützt. Die Hauptterrasse hatte man so angelegt, dass man von dort aus einen Rundumblick genießen konnte. Von ihr aus führte ein kopfsteingepflasterter Weg zu einem Tennisplatz und einem Swimmingpool. Und was für eine Aussicht das war: Kilometer um Kilometer nichts als Weinberge und Täler, die abwechselnd in Grün- und Brauntönen erstrahlten.

»Glaubst du, du könntest hier glücklich werden?«, fragte sie mich vorsichtig, als wir uns auf eine Mauer setzten und über die Schluchten und die Ebene blickten.

»Ich muss mich erst noch daran gewöhnen, aber ja, das könnte ich. Was noch wichtiger ist, kannst du es?«

»Solange ich bei dir bin, könnte ich überall glücklich sein«, antwortete sie.

Lucianas Reise in ihre Vergangenheit verlief relativ reibungslos. Signor Marcanio hatte vor seinem tödlichen Schlaganfall kein Testament hinterlassen, sodass sein Nachlass und seine Geschäfte automatisch an die Ehefrau gingen, von der er sich nicht hatte scheiden lassen. Doch Madame Lola hatte nicht dauerhaft hierher zurückkehren wollen. Sie blieb lieber in Mexiko und besuchte uns nur alle paar Monate für zwei Wochen. Es war Luciana, die das Bedürfnis verspürte, hierzubleiben und sich etwas zu beweisen.

Sie stürzte sich in die Geschäfte ihres Vaters, doch sollte es noch Jahre dauern, bis die Schatten seiner Anwesenheit verblasst waren. Seine Investitionen waren umfangreich und zahlreich gewesen und ihr Wert übertraf bei Weitem das, was sie anfangs angenommen hatte. Was ihre eigenen Buchhalter entdeckten, erinnerte an Aladins Räuberhöhle: eine Reihe zwielichtiger Geschäfte, unter dem Deckmantel der Seriosität. Im Folgenden entfernte sie jedes schwarze Schaf aus dem Unternehmensportfolio, bis nur noch legale Unternehmen übrig waren.

Luciana sorgte dafür, dass ein Umzugsservice das Haus von den wenigen verbliebenen Spuren Signor Marcanios befreite. Seine Kleidung wurde an Wohltätigkeitsorganisationen verschenkt und sein Schmuck versteigert. Den Erlös spendete sie an ein Heim für Opfer häuslicher Gewalt. Für einen Moment fragte ich mich, was Catherine mit meinen Sachen gemacht hatte, als ich gegangen war.

Als Nächstes versicherte sie der kleinen Armee eingeschüchterter Mädchen, Putzfrauen, Köche und Gärtner, die mit gesenkten Köpfen an uns vorbeiliefen, dass ein neuer Führungsstil Einzug halten würde.

Und während sie damit beschäftigt war, die Angelegenheiten ihres Vaters zu entwirren, konzentrierte ich mich auf Signor Marcanios weitläufige, weitgehend vernachlässigte Weinberge. Für ihn war der Weinanbau ein Hobby gewesen. Und da sich Caterina in den Weinbergen das Leben genommen hatte, wollte Luciana mit diesem Areal nichts zu tun haben.

Ich fragte mich jedoch, welches Potenzial in ihm steckte, da sich erneut mein Wunsch meldete, etwas zu erschaffen und aufzubauen. Ich wusste nichts über die Arbeitsweise eines Weinguts, aber ich lernte schnell und war ein williger Schüler. Während mir der Verwalter geduldig alles beibrachte – von der Landbewässerung über das Pressen der geernteten Trauben bis hin zur Beschaffung von Abfüllanlagen –, wusste ich, dass es viele Jahre harter Arbeit und Entschlossenheit bedürfen würde, bevor ich den Zeitvertreib ihres Vaters in etwas Rentables verwandeln könnte.

Ich hätte nie gedacht, dass ich ein so perfektes Leben führen könnte, aber genau dem kamen Luciana und ich sehr nahe. Doch jede Perfektion hat ihren Preis, und ich hatte Angst davor, was es mich kosten würde, ihr meine Wahrheiten zu erzählen. Im Laufe unserer gemeinsamen Jahre fiel es mir immer schwerer, den Mann, der ich war, vor der Frau zu verstecken, die mich wiederaufgebaut hatte.

1. September

Ich hatte Lucianas Hand gehalten, während sie mir tapfer von den schwierigen Kapiteln in ihrer Vergangenheit erzählt hatte. Aber was wusste sie von meiner?

In Wahrheit hatte ich nur Kleinigkeiten preisgegeben – Momentaufnahmen eines Lebens, das von der Zerstörung anderer lebte. Sie hatte geahnt, dass Kinder einmal eine Rolle in meinem Leben gespielt hatten, als sie nach der Geburt unserer Tochter Sofia meine väterlichen Instinkte beobachtete.

Als ich sie zum ersten Mal in meinem Arm hielt, flüsterte ich ihr die Worte ins Ohr, von denen ich nie gedacht hätte, dass ich sie je wieder aussprechen würde: »Ich werde dich nie im Stich lassen.« Und als unser Sohn Luca etwas mehr als ein Jahr später folgte, schwor ich mir, dass es keinen Grund geben würde, mein Versprechen nicht einzuhalten, egal wie gefährlich meine Reise werden würde.

Die meisten Menschen können sich bereits glücklich schätzen, wenn sie eine zweite Chance bekämen. Meine Familie war meine dritte Chance und ich wollte nicht länger meine Fehler verheimlichen, meine Abenteuer als etwas anderes verkaufen oder meine Wahrheiten vor ihr verbergen. Ich hatte Luciana meine bedingungslose Liebe und Loyalität bewiesen, doch indem ich viele Taten, Reaktionen und Nachwirkungen tief unter meiner Haut verborgen hielt, bewies ich wenig Integrität.

Wir saßen auf der untersten Stufe der Gartenterrasse und sahen zu, wie die Sonne wie Eis über den Weinbergen schmolz, als sie mein Schweigen bemerkte.

»Du siehst besorgt aus«, begann sie.

Ich wollte es schon leugnen, doch sie durchschaute alle meine Masken.

»Es gibt Dinge, die du vielleicht über mich wissen solltest«, antwortete ich und fürchtete mich davor, die Schönheit um uns herum mit meinen hässlichen Worten zu ruinieren.

»Erzähle sie mir, weil du bereit dazu bist, und nicht, weil du denkst, dass du es tun solltest.«

»Das bin ich, wirklich, aber ich habe Angst davor, wie du reagieren wirst.«

»Du kannst mir nichts sagen, wodurch ich jemals schlecht von dir denken könnte, Simon.«

Davon waren weder mein Kopf noch mein Herz überzeugt, das in meinem Brustkorb hämmerte. Aber ich konnte gar nicht mehr aufhören zu reden, während ich ihr erklärte, wie ich Catherine kennengelernt hatte, und über unsere gemeinsamen Kinder sprach. Dann rief ich mir Schritt für Schritt in Erinnerung, wie alles so aus dem Ruder hatte laufen können. Ich erzählte von Billy und warum ich keine andere Wahl gehabt hatte, als sie zu verlassen, und wohin ich gegangen war. Ich sprach von meiner Mutter, meinen beiden Vätern und schließlich von meinen Reisen.

Ich beschrieb, wie ich mir die Identität eines Toten angeeignet hatte, warum ich eine alte Freundin in Key West zum Schweigen gebracht hatte und wie mich meine Schuld fast aufgefressen hatte. Und ich gab zu, dass ich unter ähnlichen Umständen vermutlich das Gleiche wieder tun würde, weil es sich auf seine eigene verdrehte Art gelohnt hatte. Es hatte mich zu Luciana geführt.

Ich war bereit, jede Bestrafung oder Konsequenz zu akzeptieren, die sie für notwendig hielt. Zum ersten Mal befand ich mich in der Gesellschaft einer Person, die fast so viel über mich wusste wie ich. Und erst nachdem ich meine Geschichte erzählt hatte, öffnete ich meine Fäuste, während ich darauf wartete, dass sie die Stille durchbrach.

»Du hast getan, was du tun musstest«, sagte sie schließlich. »Niemand kann über dich urteilen, außer Gott, Simon. Ich werde es nicht tun. Ich werde aber auch nicht lügen und behaupten, dass die Dinge, die du getan hast, nicht grausam und selbstsüchtig waren oder dass du keine Menschen verletzt hast, die es möglicherweise nicht verdient hatten. Das weißt du selbst. Und wenn du all das erleiden musstest, um der Mann und der Vater zu werden, den ich jetzt liebe, dann ist es so.«

Sie stand auf, setzte sich auf meinen Schoß und schlang die Arme um meine Schultern, während der Schutzwall, den ich fünfzehn Jahre lang aufgebaut hatte, unter dem Gewicht meiner Tränen zusammenbrach.

»Aber du kannst dich nicht für immer vor deiner Familie verstecken«, flüsterte sie. »Catherine hat es verdient zu wissen, was mit ihrem Ehemann passiert ist, und deine Kinder haben es verdient zu erfahren, warum ihr Vater gegangen ist. Du, sie … Ihr alle braucht die Chance, die Puzzleteile zusammenzusetzen.«

Ich presste den Kopf gegen ein Herz, von dem ich wusste, dass es immer für mich schlagen würde. Aber es war nicht dazu bestimmt, lange zu schlagen.

* * *

Das Bild, das er von seinem Leben in Italien malte, war allzu lebendig und gab ihr das Gefühl, bitter betrogen worden zu sein.

»Das war *unser* Traum«, meinte sie traurig. »Wir wollten unseren Ruhestand in Italien genießen – du und ich. Du hättest ihn nicht mitnehmen und mit jemand anderem leben dürfen.«

Sie wich seinem Blick aus und durchquerte die Küche, um eine Flasche Wein aus dem Schrank zu holen. Alkohol hatte sie nur für Gäste im Haus. Sie selbst hatte seit zwei Jahrzehnten keinen Tropfen mehr angerührt. Aber wenn sie jemals ein Glas gebraucht hatte, dann heute.

»Das ist ein guter Jahrgang«, meinte er völlig unangebracht, als sie die Flasche entkorkte.

»Was?«

»Der Wein. Er ist von uns – 2008, wenn ich mich nicht irre.«

Sie warf einen Blick auf das Etikett: Caterinas Weinberg, stand darauf. Sie verdrehte die Augen, schenkte sich ein Glas ein und trank zögernd einen Schluck. Doch der Wein schmeckte nicht so wie in ihrer Erinnerung. Vielleicht war das aber auch nur so, weil alles, womit er in Berührung gekommen war, dazu bestimmt war, einen sauren Geschmack in ihrem Mund zu hinterlassen. Sie goss den Rest des Glases in die Spüle.

Sie dachte über Lucianas Reaktion auf sein Geständnis nach und konnte nicht verstehen, warum sie ihm so schnell vergeben hatte. Und es ärgerte sie, dass es eine Hure gebraucht hatte, damit er sich moralisch wieder neu orientierte und sich seinen Verbrechen stellte.

»Ich nehme an, das sagt einiges über sie aus. Ich meine, ich weiß nicht, warum es mich überrascht, dass eine Frau, die ihren Körper verkauft und zwei uneheliche Kinder mit einem verheirateten Mann hat, diesem einen Mord verzeihen konnte. Sie wird wohl kaum Mutter Teresa sein, oder?«

»Über mich kannst du sagen, was du willst, Catherine, ich bin alt und verdorben genug, um damit fertigzuwerden«, verteidigte er sich, »und ein bisschen habe ich es wahrscheinlich auch verdient. Aber zieh nicht Luciana und meine Kinder mit hinein. Sie haben dir nichts getan. Es tut mir leid, wenn dir das, was du gehört hast, nicht gefallen hat, aber es ist die Wahrheit, und im Großen und Ganzen ist es egal, was mich hierhergebracht hat. Denn ich bin hier, und ich möchte meinen Frieden mit dir machen.«

»Deinen Frieden machen? Wie großzügig von dir! Mein Gott, du solltest mich auf Knien um Vergebung anbetteln! Du solltest hier sein, weil du von allein begriffen hast, dass das, was du uns angetan hast, schrecklich war, und nicht, weil es dir von deiner Ersatzfrau gesagt wurde.«

»Sie war kein Ersatz für dich.«

»Du hast uns alle durch sie ersetzt.«

»Ich hatte nicht vor, noch eine Familie zu gründen.«

»Mit einer Hure, wohlgemerkt.«

»Nein, mit Luciana.«

»Eine Hure – du hast sie selbst so genannt. Und eine Mörderin.«

»Nenn sie nicht so, bitte.«

»Aber das ist sie doch, oder? Eine Hure, die zwei Menschen getötet hat. Wenigstens habt ihr beiden viel gemeinsam.«

»Es ist egal, was sie getan hat!«, rief er. »Sie ist die Mutter meiner Kinder.«

Als er die Ironie seiner Worte erkannte, war es bereits zu spät.

»Und was war ich?«, brüllte sie und schleuderte das Glas so fest in die Spüle, dass es zersprang. »Ein Probelauf? Du hast dich einen Dreck um die Mutter deiner anderen Kinder geschert! Du hast uns gegen eine Frau eingetauscht, die es jedem Mann besorgt, wenn er nur genug Geld in seiner Brieftasche hat! Und du erwartest von mir, dass ich ihr Respekt entgegenbringe?«

»Du verstehst das wirklich nicht«, antwortete er kopfschüttelnd.

Wieder einmal war er von ihrer Reaktion enttäuscht. Er dachte, er hätte ihr erklärt, dass Luciana so viel mehr war als die Entscheidungen, die sie getroffen hatte, um zu überleben. Aber sie hatte mehrfach beschlossen, sich nur auf das Negative zu konzentrieren. Plötzlich war er müde und enttäuscht, dass sie trotz all der Zeit immer noch so verbittert war.

»Ich habe dich nicht verlassen, um mit einer anderen Frau davonzulaufen und eine neue Familie zu gründen«, fuhr er fort.

»Das war vielleicht nicht dein Plan, aber du hast es trotzdem getan.«

»Könnte ich mal dein Badezimmer benutzen?«, fragte er. Inzwischen hatte er von ihrer gehässigen Reaktion Kopfschmerzen bekommen.

Sein Talent, das Thema in den ungünstigsten Momenten zu wechseln, frustrierte sie. Er hatte sie bereits mehrmals inmitten ihrer Antworten unterbrochen. Entweder versuchte er, die Situation zu entschärfen, oder er konnte sich nicht mehr für längere Zeit auf ein Thema konzentrieren.

»Ja«, antwortete sie erschöpft.

Er drehte sich um und ging zur Treppe, hielt dann aber inne.

»Entschuldigung, kannst du mir noch einmal sagen, wo es ist?«

Sie runzelte die Stirn. Er hatte fast zehn Jahre in dem Haus gewohnt und heute auf der anderen Seite der Badezimmertür gestanden, als sie sich übergeben musste, nachdem er ihr erzählt hatte, was er Paula angetan hatte.

»Die Treppe hoch und dann links.«

»Ja«, antwortete er, »natürlich.«

Nachdem er Wasser gelassen hatte, wusch er sich die Hände im Waschbecken und starrte in den Spiegel, den sie als unerbittlich bezeichnet hatte. Sie hatte recht, dachte er. In ihm sahen seine Wangen aufgedunsen und die Haut sah so bleich aus wie die eines alten Mannes.

Er bemerkte den schwachen Geruch von Galle, der noch im Badezimmer hing, als er die Packung mit den Tabletten aus seiner Jackentasche zog und sie feindselig anstarrte. Er hielt eine Hand unter den Wasserhahn und schluckte zwei der rosafarbenen Pillen. Er überlegte, ob er etwas von dem Antidepressivum nehmen sollte, das ihm sein Arzt ebenfalls verschrieben hatte, aber er hasste das synthetische Glücksgefühl, das sie ihm bescherten.

Er sah sich in dem Raum um, von dem er gedacht hatte, dass er nie wieder darin stehen würde, während er spürte, wie die Tabletten langsam in seinem Magen zu wirken begannen. Die Anordnung war die Gleiche, doch es herrschte nicht mehr diese schmutzige Avocadofarbe vor. Nun war die Einrichtung in schlichtem Weiß, mit silbernen Armaturen und Sandsteinfliesen. Ihm gefiel ihr Geschmack. *Das würde auch in mein Haus passen.*

Sein Blick wanderte von der Badewanne zur Matte, die davorlag, als plötzlich eine kalte Brise durch den Raum fegte. Von der Kälte bekam er Gänsehaut. Panik überkam ihn und er schnappte nach Luft. Sein Blick schoss hin und her, als er sich an den Duft des Schaumbads und den Klang ihrer gedämpften Stimme im Schlafzimmer an diesem Tag erinnerte. Er schüttelte den Kopf, bis die Gedanken verschwunden waren, und holte tief Luft.

Halte einfach durch, sagte er sich und hoffte, dass sein Gehirn auf ihn hörte.

Kapitel 16

CATHERINE

Northampton, vor drei Jahren
2. Februar

»Das ist so was von nutzlos«, grummelte ich, während ich die Brille abnahm und sie wieder in ihr Etui auf dem Küchentisch packte.

Ich schob das Kassenbuch zur Seite, das ich den ganzen Morgen durchgeackert hatte, rieb mir die müden Augen und kramte in einer Schublade nach den Schmerztabletten. Die Arthritis fraß sich in meinen Knöchel, und ich hatte nicht mehr die Energie, die ich einmal hatte, um so viele Stunden durchzuarbeiten.

Ich hatte viele Jahre ohne Sehhilfe überlebt, was ich als kleinen Triumph in meinem Kampf gegen das Alter angesehen hatte. Meine Arbeit beruhte auf einem guten Auge für Details und auf einem noch besseren für Fehler, doch sie hatte mit der Zeit an meiner Sehkraft gezehrt.

Als die verschwommene Sicht und die Kopfschmerzen nicht mehr nur gelegentlich, sondern täglich auftraten und mich irgendwann nur noch wütend machten, gab ich den

Widerstand auf und vereinbarte einen Termin beim Optiker. Zur Belohnung erhielt ich eine Rechnung über zweihundert Pfund und eine Brille, die ich hasste. Mit ihr sah ich aus wie meine eigene Mutter, und um ehrlich zu sein, half sie nicht viel. Ich sah zwar ein wenig besser, aber die Kopfschmerzen traten immer noch auf. Also nahm ich zwei Schmerztabletten und ließ die Tabellen für diesen Tag Tabellen sein.

Plötzlich hörte ich das Dröhnen zweier lauter Motoren über dem Haus. Ich ging hinaus auf den Rasen und blinzelte in den Himmel. Drei gelbe Oldtimer-Doppeldecker flogen so tief über mir, dass ich die Piloten erkennen konnte. In diesem Moment explodierte mein Kopf ohne Vorwarnung.

Es gab kein Geräusch, nur einen Schmerz, wie ich ihn noch nie zuvor gespürt hatte, gefolgt von einer völligen Orientierungslosigkeit. Alles wurde schwarz, gespickt mit grellen Sternen. Meine Augen brannten und der ganze Kopf pochte wie einer von James' Gitarrenverstärkern, wenn er sie laut aufdrehte. Ich fiel auf die Knie und grub die Fingernägel tief in das Gras, um mich abzustützen.

Der Schmerz verschwand nach wenigen Augenblicken wieder, aber mein Körper zitterte, und ich wurde von einer heftigen Migräne und Übelkeit überrollt. Langsam stand ich auf und tastete mich in das leere Haus, wobei ich mich an den Fensterbänken und Möbeln festhielt, um nicht umzukippen. Ich ließ mich auf das Sofa fallen und atmete sehr schnell, bis mein Sehvermögen langsam zurückkehrte.

Dann schloss ich die Augen und schlief bis zum nächsten Morgen.

* * *

SIMON
Montefalco, Italien, vor drei Jahren
11. Februar

Es hatte als harmloser kleiner Knoten an ihrem linken Zeigefinger begonnen – nichts, was man bemerken würde, wenn man nicht danach suchte, und nicht größer als ein kleines Kügelchen.

Es juckte, meinte Luciana, und je mehr sie daran kratzte, desto schlimmer wurde es. Zwei Wochen vergingen, in denen er sie ständig ärgerte. Also überredete ich sie, einen Termin mit ihrem Arzt zu vereinbaren, um festzustellen, ob es sich um einen infizierten Insektenstich handelte. Er gab zu, vor einem Rätsel zu stehen, weshalb er vorsichtshalber eine Biopsie durchführte. Fünf Tage später bestellte er uns wieder in seine Praxis ein, um uns mitzuteilen, dass ein harmloser kleiner Knoten, den man kaum mit bloßem Auge erkennen konnte, unser perfektes Leben in sich zusammenbrechen lassen würde.

Er war bösartig.

Trotzdem lebten wir unser Leben so normal wie möglich weiter, während wir auf die Ergebnisse einer Reihe eilig anberaumter Tests warteten, nur um zu erfahren, dass es sich um eine punktuelle, zufällige Ansammlung von Krebszellen handelte. Luciana war nach wie vor davon überzeugt, dass es keinen Grund zur Sorge gab, doch ich wusste, dass mich die Dunkelheit, der ich für zwei Jahrzehnte entkommen war, wieder eingeholt hatte.

Dank unseres Vermögens erhielten wir zwar schnellere Ergebnisse, konnten uns aber leider keine positiven kaufen. Wie sich herausstellte, waren die anfangs gefundenen Krebszellen jedoch nur ein Nebenprodukt. Der üble Haupttumor hatte sich bereits in ihrer rechten Brust festgesetzt, bevor er sich still und heimlich in ihrem Körper ausgebreitet hatte.

»Ich glaube, dass es sich um einen aggressiven Krebs handelt, der bereits in eine Niere und Ihren Magen gestreut hat«, meinte ihr Arzt mit ernster Stimme, bevor er eine Pause machte, damit wir die Nachricht verarbeiten konnten.

Luciana reagierte, als handelte es sich um den Misserfolg eines ihrer Unternehmen. Ohne einen Hauch von Selbstmitleid blieb sie gefasst und optimistisch, während sie versuchte, einen Schlachtplan zu entwerfen. »Welche Möglichkeiten habe ich?«, fragte sie ausdruckslos und sah ihrem Arzt fest in die Augen.

»Er hat sich viel zu schnell ausgebreitet und ist unheilbar, Luciana«, antwortete er leise. »Es tut mir leid.«

»Es gibt immer eine Möglichkeit«, beharrte sie und hielt meine Hand ganz fest.

»Wir können versuchen, ihn so gut wie möglich unter Kontrolle zu halten. Aber Ihnen bleiben höchstens noch zwölf bis achtzehn Monate.«

Sie nickte langsam. »Das ist gut«, antwortete sie. »Das ist genügend Zeit, um meine Angelegenheiten in Ordnung zu bringen.«

Wir verließen seine Praxis zu geschockt, um zu reden, mit einem medizinischen Behandlungsplan, durch den sich das Wachstum der Krebszellen verlangsamen sollte. Dabei warfen wir beide einen Blick auf die Uhr. Ihr wurde dadurch bewusst, wie lange sie noch das Zentrum meines Universums bleiben konnte, während ich über den richtigen Zeitpunkt nachdachte, sie zu verlassen.

* * *

CATHERINE
Northampton
14. Februar

Die zweite Explosion erschütterte mich fast vierzehn Tage nach der ersten, als ich gerade im Supermarkt Lebensmittel einkaufte. Sie verlief wie die erste – unerwartete, quälend schmerzhafte Stiche ins Gehirn, Dunkelheit, weißes Licht und Schwindelgefühle – und erschreckte mich zu Tode. Nicht nur wegen der heftigen Schmerzen, sondern auch, weil es bedeutete, dass das erste Mal keine einmalige Sache gewesen war.

Ich versuchte vergeblich, mich gegen eine Gefriertruhe zu lehnen, verfehlte aber den Deckel und sackte zu einem unbeholfenen Haufen auf dem Boden zusammen. Jemand half mir auf die Beine und brachte mich ins Büro des Managers, wo ein freundlicher junger Mann fragte, ob er einen Krankenwagen rufen sollte. Doch ich versicherte ihm, dass ich mich nur zu schnell umgedreht hatte. Ich müsste mich nur kurz setzen und etwas sammeln.

Ich versuchte, mir selbst etwas vorzumachen, indem ich mir einredete, es sei bloß eine verzögerte, aber heftige Reaktion auf das neue Hormonersatzpräparat. Doch ich kannte den Unterschied zwischen einer Hitzewallung und dem Gefühl, mein Kopf würde schier zerspringen. Und vertrauensvoll die Daumen zu drücken und zu beten, dass es so schnell verschwinden würde, wie es gekommen war, würde wahrscheinlich nicht funktionieren.

Trotzdem steckte ich den Kopf in den Sand. Ich nahm mir ein paar Tage frei und überließ Selena die Leitung der Geschäfte, damit ich in meinem sicheren Zuhause Zuflucht suchen konnte. Und nachdem eine Woche ohne Zwischenfälle verstrichen war, hatte ich fast aufgehört, einen weiteren zu erwarten. Ich Närrin, denn der nächste sollte der schlimmste sein.

Ich war gerade bei Emily und Daniel und hielt mit Olivia eine imaginäre Teezeremonie in ihrem Schlafzimmer ab, als ich plötzlich nicht mehr deutlich sprechen konnte und die Reihenfolge der Worte durcheinanderbrachte.

»Teddy Kuchen geh und holen«, murmelte ich, unfähig, mich selbst zu berichtigen. In meinen Gedanken wusste ich, was ich sagen wollte, doch als ich es aussprach, ergab es keinen Sinn. Ich setzte immer wieder von Neuem an, doch es wurde nicht besser.

»Nana, du bist lustig«, kicherte Olivia, doch es war nur für eine Dreijährige amüsant. Ich probierte weitere Sätze aus, aber keiner gelang mir. Entsetzt kämpfte ich mich vom Boden hoch und setzte mich auf ihr Bett.

»Mummy für Nana«, bettelte ich. »Mummy … Nana.«

Sie verzog das Gesicht, und ich wusste, dass ich ihr Angst machte. Sie rannte schreiend aus dem Zimmer und rief nach Emily.

Ich blieb wie angewurzelt auf ihrem Bett sitzen, und das Letzte, was ich hörte, bevor ich das Bewusstsein verlor, waren ihre Schritte, als sie die Treppe hinunterstürmte.

* * *

SIMON
Montefalco
16. Februar

Dass Gott barmherzig ist, ist ein Mythos. Für mich war er ein grausamer, kaltherziger, rachsüchtiger Bastard, der mich in erster Linie bestrafen wollte. Seit meiner Geburt hatte er meinen Weg mit einer betrügerischen Mutter, durchtriebenen Freunden und untreuen Partnerinnen gesäumt.

Ich hatte mich so sehr bemüht, ein gutes Leben zu führen, nachdem ich Luciana kennengelernt hatte, und eine Zeit lang hatte er mich hinters Licht geführt und glauben lassen, er hätte es bemerkt. Er hatte mich mit zwei unglaublichen Kindern und der Liebe einer Frau gesegnet, die ich nicht verdient hatte.

Ich zeigte meine Dankbarkeit, indem ich ein würdiger Ehemann, vernarrter Vater und wohltätiger Mann war. Ein

Drittel der Einnahmen aus unserem Weingut flossen direkt an eine Stiftung, die Kinder von verarmten Witwen in der Region unterstützte. Wir förderten fünf Stipendien für begabte Schüler aus einkommensschwachen Familien, damit sie dieselbe Privatschule wie Sofia und Luca besuchen konnten. Wir hatten sogar einem Asyl für pensionierte Arbeitspferde drei Hektar Land geschenkt.

Doch das war Gott nicht genug. Nicht annähernd genug. Indem er uns ein Leben voller Privilegien gewährt hatte, hatte er mich in falscher Sicherheit gewiegt, bevor er mir den nächsten Schlag versetzte. Er hätte mir Luciana mit einem plötzlichen, tödlichen Unfall nehmen können. Doch er hatte mehr Freude daran, mich leiden zu sehen, indem ich sie leiden sah.

Ich hatte schon einmal ein Leben an der Seite einer Frau geführt, die von der Trauer so sehr gequält wurde, dass sie die Nacht nicht vom Tag unterscheiden konnte. Ich hatte mich damals in den Zimmerecken herumgedrückt und zugesehen, wie die Trauer Catherine verschlungen hatte.

Nun würde sich die Geschichte wiederholen, und ich musste dabei zusehen, wie mir die Liebe meines Lebens entglitt. Die einzige Möglichkeit, Gottes Sieg zu verhindern, bestand darin, das zu tun, was ich am besten konnte – davonlaufen. Und während ich mich Kilometer für Kilometer von ihrem dahinschwindenden Körper entfernte, würde ich mich voller Zuneigung an ihre Liebe erinnern – und nicht an eine dem Tod geweihte Frau.

Unser Haus war nicht aus Ziegeln gemauert worden, wie ich gedacht hatte, sondern aus Papier. Ein Sturm, den ich nicht aufhalten konnte, würde es zerstören, ob ich dort war oder nicht.

* * *

CATHERINE
Northampton
18. Februar

»Es tut mir leid, Ihnen das sagen zu müssen, Mrs Nicholson. Aber die Untersuchungen legen den Schluss nahe, dass sich auf der linken Seite hinter Ihrer Schläfe ein massives intrakranielles Neoplasma befindet, das auch als Gehirntumor bezeichnet wird«, erklärte mir Dr. Lewis so einfühlsam wie möglich.

Vier Tage nach meiner letzten Attacke wartete ich darauf, das Krankenhaus wieder verlassen zu können. Als Dr. Lewis mit den Ergebnissen der MRT- und Blutuntersuchungen in mein Zimmer kam, wünschte ich mir, ich hätte nicht darauf bestanden, dass Emily ihre Wache an meinem Krankenbett beendete und nach Hause ging, um sich auszuruhen. Dann hätte ich jemandes Hand halten können.

»Wir müssen so schnell wie möglich operieren, um eine Probe zu entnehmen und zu prüfen, ob er gut- oder bösartig ist«, fuhr Dr. Lewis fort. »Wenn es Ihnen recht ist, würde ich die OP gleich für morgen früh ansetzen.«

»Werde ich daran sterben?«, war die einzige Frage, die mir in den Sinn kam.

»Sobald uns die Ergebnisse der Biopsie vorliegen, können wir entscheiden, wie wir weiter vorgehen. Der Tumor ist höchstwahrscheinlich die Ursache für Ihre Kopfschmerzen – wenn er wächst, übt er Druck auf die Blutgefäße in Ihrem Gehirn aus und bringt sie zum Platzen.«

»Sie haben meine Frage nicht beantwortet«, sagte ich. »Werde ich daran sterben?«

Er schwieg. »Nach der Biopsie werden wir mehr wissen. Dann sprechen wir uns noch einmal.«

»Danke«, erwiderte ich höflich. Ich griff nach Emilys iPod, steckte mir die Kopfhörer in die Ohren, schloss die Augen und stellte ihre Musik so laut wie möglich, um meine Angst zu übertönen.

* * *

SIMON
Montefalco
20. Februar

Ich verließ Luciana nur mit dem, was ich mitgebracht hatte – der Kleidung an meinem Leib und einer ungewissen Zukunft.

Ich wusste, dass dieses Mal mein Neustart viel schwieriger werden würde, da ich inzwischen viele Jahre älter war als damals, als ich das letzte Mal alle Zelte hinter mir abgebrochen hatte. Trotzdem hatte ich mich entschieden.

Ich wartete, bis sie zu ihrem Arzttermin gegangen war und die Kinder in der Schule waren. Dann packte ich das Nötigste in meinen alten Rucksack und ging im Schatten der Villa den steilen Weg in die Stadt hinunter.

Ich wollte erst die Schweiz, dann Österreich und schließlich den Ostblock erkunden. Laut dem Fahrplan an der Bushaltestelle würde es noch eine Stunde dauern, bis mein Bus kam. Ich setzte mich an den Straßenrand und wollte das Leben, das ich so sehr geschätzt hatte, aus meinem Kopf verbannen.

Doch ich konnte es nicht.

Die Kisten in meinem Kopf standen geöffnet da und warteten, doch die wunderbaren Menschen, die ich so sehr liebte, passten nicht in sie hinein. Meine anderen Kinder hatte ich verlassen, als sie zu klein waren, um unter meiner Abwesenheit zu leiden. Catherine hatte ich erst verlassen, als sie endlich so weit war, damit fertigzuwerden.

Doch Luciana, Sofia und Luca waren anders – und ich war es inzwischen auch. Sie hatten mich zu einem besseren Mann gemacht. Ich dachte darüber nach, wie ich durch Catherines Traurigkeit gelernt hatte, mit Zerbrechlichkeit umzugehen und einen Menschen dazu zu bringen, entgegen jeder Hoffnung daran zu glauben, dass es immer Hoffnung gab, wenn man nur weiter nach ihr suchte.

Diese Hoffnung konnte ich für Luciana nicht finden. Deshalb würde sie mich mehr brauchen, als Catherine es jemals getan hatte. Ich hatte mein halbes Leben damit verbracht, vor meiner Verantwortung davonzulaufen, und ich war ein Idiot, weil ich dachte, ich könnte es wieder tun. Aber wenn ich bliebe, müsste ich all meine Kräfte mobilisieren, um ihnen und uns allen zu helfen.

Ich könnte mir keine Träne oder auch nur den Hauch von Selbstmitleid erlauben, bis Luciana das Unvermeidliche ereilt hatte. Es würde *unser* Krebs sein, nicht nur ihrer – wir würden ihn beide annehmen.

Als der Bus eintraf, war ich schon auf halbem Weg nach Hause. Ich hörte das Auto hinter mir erst, als sich die Fondtür öffnete. Luciana saß darin. Sie schaute auf meine verschwitzte Stirn und den Rucksack und wusste sofort, was ich vorgehabt hatte. Sie sah den Feigling in mir. Doch dann wurde ihr Blick weicher, als sie verstand, dass ich auf unser Leben zuging und nicht davor davonlief.

Sie stieg aus dem Wagen, schloss die Tür, hakte sich bei mir unter und wir stiegen gemeinsam den Rest des steilen Hügels hinauf.

* * *

CATHERINE
Northampton
1. März

Alle meine Kinder saßen an meinem Krankenhausbett, als ich nach der Operation erwachte. Obwohl sie normalerweise über das ganze Land und seine Grenzen hinaus verstreut waren, standen sie sich sehr nahe, telefonierten oft und schrieben sich Nachrichten, um auf dem Laufenden zu bleiben. Ich fragte mich, ob sie auch so geworden wären, wenn wir nicht gezwungen gewesen wären, enger zusammenzurücken, nachdem ihr Vater sie verlassen hatte.

Das letzte Mal hatten wir uns alle zusammen bei der Hochzeit von Emily und Daniel vor vier Monaten getroffen. Meine Tochter zum Traualtar zu führen, zählte zu den stolzesten Momenten meines Lebens, und mir tat Simon leid, dass er diese Gelegenheit verpasst hatte.

Emily hatte die Jungs Anfang der Woche über meinen Gesundheitszustand informiert, obwohl ich darum gebeten hatte, sie nicht zu beunruhigen. Robbie kam aus London angereist, James flog von Los Angeles zurück, wo er gerade mit seiner Band im Tonstudio war.

Zuerst hielt ich die Augen geschlossen, um ihrem Gespräch zuzuhören. Doch als die Narkose nachließ, wurde der Drang, mich zu übergeben, immer stärker. Die ersten Worte, die sie ihre Mutter nach der Operation murmeln hörten, waren »Ich muss mich gleich übergeben«, was ich sogleich in die Tat umsetzte und das komplette Betttuch besudelte. Wie reizend.

Das Morphium setzte mich in den beiden folgenden Tagen entweder komplett außer Gefecht oder ließ mich kaum zu Bewusstsein kommen. Sogar im Schlaf blieben meine Kopfschmerzen konstant – das lag aber an der Operation, nicht am Tumor, erklärte Dr. Lewis. Ein paar Tage später nahm er mir die Verbände ab und begutachtete den Heilungsprozess.

»Kann ich es mir bitte ansehen?«, fragte ich vorsichtig.

Ich hielt die Luft an, als er mir meinen Spiegel vom Nachttisch reichte, und ich besah mir langsam aus allen Winkeln etwas, das wie eine Machetenwunde aussah. Auf der linken, kahl rasierten Seite meines noch geschwollenen Kopfes prangte eine knapp acht Zentimeter große, sichelförmige Wunde, die mit großen schwarzen Klammern zusammengehalten wurde.

Außerdem befand sich eine ziemlich große Delle in meinem Kopf, und ich fragte mich für einen Moment, ob sie tief genug war, um das Regenwasser aufzufangen. Ich gab mir wirklich Mühe, es mit Fassung zu tragen, doch meine Gefühle waren so verletzlich wie der Schnitt. Als ich allein war, konnte ich nicht anders, als erneut nach dem Spiegel zu greifen und mein groteskes Ich anzustarren. Mir fehlte nur noch der Stahlbolzen im Hals und ich wäre als ein Geschöpf Frankensteins durchgegangen.

Einige Tage später besuchte mich Dr. Lewis. Doch mein Gehirn beschloss in seiner eigenen unendlichen, aber lädierten Weisheit, seine Erklärungen zu filtern. Nachdem er mir bestätigt hatte, dass die Überreste meines Tumors tatsächlich bösartig waren, wollte ich den Rest gar nicht mehr hören.

Ich sah ihn fast jeden Morgen während meines Krankenhausaufenthalts. Seine geschickten Hände hatten in meinem Gehirn herumgeflickt, als wäre es der Motor einer alten Klapperkiste. Doch ich wusste immer noch nichts über den Mann, der einen Teil von mir gesehen hatte, den sonst niemand kannte. Anstatt auf seine Worte zu hören, von denen ich wusste, dass sie mich unglücklich machen würden, konzentrierte ich mich auf den Mann, der sie sagte.

Ich schätzte ihn auf Mitte fünfzig. Er war mit einem dicken grauen Haarschopf gesegnet. Die Zähne waren überkront, doch die Falten auf der Stirn, die durch jahrelanges Grübeln über

Fälle wie meinen entstanden waren, bewiesen, dass er nicht eitel genug war, um sich Botox spritzen zu lassen. Er erinnerte mich an eine etwas blassere Version von Antonio Banderas.

Er trug keinen Ehering, weshalb er entweder noch zu haben war oder zu den Männern gehörte, die nur ungern Schmuck trugen. Und wenn er sprach, wusste ich nicht, ob ich mich von ihm angezogen fühlte, weil sich jede Frau in einen Arzt verliebt oder weil er der einzige Mann war, den ich jemals getroffen hatte, der wirklich in den Kopf einer Frau sehen konnte.

»Catherine?«

Plötzlich kehrte ich wieder in die Wirklichkeit zurück.

»Brauchen Sie eine Minute, Catherine?«

»Nein, mir geht es gut, fahren Sie fort«, erwiderte ich übertrieben fröhlich.

»Positiv ist anzumerken, dass es sich nicht um einen sekundären Tumor handelt. Das heißt, es gibt an keiner anderen Stelle in Ihrem Körper Krebs. Wir konnten zwar einen Großteil des Tumors abtragen, aber aufgrund seiner Lage nicht alles entfernen. Daher werden wir als Nächstes eine Strahlentherapie durchführen, damit er keine anderen Teile des Gehirns zerstört.«

»Okay, vielen Dank«, flötete ich.

Ich weiß nicht, warum, aber ich hatte den Impuls, ihm die Hand zu geben, als hätten wir gerade ein Geschäft abgeschlossen.

* * *

SIMON
Montefalco
18. März

Luca und Sofia die Illusion zu rauben, ihre Mutter wäre unsterblich, war furchtbar. Ich lud sie zum Mittagessen in ein Restaurant nahe dem Trasimenischen See ein. Dort waren wir manchmal gewandert oder hatten so getan, als würden wir angeln, als sie noch Kinder gewesen waren.

Luca war inzwischen vierzehn, Sofia fast sechzehn. Sie weinten, als ich ihnen die Nachricht überbrachte, und wollten sie weder glauben noch akzeptieren. Sie waren wütend auf ihren Vater, weil er ihre Mutter nicht beschützt hatte, auf ihre Ärzte, weil sie sie nicht heilen konnten, und auf Luciana, weil sie ihrer Beziehung ein zeitliches Limit gesetzt hatte.

Doch ich rang ihnen das Versprechen ab, ihren Kummer bei mir abzuladen, nicht bei ihr. Also kuschelten sie sich stattdessen an sie, pflückten ihr Blumen aus unseren Gärten und luden Musik auf ihr Handy, die sie sich während ihres ersten Krankenhausaufenthalts anhören konnte.

Man kann sich nur schwer vorstellen, dass der Körper von innen zerfressen wird, wenn man es nicht sehen oder anfassen kann. Erst wenn seine Schäden sichtbar werden, wird es real. In Lucianas Fall wurde uns der Ernst ihrer Situation bewusst, als ihr beide Brüste entfernt wurden. Damit konnte man sie zwar nicht heilen, uns aber etwas Zeit verschaffen.

»Manchmal habe ich das Gefühl, auf einem Fließband festzuhängen, aber wenn ich versuche, mich davon loszumachen, sterbe ich«, murmelte Luciana.

Ich streichelte ihren Arm, als sie auf einer herrlichen Morphiumwolke über ihrem sterilen Krankenhausbett schwebte. »Ich weiß, Liebling«, flüsterte ich, »aber wenn es bedeutet, dass die Kinder und ich mehr Zeit mit dir verbringen können, dann ist es das wert.«

»Erinnere mich daran, nachdem die Chemotherapie begonnen hat«, antwortete sie, bevor sie die Augen schloss und wieder die Segel in Richtung Himmel setzte.

* * *

CATHERINE
Northampton
18. März

Den Kindern zu sagen, dass mein Tumor bösartig war, fiel mir fast so schwer, wie ihnen damals zu erklären, dass ihr Vater nicht mehr nach Hause kommen würde und wahrscheinlich tot sei.

Obwohl sie inzwischen erwachsen waren, versicherte ich ihnen, dass alles gut werden würde, wie es Mütter nun mal tun, auch wenn ich mir dessen nicht sicher war. Emily reagierte pragmatisch, indem sie Pflegepläne aufstellte und dafür sorgte, dass ich nie allein zur Behandlung ging.

Robbie kam jeden Freitagabend nach Hause und blieb über das Wochenende, um zu helfen, wo er konnte, und James versprach, jeden Tag anzurufen, wo auch immer auf der Welt er gerade war.

Shirley, Baishali und Toms frisch angetraute Frau Amanda füllten meine Gefrierschubladen mit einem endlosen Vorrat an Suppen, Backwaren und Aufläufen. Selena leitete bereits die Zweigstellen meiner Boutique, weshalb es nur eine logische Konsequenz war, dass sie ganz die Zügel übernahm und auch den Rest des Unternehmens managte.

Erst als die Aufregung nachließ und ich allein zu Hause war, wurde mir schlagartig der Ernst meiner Lage bewusst. Ich schrieb gerade eine Karte für Olivias vierten Geburtstag und fragte mich, ob ich auch noch ihren nächsten erleben würde. Plötzlich konnte ich die Tränen nicht mehr zurückhalten.

Ich hatte nicht mehr so hemmungslos geschluchzt, seit wir vor einem Jahrzehnt Oscars leblosen Körper in seinem Hundekorb gefunden hatten. Ich erinnerte mich, wie wir ihn abwechselnd gehalten, gestreichelt, sein rotbraunes und schwarzes Fell gebürstet und ihm gesagt hatten, wie sehr wir ihn vermissen würden. Dann hatte ich ihn in eine Decke gewickelt und ans Ende des Gartens getragen, wo Robbie so tief er konnte ein Loch unter dem Holzapfelbaum gegraben hatte.

Wir legten Oscar vorsichtig hinein und stellten Simons Laufschuhe neben ihn, bevor wir unter Tränen Erde auf seine letzte Ruhestätte warfen. Ich lächelte, als ich mich fragte, ob die Kinder mit mir das Gleiche tun würden.

In einem Alter, in dem ich darüber nachdenken sollte, den Fuß vom Gaspedal zu nehmen, versuchte ich verzweifelt, einfach nur im Auto zu bleiben.

* * *

SIMON
Montefalco
17. April

Luciana hatte sich gescheut, ihr verändertes Aussehen im Krankenzimmer zu untersuchen, und vorgezogen, es in der warmen Atmosphäre unseres Hauses zu tun.

Sie stand vor unserem Schlafzimmerspiegel, knöpfte ihre locker sitzende Bluse auf und löste vorsichtig die Verbände, die wie bei einer ägyptischen Mumie um ihren Oberkörper gewickelt waren. Darunter verlief eine fünfzehn Zentimeter lange knallrote und erhabene Narbe. Auf den ersten Blick hätte man annehmen können, ihre Brust wäre unbeholfen mit einer Zackenschere abgeschnitten worden.

»Früher habe ich damit mal für meine Mutter und mich den Lebensunterhalt verdient«, klagte sie. »Jetzt sehe ich aus wie ein Monster.«

Ich schlang die Arme um ihre Taille, doch sie wollte sich aus meiner Umarmung lösen. Also hielt ich sie noch fester. Und während ich ihr in die Augen sah, fuhr ich vorsichtig ihre

Narbe von rechts nach links ab, während sie sich mit zitternden Händen an meinem Arm festhielt.

»Ich hasse sie«, meinte sie.

»Ich nicht«, antwortete ich. »Dein Verlust ist mein Gewinn. Es ist eine schöne Narbe, weil ich dich so etwas länger behalten kann.«

* * *

CATHERINE
Northampton
18. April

Informationen und eine positive Einstellung waren die mächtigsten Waffen, die es gab – zumindest laut Internet.

Ich begann meinen Kampf, indem ich den Laptop mit ins Schlafzimmer nahm, ihn auf die Knie legte und in meinem bequemen Bett etwas über den Feind erfuhr. Ich durchsuchte Google nach Überlebensstatistiken und nach Foren, stellte Fragen und weinte bei den Geschichten, die in Gedenken an diejenigen geschrieben worden waren, die den Kampf verloren hatten.

Egal wie viele positive Dinge ich las, immer blieben die negativen in meinem Kopf hängen. Und manchmal gab es Momente, in denen ich meinen Tiefpunkt erreichte und nur noch »Verdammte Scheiße!« dachte und mich fragte, ob ich nicht einfach aufgeben und der Natur ihren Lauf lassen sollte. Doch es gab noch so viele Dinge, die ich erleben wollte, so viele Orte, die ich noch nicht besucht hatte, und Geschäftsmöglichkeiten, die ich noch erkunden wollte. Ich war nicht bereit aufzugeben.

Ich trank tassenweise Kräutertee und aß Snacks mit einem hohen Gehalt an Antioxidantien, während ich nach Zusatzbehandlungen und ganzheitlichen Mitteln suchte.

Als ich das nächste Mal im Krankenhaus lag, das Gesicht mit feuchten Gipsbinden bedeckt, war meine Narbe dabei zu verheilen, und die Haare, die man mir für die Operation abrasiert hatte, wuchsen allmählich nach. Die Mitarbeiter der Abteilung für Strahlentherapie mussten vor dem Behandlungsbeginn einen Abdruck meiner Kopfform anfertigen und dann eine Plexiglasmaske erstellen.

Anschließend saß ich mit der Maske im Schoß da und zeichnete die Kurven, Spalten, Knoten und Beulen meines Kopfes nach. Dann wurde sie an einem Tisch befestigt und mein Kopf in der Maske fixiert, damit ich ihn während der Behandlung vollkommen ruhig hielt. Sieben Wochen lang beschoss eine Maschine an fünf Tagen in der Woche meine Delle mit einem zehnminütigen Strahlenfeuer.

Von den Sitzungen wurde mir oft übel, sodass ich mich nie weiter als ein paar Meter von einem Eimer entfernte. Meistens war ich jedoch nur erschöpft, weshalb ich das Interesse an allem verlor, was mich nicht direkt betraf.

Ich schaffte es weder, Zeitung zu lesen, noch, Nachrichten oder Kultursendungen im Radio zu verfolgen. Stattdessen blätterte ich durch Klatschzeitungen und sah mir das Frühstücksfernsehen an, um auf dem Laufenden zu bleiben.

Die siebzehn verschiedenen Tabletten, die ich jeden Tag einnahm, bestimmten, wann ich aß, was ich trank, wann ich aufwachte, wann ich ein Nickerchen machte und wie weit ich mich von der nächsten Toilette entfernen konnte. Ich hasste sie, aber indem sie mein Leben kontrollierten, retteten sie es.

Doch nichts, was ich im Internet gelesen hatte, hatte mich davor gewarnt, wie sehr eine Krebsbehandlung an der weiblichen Schönheit zehren konnte. Dank des Mangels an regelmäßiger Bewegung und der vielen Steroide bekam ich ein Mondgesicht und mein Körper ging auf wie ein Ballon. Das Make-up betonte nur, wie hässlich ich geworden war, und ließ mich wie eine billige Dragqueen aussehen, weshalb selbst Lippenstift und Mascara auf dem Schminktisch verstaubten. Daraufhin gab ich mein komplettes Schönheitsprogramm auf.

Ich hatte meine Haare schon so lange nicht mehr nachgefärbt, dass es aussah, als hätte ich eine silberne Schädeldecke. Meine Beine erinnerten an einen Urwald und die Haut auf meiner linken Wange war nahe der Strahlentherapiezone runzelig und wund.

Die teuren Feuchtigkeitscremes, die ich auf meinen Reisen nach Paris gekauft hatte, waren in den Schrank gewandert und wurden durch Cremes gegen trockene Haut und Aloe-vera-Produkte ersetzt. Ich mied die schönen Kleider von Gucci und Versace und bat Selena, mir eine Auswahl an bunten, elastischen Hausanzügen zu bestellen. Ich war von Couture auf Velours umgestiegen.

Und ich ignorierte mein eigenes Spiegelbild, so gut es ging. Ich würde diesem verdammten Badezimmerspiegel nicht die Befriedigung geben, mich in diesem Zustand zu sehen.

* * *

SIMON
Montefalco
27. Juli

Unsere Familie schuf so viele Erinnerungen wie möglich in der Zeit, die uns noch blieb.

Ein ehemaliger Partner von Lucianas Vater mit zwielichtigem Ruf besorgte mir einen gefälschten britischen Pass und wir vier flogen an den Wochenenden quer durch Europa und entdeckten eine Stadt nach der anderen.

Und als die Bestrahlungen von Niere und Magen Lucianas Kräfte schwinden ließen, versteckten wir uns im Haus und sahen uns alte Filme mit Untertiteln von Jimmy Stewart und Audrey Hepburn an.

Ein Großteil ihrer Krankenhausaufenthalte bestand aus Tests und Untersuchungen. Sie waren nicht nur deshalb belastend, weil viele invasiv waren, sondern auch, weil ihre Krankheit jedes Mal etwas weiter fortgeschritten war.

Die Scham angesichts meines früheren Planes, sie zu verlassen und Gott eine Lektion zu erteilen, führte dazu, dass ich mich doppelt so sehr darum bemühte, für sie da zu sein. Ich wurde nicht nur zu Lucianas Chauffeur und Helfer, sondern auch Teil ihres Behandlungsteams.

Ich habe nie wieder einen Behandlungstermin verpasst. Und auch wenn ihre Ärzte und Spezialisten meine Anwesenheit wahrscheinlich nicht begrüßten, saß ich an ihrer Seite und löcherte sie mit Fragen über Arzneimittelstudien und Behandlungen, von denen ich im Internet gelesen hatte. Es war mir egal, was sie von meinen dummen Ideen hielten. Sie war meine Seelenverwandte, nicht ihre.

Die Nebenwirkungen von Lucianas Behandlung waren unwürdig, weil sie sich manchmal selbst beschmutzte. Manchmal waren ihre Handflächen kalt wie Eisblöcke und ich rieb sie fest zwischen meinen, damit sie sich wieder menschlich anfühlten. Oder sie verbrachte Tage im Bett, geplagt von lähmenden Bauchschmerzen. Dann konnte ich nur ihren Plastikbecher mit Wasser füllen oder ihren Arm reiben, während sie sich übergab. Es brach mir das Herz, dabei zuzusehen und mich so nutzlos zu fühlen.

Madame Lola kam oft aus Mexiko zu uns. Manchmal wollte Luciana uns beide um sich haben, manchmal nur einen von uns. Und gelegentlich ging sie in die Weinberge, setzte sich allein auf eine Decke, die ihre Schwester gehäkelt hatte, und sah den Erntehelfern zu, wie sie kamen und gingen.

Was auch immer sie glücklich machte, machte auch mich glücklich.

* * *

CATHERINE
Northampton
8. Oktober

»Das sieht gut aus, Catherine, das sieht wirklich gut aus«, meinte Dr. Lewis und nickte, während er meine neueste Röntgenaufnahme gegen einen Leuchtkasten hielt.

Das fühlt sich aber anders an, dachte ich, schwieg aber, weil ich Angst hatte, wie ein alter Jammerlappen zu klingen. Meine Kontrolluntersuchungen mit ihm waren der einzige Höhepunkt in meinen elenden Wochen. Manchmal kam der attraktive Arzt an den Behandlungstagen vorbei, um kurz zu grüßen und ein paar aufmunternde Worte zu sagen. Er klopfte mir jedes Mal auf die Schulter, wenn er ging, und ich bekam immer eine Gänsehaut.

Nach Tom hatte ich keinen Lebensgefährten mehr gehabt. Ich fuhr allein in den Urlaub, ging allein einkaufen und allein auf Partys. Ich war allein auf Selenas Hochzeit und Olivias Taufe gewesen und auch auf Emilys und Robbies Abschlussfeiern. Ich war im Laufe der Jahre mit mehreren Männern ausgegangen, manchmal hatten es Freunde arrangiert, manchmal hatte ich sie über die Boutique kennengelernt. Doch es gab niemanden, der noch einmal romantische Gefühle in mir geweckt hätte. Vielleicht hatte ich ihnen auch einfach keine Chance gegeben.

Ich hatte mich so lange in mein Geschäft und das Leben meiner Kinder gestürzt, dass mir keine Zeit geblieben war, um mir Gedanken darüber zu machen, was mir vielleicht fehlte. Als ich nun zu Hause war, um mich zu erholen, wurde mir klar, was mir entgangen war. Ich war einsam und hatte es satt, jedermanns Singlefreundin zu sein.

Dr. Lewis war der erste Mann, der mir seit längerer Zeit den Kopf verdreht hatte, auch wenn dieser knollenförmig und stellenweise verbeult war. Also machte ich einen Deal mit mir: Sollte ich meine Behandlung überstehen und eine zweite Chance bekommen, würde ich meinen Hut in den Ring werfen und das Risiko eingehen, mich für die Liebe zu öffnen.

* * *

SIMON
Montefalco
18. November

Luciana bestand darauf, sich selbst um die Details ihrer Geburtstagsfeier zu kümmern. Trotz meiner Proteste hielt sie nichts davon ab, das Team der Caterer und Planer anzuführen, die sie angeheuert hatte, um eine riesige Feier zu ihrem vierzigsten Geburtstag zu veranstalten.

»Mir ist langweilig, Simon – ich muss das tun«, erklärte sie mit einer Leidenschaft, von der ich gedacht hatte, sie wäre mit ihrer Krankheit erloschen. »Ich brauche einen Tag, an dem wir alle an die Gegenwart und nicht an die Zukunft denken.«

Ich beschloss, nicht mit ihr zu streiten. Als wir die Türen unseres Hauses öffneten, kamen unsere Freunde, die Freunde unserer Kinder, unsere Mitarbeiter und ihre Familien, die Ärzte und Krankenschwestern, die sie behandelten, und die Dorfbewohner.

Die Kellner servierten Getränke, während die Eisskulpturen auf dem Rasen langsam schmolzen. Ein Casino im Speisesaal machte aus einigen vorübergehend Millionäre, während andere zur Musik einer fünfundzwanzigköpfigen Swing-Band tanzten, die auf der Terrasse Klassiker von Rat Pack spielte. Ich hatte seit Monaten kein Lachen mehr in den Gängen gehört.

Am Abend suchte ich überall nach Luciana und fand sie schließlich auf einer Steinmauer, die nackten Füße im Infinity-Pool, von dem aus man über das ganze Tal schauen konnte. Ich legte den Arm um ihre Schulter und sie lehnte ihren Kopf an, während wir in eine Ferne starrten, die wir niemals würden erreichen können.

»Es funktioniert nicht«, flüsterte sie.

»Natürlich tut es das. Hinter uns amüsieren sich gerade zweihundert Menschen.«

»Nein. Die Behandlung. Manchmal, wenn ich nachts versuche zu schlafen, kann ich spüren, wie die Krankheit neue Knochen findet, in die sie sich hineinfressen kann.«

Ich zitterte. »Nein, das bildest du dir nur ein. Ich habe darüber gelesen. Viele Krebspatienten glauben, sie könnten die Zellen wachsen hören, aber …«

Ihr liebevoller Blick bat mich, nicht an ihr zu zweifeln. »Du weißt, dass wir mit dieser Party nicht nur meinen Geburtstag feiern, oder? Es ist meine Art, Auf Wiedersehen …«

»Bitte nicht«, fiel ich ihr ins Wort, während sich meine Kehle zuschnürte.

»Ich bin bereit, Simon.«

»Ich aber nicht. Bitte geh nicht ohne mich.«

»Ich muss. Und wir haben zwei wundervolle Kinder, die dich brauchen.«

»Aber ich brauche dich.«

»Und eines Tages werden wir uns durch Gottes Gnade wiederfinden. Aber jetzt lass uns die Zeit genießen, die uns noch bleibt, okay?«

Sie stand auf und hielt mir die Hand hin. Wir verschränkten unsere Finger und ich schlang den anderen Arm um ihre viel zu schmale Taille, als wir das letzte Mal miteinander tanzten. Und wie auf ein Stichwort begann die Band, die ersten Takte von »Let's Face The Music And Dance« zu spielen.

* * *

CATHERINE
Northampton, vor zwei Jahren
9. April

Strahlen- und Chemotherapie hatten mein Aussehen zerstört, meine Kräfte geschwächt und meine Garderobe ruiniert. Aber dreizehn Monate nach der Diagnose gaben sie mir mein Leben zurück.

»Die Tumorzellen haben eine Phase erreicht, in der sie nicht mehr wachsen oder sich vermehren«, erklärte Dr. Lewis mit einem breiten Lächeln im Gesicht. Er sah aus, als würde die Nachricht sein Leben verändern, nicht meines. »Das freut mich wirklich sehr, Catherine.«

Ich rutschte von meinem Stuhl und schrie fast vor Erleichterung. Er mochte im Laufe der Jahre Tausenden Patienten solche Neuigkeiten überbracht haben und wusste vielleicht doch nicht, wie viel es mir bedeutete zu hören, dass ich leben würde. Gott hatte mir zugehört, als ich ihn um mehr Zeit gebeten hatte. Nun hatte ich die Chance, meine Enkelin aufwachsen und meine Kinder älter werden zu sehen und all die Dinge auf meiner Wunschliste zu tun, für die ich nie Zeit gehabt hatte.

»Das bedeutet nicht, dass die Zellen nie wiederauftauchen«, warnte er mich, »aber es könnte bedeuten, dass der Tumor zerstört wurde und der betroffene Bereich im Gehirn nur noch aus abgestorbenem Gewebe besteht.«

»Also sagen Sie mir gerade, dass ich hirntot bin.«

»In gewisser Weise, ja. Nun müssen Sie erst in drei Monaten wieder zu mir kommen.«

Ich stand auf und wollte ihm gerade für alles danken, was er getan hatte, als ich mich an das Versprechen erinnerte, das ich mir selbst gegeben hatte, nämlich ein Risiko einzugehen.

Also fragte ich stattdessen: »Muss es wirklich so lange dauern, bis wir uns wiedersehen?«

* * *

SIMON
Montefalco
9. April

Das Ende kam zu schnell nach unserem Anfang.

Die begabtesten italienischen Spezialisten, die man für Geld kriegen konnte, konnten nicht verhindern, dass der Krebs verheerende Schäden in ihrem Körper anrichtete. Nicht die Tumoren schrumpften, sondern die achtzehn Monate, auf die wir gehofft hatten. Nachdem sie in Lucianas Lunge und in ihre Knochen eingedrungen waren, konnte keine Klinik mehr etwas tun. Also schickte man sie nach Hause, damit wir ihr die letzten Wochen so angenehm wie möglich machten. Ihre Schmerzen konnten mit Medikamenten gelindert werden, doch sie verwandelten sie in eine leere, vor sich hindämmernde Hülle.

Unsere Kinder hatten sich bereits von der Mutter verabschiedet, die sie gekannt hatten, als ein dem Tode geweihter Betrüger ihren Platz einnahm. Zu hören und zu sehen, wie schlecht es ihrer Mutter ging, erschreckte sie. Also ermutigte ich die Kinder, ihre Jugend mit ihren Freunden auszukosten und das Wartezimmer des Todes zu meiden. Nur wenn sie schlief, erlaubte ich ihnen, in unser Schlafzimmer zu kommen.

Ich beschäftigte Krankenschwestern, die sich rund um die Uhr um Lucianas Bedürfnisse kümmerten, aber meistens kümmerte ich mich selbst um sie, so gut ich konnte. Ich wollte mir nicht eingestehen, wie verletzlich sie war, akzeptierte es aber widerwillig. Der ausgemergelte Körper, der kaum eine Ausbuchtung in unserem Bettlaken hinterließ, hatte wenig Ähnlichkeit mit der rätselhaften Frau, die ich geliebt hatte. Ihre eckigen Knochen traten unter dem hauchdünnen Fleisch hervor. Ihre olivgrüne Haut war inzwischen grau und ihre Augen blieben fest geschlossen.

Ich fühlte ihren Schmerz so sehr wie jeder andere, der einen geliebten Menschen in körperlicher Not sah. Egal mit welcher Dosis Betäubungsmittel die Spritzenpumpe ihren Körper versorgte – es war einfach nicht genug.

Nach einer schrecklichen Nacht in unserer dunklen Höhle hielt sie in einem kurzen Moment der Klarheit meine Finger ganz fest.

»Du weißt, was zu tun ist, Simon«, stöhnte sie. Und als sie die Augen öffnete, sah ich die braunen Flecken auf ihrem Augapfel. Sie bezog sich auf ein Gespräch, das wir nie geführt hatten, aber wir beide verstanden, was gemeint war.

Bitte mich nicht, das zu tun, bitte nicht, hätte ich gern geantwortet. Doch wenn man jemanden wirklich mit jeder Faser seines Herzens liebt, würde man für ihn sterben oder ihm helfen zu sterben, wenn das Warten auf das Unvermeidliche für ihn unerträglich geworden war.

»Bist du dir wirklich sicher?« Ich brauchte kaum zu fragen.

Sie nickte langsam. »Sag unseren Kindern, dass ich sie liebe. Und versprich mir, dass du die Dinge mit Gott und mit Catherine klärst, bevor du mir nachkommst. Sie muss wissen, was du getan hast und dass es dir leidtut.«

Sie spürte mein Zögern und drückte erneut meine Finger. »Ich habe viel zu große Schmerzen, um weiterzuleben«, fuhr sie fort, »aber ich habe Angst zu gehen, falls ich dich dann nie wiedersehe. Du musst mir dein Wort geben.«

Sie starrte mich erwartungsvoll an, und ich wusste, dass mein letztes Versprechen an sie keine Lüge sein durfte.

»Ich gebe dir mein Wort«, antwortete ich.

Die Winkel ihrer dunklen Lippen hoben sich leicht, bevor sich ihre Augen ein letztes Mal schlossen.

Meine Beine waren schwer, als ich von ihrem Bett zu dem Medikamentenwagen im Badezimmer ging. Meine Hände zitterten, als ich gemäß den Anweisungen ihrer Schwester eine Spritze vorbereitete.

Ich zog das Dreifache der erforderlichen Menge Morphium aus der Ampulle auf und kehrte zu ihr zurück. Es kostete mich meinen ganzen Mut, die Nadelspitze in eine fast unsichtbare Vene in ihrem Unterarm zu stechen. Dann drückte ich widerwillig den Kolben durch, bis die Spritze leer war.

In weniger als einer Minute wich ihre Qual süßer Erleichterung.

Als sie ganz ruhig dalag, stieg ich in unser Bett, legte meinen Kopf auf ihre Brust und lauschte dem immer leiseren Klang ihres Herzschlags. Sein sanfter, nachlassender Rhythmus ließ mich einschlafen und ich träumte von dem Tag, an dem mein eigenes Herz das Gleiche tun würde.

Als ich aufwachte, war ich wieder allein auf der Welt.

* * *

Northampton, heute
18.40 Uhr

Zum ersten Mal seit fünfundzwanzig Jahren verstanden wir das Leiden des jeweils anderen wirklich.

Dadurch dass er mit Luciana zusammen gewesen war, als es ihr am schlechtesten ging, hatte er eine relativ klare Vorstellung davon, was Catherine während ihrer Krankheit durchgemacht hatte. Vielleicht war Gottes Zorn nicht nur auf ihn gerichtet, sondern auf alle, die er berührt hatte. Es tat ihm leid, dass sie keinen Seelenverwandten hatte, der sich um sie kümmerte. Sie hatte die Unterstützung ihrer Kinder, aber wenn sie beide sich nur ein wenig ähnlich waren, würde sie sie vor dem Schlimmsten schützen und ihre Schmerzen so gut sie konnte allein ertragen.

Es hatte an diesem Tag wenig an ihm gegeben, mit dem sie sich identifizieren konnte. Während er von seiner feigen Flucht und dem Leben anderer erzählt hatte, die er ruiniert und ausgelöscht hatte, hatte sie manchmal das Gefühl gehabt, als würde er Auszüge aus dem Tagebuch eines Fremden vorlesen.

Doch seine liebevolle Beschreibung seiner Beziehung zu Luciana in ihren letzten Monaten erinnerte sie an den Menschen, der er einmal gewesen war. Und sie war sogar ein wenig neidisch gewesen, weil sie daran erinnert wurde, wie sich seine ungeteilte Aufmerksamkeit angefühlt hatte. Wie gut sie ihr getan hatte, als sie sie am meisten gebraucht hatte. Als sie damals nur noch nach draußen stürmen und in den Wind schreien wollte, war er derjenige gewesen, der sie zurückgehalten hatte, bis der Sturm vorüber war. Doch als sie seinen Halt wieder gebraucht hätte, hielt er eine andere fest.

Sie wusste, dass es sinnlos war, eine tote Frau zu beneiden. Nicht Luciana hatte sich in den falschen Mann verliebt, das war sie gewesen. Und bemerkenswerterweise respektierte sie ihn dafür, dass er den Mut gehabt hatte, das Leben des einzigen Menschen zu beenden, den er am Leben halten wollte. Vielleicht wusste er doch, was Liebe war.

Schließlich unterbrach er ihr kontemplatives Schweigen.

»Geht es dir inzwischen wieder gut?«, fragte er aufrichtig besorgt.

»Ja«, antwortete sie leise. »Ich muss immer noch alle sechs Monate zur Kontrolle, aber so weit ist alles gut. Toi, toi, toi!« Sie klopfte gegen die Delle in ihrem Kopf.

»Das ist gut«, antwortete er, bevor er wieder schwieg. »Und war James eine große Hilfe, wo er doch so oft weit weg war?«

Sie fragte sich, warum er das älteste ihrer Kinder ausgewählt hatte. »Ja, das war er. Er hat oft geschrieben oder angerufen und ist nach Hause gekommen, wann immer er konnte.«

Er schien ihr jedoch nicht zuzuhören. Es war nicht das erste Mal, dass sie das bemerkte. Sie konnte nicht genau sagen, was es war, aber in seiner Rüstung zeichneten sich Risse ab.

Zugegeben, es war für beide ein aufreibender Tag gewesen, aber etwas an dem wachsenden Ausdruck der Leere in seinen Augen beunruhigte sie. Es wurde wieder still im Raum, als er aus dem Fenster in den Garten starrte.

»Simon?«, rief sie. Sein Schweigen überraschte sie.

»Ja?«, meinte er erschrocken.

»Geht es dir gut? Du siehst ein bisschen mitgenommen aus.«

»Könnte ich ein Glas Wasser haben?«

Sie nickte und ging in die Küche, holte eine Filterkaraffe aus dem Kühlschrank und goss etwas Wasser in ein Glas. Als sie zurückkam, untersuchte er gerade eine gerahmte Platinscheibe an der Wand, die James ihr gegeben hatte.

»James sieht dir sehr ähnlich«, sagte sie und reichte ihm das Glas. »Er hat deine Augen und deine dünnen Beine. Manchmal starre ich ihn regelrecht an, weil er wie dein Doppelgänger aussieht.«

»Ich weiß«, antwortete er. »Ich habe ihn getroffen, Catherine.«

KAPITEL 17

SIMON

Montefalco, Italien, vor einem Jahr
26. Januar

Ich saß im Schatten eines großen zitronengelben Sonnenschirms und sah den Einheimischen zu, wie sie auf dem gepflasterten Dorfplatz ihren Geschäften nachgingen.

Seit Lucianas Tod hatte ich einfach zu viel Zeit. Meine tüchtigen Mitarbeiter sorgten dafür, dass das Weingut reibungslos lief, und das Management, das sie vor ihrem Tod eingesetzt hatte, kümmerte sich um unsere Geschäftsinteressen. Alles war verzeichnet, geplant und bewahrt worden, nur ich nicht. Ich freute mich, Luciana sowohl in Sofia als auch in Luca wiederzuerkennen, doch das war nicht genug. Ich sehnte mich nach ihr.

Mein Leben und unser Zuhause waren trostlos ohne sie. Ich zog in ein anderes Zimmer, als ich ihr zitrusartiges Parfüm, das noch in den Stoffen unseres Schlafzimmers hing, nicht mehr ertragen konnte. Ich sehnte mich so nach ihrer Gegenwart, dass ich die Orientierung verlor. Ich redete mir ein, ihr Tod wäre ein schrecklicher Traum gewesen und ich würde sie nach dem Aufwachen im Garten wiederfinden, versunken in einen Roman oder im Gespräch mit unseren Erntehelfern. Das ist natürlich nie passiert. Ich war allein in meinem Dämmerzustand.

Ich konnte mich nicht lange auf etwas konzentrieren und musste mir To-do-Listen notieren, damit ich von der einen Stunde zur nächsten meine Aufgaben nicht vergaß. Die Trauer lähmte mich auf heimtückische Weise.

Wenn Luca und Sofia nicht zu Hause waren, ging ich in die Stadt, setzte mich vor das Café von Senatori und trank einen Caffè Latte mit Zimtstreuseln. Leute zu beobachten linderte die Einsamkeit ein wenig. Ich taxierte die Touristen, die an mir vorbeikamen, und versuchte, offensichtliche Anzeichen britischer Wesensart zu entdecken – milchig weiße oder sonnenverbrannte Haut, Turnschuhe, die man zu jedem Anlass trug.

Ab und zu überlegte ich, ob ich eines meiner anderen Kinder erkennen würde, wenn es vor mir stünde. Vermutlich würde keiner von uns jemals wissen, dass wir uns in der Nähe von unserem eigenen Fleisch und Blut befunden hatten. Ich erinnerte mich bei jedem von ihnen an gewisse Details, wie Augenform, Haarfarbe und Knochenbau. Doch ich konnte nicht genügend Einzelteile zusammenfügen, um ein Gesamtbild zu gewinnen.

Luca erinnerte mich an James, wenn beim Grinsen die Mundwinkel unter den Wangen verschwanden oder wenn sein Knöchel im Schlaf auf dem Schienbein des anderen Beines lag.

Sofia vereinte die besten Seiten von Luciana und die schlechtesten von Doreen, und das erschreckte mich. Als sie älter wurde, wurde sie immer teilnahmsloser. Ich hatte den unabhängigen Geist ihrer Mutter bewundert, betete aber, dass Sofia nicht in die Fußstapfen ihrer Großmutter treten würde. Ich wollte, dass sie sich Zeit nahm, um die Blumen zu riechen, die unter ihren Füßen wuchsen, bevor sie über sie hinwegtrampelte. Ich liebte Sofia, wie jeder Vater seine Tochter liebt, aber nach und nach zog ich mich von ihr zurück und ich wusste, dass ich ihre wahre Natur niemals zügeln könnte.

Luca war das genaue Gegenteil und ich gebe zu, dass ich mehr in unsere Beziehung investiert hatte als in die zu seiner Schwester. Vielleicht wollte ich das, was ich mit meinem Erstgeborenen gehabt hatte, mit meinem zweiten Sohn aus meinem dritten Leben wiederholen. Ich schenkte ihm zum Geburtstag sogar eine Akustikgitarre, wie ich es bei James getan hatte – nur dass er sie nicht beiseitegelegt hatte wie sein Bruder. Ich lächelte bei der Erinnerung, wie mühsam es gewesen war, James die drei Akkorde zu »Mull Of Kintyre« beizubringen.

Als er älter wurde, entdeckte Luca die Rockmusik für sich, ihm gefiel insbesondere eine weltweit erfolgreiche britische Band namens Driver. Ich konnte seiner Begeisterung für sie nicht entkommen, und wenn ihre Musik nicht aus der Stereoanlage seines Schlafzimmers dröhnte, kam sie aus den Lautsprechern meines Autos.

Vor ungefähr einem Monat war er am Boden zerstört gewesen, als sein Wecker morgens gestreikt hatte und er deswegen den Ticketverkauf für ihre Italientour verpasst hatte. Seitdem saß er mit Trauermiene in der Villa herum und verfluchte seine Uhr.

Plötzlich unterbrach der Motor eines Motorrads, das vor dem Café hielt, meine Kaffeepause. Ein Kurier nahm seinen schwarzen Schutzhelm ab und sprach mich an.

»Signor Marcanio?«

Ich nickte und er überreichte mir einen braunen, wattierten Umschlag. Ich dankte ihm, stand auf und ging langsam den Berg hinauf zum Haus.

Ich hoffte, mindestens eines der Kinder würde da sein, um die leeren Korridore mit dem Leben zu erfüllen, das aus ihm herausgesaugt worden war.

2. April

Luca strahlte mich an, nachdem er den Umschlag geöffnet und zwei Tickets für das Konzert von Driver gefunden hatte. »Wie hast du das gemacht, Papa?«

»Ich habe so meine Möglichkeiten«, erwiderte ich mit einem geheimnisvollen Lächeln, das Väter nur aufsetzen, wenn sie beweisen wollen, dass sie für ihre heranwachsenden Nachkommen noch von gewissem Wert sind. Ich versorgte die Bar, in der das Konzert stattfinden sollte, mit Wein. Also hatte ich meine Beziehungen bei dem Manager spielen lassen, es aber bis kurz vor unserem Abflug geheim gehalten.

»Wer sind diese gammeligen Typen überhaupt?«, fragte ich und zeigte auf ein Foto der Gruppe auf seinem Computerbildschirm.

»Das ist Kevin Butler, der Sänger und Bassist«, antwortete er aufgeregt, »und am Schlagzeug Paul Goodman, am Keyboard David Webb und der Leadgitarrist ist James Nicholson.«

Es dauerte zwei Sekunden, bis der letzte Name richtig bei mir angekommen war. »James Nicholson?«, wiederholte ich.

Mit einem Mausklick vergrößerte Luca das kleine Bild. Ich wusste sofort, dass ich auf einen Mann starrte, den ich nur als Jungen gekannt hatte. Sein dunkelbraunes Haar war schulterlang, Stoppeln sprossen aus Wangen und Kinn, die Schultern waren breit. Doch es gab keinen Zweifel an seinem Lächeln oder dem Funkeln in den grünen Augen.

Nein, sagte ich mir. *Dein Gehirn spielt dir wieder mal einen Streich.*

»Könntest du mir eine Flasche Wasser holen, während ich etwas über sie lese?«, fragte ich Luca und versuchte, meine Nerven in den Griff zu bekommen.

Als er die Treppe hinunter in die Küche hüpfte, tippte ich »James Nicholson« in eine Suchmaschine ein und erhielt

Tausende von Treffern. Ich schränkte die Suche ein und versuchte es mit »James Nicholson« und »Northampton«, doch es gab immer noch zu viele Hinweise. Also klickte ich auf seine Wikipediaseite, die seinen Geburtstag, den 8. Oktober, bestätigte.

Ich lehnte mich zurück und spürte, wie mir das Blut aus dem Gesicht wich. Das war James. Das war mein James. Ich starrte auf ein Bild des Sohnes, den ich verlassen hatte. Dann blätterte ich durch die Onlineartikel und stieß auf ein Interview.

Der Älteste der drei Geschwister, James, wurde nach dem plötzlichen Verschwinden des Vaters von seiner Mutter allein großgezogen. »Ich erinnere mich kaum noch an ihn«, erzählte James, wobei ihm das Thema sichtlich unangenehm war. »Ich weiß, dass er uns alle geliebt hat, aber als er verschwand, veränderte sich unser aller Leben für immer.«

Ich hielt inne und schloss die Augen. Die Geister in der Maschine hatten mich gefunden.

»Niemand weiß, was mit ihm passiert ist. Am schwersten war es aber für meine Mum ... Alle, die Dad kannten, sagen, es hätte ihm nicht ähnlichgesehen, einfach so zu verschwinden, und dass irgendetwas passiert sein muss. Und es tut weh, dass wir wahrscheinlich niemals erfahren werden, was. Ob ich noch immer an ihn denke? Ja, natürlich. Nicht jeden Tag, vielleicht auch nicht jede Woche. Aber er ist immer irgendwo in meinem Hinterkopf.«

Ich war ein naiver Idiot gewesen, weil ich nicht geahnt hatte, wie sehr ihn die Ungewissheit verfolgt haben könnte. Ich warf einen Blick auf die Wand vor mir und sah ein Poster der Band Driver, die zurückstarrte. Ich war Dutzende Male daran vorbeigegangen, ohne zu wissen, dass sich mein Sohn in meinem Haus befand.

»Er ist ein großartiger Gitarrist«, sagte Luca, als er mit meinem Wasser wiederauftauchte und das Erdbeben nicht bemerkte, das seinen Vater erschütterte. »Er gibt mir Tipps.«

»Du hast mit ihm gesprochen?« Mein Herz schlug schneller, als ich es jemals für möglich gehalten hätte. »Wie das denn?«

»Auf Twitter. Ich habe ihm eine Nachricht geschickt und ihm gesagt, dass ich ihn richtig gut finde und auch Gitarre spiele. Ich weiß nicht, warum, aber ich erzählte ihm, dass ich mit diesem einen Akkord Probleme hätte. Er schrieb mir zurück und gab mir ein paar Tipps und seit ein paar Wochen schreiben wir uns. Kannst du dir vorstellen, wie viele Fans ihm schreiben? Aber er nimmt sich Zeit für mich. Er ist wirklich cool.«

Meine beiden Söhne schrieben sich quer durch Europa und keiner von beiden wusste, wer der andere wirklich war.

»Das ist großartig«, antwortete ich, bevor ich mich entschuldigte und auf dem Balkon meines Schlafzimmers nach Luft schnappte.

Indem ich die Tickets für Luca organisiert hatte, hatte ich unwissentlich die Büchse der Pandora geöffnet. Was mich jedoch am meisten erschreckte, war nicht die Tatsache, dass ich nun gezwungen war, mich mit meiner Vergangenheit auseinanderzusetzen, sondern dass ich vielleicht wirklich dazu bereit war.

Rom, Italien
7. April

Ich bemerkte kaum die Feuchtigkeit, die die Wände hinunterrann, oder das Klingeln in meinen Ohren, als mein Sohn James auf der riesigen Bühne vor mir ein dynamisches Gitarrensolo spielte. Während alle um uns herum jubelten und mitsangen, stand ich regungslos in der PalaLottomatica-Arena und sah ehrfürchtig zu ihm auf. Luca tat dasselbe, aber aus ganz anderen Gründen.

Eine juckende Gänsehaut breitete sich auf meiner Haut aus, doch ich konnte den Blick nicht von dem Jungen losreißen, den ich einmal versucht hatte zu vergessen. Ich fragte mich, wie dieser dürre, ängstliche kleine Junge, der während des Krippenspiels in sein Hirtenkostüm gepinkelt hatte, diese Fähigkeit und dieses Selbstvertrauen erlangt hatte, Zehntausende Fremde zu begeistern. Ich glaube nicht, dass ich auch nur eine Textzeile aufgenommen hatte oder wusste, wie lange Driver auf der Bühne gestanden hatte, als die Lichter im Raum wieder angingen.

»Komm schon, Papa!«, rief Luca und zog an meinem Arm. Doch anstatt in Richtung Ausgang zu laufen, schleppte er mich gegen den Menschenstrom zu den Metallgittern am Bühnenrand.

»Hier geht es nicht raus«, protestierte ich, während weggeworfene Lebensmittelkartons und Plastikflaschen unter unseren Füßen knirschten.

»Ich weiß, wir lernen jetzt die Band kennen!« Er grinste. »Ich habe James getwittert und ihm gesagt, dass du uns Tickets besorgt hast. Also hat er uns auf die Gästeliste für die After-Show-Party gesetzt.«

Mein Verstand, der darauf nicht vorbereitet gewesen war, ging eine ganze Reihe von Ausreden durch. »Das geht nicht, du bist zu jung«, war alles, was mir auf die Schnelle einfiel.

»Ich bin sechzehn«, flötete er und zog mich noch näher an sich heran. »Das ist cool.«

»Luca, nein. Es ist schon spät. Ich bin müde. Lass uns zurück ins Hotel gehen!«

Er blieb abrupt stehen und sah mich zutiefst verletzt an. »Papa, bitte!«, flehte er.

Ich hätte ihm zu gern erklärt, dass wir seinen Helden nicht treffen konnten, weil entgegen aller Wahrscheinlichkeit das gleiche Blut durch ihre Adern floss. Es war eine Sache, James aus der Ferne auftreten zu sehen, aber mit ihm im selben Raum zu sein, während er seinen Halbbruder traf, war etwas, auf das ich nicht vorbereitet war.

Ich hatte Luciana versprochen, die Dinge aus meiner Vergangenheit zu klären, aber jetzt war nicht der richtige Zeitpunkt. Ich verfluchte Gott, weil er schon wieder sein grausames Spiel mit mir spielte.

»Luca Marcanio«, rief mein Sohn einem Glatzkopf zu, der ein Klemmbrett und ein Headset trug. »Wir stehen auf der Liste.«

Der Mann musterte uns misstrauisch, überprüfte seinen Ausdruck, hakte unsere Namen ab und wies uns mit einem Grunzen den Weg hinter die Bühne. Mein Atem ging ganz flach, als wir einen sterilen, weiß getünchten Korridor betraten und dem Geräusch entfernter Musik folgten. Schließlich bogen wir um eine Ecke und stießen auf eine Bar und eine Gruppe junger Leute, die etwas tranken und exotische Häppchen von den Tabletts der Kellnerinnen nahmen.

Luca nahm zwei Colaflaschen aus einem Eiskübel und reichte mir eine. Ich drückte sie gegen das Handgelenk und hoffte, dass sie meine steigende Temperatur abkühlen würde. Er zeigte auf ein Bandmitglied nach dem anderen, während er den Blick auf der Suche nach James durch den Raum gleiten ließ.

Schließlich kam sein Held herein. Er trug schwarze Jeans, einen Gürtel mit einer silbernen Schnalle und ein weißes Hemd. Blitzschnell schoss Luca auf ihn zu.

Ich beobachtete aufmerksam, wie sie sich außer Hörweite die Hände schüttelten. Sie hatten das gleiche dunkle, wellige Haar, die Kinngrübchen und meine grünen Augen. Ich fragte mich, ob nur mich ihre Ähnlichkeit überraschte.

Ich hatte angenommen, dass James höflich, aber nur kurz mit ihm sprechen würde. Stattdessen tat er, als seien sie alte

Freunde. Ich versuchte, mich in den Hintergrund zu schieben, als die beiden gleichen Augenpaare mich erspähten.

»Papa!« Ich sah nach unten und tat so, als hörte ich ihn nicht, während sich mir der Magen umdrehte. »Papa!«, rief Luca etwas lauter. Mir blieb nichts anderes übrig, als aufzublicken. Er winkte mich herüber. Meine Beine drohten unter mir nachzugeben, als ich zu ihnen stieß.

»Das ist James.«

Er lächelte und hielt mir die Hand entgegen. Seine Fingernägel waren schwarz lackiert und lenkten meinen Blick auf die Manschettenknöpfe. Sie waren rubinrot und hatten kleine schwarze Vierecke in der Mitte. Catherine hatte sie mir zu meinem dreißigsten Geburtstag geschenkt – dem Tag, an dem sich alles änderte.

»Schön, Sie kennenzulernen, Mr Marcanio«, meinte er. »Ihr Sohn ist echt okay.«

»Danke, dass Sie uns eingeladen haben«, war alles, was ich sagen konnte.

»Hey, ein Brite!«, rief James und verwickelte mich in ein Gespräch, das mir Unbehagen bereitete. Ich wollte ihn nur ohne Erklärung in den Arm nehmen und dann gehen. »Woher kommen Sie?«, wollte er wissen.

»Ich bin viel rumgekommen.«

»Er kommt aus der gleichen Stadt wie du«, mischte sich Luca ein. Ich bereute es sofort, ihm ein wenig über die Herkunft seines Vaters erzählt zu haben.

»Northampton? Ist nicht wahr! Wie klein die Welt doch ist«, antwortete James. »Seit wann leben Sie schon in Italien?«

»Seit ungefähr achtzehn Jahren.«

»Papa hat mir meine erste Gitarre geschenkt«, sagte Luca stolz und lächelte mich an.

»So bin ich auch zur Musik gekommen – mein Dad hat mir auch eine geschenkt«, sagte James. »Ich habe sie noch immer, obwohl sie inzwischen etwas ramponiert ist. Er hat mir ›Mull Of Kintyre‹ beigebracht, aber ich war anfangs ziemlich schlecht.«

Ich musste schlucken. Ich nahm schon seit so vielen Jahren nicht mehr an seinem Leben teil, und doch hatte er es nicht vergessen. Ich hatte immer noch einen Platz in seinen Erinnerungen.

»Sie steht jetzt bei meiner Mutter. Sie droht immer wieder damit, sie bei eBay einzustellen.« Er lachte. Ich hörte nur die Worte »sie droht«. Er sprach in der Gegenwartsform. Das bedeutete, dass Catherine noch lebte.

»Lebt sie noch immer in Northampton?«, fragte ich, ohne nachzudenken.

»Ja, schon ihr ganzes Leben lang. Ich komme leider nicht mehr oft nach Hause, aber wenn, wohne ich immer bei ihr. Fahren Sie noch oft nach Hause?«

»Nein, schon lange nicht mehr.«

Plötzlich tauchte eine junge Frau hinter James auf und reichte ihm eine dunkelrote Gibson-Les-Paul-E-Gitarre.

»Die ist für dich, Luca.« Er reichte sie seinem Bruder, der zu überrascht war, um etwas sagen zu können. »Wenn du weiter fleißig übst, gibt es keinen Grund, warum du in ein paar Jahren nicht dort stehen könntest, wo ich gerade bin.«

»*Grazie, grazie*«, antwortete Luca atemlos. »Ich … ich verspreche, dass ich gut auf sie aufpassen werde.«

»Du sollst nicht auf sie aufpassen, du sollst sie benutzen. Spiel sie, bis sie abgewetzt ist!«

Luca nahm das Geschenk an, als hätte Jesus ihm den Segen gegeben, und presste sie an seine Brust. Jemand tippte James auf die Schulter und ein Mann flüsterte ihm etwas ins Ohr.

»Luca, es war toll, dich zu treffen, aber ich muss jetzt los. Schick mir eine MP3-Datei, wenn du die Stelle in ›Find Your Way Home‹ geknackt hast.«

»Das werde ich, das werde ich.«

James drehte sich zu mir um. »Hat mich gefreut, Sie kennenzulernen ... Entschuldigung, aber ich habe Ihren Vornamen vergessen.«

»Simon«, sagte Luca, bevor ich antworten konnte.

Plötzlich veränderte sich etwas in seiner Miene. Etwas so Winziges, dass es selbst bei einem Standbild auf einem riesigen Fernsehbildschirm außer James oder mir niemandem aufgefallen wäre.

Es war die *Erkenntnis*.

Als er meine Hand schüttelte, weiteten sich James' Pupillen für den Bruchteil einer Sekunde und sein Händedruck verlor an Kraft. Ich wusste genau, was er dachte. Zuerst hatte er sich gefragt, ob wir uns schon einmal begegnet waren. Dann hatten ihn mein Name und mein Herkunftsort an seinen Vater erinnert. Nun erlaubte er sich, darüber nachzudenken, ob er vielleicht doch nicht tot war und jetzt in diesem Moment vor ihm stand.

Er würde versuchen, sich an Stimme und Aussehen seines Vaters zu erinnern – den Geruch seines Aftershaves, seine Frisur, seine Haltung, den Klang seines Lachens und die Art, wie er lächelte –, und all das mit dem Fremden vor ihm vergleichen. Dann übernahm seine rationale Seite die Kontrolle und er erkannte, dass seine Sinne ihm einen Streich gespielt hatten. So funktionierte das Schicksal nicht, und er wäre ein Narr, überhaupt darüber nachzudenken.

Er fand die Fassung wieder, seine Pupillen verengten sich wieder und sein Händedruck wurde erneut kraftvoll.

»Wir sehen uns«, rief er lächelnd und folgte seinem Assistenten.

Luca hüpfte auf und ab und plapperte aufgeregt, doch ich hörte ihn nicht. Stattdessen sah ich zu, wie mein James wegging, sich noch einmal umdrehte, um mir einen letzten Blick zuzuwerfen, und dann so schnell aus meinem Leben verschwand, wie er gekommen war.

Montefalco, Italien
19. Dezember

Mein Fahrer parkte den Bentley vor der Villa und öffnete mir die Fondtür. Ich lächelte einem Hausmädchen zu, dessen Name mir entfallen war und das gerade mit einem hübschen jungen Handwerker flirtete. Ich ging zu einem Innenhof, der den Blick auf unser Tal mit den Weinbergen freigab.

Ich suchte den Himmel nach einem unsichtbaren Sprühflugzeug ab, das ein leises Summen von sich gab. Die Mittagsgrillen zirpten und rieben in der Hoffnung, einen Partner zu finden, ihre Flügel gegeneinander. Der Horizont, auf den ich so oft gestarrt hatte, um geistige Klarheit zu erlangen, erinnerte nun eher an ein zerlaufenes Ölgemälde, bei dem Sonne, Himmel, Felder und See ineinander übergingen.

»Das hier ist dein Leben, Simon. Nicht das, vor dem du davongelaufen bist«, hörte ich eine längst vergessene Stimme. »Das hier ist deine Realität.« Doch ohne Luciana hatte meine Realität ihren Sinn verloren.

Acht Monate waren vergangen, seit James und ich die gleiche Luft geatmet hatten, und er war immer noch alles, woran ich dachte. Immer wieder redete ich mir ein, dass seine Welt ein besserer Ort wäre, solange er nichts von meiner Existenz wusste. Doch ich begann, unter dem Druck nachzugeben, mich selbst zu verleugnen und ein Versprechen zu halten, das ich gegeben hatte.

Wen oder was auch immer ich in den fest verschlossenen Kisten aufbewahrt hatte, war seit diesem Tag daraus entkommen. Ich wurde von verdrängten Erinnerungen heimgesucht, die mir die Orientierung raubten. Meine Liebste hatte recht gehabt, als sie mir gesagt hatte, ich müsse meinen Frieden finden. Vielleicht würde ich mich dann wieder mehr wie mein altes Ich fühlen.

Ich musste herausfinden, was aus Catherine und unseren beiden anderen Kindern geworden war. Sie hatte es verdient zu erfahren, dass ich noch am Leben war und womit sie mich vertrieben hatte. Und es gab Dinge, die auch ich verstehen musste.

Mir lief die Zeit davon, denn das Schicksal drohte ein Leben auszulöschen, von dem sie nie gewusst hatte, dass ich es gelebt hatte. Ich war fast bereit, ihr gegenüberzutreten.

* * *

CATHERINE
Northampton, vor einem Jahr
3. Februar

In dieser Nacht träumte ich von Simon. Ich weiß nicht, warum er wiederaufgetaucht war, nachdem er mich seit Jahren nicht mehr heimgesucht hatte. Doch plötzlich war er da, genauso jung und gut aussehend wie in meiner Erinnerung stand er in meinem Garten und sah auf die rosafarbenen Rosensträucher. Oscar war noch ein Welpe und sprang aufgeregt um seine nackten Füße herum.

»Warum bist du hier?«, fragte ich, weder verärgert noch erfreut, ihn zu sehen.

Er antwortete nicht.

»Simon«, wiederholte ich mit fester Stimme. »Warum bist du hier?«

Wieder nichts. Plötzlich verspürte ich den Drang, ihm eine Ohrfeige zu geben und mit den Fäusten gegen seine Brust zu schlagen, wie es ungerecht behandelte Frauen in Schwarz-Weiß-Filmen tun. Doch der Moment verging schnell wieder und stattdessen legte ich die Arme um seine Schultern und küsste ihn auf die Wange.

»Leb wohl, Simon.« Ich lächelte, bevor ich mich von ihm abwandte und wegging.

Dann hörte ich seine Stimme zum ersten Mal, seit er mich vor vierundzwanzig Jahren verlassen hatte.

»Kitty, wohin gehst du?«, fragte er. Doch ich gab ihm keine Antwort und ich drehte mich auch nicht um. Ich ging in die Küche und schloss leise die Tür hinter mir, hinter ihm und hinter uns.

Ich wachte verwirrt auf, und um sicherzugehen, dass es ein Traum gewesen war, zog ich die Vorhänge zurück und schaute in einen leeren Garten. Ich lächelte, kroch dann wieder unter die Bettdecke, drehte mich zur Seite und legte den Arm über Edwards Brust.

»Ist alles in Ordnung?«, murmelte er.

»Es ist perfekt«, antwortete ich. »Schlaf weiter, Doc.«

15. April

Ich verglich die Remission meiner Krebserkrankung mit der Rückkehr eines Soldaten aus dem Krieg. Man hatte sein Leben aufs Spiel gesetzt, um gegen einen unsichtbaren Feind zu kämpfen, der einen töten wollte. Wenn man dann das Glück hatte, in einem Stück zurückzukehren, fällt es mitunter schwer, seinen Platz in der Welt zu finden, die man hinter sich gelassen hatte.

Während ich gekämpft hatte, hatte sich die Welt für alle anderen einfach weitergedreht. Selena führte meine Geschäfte mit großem Geschick. Die Kinder gingen wieder ihrer Arbeit nach und machten sich nicht mehr jeden Tag Sorgen um mich. Kurz gesagt, außer mir hatte sich nichts verändert. Ich war ruhelos. Ich hatte so viel erreicht und war bereit, es mit jemand anderem zu teilen. Und Dr. Edward Lewis war dieser Jemand, der den Ritt mit mir wagen wollte.

An dem Tag, an dem er mir gesagt hatte, dass meine Strahlentherapie erfolgreich gewesen war, hatte ich ihn zum Abendessen eingeladen.

»Sie müssen viele Angebote von alleinstehenden Frauen bekommen«, meinte ich während des Essens in einem noblen Fischrestaurant in der Stadt.

»Das mag sein, und nicht alle von ihnen sind Single.« Er errötete. »Aber normalerweise lehne ich höflich ab.«

»Also sollte ich mich geschmeichelt fühlen?«

Er lächelte. »Eigentlich hatte ich kein Interesse daran, mich mit jemandem zu treffen, auch nicht platonisch. Ich hatte das Glück, siebenundzwanzig Jahre mit einer wundervollen Frau verheiratet zu sein, und habe wahrscheinlich keine zweite Chance verdient.«

»Wenn ich eines im Leben gelernt habe, dann, dass wir alle das Recht auf eine zweite Chance haben. Warum haben Sie Ihre Meinung geändert?«

»Während Ihrer Therapie habe ich kein einziges Mal gehört, dass Sie sich selbst leidtaten. Sie haben Stärke und Mut bewiesen und ich wusste, dass Sie ein guter Mensch sind, weil Ihre Kinder Sie so bewundern.«

»Oh, ich hatte auch meine Momente.«

»Die haben wir alle. Aber Sie und ich geben ihnen nicht lange nach.«

Ich verliebte mich rettungslos in Edward. Dabei verlief unser Kennenlernen genau andersherum. Er hatte mich bereits an meinem Tiefpunkt erlebt, an dem ich am wenigsten attraktiv ausgesehen und an der Schwelle des Todes gestanden hatte. Doch das hatte ihn nicht abgeschreckt.

Allmählich häuften sich unsere Verabredungen zum Abendessen, und jedes Mal, wenn wir nicht zusammen waren, wollte ich in seiner Nähe sein. Er war charmant, aufmerksam, abenteuerlustig und spontan. Er gab mir das Gefühl, als würde ich keine Altlasten mit mir herumtragen, und er stellte wie ich fest, wie schön es war, jemanden an seiner Seite zu haben.

Seine Frau Pamela war vor sechs Jahren überraschend an einem Herzinfarkt gestorben, und er war nur schwer mit seinem Leben als Witwer zurechtgekommen. Er war verbittert, weil ihnen ein gemeinsamer vorzeitiger Ruhestand geraubt worden war. Er hätte sie für die Jahre entschädigen sollen, in denen sie durch seine Arbeit getrennt gewesen waren, während sie die gemeinsamen Söhne Richard und Patrick großgezogen hatte. Nun, wo der eine Wirtschaftswissenschaften in Cambridge studierte und der andere in den Niederlanden im Finanzwesen arbeitete, musste er zugeben, dass ihm die Tage ohne Gesellschaft lang wurden. Ich wusste, wie er sich fühlte. Ich hatte vierundzwanzig Jahre so gelebt.

Ich stellte ihn noch einmal meinen Kindern vor, diesmal aber als Edward und nicht als Dr. Lewis. Und als er zu einem festen Bestandteil an unserem Esstisch wurde, wuchsen unsere Familien langsam zusammen.

Er hatte mir nicht nur einmal, sondern zweimal ein neues Leben geschenkt.

19. Dezember

Sechs Tage vor Weihnachten hielt ein dunkelgraues Auto mit getönten Scheiben und vielen Türen vor dem Cottage. Ein energisches Klopfen an der Haustür ließ den Efeukranz erzittern. Vor mir stand ein junger uniformierter Fahrer, der eine graue Schirmmütze fest unter den Arm geklemmt hatte und mir einen Umschlag überreichte.

Dein Koffer liegt unter dem Bett, stand in Edwards Handschrift auf einer Notiz. *Pack genug warme Kleidung für eine Woche ein. Du hast nur dreißig Minuten Zeit. In Liebe, Edward.*

»Wohin fahren wir?«, fragte ich den Fahrer verwirrt.

»Es steht mir nicht frei, das zu sagen, Madam.« Er lächelte. »Aber ich habe die strenge Anweisung, Sie pünktlich dorthin zu bringen.«

Meine Arbeit und meine Familie hatten mich zu einer Expertin im Jonglieren mit Zeitplänen und Vorausplanungen gemacht. Daher war Spontaneität nichts, an das ich gewöhnt gewesen war, bis ich Edward getroffen hatte. Ob ein Abendessen auf einem gemieteten Hausboot oder Golfunterricht im Gleneagles Hotel, er liebte kleine Last-minute-Überraschungen. Während ich schnell die passende Garderobe zusammensuchte, schrieb ich Emily und warnte sie schon einmal vor, dass sich Edward wieder eine Überraschung ausgedacht hatte.

Eineinhalb Stunden später hielten wir vor Terminal 4 des Flughafens von Heathrow. Edward wartete mit seinem Koffer an der Drehtür auf mich. Er grinste.

»Wohin fahren wir?«, fragte ich.

»Wir besuchen Holly«, antwortete er und zeigte auf die Abflugtafel. Als mir klar wurde, wohin wir fliegen würden, warf ich die Arme um ihn wie ein Kind, das zum ersten Mal den Weihnachtsmann sieht.

Schon als Kind hatte ich nach New York fliegen wollen. »Frühstück bei Tiffany« war der einzige Film, in den mich Mum jemals mitgenommen hatte, und ich hatte ihn mir seitdem ein Dutzend Mal angesehen. Ich war mit dem Wunsch aufgewachsen, Holly Golightlys unbeschwertes Leben zu führen, und nicht die trostlose Existenz, die meine Eltern mir bereitet hatten.

Die Schlafzimmerwände meiner Freunde zierten Poster von den Beatles und Elvis, meine dagegen schwarz-weiße Postkarten von Audrey Hepburn. Ich tat so, als wäre sie meine lange verlorene große Schwester, und während ich ihr Leben in den Zeitungen verfolgte, ließ Mum sich von ihrer Garderobe inspirieren.

Wenn ich heute zurückschaute, war ich mir sicher, dass die Leute hinter dem Rücken meiner Mutter gelacht hatten, wenn sie selbst im Hochsommer mit ihren Designerschals und modischen Hüten durch das Dorf schlenderte. Doch es war ihr egal gewesen, und das war eines der wenigen Dinge an ihr, die ich wirklich bewunderte. Audrey bot uns beiden eine Fluchtmöglichkeit.

Ob es nun daran lag, dass »Frühstück bei Tiffany« das Einzige gewesen war, was Mum je mit mir geteilt hatte, oder ob es die Verlockung einer magischen Stadt jenseits des Großen Teichs war, die mehr Liebe zu bieten hatte als meine Eltern – New York war ein Ort, von dem ich den größten Teil meines Lebens geträumt hatte.

Ich hatte nie die Zeit gefunden, dorthin zu reisen. Vielleicht hatte ich aber auch nur Angst gehabt, die Stadt würde meinen Erwartungen aus Kindheitstagen nicht gerecht werden. Doch Edward akzeptierte niemals ein vollgeschriebenes Tagebuch oder die Angst vor Enttäuschung als Ausrede dafür, seine Träume nicht zu verwirklichen.

Nachdem wir gelandet waren und im Hotel eingecheckt hatten, blieb uns nicht einmal Zeit zum Auspacken, bevor Edward mich zu Tiffany & Co in der Fifth Avenue brachte. Es war genauso zeitlos, wie ich es mir vorgestellt hatte. Ich hätte nicht gedacht, dass mein Tag noch perfekter werden könnte, bis ich in die Glastheken spähte und funkelnde Armbänder und Halsketten anprobierte, die in blaugrünen Schachteln lagen. Ich grinste, als ich ein gerahmtes Foto von Audrey im zweiten Stock an der Wand entdeckte. Ich war in meinem Element, doch wieder einmal fand Edward einen Weg, mein Glück noch zu steigern.

Er führte mich in die Mitte des Ladens, hielt meine Hände und räusperte sich, als es im Raum ganz still wurde.

»Was machst du da?«, fragte ich und spürte, wie ich rot wurde.

»Ich hätte nicht gedacht, dass ich diese Frage noch einmal stellen würde. Aber möchtest du meine Frau werden, Catherine?«

Meine Augen wurden so groß, dass ich befürchtete, sie könnten herausfallen. »Ja, natürlich«, schluchzte ich, während die Angestellten und Kunden um uns herum leise applaudierten.

»Wir wären dann so weit, Dr. Lewis«, lächelte ein Manager in einem eleganten, maßgeschneiderten Anzug und führte uns nach oben in einen privaten Schauraum. Funkelnde Ringe auf dunklen Kissen reihten sich aneinander wie Sterne über unserem eigenen kleinen Universum.

»Ich halte nicht viel von langen Verlobungszeiten. Also warum suchst du dir nicht stattdessen gleich deinen Ehering aus?«, schlug Edward vor.

Und ich hatte nichts dagegen. Nach langem Überlegen entschied ich mich für einen mit Diamanten besetzten Goldring, der geradezu nach meinem Finger schrie. Und nachdem man ihn in eine Schachtel und in eine der berühmten Tiffany's-Taschen gepackt hatte, schwebte ich in unser Hotel zurück, und Big Apple würde von nun an ein Klunker von vierundzwanzig Karat fehlen.

Holly hatte recht. Man schuldet jedem Menschen sehr viel, der einem je sein Vertrauen geschenkt hat.

Später – wir waren viel zu aufgeregt, um uns vom Jetlag unterkriegen zu lassen – gingen Edward und ich zu einem Festessen in ein italienisches Restaurant in Manhattan, das einer seiner Freunde empfohlen hatte. Als er die Milchglastür öffnete, wäre ich fast hintenübergefallen, als ein gewaltiges Getöse losging. Vor mir saßen meine Familie und Freunde und hielten Champagnerflöten in die Höhe.

Edward hatte meinen Kindern, ihren Partnern und meiner Enkelin früher am Morgen einen Flug nach New York spendiert. James war aus Mexiko angereist, wo er gerade auf Tour war. Roger, Tom, Amanda und Selena waren bereits am Vortag mit Edwards Söhnen eingetroffen. Steven und Baishali waren direkt von ihrer Villa in Südfrankreich gekommen und sogar Simons Stiefmutter Shirley hatte ihre lebenslange Angst vor Flugzeugen für den ersten Flug überwunden, den sie in ihren siebenundachtzig Lebensjahren je angetreten hatte.

»Edward hat uns alle nacheinander angerufen und um unseren Segen gebeten«, flüsterte Emily. »Hättest du Nein gesagt, hätte Shirley den Antrag angenommen!«

Ich hätte nie gedacht, dass ich einen Menschen so sehr lieben könnte, wie ich Edward in diesem Moment liebte. Ich hätte alles für ihn getan – mit einer Ausnahme: ihm die Wahrheit über Simons Verschwinden zu sagen. Dieses Geheimnis hatten Shirley und ich für uns behalten.

»Ich nehme an, das waren genug Überraschungen für einen Tag?«, fragte ich später, als ich gerade einen köstlichen Amaretto-Käsekuchen zum Dessert genoss. »Ich weiß nämlich nicht, ob meine Nerven noch mehr aushalten.«

Er lächelte. »Es gibt nur noch eine Kleinigkeit, die wir tun müssen. Aber darauf musst du bis morgen warten.«

20. Dezember

Während der Kinderchor von New York »Stille Nacht« sang, schwebte ich über den mauvefarbenen Teppich zu einem weißen Eisenaltar im Central Park.

Das himmlische Brautkleid von Vera Wang, das Selena für mich ausgesucht hatte, passte perfekt. Meine

Brautjungfern – Emily und meine Enkelin Olivia – erreichten kurz vor mir den Pfarrer, während ich mich verzweifelt an die Arme meiner Jungs klammerte. Die Lichterketten, die um den Sockel gewickelt waren, ließen den Pulverschnee auf dem Boden leuchten, als ich von meinem zukünftigen Ehemann und seinen beiden Trauzeugen, meinen neuen Stiefsöhnen, in Empfang genommen wurde.

Und als ich der Liebe meines Lebens gegenüberstand, die ich so lange gesucht hatte, und »Ich will« schluchzte, spürte ich die eisigen Temperaturen an diesem Dezembertag nicht, so warm war mir ums Herz.

* * *

Northampton, heute
19.05 Uhr

Sie hatte vor Wut geheult, versucht, sein Mitgefühl zu gewinnen, und widerwillig an seine Güte appelliert, ohne Erfolg. Er hatte noch immer keine einzige Erklärung für sein plötzliches Verschwinden abgegeben.

Doch die Stimmung im Raum und besonders seine hatte sich verändert. Wenn er von James sprach, klang er, als plagten ihn Gewissensbisse. Und da steckte mehr dahinter als nur die Erinnerung an die Familie, die er verlassen hatte, oder das Versprechen gegenüber einer Verstorbenen.

Sie musste ihre Taktik ändern, wenn sie ihre Antworten bekommen wollte.

»Warum jetzt?«, versuchte sie es mit ruhiger Stimme. »Du meintest, dir läuft die Zeit davon. Ist es, weil wir älter werden?«

Sein Blick glitt durch den Raum. Er schaute geradeaus und zur Seite, aber nicht direkt zu ihr. Geistesabwesend kaute er auf die Innenseite seiner Wange, bis er die Haut durchgebissen hatte.

Sie wusste nicht, ob er die Frage ignorierte oder etwas völlig anderes gehört hatte. Seine Miene war undurchdringlich geworden.

»Was musst du mit mir klären, Simon?«, fragte sie, als würde sie mit einem verängstigten Kind sprechen. »Was muss ich deiner Meinung nach wissen?«

Er sah aus, als wenn sie ihn aus einem bösen Traum geweckt hätte und er durch die ungewohnte Umgebung zusätzlich verwirrt wäre. Er alterte quasi vor ihren Augen, und das beunruhigte sie.

Plötzlich hörte sie auf, ihn zu analysieren, und fragte sich, warum sie sich Sorgen um einen Mann machte, der sich einen Dreck um sie geschert hatte. Doch das war nun mal ihre Art, und er hatte Schmerzen.

Obwohl sie von Paulas brutaler Ermordung erfahren hatte, hatte sie keine Angst mehr vor ihm. Sogar der Hass hatte etwas nachgelassen. Sie hatte Mitleid mit der offensichtlich verstörten Seele vor sich. Sie hatte sich während ihrer Unterhaltung öfter gefragt, ob er ihr überhaupt zuhörte, weil sein interessierter Gesichtsausdruck von einem Moment zum anderen ausdruckslos wurde. Seine leere Miene erinnerte sie an jemanden und im Geiste ging sie ihr Leben in einer Reihe von Momentaufnahmen durch, um darauf zu kommen, an wen.

Er schmeckte das Blut, das von der Bissstelle in seine Wange tropfte. Er ballte noch einmal die Fäuste. Er wusste, dass seine Augen glasig und sein Gehirn träge geworden waren. Doch er konnte nichts tun, als abzuwarten, bis es wie immer vorbeigehen würde. Er grub die Fingernägel in die Handflächen und hoffte, dass er sich so auf das konzentrieren konnte, was er sagen musste.

Er war in ihre Erinnerungen an ihre zweite Hochzeit einge-
taucht und hatte nun Schwierigkeiten, damit umzugehen. Die
Worte wirbelten in seinem Kopf herum, und je angestrengter er
nachdachte, desto stärker gerieten sie durcheinander.

»Mein Gehirn fühlt sich an wie ein Schweizer Käse«,
hatte er Dr. Salvatore erklärt. Sein Arzt hatte ihn vor diesen
Symptomen gewarnt. Ein Jahr lang hatte er so gelebt und den
veränderten Geisteszustand auf Trauer, Stress und Reue zurück-
geführt, bevor die Wahrheit ans Licht kam. Gott hatte einen
letzten Plan für ihn gehabt. Er konnte vor allen anderen auf der
Welt davonlaufen, nur nicht vor sich selbst.

»Du hast Alzheimer!«, keuchte sie und erschreckte damit
sie beide.

Plötzlich ergab alles einen Sinn für sie. Sie hatte das gleiche Verhalten bei Margaret erlebt, ihrer früheren Mentorin im
Fabien's und Selenas Mutter. Margarets Ehemann war mit ihr
nach der Diagnose aus Spanien nach England zurückgekehrt und
hatte sie in einem Pflegeheim untergebracht. Catherine hatte sie
oft besucht und in ihren klaren Momenten hatte Margaret minu-
tiös von ihrer Vergangenheit berichtet. Es war, als müsste sie sich
alles von der Seele reden, solange sie es noch konnte.

Und Simon hatte dasselbe getan.

Sein resignierter Blick sagte mehr, als seine verwirrten Sätze
vermochten. Bald würden ihre gemeinsamen Erinnerungen nur
noch ihr gehören.

»Warum bist du damals gegangen, Simon?«, fragte sie leise.

Er starrte sie an, während er nach den richtigen Worten
suchte und sie in die richtige Reihenfolge brachte.

»Ich habe dich mit ihm gesehen«, antwortete er. »Ich weiß,
was du getan hast.«

Nun war sie es, die verwirrt wirkte. »Wen meinst du?«

»Dougie, meinen besten Freund. Du hattest eine Affäre mit
meinem besten Freund.«

KAPITEL 18

SIMON

Northampton, vor achtundzwanzig Jahren
14. März, 23.15 Uhr

Die Nadel bewegte sich wie eine Kugel im Rouletterad vor und zurück, bis sie sich in einer Rille festsetzte, mit der sie etwas anfangen konnte.

Baishali und Paula waren zweimal gegen den Plattenspieler gestoßen, während sie Rücken an Rücken die Mädchen von ABBA imitierten. »Knowing Me, Knowing You« dröhnte aus den Lautsprechern an der Wand, und die anderen bildeten einen Kreis um sie, als sie die Kultnummer der Band nachahmten.

Doch ich schenkte ihnen wenig Aufmerksamkeit, denn mein Blick war auf meine Frau und Dougie fixiert, die zusammen in der Ecke des Wohnzimmers tanzten.

Es war noch früh am Abend und die Party zu meinem dreißigsten Geburtstag war in vollem Gange. Kurz zuvor waren unsere Freunde und Nachbarn wie Arbeiterameisen den Weg entlangmarschiert und hatten billigen französischen Wein und Tabletts mit in Frischhaltefolie verpackten Sandwichs mitgebracht.

Weder sie noch Dougie waren sich der Anwesenheit der anderen bewusst. Sie sahen sich an, seine Hände an ihren Hüften, ihre Arme um seinen Hals, während sie betrunken zur Musik tanzten.

Dougie hatte mehr Zeit damit verbracht, sein Leid auf sie abzuwälzen als auf mich. Und um ehrlich zu sein, fiel es mir schwer, dem Gejammer eines Mannes zuzuhören, der von seinem Sandsack verlassen worden war. Also kam es mir gerade recht, dass Catherine ihm ein offenes Ohr schenkte.

Doch bis zu diesem Abend hatte ich mir keine Gedanken darüber gemacht, dass sie sich dadurch nähergekommen waren. Trotz der vielen Ablenkungen verlor keiner von ihnen den Blickkontakt – weder als das Lied unterbrochen wurde, weil die ABBA-Imitation zu Ende war, noch als ein aufgeregter Oscar plötzlich mit seinen Krallen Luftballons zum Platzen brachte.

Du interpretierst zu viel hinein, redete ich mir ein und spielte nervös mit den neuen Manschettenknöpfen, die sie mir geschenkt hatte. *Sie sind nur Freunde.* Also schob ich meine Bedenken beiseite und ging in den Garten, um eine Zigarette zu rauchen. Je länger ich darüber nachdachte, desto klarer wurde mir, dass ich nur zwei Freunde gesehen hatte, die betrunken miteinander tanzten.

»Alles Gute zum Geburtstag, Kumpel!«, rief mein angeheiterter Geschäftspartner und legte den Arm um meine Schulter.

»Prost«, erwiderte ich und hielt mein Bier hoch, um mit ihm anzustoßen.

»Baishali würde niemals eine solche Party für mich veranstalten«, sagte Steven. »Sie hätte Angst davor, wie das Haus danach aussehen würde. Du hast eine gute Frau.«

»Ich weiß«, sagte ich lachend. »Das habe ich.«

Er hatte recht. Ich war ein Idiot gewesen, auch nur eine Minute an ihr zu zweifeln. Ich ging wieder hinein, um nach ihr zu suchen. Ich wollte sie in den Arm nehmen und mich bei ihr bedanken, dass sie sich solche Mühe gemacht hatte. Und ich wollte mich dafür entschuldigen, dass mir in den letzten Monaten meine Arbeit wichtiger gewesen war als sie. Ich hatte jeden Sinn für Spaß und Spontaneität verloren und wusste, dass dadurch eine Distanz zwischen uns entstanden war. Es war egoistisch von mir gewesen, das nicht zu bemerken.

Ich drückte die Zigarette auf dem Weg aus und ging hinein. Doch die Ecke des Raumes, in der sie allein getanzt hatten, war leer. Mein Blick glitt durch das Wohnzimmer, aber Catherine war nirgends zu sehen. Ich sah im Esszimmer und in der Küche nach, bevor ich durch die Terrassentür zurück in den Garten und zu Roger ging.

»Ist Kitty hier draußen?«, fragte ich.

»Nein, Kumpel«, meinte Roger. »Möchtest du noch ein Bier?«

Ich schüttelte den Kopf. Als ich mich umdrehte, um ins Haus zurückzukehren, fiel mein Blick auf unser Schlafzimmerfenster. Ich sah nach oben und entdeckte den Schatten zweier Gestalten hinter dem Vorhang, bevor die Lichter erloschen.

Ich blieb wie gelähmt stehen.

* * *

CATHERINE
14. März, 23.15 Uhr

Ich verbrachte gern Zeit mit Dougie. Ich verstand, warum die Frauen ihn liebten. Er hatte breite Schultern und sah gut aus. Er verstand es, sich gut anzuziehen, und war ein großartiger Zuhörer. Wäre ich Single, wäre er mir wahrscheinlich aufgefallen.

Und als Simon sich nur noch auf sein Unternehmen konzentrierte, das er sich gerade aufbaute, und Dougie sich an sein

Singledasein gewöhnt hatte, nachdem Beth ihn verlassen hatte, saßen wir beide in demselben einsamen Boot.

Die Kinder nahmen den größten Teil meiner Zeit in Anspruch, aber Dougie hatte nichts, was ihn von Beth ablenken konnte. Ich hasste es, mir vorzustellen, wie er ohne sie durch sein Haus streifte. Also kam er in der Woche abends zu uns, um mit den Kindern und mir zu essen. Sie liebten ihren »Uncle D«, weil er sie durch das Haus jagte und so tat, als wäre er ein Monster aus dem Ghostbusters-Film, und ihnen die Aufmerksamkeit schenkte, die ihnen eigentlich ihr Vater hätte entgegenbringen sollen.

Nachdem ich sie ins Bett gebracht hatte, saßen Dougie und ich im Garten oder am Küchentisch, tranken eine Flasche Wein und warteten darauf, dass Simon nach Hause kam und sich uns anschloss. Da blieb es nicht aus, dass wir uns stundenlang unterhielten – er hatte sich über sein zielloses Leben beschwert und ich mich über meinen abwesenden Ehemann. Doch er hatte Simon immer verteidigt und mich daran erinnert, dass seine vielen Arbeitsstunden nur Mittel zum Zweck waren. Ich wusste, dass er recht hatte, aber manchmal brauchte ich jemanden, der das Licht am Ende unseres Tunnels anknipste.

Trotz unserer vielen Gespräche über Beth hatte Dougie mir nie wirklich erklärt, warum sie gegangen war. Stattdessen druckste er herum und zeigte mir deutlich, dass er noch nicht bereit war, mir alles anzuvertrauen. Ich fragte mich, ob er es Simon erzählt hatte, denn mein Mann hatte auch nichts gesagt.

»Gab es jemand anderes?«, hatte ich ihn eine Woche zuvor gefragt, während ich eine zweite Flasche Lambrusco öffnete.

»Nein, das würde Beth niemals tun«, antwortete er.

»Ich habe nicht sie gemeint.«

»Ich hatte noch nie eine Affäre«, antwortete er, ein wenig verärgert, dass ich so etwas angenommen hatte.

»Du musst doch keine Affäre haben, um jemand anderen zu begehren.«

Er wusste, worauf ich hinauswollte. Ich weiß nicht, warum, aber etwas in mir wollte hören, wie er zugab, dass es mein Ehemann war, den er begehrte. Doch stattdessen wechselte ich das Thema und wir sprachen über Simons bevorstehende Geburtstagsfeier.

Wir hatten ihn beide gebeten, sich einen Samstagabend für eine Party freizuhalten – er hatte nichts weiter zu tun, als sich in sein eigenes Wohnzimmer zu begeben. Doch selbst das tat er nur widerwillig.

Nachdem ich das Essen für das Büfett zubereitet, Luftballons aufgepustet, einen Babysitter organisiert und die Möbel umgestellt hatte, war ich fix und fertig, als die Party in vollem Gange war – und voll wie eine Haubitze. Doch trotz all meiner Bemühungen, Simon dazu zu bringen, sich zu entspannen, fiel es ihm nach einer Achtzig-Stunden-Woche schwer abzuschalten. Ich zog neckisch an seinem Arm, um ihn zum Tanzen aufzufordern, doch er zog ihn weg und entschied sich stattdessen für eine weitere Flasche Bier.

Du kannst mich mal, dachte ich und schnappte mir den Nächstbesten, um mit ihm zu tanzen – Dougie.

Ich schlang die Arme um Dougies Nacken, damit ich nicht zu Boden ging, und er stützte mich an der Taille. Während wir tanzten, waren seine Gedanken und Augen nur auf mich gerichtet.

»Du bist in Simon verliebt, oder?«, platzte ich so plötzlich heraus, dass ich überrascht nach Luft schnappte. Dann hielt ich den Atem an und wartete, dass er es abstritt.

Doch Dougies Gesichtsausdruck änderte sich nicht. Und für die nächsten Momente tanzten wir einfach weiter und hielten dem Blick des anderen stand. Ohne es in Worte fassen zu müssen, sagte ich ihm, dass mir das nichts ausmachte, und ich erkannte die Dankbarkeit in seinen Augen.

»Komm mit mir, und dann unterhalten wir beide uns richtig«, flüsterte er schließlich.

* * *

Northampton, heute
19.25 Uhr

Sie schwieg, als sie darüber nachdachte, was sie nun tun sollte.

Er hatte ihre Fehler und dummen Entscheidungen zur Sprache gebracht, die sie lange vergessen hatte. Sie hatte nicht gewusst, dass er sie mit Dougie im Schlafzimmer gesehen hatte. Von all den Gründen, aus denen er sie hätte verlassen können, hätte sie nie gedacht, dass es dieser gewesen war.

Sie räusperte sich. »Du glaubst, ich hätte eine Affäre mit Dougie gehabt?«

Er nickte und tippte sich an den Kopf. »Vielleicht habe ich ja dieses Ding in meinem Kopf, das alle meine Erinnerungen löscht, aber ich weiß, was ich gesehen und was ich gehört habe.«

Sie sah auf ihre Füße und fuhr sich mit der Hand durch die Haare. Sie spürte, wie sie rot wurde und ihre Unterlippe zitterte. Mit Dougie die Treppe hinaufzugehen war der zweitgrößte Fehler ihres Lebens gewesen. Sie schämte sich für das, was zwischen ihnen vorgefallen war, und sie hätte nie gedacht, dass sie mit jemandem würde darüber reden müssen, erst recht nicht mit ihrem Ehemann.

Dann sah sie ihn verächtlich an.

»Du Idiot«, knurrte sie. »Du verdammter Idiot.«

KAPITEL 19

SIMON

Northampton, vor siebenundzwanzig Jahren
14. März, 23.25 Uhr

Obwohl ich zwei Stufen auf einmal nahm, kam ich die Treppe nicht schnell genug hoch. Je höher ich kam, desto steiler wurde sie, und als ich den Gipfel erreichte, wurde mir übel. Ich wünschte, dass ich mich irrte und hinter der Tür zwei Nachbarn den Nervenkitzel genossen, Sex in einem fremden Haus zu haben.

Ich legte die Hand auf den Türknauf zum Schlafzimmer und drehte ihn langsam um. Drinnen war das unterdrückte Geräusch zweier aufeinanderprallender Körper zu hören, die nicht zusammengehörten. In dem Moment erkannte ich Catherines gedämpftes Stöhnen.

Ich blieb stehen, nahm die Hand vom Türknauf und die Welt verstummte. Ich hielt mir den Magen, als ein Dutzend unsichtbarer Fäuste immer wieder auf mich einschlugen. Ich musste die Tür nicht öffnen, um zu wissen, was los war. Damit würde ich nur das Bild in meinem Kopf verfestigen, das sich für immer in mein Gehirn einbrennen würde. Also ließ ich Dougie und sie allein, um meinen Untergang weiter herbeizuführen.

Ich hielt die Tränen zurück und ging leise nach unten. Ich drängte mich an unseren Freunden vorbei und schlich mich durch die Haustür zur dunklen Straße in Richtung Wald. Ich bahnte mir meinen Weg durch Büsche und Gestrüpp, bis der Mondschein eine Lichtung erhellte. Ich ließ mich auf einen umgestürzten Baumstamm fallen, vergrub das Gesicht in den Händen und weinte.

Sie war diejenige, die am meisten über mich wusste. Sie hatte alle meine Unsicherheiten akzeptiert und wusste, wie wichtig Treue für mich war. Sie war die Einzige, die verstand, wie viel Wert ich auf Ehrlichkeit legte. Sie hat mich glauben lassen, dass nicht alle Frauen wie meine Mutter waren.

Aber sie hatte gelogen. Alles war gelogen. Sie hatte den ultimativen Verrat begangen – und das ausgerechnet mit Dougie.

Ich zermarterte mir das Hirn, warum ich ihren widerlichen Betrug so lange nicht bemerkt hatte. Lief es schon seit Wochen, Monaten oder gar Jahren? Ich dachte an die vielen Abende zurück, an denen ich spät nach Hause gekommen war und ihn bei meiner Familie vorgefunden hatte. Bei *meiner* Familie. Nicht seiner. Und heute Nacht hatten sie beschlossen, mir ihre Beziehung unter die Nase zu reiben, unter meinem Dach und in meinem Schlafzimmer.

Wie konnte ich mich nur so in ihm getäuscht haben? Alles, was ich gedacht hatte, über Dougie zu wissen, war nur meiner eigenen Fantasie entsprungen. Der Kuss, den er mir als Junge gegeben hatte, war ein törichter, einmaliger Impuls gewesen. Die heimlichen Blicke, die er uns im Laufe der Jahre zugeworfen hatte, hatten nichts mit unerwiderten Gefühlen mir gegenüber zu tun – sie hatten allein Catherine gegolten.

Dass er bereit gewesen war, diese heilige Grenze zu überschreiten, erschreckte mich. Sein Verlangen nach dem, was mir gehörte, hatte seinen Zorn höchstwahrscheinlich auf Beth gelenkt. Sie und ich waren zu Kollateralschäden in einem Krieg geworden, von dem wir nicht gewusst hatten, dass wir ihn kämpften.

* * *

CATHERINE
14. März, 23.20 Uhr

Wir drängten uns an den anderen vorbei, als ich Dougie die Treppe hinauf und ins Schlafzimmer folgte. Ich schloss die Tür und setzte mich aufs Bett.

»Es tut mir leid, ich hätte das nicht sagen sollen«, meinte ich. »Das war der Alkohol. Ich wollte nur, dass du weißt, dass ich es verstehe und dass es okay für mich ist.«

»Du hast es schon immer gewusst, oder?«, fragte er mit gerunzelter Stirn.

»Ja, seit der Schule. Aber es spielt keine Rolle, denn Simon hat Glück, dass wir beide uns so um ihn sorgen.«

Dougie grinste und sah zu Boden. Doch plötzlich ließ er seine Maske fallen. »Ja, er hat wirklich Glück, jemanden wie dich zu haben, nicht wahr, Catherine?« Sein sarkastischer Ton überraschte mich. »Lädst du mich deswegen immer ein, damit du es mir unter die Nase reiben kannst? Damit du mir immer wieder zeigen kannst, dass du gewonnen hast?«

»Wie bitte? Nein, nein ...«, stammelte ich. »Sei nicht albern. Ich verbringe gern Zeit mit dir. Das tun wir alle.«

»Verarsch mich nicht – ich bin dein Sozialprojekt!«, brüllte er. »Das machst du nur, weil du dich dann besser fühlst. Ich hör dir zu, wie du dich darüber beschwerst, dass Simon zu wenig Zeit mit dir verbringt, während du mit deinen perfekten Kindern in deinem perfekten Haus sitzt und dein perfekter Ehemann so viel arbeitet, wie er kann, um seine perfekte kleine Prinzessin glücklich zu machen. Nur, dass du nicht perfekt bist.«

Ich hatte Dougie noch nie so mit jemandem reden hören, und es machte mich nervös.

»Und trotz allem, was du hast, jammerst du immer noch rum«, fügte er hinzu. »Aber was habe ich, Catherine? Was habe ich? Nichts. Und wessen Fehler ist das?«

»Du kannst doch mir nicht die Schuld daran geben, dass Beth dich verlassen hat!«

»Ich rede doch nicht von dieser dummen Schlampe. Du weißt, wen ich meine. Du hast mir das einzig Gute genommen, das ich in meinem Leben hatte.«

»Wie bitte? Dougie, das ist doch lächerlich«, rief ich. »Simon hat nie etwas anderes in dir gesehen als einen Freund!«

»Und wieso glaubst du, du wärst besser für ihn als ich?«

»Weil er sich für mich und nicht für dich entschieden hat!«

Darauf gab Dougie keine Antwort, und es wurde still im Raum. Ich wollte gehen, ganz schnell gehen. Ich kannte den Mann nicht, zu dem Dougie geworden war. Er war nicht mehr mein Freund. Er war ein Fremder, dessen Wesen ich nicht mochte.

Er starrte mich voller Abneigung an, als ich aufstand und zur Tür ging. Doch dann versperrte er mir mit dem Arm den Weg. Mein Puls raste, und ich schluckte schwer.

»Ich bin noch nicht fertig«, knurrte er. »Was ist denn so besonders an dir? Was genau sieht er in dir? Weil ich es verdammt noch mal nicht sehen kann.«

»Was ist bloß in dich gefahren?«, antwortete ich, wobei mir fast die Stimme brach.

»Du. Wenn ich dich sehe, stellen sich meine Nackenhaare auf. Erst tust du Menschen absichtlich weh und dann lehnst du dich zurück und genießt es zuzusehen, wie sie leiden. Du glaubst, du wüsstest alles über jeden, aber das tust du nicht. Du kotzt mich an.«

»Du bist betrunken und redest Unsinn. Geh mir jetzt aus dem Weg.«

Ich wollte ihn zur Seite schieben, doch er rührte sich nicht. Stattdessen packte er mich an den Handgelenken und schob sein Gesicht dicht an meins.

»Du gehst nirgendwohin, Süße«, zischte er.

Bevor ich mich wehren konnte, riss er mich herum, drehte mir den Arm hinter den Rücken und stieß mich auf das Bett. Ich wollte nach Hilfe schreien, doch bevor ein Laut aus meinem Mund gekommen war, presste er die Hand darauf. Dann drückte er mich mit dem Gesicht nach unten auf das Bett. Instinktiv drehte ich mich um und biss ihm in die Hand, doch er revanchierte sich mit einem Schlag auf meinen Hinterkopf, der mir kurz das Bewusstsein raubte. Er packte mich an den Haaren und presste mein Gesicht aufs Bett. Ich versuchte zu treten, doch ich konnte die Beine unter dem Gewicht seines Körpers nicht bewegen.

»Nein, Dougie, lass mich gehen!«, rief ich, doch meine Schreie wurden durch die Bettdecke gedämpft.

Von hinten spürte ich, wie er meinen Rock hochschob und meine Unterwäsche herunterzog, dann zog er seine Hose herunter, bevor er mit Gewalt in mich eindrang. Der brennende, qualvolle Schmerz schien mich in zwei Teile zu zerreißen. Ich zitterte, wand mich und kämpfte, aber irgendwann brachte er mich mit roher Gewalt dazu, mich zu fügen.

Sein heißer, nach Bier stinkender Atem brannte in meinem Nacken. Ich riss den Kopf zur Seite und versuchte erneut zu schreien, doch ich musste vor Schmerzen würgen und Erbrochenes landete auf meiner Wange und der Bettdecke. Mein ganzer Körper pochte wie verrückt, während er versuchte, den Parasiten auszustoßen.

Plötzlich hörte ich durch die Musik und die Stimmen im Haus Schritte die Treppe hinaufstürmen. Ich flehte zu Gott, wer auch immer da draußen war ins Schlafzimmer zu führen und meine Höllenqualen zu beenden.

Dougie bemerkte nicht, dass jemand vor der Tür stand. Doch dann verstummten die Schritte so schnell, wie sie gekommen waren. Mein Schrei war nur ein gedämpftes Stöhnen, weil seine Hand meinen Kopf immer tiefer in die Matratze presste. Ich flehte, dass sich die Schlafzimmertür öffnete, doch mein Schutzengel zögerte kurz und ging dann fort.

Ich schrie ein letztes Mal und gab dann zu meiner ewigen Schande den Kampf auf. Plötzlich wurde es still und alles, was ich hörte, war sein flacher Atem und das Zittern seiner Gürtelschnalle, als er seinen Höhepunkt erreichte.

Selbst als er schon fertig war, lag er noch auf mir, und sein ganzer elender Körper erstickte mich. Doch ich spürte keine Schmerzen mehr. Mein Körper war wie betäubt. Meine Sinne schalteten sich aus, bis sein Gewicht von mir wich.

Dann zog er die Hose hoch und ging, ohne ein weiteres Wort zu sagen.

Ich weiß nicht, wie lange ich dort gelegen hatte, regungslos und halb ausgezogen, während ich versuchte, das Geschehene zu verstehen. Es ergab keinen Sinn, doch ich musste einen darin erkennen.

Ich begriff, dass Dougie mich dafür bestraft hatte, dass ich ihm Simon weggenommen hatte. Irgendwie war ich dafür verantwortlich, dass mein Ehemann einen eigenen Verstand hatte und seine eigenen Entscheidungen traf. Ich war diejenige, der Dougie die Schuld an allem gab, was in seinem Leben schiefgelaufen war. Und er musste mich mit Gewalt dazu bringen zu verstehen, wie hilflos er sich fühlte, indem er dafür gesorgt hatte, dass ich mich genauso fühlte wie er.

Plötzlich rief eine Stimme im Garten meinen Namen und holte mich in die Realität zurück. Ich stand auf, holte saubere Unterwäsche aus der Kommode und ging zum Badezimmer. Dort wischte ich mich ab und sah das Blut auf dem Toilettenpapier. Ich spülte es weg und fiel auf die Knie. Ich übergab mich so lange in die Toilette, bis nichts mehr kam. Ich war im wahrsten Sinne des Wortes leer.

Ich hob den Kopf und sah in den Spiegel. Bis zu diesem Augenblick hatte ich nie bemerkt, wie unerbittlich er war. Ich fuhr mir über Augen und Mund und zwang mich, nicht zu weinen. Ich presste die Hände so fest zusammen, damit meine Arme nicht mehr zitterten, dass ich dachte, meine Finger würden brechen.

Nach einer Weile ging ich langsam und unbeholfen wieder zur Party hinunter. Ich sah mich nervös um, doch Dougie musste gegangen sein. Ich war erleichtert, dass ich Simon auch nicht finden konnte. Ich hatte keine Ahnung, wie ich ihm erzählen sollte, was gerade passiert war.

Also tat ich, so gut es ging, als wäre nichts passiert. Ich lächelte, lachte und füllte die Gläser der Leute auf. Doch innerlich ging ich zugrunde.

Du wurdest gerade vergewaltigt. Du wurdest gerade vergewaltigt. Du wurdest gerade vergewaltigt. Eine Stimme in mir wiederholte diese Worte immer wieder, als wollte sie, dass ich verstand, was gerade passiert war. Doch ich konnte es nicht verarbeiten, nicht in diesem Moment.

Als die Gäste in den frühen Morgenstunden endlich alle gegangen waren und Simon, wie ich annahm, in einem der leeren Schlafzimmer der Kinder schlief, blieb ich hellwach. Ich spülte Geschirr, packte den Müll in schwarze Säcke und putzte das Haus, bis alles makellos war.

Nur ich nicht.

* * *

Selbst wenn die Welt vor ihrer Haustür in tausend Teile zersprungen wäre, wäre der Blickkontakt zwischen ihnen nicht abgebrochen.

Er wusste, dass er fünfundzwanzig Jahre lang die Dinge völlig falsch verstanden hatte. Und damit war die Sache keineswegs zu Ende.

KAPITEL 20

CATHERINE

Northampton, vor achtundzwanzig Jahren
18. März

Ich stellte mich schlafend, als ich hörte, wie Simon aufstand, das Schlafzimmer verließ und leise die Haustür schloss.

Ich wusste, dass er unter Schlafstörungen litt, und vermutete, dass er wahrscheinlich noch ein paar Stunden in seinem Büro in der Garage arbeiten würde. Er hatte das in letzter Zeit oft getan, und insgeheim war ich froh darüber. Was Dougie mir angetan hatte, war zwar nicht meine Schuld, doch ich fühlte mich trotzdem, als wäre ich der ekelhafteste Mensch auf dem Planeten.

Ich hatte meine Emotionen nie besser im Griff als in den Tagen nach seinem Angriff. Ich hatte Angst, dass ich, wenn ich auch nur für eine Minute stehen bliebe, in tausend Teile zerspringen und zu Boden fallen würde. Solange ich in Bewegung war, hatte ich keine Zeit zum Nachdenken. Ich beschäftigte mich jeden wachen Moment des Tages, indem ich ständig in den Supermarkt fuhr und Lebensmittel kaufte, die wir nicht brauchten, Piratenspiele mit den Kindern spielte, die lieber mit ihren Freunden zusammen gewesen wären, und den Garten umgrub, bis kein Fleckchen mehr unberührt war.

Doch im Bett zu liegen, ob allein oder mit Simon, machte mir Angst. Denn dann hatte ich Zeit zum Nachdenken. Ich überlegte, ob ich ihm alles erzählen sollte, kam aber letztendlich zu dem Entschluss, dass ich die Einzige gewesen wäre, der das helfen würde. Den Menschen zu vertrauen, die ihm am nächsten standen, war so wichtig für ihn, und ich wusste, dass ihn die Wahrheit über seinen besten Kumpel zerstören würde. Und ich wäre noch mehr zerbrochen, wenn ich ihn so unglücklich gesehen hätte.

Vielleicht würde er mich bedrängen, den Überfall zu melden, aber ich war betrunken gewesen – also wer weiß, ob ich nicht doch freiwillig mitgemacht hatte und nun unter einem schlechten Gewissen litt? Es gab keine Zeugen, und ich hatte zu oft geduscht, um ihn aus mir herauszuwaschen. Es gab keine physischen Beweise dafür, dass jemals etwas passiert war. Damit hätte mein Wort gegen seins gestanden.

Doch selbst wenn es genügend Beweise gegeben hätte, um ihn bei der Polizei anzuzeigen, hätte ein Gerichtsverfahren dazu geführt, dass alle von dieser Nacht erfahren hätten. Ich wäre gezwungen gewesen, das Ganze in einem Raum voller Fremder noch einmal zu durchleben, die mich verurteilt hätten. Und sein Anwalt hätte mich in Stücke gerissen. Ich war nicht stark genug, um diese Demütigung zu ertragen.

Doch am wichtigsten war mir meine Ehe. Ich hatte Angst, dass Simon mich nie wieder so ansehen würde, dass er mich als Ausschussware ansehen würde. Wenn er auch nur im Entferntesten erfassen würde, wie beschmutzt ich mich fühlte, hätte ich es nicht ertragen, meinen Schmerz in ihm wiederzuerkennen. Wenn man all das berücksichtigte, hatte unsere Familie zu viel zu verlieren.

Also hielt ich meine Tränen zurück. Nur wenn niemand in der Nähe war, schlüpfte ich in die Garage, verschloss die

Tür und ließ ihnen freien Lauf. Und wenn alle Tränen geweint waren, riss ich mich wieder zusammen und tat so, als stünde ich nicht kurz vor einem Zusammenbruch.

22. März

Der Gedanke, Dougies Gesicht jemals wiedersehen zu müssen, lähmte mich, denn in einem kleinen Dorf mussten sich unsere Wege zwangsläufig irgendwann kreuzen.

Wenn ich draußen war, blieb ich an jeder Straßenecke stehen und sah mich um, aus Angst, ihm zu begegnen. War ich allein zu Hause, schloss ich die Türen ab und hielt die Vorhänge geschlossen. Jeder, der bei Verstand war, hätte es nicht gewagt, in das Haus einer Frau zurückzukehren, die er vergewaltigt hatte. Aber ein Mensch, der eine andere Person so erniedrigen und verletzen konnte – und der angeblich ihr Freund war –, war ganz sicher nicht bei Verstand.

Ich erwähnte seinen Namen nie wieder, aber Simon seltsamerweise auch nicht. Er verschwand einfach aus unseren Gesprächen. Simon ging nicht mehr mit ihm in die Kneipe. Er fragte nie, warum Dougie nicht mehr zum Abendessen vorbeikam, und lud ihn auch nie ein, gemeinsam ein Fußballspiel im Fernsehen anzusehen. Es war, als existierte er plötzlich auch für Simon nicht mehr. Die Kinder waren die Einzigen, die ihn anscheinend vermissten.

»Kommt Uncle D heute Nachmittag zum Tee?«, fragte uns Robbie beim Frühstück.

»Nein«, antwortete Simon schnell, ohne aufzusehen.

Ich kann gar nicht sagen, wie erleichtert ich war, dieses Wort mit vier Buchstaben zu hören, aber ich konnte nicht fragen, warum nicht. Die Antwort bekam ich erst, als Steven und Baishali uns einluden, gemeinsam einen großen Auftrag zu feiern, den Simon und er vom Grafschaftsrat bekommen hatten.

»Ist alles in Ordnung?«, fragte Baishali, als ich zu ihr in die Küche kam. Die Wahrheit war, dass ich höllische Angst hatte, was man mir deutlich ansah. Ich war Paula in letzter Zeit aus dem Weg gegangen, weil sie mich direkt durchschaut und von mir verlangt hätte, etwas zu unternehmen – oder schlimmer noch, den Ball ohne meine Erlaubnis ins Rollen gebracht hätte. Doch Baishali mochte keine Konfrontation, weshalb ich sie und Steven für mein erstes geselliges Beisammensein seit dem Überfall ausgewählt hatte, um wieder zur Normalität zurückzufinden.

»Ja, alles in Ordnung«, antwortete ich und schenkte ihr ein starres Grinsen.

»Das mit Dougie ist eine Schande, nicht wahr?«

Ich musste schlucken. »Was ist mit ihm?«

»Er ist doch nach Schottland zurückgekehrt. Er hat uns zum Abschied einen Zettel in den Briefkasten geworfen. Das scheint alles sehr plötzlich gekommen zu sein, oder?«

»Ja«, antwortete ich und versuchte, meine Erleichterung nicht zu zeigen.

»Simon muss sehr enttäuscht sein.«

Ich wusste längst nicht mehr, was mein Mann dachte. Ich fragte mich, warum er mir nicht erzählt hatte, dass sein bester Freund, den er seit zwanzig Jahren kannte, plötzlich weggezogen war. Es beunruhigte mich immer mehr, dass wir nicht mehr miteinander reden konnten. Aber wenn es stimmte, dass dieses Monster nach Schottland zurückgekrochen war, konnte ich vielleicht wieder zu leben anfangen.

In einer Zeit, in der sich jeder Teil von mir nach Normalität sehnte, trieben Simon und ich in getrennten Rettungsbooten immer weiter auseinander.

Sex und Intimität waren die Dinge, an die ich am wenigsten dachte. Doch als wir von Steven und Baishali nach Hause kamen, schrie ich förmlich danach, mich wieder wie eine normale Frau zu fühlen. Ich hoffte verzweifelt, dass ich diese Nacht aus meinem Kopf kriegen könnte, wenn ich mit Simon schlief.

Ich hatte noch immer körperliche Schmerzen, aber ich zwang mich, ihn dazu zu bringen, mich zu wollen, weil ich Sex für den Rest meines Lebens nicht mit Schmerz und Gewalt gleichsetzen wollte. Sogar während des Aktes – und genau das war es – wusste ich, dass alles nur mechanisch ablief. Und wenn ich es gespürt habe, hatte er es sicherlich auch getan.

Doch es war ein Anfang, denn ich musste reparieren, was jemand anderes fast ruiniert hatte.

14. Mai

Ich hatte nicht damit gerechnet, schwanger zu sein, obwohl meine Periode ausgeblieben war.

Ich dachte, ich hätte meinen Körper einfach vernachlässigt, weil ich auf Mahlzeiten verzichtet und wenig geschlafen hatte, während ich mich darauf konzentriert hatte, bestimmte Dinge auszublenden. Ich tat es als unregelmäßigen Zyklus ab und schob die verzögerte Reaktion meines Körpers auf die traumatische Erfahrung.

Doch als auch der zweite Monat ohne Periode verging, wurde ich nervös und vereinbarte einen Arzttermin. Drei Tage später rief mich Dr. Willows an und gab die Testergebnisse durch. Ich ließ mich neben dem Telefon auf den Hocker fallen, als es mir den Boden unter den Füßen wegzog. Ich war schwanger und hatte keine Ahnung, was ich tun sollte.

Meine Nerven waren ohnehin bereits zum Zerreißen gespannt. Ich hatte drei Kinder unter fünf Jahren, war mit einem Workaholic verheiratet und versuchte, die seelischen Narben zu verbergen, mit denen Dougie mich zurückgelassen hatte. Der Gedanke, mit einem weiteren Kind fertigwerden zu müssen, trieb mich zur Verzweiflung. Es wäre eine weitere Ablenkung, die Simon und mich daran hinderte, unsere Beziehung zu reparieren. Ich hatte akzeptiert, dass unser Sexleben nicht mehr leidenschaftlich, sondern nur noch sporadisch und unerfüllt war, aber wenigstens hatten wir uns ein wenig bemüht, miteinander intim zu sein. Und obwohl keiner von uns zum Höhepunkt gekommen war und es äußerst unwahrscheinlich war, bedeutete es biologisch nicht, dass ich nicht schwanger werden konnte.

Ich dachte ernsthaft über eine Abtreibung nach. Ich stellte mir vor, wie ich sie unterbringen könnte, während Simon bei der Arbeit war und die Kinder in der Schule waren. Und wenn sie zur Teezeit wieder nach Hause kämen, würde keiner von ihnen etwas bemerken.

Aber *ich* würde es wissen. Ich liebte es, Mutter zu sein, und ich hatte kein Recht, ein zweites Herz in mir zum Stillstand zu bringen, nur weil mein eigenes gebrochen war. Schlechtes Timing war eine Ausrede, aber kein Grund, und wenn überhaupt nur ein ziemlich schwacher. Also zwang ich mich dazu, mich damit abzufinden. Ich hatte schon schlimmere Zeiten überstanden.

Ich wusste nicht, was die Zukunft für Simon und mich bringen würde. Aber ich wusste, dass das Baby in mir eine Zukunft haben würde.

* * *

SIMON
Northampton, vor achtundzwanzig Jahren
18. März

»Warum? Warum?«, brüllte ich, während meine Fäuste ein Eigenleben entwickelten und immer wieder auf Dougies Gesicht und Körper einschlugen.

Vier Tage waren vergangen, seit ich dabei zugehört hatte, wie mein bester Freund und meine Frau miteinander geschlafen hatten, und ich kaum in der Lage war, sie auch nur anzusehen. Sie war plötzlich ungewöhnlich still und in sich gekehrt – zerfressen von Schuldgefühlen wegen dem, was sie hinter meinem Rücken getan hatten, wie ich hoffte.

Ich schob liegen gebliebene Büroarbeit vor, um mich von ihr und dem Schauplatz ihres Verbrechens fernhalten zu können. Doch ich konnte mich nicht konzentrieren und saß nur an meinem Schreibtisch herum, während mich die Geräusche verfolgten, die sie hinter unserer Schlafzimmertür von sich gegeben hatte. Und obwohl sie mein Vertrauen mit Füßen getreten hatte, richtete sich meine körperliche Wut auf Dougie.

Ich war mir nicht sicher, ob ich mich mehr über seinen hinterhältigen, feigen Verrat an unserer Freundschaft oder über meine eigene Naivität ärgerte, weil ich nie an seiner Loyalität gezweifelt hatte. Abgesehen von Catherine stand ich ihm näher als alle anderen meiner Freunde. Aber er hatte all das verhöhnt, woran ich geglaubt hatte und was ich bewahren wollte. Meine Wut würde erst nachlassen, wenn ich ihn dazu gebracht hatte, dass er sich genauso schwach und verletzlich fühlte wie ich.

Ich wartete bis in die frühen Morgenstunden. Sie schlief noch, als ich zu dem Haus ging, das er gemietet hatte. Die Vorhänge im Ober- und Untergeschoss schirmten das Innere vor unerwünschten, neugierigen Blicken ab, sodass ich nach hinten gehen und durch sein Küchenfenster spähen musste.

Das Licht war eingeschaltet und Dougie saß besinnungslos auf einem Plastikgartenstuhl, den Kopf nach hinten geneigt, umgeben von leeren Bierdosen, die wie gefallene Soldaten herumlagen. Während mein Leben in sich zusammenbrach, hatte er gefeiert. Meine Wut erreichte ihren Höhepunkt.

Er bemerkte meine Anwesenheit erst, als ich den Arm um seinen Hals schlang und ihn rückwärts zu Boden warf.

Erschrocken riss er die trüben Augen auf, doch der Alkohol in seinem Körper vereitelte jeden Versuch, sich wieder aufzurichten. Ich setzte mich auf ihn und verwandelte sein Gesicht in kürzester Zeit in eine Fratze aus Blut, Haaren und Schleim. Mit den Knien hielt ich seine hilflos um sich schlagenden Arme am Boden. Doch selbst als ich mir die Knöchel verletzte, während ich ihm Nase und Kiefer brach, reichte das nicht, um meiner Raserei ein Ende zu setzen.

»Warum sie?«, spie ich. »Warum meine Frau?«

»Es tut mir leid«, röchelte er. »Hör auf, bitte hör auf ...« Aber ich ließ ihn nicht ausreden. Der nächste Schlag ließ seine Vorderzähne wie Kegel in den Rachen fallen.

Ich zog ihn an seinem fleckigen Hemdkragen hoch und drückte ihn gegen die Wand. Er schlug mit dem Kopf gegen eine Uhr, und als sie zu Boden fiel, zerbrach ihr Glas in tausend Scherben.

»Ich weiß nicht, warum«, keuchte er. Sein Atem stank nach Alkohol und Blut. »Ich hatte nicht vor ...«

»Halt den Mund!«, schnauzte ich ihn an. »Du hast uns zerstört, Dougie. Du und mich, sie und mich, uns alle. Alles ...« Meine Stimme wurde schwächer, bis sie schließlich erstarb. Als ich mich selbst sagen hörte, was er mir angetan hatte, realisierte ich erst das schiere Ausmaß seines Verrats. Ich ließ ihn zu Boden fallen, und er rollte sich wie ein schluchzendes, blutendes Knäuel zusammen. Ich starrte ihn an, als wäre er eine seltsame, verletzte Kreatur in ihren letzten Atemzügen. Ich fragte mich, wie ich so dumm gewesen sein konnte, etwas so Wertloses geliebt zu haben.

Ich musste raus aus seinem Haus, um nicht mehr die gleiche verseuchte Luft wie er einzuatmen. Als ich zur Hintertür ging, wurde sein Keuchen mit jedem Schritt leiser.

Ich hätte ihn dort in seinem Gestank liegen lassen können, aber tief in mir wusste ich, dass das nicht genug gewesen wäre. Ich blieb stehen und drehte mich zu ihm um.

Seine geschwollenen blauen Augen waren nur noch Schlitze, sodass er meinen Schatten erst bemerkte, als ich schon über ihm war. Selbst als er sah, wie ich das Brotmesser aus dem Spülbecken nahm, versuchte er nicht, sich zu schützen.

Ich zog langsam den Arm zurück und stieß die Klinge einmal, zweimal, dann ein drittes Mal in seinen Bauch. Es kostete mich überraschend wenig Mühe. Sein Gesicht blieb ausdruckslos, doch der körperliche Schmerz zwang seinen Körper, sich aufzurichten. Dort verharrte er bei Bewusstsein, aber regungslos.

Ich trat einen Schritt zurück, um an seinen letzten Momenten teilzuhaben. Seine letzten schwachen Atemzüge verschmolzen mit dem Geräusch der Gase, die aus seinen Wunden austraten. Er versuchte nicht, sie zusammenzupressen oder um sein Leben zu kämpfen. Er wartete einfach fünf lange Minuten, bis das Leben aus seinem Leib wich und sein Kopf schlaff zur Seite fiel.

Wir wussten beide, dass das, was ich getan hatte, richtig gewesen war.

Meine Taten waren nur die folgerichtige Konsequenz aus den Ereignissen jener Nacht.

Beths Familie hatte fast jedes Möbelstück aus ihrem Haus entfernt, als sie es verkauft hatte. Daher war ihm nur wenig geblieben, um seine neue Bleibe einzurichten. Ich suchte sie Raum für Raum nach etwas ab, in das ich seine Leiche einwickeln konnte. Doch alles, was er besaß, waren leere Pizzakartons, Bierdosen und kostenlose Zeitungen. Was für ein erbärmliches Erbe.

Ich wischte sein Blut mit Zeitungen und schmutzigen Handtüchern vom Boden auf. Dann packte ich seine Leiche in den Kofferraum seines Autos. Ich fuhr durch das Dorf und an unserem Haus vorbei, bevor ich die Scheinwerfer ausschaltete und aus dem Gedächtnis den Waldweg entlangfuhr.

Ich griff nach dem Spaten und der Taschenlampe, die ich aus Dougies Garage mitgenommen hatte, und lief tief ins Dickicht hinein. Der Boden war gefroren und sehr hart, und das Graben kostete mich viel Schweiß und Entschlossenheit. Doch nach einer Stunde lag sein provisorisches Grab für ihn bereit. Nur mit Mühe schafften es meine vom Wutausbruch geschwächten und erschütterten Arme, seinen massigen Leib zu dem Loch zu ziehen, doch ich hielt durch, bis ich ihn hineingeworfen hatte.

Ich warf die schmutzigen Handtücher und Zeitungen hinterher, und ohne ihn eines weiteren Blickes zu würdigen, schaufelte ich die Erde wieder in das Loch. Ich trampelte den Boden glatt und streute abgefallene Blätter darüber, um meine Tat zu verschleiern. Mit einem alten blauen Seil, das auf dem Boden des ausgetrockneten Weihers lag, markierte ich sein Grab.

Ich parkte sein Auto in einem einschlägig bekannten Stadtviertel und ließ den Schlüssel im Zündschloss stecken, bevor ich mit zwei Nachtbussen nach Hause fuhr. Ich ging zur Brücke, an der ich mit den Kindern Angeln gespielt hatte, und wusch mir im Wasser sein dreckiges Blut von den Händen. Und als das Adrenalin in meinem Körper versiegte, schlugen die Schmerzen wie Blitze in meinen Körper ein. Sie liefen von meinen Knöcheln bis zu den Schultern hinauf und schnürten mir die Brust zu. Die Briefe, die ich Roger und Steven in Dougies Namen geschrieben hatte und die seine plötzliche Rückkehr nach Hause erklärten, konnten bis zum Morgen warten.

Die Hände vor Wut zu Fäusten geballt, konnte ich kaum eine Hand ausstrecken, um mir die Tränen von Wangen und Kinn zu wischen.

27. April

Ich sehnte mich danach, dass Catherine mir alles gestand und um Vergebung bat. Denn nur dann könnte sie verstehen, wie weit ich mich von meinem alten Ich entfernt hatte, seit ich sie und Dougie zusammen gehört hatte.

Sie hatte mein Ich, das sie glaubte zu kennen, erstickt. Jetzt lebte sie nur noch mit dem Abklatsch von Simon Nicholson: einem Mann, der so betäubt und eiskalt war, dass die Flüssigkeiten in ihm gefroren. Ich würde nie wieder der gleiche Mann sein.

Ich war so losgelöst von allem, was vor dieser Woche passiert war, dass ich Dougie aus meiner Geschichte gestrichen hatte. Selbst als das Blut meines besten Freundes an meinen Händen geklebt hatte, empfand ich keinerlei Gewissensbisse. Mein Handeln war gerechtfertigt, das wusste ich. Ich hatte die Kraft, das zu tun, was mein Vater den vielen Liebhabern hätte antun sollen, mit denen Doreen uns gedemütigt hatte.

Aber mit Catherine fertigzuwerden war eine andere Sache. Ich hielt es für befriedigender, ihr nach und nach die Lebenskraft zu rauben, als körperliche Vergeltung zu üben. Ich war mir nicht sicher, wie ich es anstellen würde, aber irgendwie würde ich ihr ein Geständnis abringen. Dann würde ich sie wochenlang völlig verunsichert in der Luft hängen lassen, während ich so tat, als würde ich über unsere Zukunft nachdenken.

Und sobald sie glaubte, einen Hoffnungsschimmer in meinen offenen, vergebenden Armen zu erkennen, würde ich sie verlassen und sicherstellen, dass meine Kinder und all ihre Freunde wussten, was sie getan hatte. Sie würden sie so hassen, wie ich es tat.

Aber ich hatte sie unterschätzt. Während ich ihr erlaubte zu glauben, dass sie damit durchgekommen war, überrumpelte sie mich plötzlich.

14. Mai

Ich hatte vielleicht Dougies Leben ein Ende gesetzt, aber er hatte einen Weg gefunden weiterzuleben, in meiner Frau. In uns allen.

Es hatte ihm nicht gereicht, unsere Ehe zu Lebzeiten zu ruinieren. Selbst eine Meile von meinem Haus entfernt und knapp zwei Meter unter der Erde streute er immer noch Salz in meine offenen Wunden.

Catherine spielte die Not leidende Frau, als sie am Abend die Kinder sehr früh ins Bett brachte und mich ins Esszimmer lotste.

»Wir müssen etwas besprechen«, meinte sie nervös, »und ich bin mir nicht sicher, wie du reagieren wirst.«

Sie tupfte sich die Wangen mit einem Papiertaschentuch ab, bevor sie weitersprach.

»Ich bin schwanger.«

Dann beugte sie sich über den Tisch und legte meine Hand in ihre Teufelskralle.

»Ich werde deine Hilfe brauchen, und du müsstest abends ein paar Stunden weniger arbeiten, aber ich denke, ein weiteres Baby könnte genau das sein, was wir brauchen.«

Es war das Letzte, was ich erwartet hatte – ein weiterer vernichtender Schlag für mein zerbrechliches Ego. In diesem Moment wusste ich, dass sie niemals ehrlich zu mir sein könnte. Ich würde mir also einen neuen Plan überlegen müssen, um sie zu bestrafen.

»Also, was denkst du?«, fragte sie.

»Das sind großartige Neuigkeiten«, log ich, und sie ließ sofort ihren restlichen Krokodilstränen freien Lauf.

Es war offensichtlich, dass der teuflische Samen, der in ihr aufgegangen war, nicht von mir stammte. Die wenigen Male, die wir uns geliebt hatten, musste ich meine gesamte Vorstellungskraft aufbringen, um erregt zu werden. Es war ein seelenloser, reumütiger Sex zwischen einer Ehebrecherin und dem Betrogenen gewesen, der mich niemals zum Höhepunkt gebracht hatte.

Dennoch war sie bereit, ihren Bastard als meinen auszugeben, jetzt, wo sie glaubte, ihr Geliebter habe sie sitzen gelassen und sei nach Schottland zurückgekehrt.

Ich erinnerte mich an ihren panischen Blick, als Robbie gefragt hatte, wann Dougie wieder zum Abendessen kommen würde. Sie hatte weder den Kopf gehoben noch nachgefragt, als ich ihm erklärte, dass er nicht mehr kommen würde. Ich fragte mich, ob sie wusste, dass ich es wusste. Doch wenn sie es tat, ließ sie sich nicht in die Karten schauen und schwieg. Innerlich musste es sie um den Verstand bringen, keine Erklärung dafür zu haben, dass er sie abserviert hatte. Das verschaffte mir eine gewisse Genugtuung.

Sie hatte ihre Anstrengungen verdoppelt und übertrieb es mit dem Versuch, ihre Fehltritte wiedergutzumachen, indem sie sich jede erdenkliche Mühe gab, um nicht wie eine verzweifelte Hausfrau zu wirken. Sie wartete, bis ich spätabends nach Hause kam, damit wir zusammen essen konnten. Sie verschaffte sich in jeden Lebensbereich der Kinder Zutritt und renovierte eigenhändig unser besudeltes Schlafzimmer.

Wenn sie dachte, sie wäre allein, sah ich sie in die Garage schleichen. Und als ich durch die Fenster voller Spinnweben spähte, konnte ich sehen, wie sie heulend auf dem schmutzigen Boden kniete. Ich hoffte, sie würde niemals damit aufhören.

19. August

Als die Monate vergingen und der Parasit in ihrem Bauch heranwuchs, ärgerte ich mich genauso über ihn wie über den Brutkasten, der ihn austrug. In meinen Träumen sah ich sie die Treppe herunterfallen und eine Fehlgeburt erleiden, oder wie Dr. Willows mir bestätigte, dass das Baby in ihrem Bauch gestorben war.

Doch trotz allem, was ich an ihr verachtete, und obwohl ich mich durch ihre Schuld schrecklich fühlte, war ich nicht in der Lage, ihr die Stirn zu bieten oder meine Sachen zu packen und zu gehen.

Alles, was ich jemals gewollt hatte, war eine eigene Familie, und ich war nicht bereit, meine Kinder zu verlassen, wie es meine Mutter getan hatte. Ich fühlte mich fürchterlich, mit ihnen allen zusammenzuleben. Doch wenn ich ging, wäre ich wie Doreen. Zumindest war es vorläufig das geringere Übel zu bleiben.

Also spielte ich ihre Scharade mit.

25. November

Sie schlief in unserem Bett, erschöpft von den Wehen, die ihren Körper den größten Teil des Tages und der Nacht heimgesucht und ausgezehrt hatten.

Ich saß auf dem schmutzigen grünen Sessel im Schlafzimmer und wiegte ihren Sohn in einem weißen Umhängetuch, das sie speziell für seine Ankunft gestrickt hatte. Die Hebamme packte ihre Sachen zusammen und fand allein hinaus. Catherine hatte ihn nach ihrem verstorbenen Großvater William benannt, er war nun gerade mal eine Stunde alt und schlief tief und fest. Seine Haut klebte immer noch, roch süßlich und war mit einem feinen weißen Flaum bedeckt.

Nachdem man ihn in meine Arme gelegt hatte, versuchte ich mit aller Kraft, mir vorzustellen, er sei mein eigen Fleisch und Blut. Doch ich brachte es nicht über mich, meine Lippen an sein zartes Ohr zu drücken und ihm das gleiche Versprechen zuzuflüstern, das ich meinen anderen Kindern gegeben hatte.

Ich konnte diesem kleinen Jungen nicht sagen, dass ich immer für ihn da sein und ihn niemals im Stich lassen würde.

Weil er nicht mein Sohn war und es niemals sein würde. Selbst das Ergebnis einer Unwahrheit hatte keine Lüge verdient – das wusste ich besser als die meisten anderen.

Die Wochen vergingen, und ich verbrachte Stunden damit, ihn zu beobachten und in seinem Lächeln und Stirnrunzeln nach Ähnlichkeiten zu seinem Vater zu suchen, den ich getötet hatte. Er war durch und durch Dougies Ebenbild, bis in die wenigen rotbraunen Haarsträhnen.

Er würde niemals ein männliches Vorbild erleben, das ihn bedingungslos liebte, oder eine Mutter, die ihm gegenüber völlig ehrlich war, was seine Herkunft anging. Schon sehr früh in seinem Leben lastete das Stigma seiner Zeugung tonnenschwer auf ihm.

Meine harte Fassade begann jedoch ein wenig zu bröckeln, als ich Catherine bei der Geburt zusah. In ihrer Verletzlichkeit erkannte ich Teile der Frau wieder, die ich geliebt hatte und die mich bereits mit drei eigenen Kindern gesegnet hatte.

Und zum ersten Mal seit Monaten hatte ich mir sogar die Frage erlaubt, ob wir das durchstehen könnten. Doch solange Billy in unserem Leben war – eine ständige Erinnerung an ihre Sünde –, konnte ich ihr nicht vergeben, konnten meine Wunden nicht verheilen, konnten wir niemals eine Zukunft haben.

Seine zerbrechliche Existenz bedeutete, dass nichts mehr so sein würde wie zuvor.

* * *

Northampton, heute
20.00 Uhr

Er rang nach Luft.

Seine trüben, lethargischen Pupillen erwachten wie eine locker sitzende Glühbirne zum Leben und fielen dann in die Dunkelheit ihrer Iris zurück.

Nach außen hin reagierte er kaum auf das, was sie ihm gesagt hatte, doch innerlich war er gebrochen. Ihre Enthüllungen hatten alle hundert Milliarden Neuronen, die in seinem kranken Gehirn verstreut waren, gezwungen, ihre elektrischen Impulse gleichzeitig abzufeuern, was ihn außer Gefecht setzte.

Als endlich wieder Leben in ihn kam, bohrten sich seine Augen tief in ihre und betrachteten sie mit mikroskopischer Genauigkeit. Er suchte verzweifelt ihr Gesicht nach Anzeichen dafür ab, dass sie log. Doch alles, was er erkennen konnte, war, dass sie die Wahrheit sprach. Was er zu gern geglaubt hatte, hinter der Schlafzimmertür gehört zu haben, hatte eine Kettenreaktion in Gang gesetzt, in deren Verlauf Leben verändert und ausgelöscht worden waren. Nun überlegte er, ob er tief im Inneren während ihres ganzen Zusammenlebens nur darauf gewartet hatte, sie zu ertappen, und ob ihm diese Nacht den Vorwand geliefert hatte, nach dem er gesucht hatte.

Sie hatte gerade die Grundlage zerstört, auf der seine Annahmen der letzten achtundzwanzig Jahre basiert hatten. Er konnte ihr nicht länger die Schuld für seine Taten zuweisen. Es war Dougies Schuld. Es war Kenneths Schuld. Es war Doreens Schuld. *Es ist nicht meine Schuld, es ist nicht meine Schuld*, sagte er sich immer wieder.

So viel Leid und Kummer hätten vermieden werden können, wenn er den Türknauf um vierzig Grad weitergedreht hätte. Er hätte sie beschützen können, wie ein Ehemann seine Frau beschützen sollte.

Sie war ein Opfer der ungelösten Probleme zwischen zwei besten Freunden und den Eltern geworden, die sie geprägt hatten. Und es brach ihm die letzten verkohlten Überbleibsel seines Herzens, als sie erklärte, wie sie ihm zuliebe darauf verzichtet hatte, die Gerechtigkeit einzufordern, die ihr zugestanden hätte. Sie war sogar bereit gewesen, ein Baby zu lieben, das in Hass gezeugt worden war, nur um ihn nicht zu verärgern. Er konnte nicht verstehen, wie jemand so selbstlos sein konnte.

»Ich ... ich ...«, flüsterte er leise, doch er konnte den Satz nicht beenden.

Sie erinnerte sich an eine Zeit, als die Worte dieses Mannes für sie von Bedeutung gewesen waren. Jetzt bedeuteten sie nichts mehr.

Endlich hatte sie eine Antwort auf die Frage erhalten, die sie so lange beschäftigt hatte. Tausendmal hatte sie sich gefragt, womit sie es verdient hatte, verlassen zu werden, und jetzt wusste sie es.

Nichts.

Absolut gar nichts.

Wäre es andersherum gewesen, sie hätte diese Tür geöffnet. Sie hätte nie an ihm gezweifelt, bis sie es mit eigenen Augen gesehen hätte. Sie wusste auch, dass sie Dougie vergeben hätte, wenn sie ein besserer Mensch gewesen wäre. Und sie hatte es wirklich versucht. Doch es war unmöglich gewesen. Und nun, wo sie wusste, dass er tot war, war sie dankbar dafür, auch wenn es nur aus falschem Stolz dazu gekommen war.

Doch diese Dankbarkeit war nur von kurzer Dauer. Sie könnte den Mord an Paula, das hemmungslose Leben, das er gelebt hatte, nie vergessen, und dass er seine Kinder im Stich gelassen hatte. Es war schrecklich gewesen, all diese Dinge zu hören. Und nichts erschreckte sie mehr als seine abgrundtiefe Abneigung gegen ein Kind, das er insgeheim nicht als sein eigenes anerkannt hatte.

»Wie konntest du so ein unschuldiges Wesen hassen?«, fragte sie, entschlossen, einen Einblick in seine Denkweise zu gewinnen. »Du hast Billy wie deine anderen Kinder behandelt. Ich habe dich mit ihm gesehen. Ich habe gesehen, dass du ihn geliebt hast.«

»Das habe ich nicht«, antwortete er. »Es war eine Lüge, weil ich wusste, dass er nicht mein Sohn war. Es tut mir so leid, was mit dir passiert ist, aber du darfst nicht vergessen, dass ich dachte, du hättest eine Affäre. Ich war am Boden zerstört.«

»Warum hast du nicht die Tür aufgemacht? Warum hast du nicht die verdammte Tür aufgemacht?«

»Ich hatte Angst vor dem, was ich dahinter vorfinden würde.«

»Du meinst, du dachtest, du würdest Doreen vorfinden. Wie kannst du es wagen, Simon? Wie kannst du es verdammt noch mal wagen? Das hast du immer geglaubt, nicht wahr? Dass sich irgendwann herausstellen würde, dass ich so bin wie sie, weil du denkst, dass alle Frauen so sind. Du hast sogar deine Tochter aus Italien mit Doreen verglichen. Deine eigene Tochter! Du siehst in den Menschen nur das, was du in dir selbst siehst – Ausschussware.«

»Es tut mir leid.«

Seine Entschuldigung interessierte sie nicht. »Ich weiß nicht, was schlimmer ist: dass du dachtest, ich könnte dich betrügen, oder dass du so getan hast, als würdest du deinen Sohn lieben.«

»Das ist der Punkt, Catherine. Ich hätte es noch so sehr vorgeben können, Billy hätte niemals mein Sohn sein können. Und wenn ich gewusst hätte, wie er gezeugt worden war, hätte ich ihn umso mehr gehasst.«

»Du und ich haben ihn gezeugt!« Sie wurde immer wütender und betonte jedes Wort. »Er war dein Fleisch und Blut.«

»Das ist lächerlich. Du weißt, dass ich die wenigen Male, in denen wir es versucht haben, niemals einen Orgasmus hatte. Die Chancen standen also mehr als schlecht, dass er mein Sohn war. Und es war so offensichtlich, dass er Dougies Kind war! Ich erkannte Dougie in jedem Zoll von ihm wieder. Er sah seinen Geschwistern so gar nicht ähnlich und mir erst recht nicht.«

»Nein, noch mal, du hast geglaubt, was dein verdrehter Verstand glauben wollte. Glaube mir, Simon, du warst sein Vater.«

Doch er gab nicht nach.

»Nein. Ich wünschte nur, ich könnte glauben, was du mich glauben machen willst, aber das kannst du mir nicht garantieren. Ich verstehe, warum du das glauben musst, aber ...«

»Bitte, zwing mich nicht, noch deutlicher zu werden.«

»Doch, das wirst du, denn ohne einen DNA-Test werde ich das nie akzeptieren.«

Sie hielt den Atem an und schloss die Augen, bevor sie antwortete. Sie war zu wütend und gedemütigt, um ihn anzusehen.

»Billy kann nicht Dougies Sohn gewesen sein, weil er mich anal penetriert hat.«

Es war vorbei. Damit fiel auch die letzte Entschuldigung für jede seiner folgenden Handlungen in sich zusammen und zog ihm den Boden unter den Füßen weg.

Sie versuchte zu verstehen, was er murmelte, als er sich an die Armlehnen seines Stuhls klammerte.

Sie verstand nur die Worte »Gott« und etwas, das sich anhörte wie »vergib mir«.

Kapitel 21

CATHERINE

Northampton, vor sechsundzwanzig Jahren
3. Januar

Mein wunderbarer Billy kicherte begeistert, als er sein Lieblingsspielzeug von einem Ende der Badewanne zum anderen warf und ihm auf Händen und Knien hinterherjagte. »Mach langsamer!«, sagte ich ihm.

Das blau-weiße Plastikboot mit dem aufgemalten Smiley war von James an Robbie und schließlich an ihren vierzehn Monate alten Bruder weitergegeben worden. Und wie ihnen zuvor wurde es Billy nie langweilig, es hochzuheben und herumzuwerfen.

Er entwickelte sich erstaunlich schnell, krabbelte oft durch das Haus und versuchte, wie seine Brüder und seine Schwester auf den eigenen Beinen zu stehen. »Nein, Billy«, warnte ich, als er sich am Rand der Badewanne hochziehen wollte. Er setzte sich wieder hin und spritzte mich wieder mit seinem Boot nass.

Robbie war in einem Alter, in dem Reinlichkeit nicht gerade eine Tugend war, sodass er lieber mit seinen Dinosauriern spielte, als in die Wanne zu gehen. Emily wollte immer, dass ihr Vater sie badete. Und da James bereits Wert auf seine Privatsphäre legte, war Billy der einzige Junge, der diese kostbaren Momente mit seiner Mummy teilen wollte. Und ich genoss jeden einzelnen davon.

Ich wusch ihm gerade den stetig wachsenden Haarschopf, als das Telefon klingelte. Ich wartete auf den Anruf meiner Freundin Sharon, die mir erzählen wollte, wie ihre Hochzeit am Vortag verlaufen war. Es war mir eine große Ehre gewesen, als sie mich gebeten hatte, die Kleider ihrer drei Brautjungfern zu nähen, da dies das größte Projekt war, das ich jemals in Angriff genommen hatte. Sie hatte uns zum Empfang eingeladen, aber Simon und ich mussten in letzter Minute absagen, weil unser Babysitter Windpocken bekommen hatte und sich nicht um die Kinder kümmern konnte.

Sharon hatte versprochen, sich die Zeit zu nehmen, mich am Abend anzurufen, bevor sie und ihr frisch angetrauter Ehemann nach Teneriffa in die Flitterwochen flogen.

»Simon!«, rief ich, als das Telefon klingelte. »Pass bitte auf Billy auf!«

Als ich seine gedämpfte Antwort aus einem anderen Zimmer hörte, stürmte ich über den Flur in unser Schlafzimmer und nahm den Hörer ab. Alles war wie am Schnürchen gelaufen, aber was noch wichtiger war, meine Kleider waren nicht auseinandergefallen. Für einen Moment wurde ich von einem dumpfen Schlag abgelenkt, der von außerhalb des Schlafzimmers kam. Doch aus Erfahrung wusste ich, dass wahrscheinlich alles in Ordnung war, wenn auf ein unerwartetes Geräusch kein Kindergeheul folgte.

Wir unterhielten uns noch ein paar Minuten und legten dann auf. Ich war stolz auf mich und ging grinsend ins Badezimmer, um es Simon zu erzählen.

»Sharon sagt, sie hätten allen gefallen«, setzte ich an, als ich die Tür erreichte. »Schade, dass wir nicht …«

Nur dass Simon nicht da war. Doch Billy lag in der Badewanne, das Gesicht knapp fünf Zentimeter unter Wasser.

Sein feines Babyhaar trieb ziellos auf dem Wasser, und in seinem Körper war kein Hauch von Leben mehr. Sein Boot schwamm dicht bei ihm auf den Schaumblasen und lächelte immer noch.

Ich erstarrte, bis ich das volle Ausmaß des Geschehenen erfasst hatte und mich das Grauen überkam. Ich schrie nach Simon und stürmte von der Tür zu meinem Baby. Ich warf die Arme ins Wasser und packte Billy, hob ihn am Bauch hoch und legte seinen Körper auf die flauschige Badezimmermatte.

Die Kinder tauchten aus dem Nichts auf und starrten verwirrt in der Tür. Robbie schrie »Daddy!« und ich hörte seine schweren Schritte näher kommen.

»Oh Gott, oh Gott, oh Gott«, stammelte ich, während ich Billy wieder hochhob und vor mich hielt. Sein Kopf fiel nach vorne.

Simon stieß mich zur Seite und übernahm das Kommando. Er legte ihn auf den Boden, schob den Kopf nach hinten, hielt seine Stupsnase zu und führte eine Mund-zu-Mund-Beatmung durch. Ich kniete hilflos daneben, mit triefenden Armen und tränennassen Augen, und schluchzte, während sein Vater fest auf seine Brust drückte, um sein Herz wieder zum Schlagen zu bringen. Ich hörte, wie eine Rippe unter Simons Druck brach, und es fühlte sich so an, als wäre es meine eigene.

»Ruf einen Krankenwagen!«, rief Simon immer wieder, doch ich blieb wie angewurzelt sitzen, hin- und hergerissen zwischen Hoffnung und Verzweiflung. James musste seine Bitten gehört haben und rannte davon. Ich horchte auf Simons warmen Atem, als er ihn stoßweise in den Mund unseres Sohnes blies. Ich sah Simons Handflächen über den nassen Körper gleiten, hörte die zweite Rippe brechen und sah, wie sich Billys Wirbelsäule bei jedem Stoß krümmte.

Ich griff nach Billys noch warmer Hand und bat Gott, ihm die Kraft zu geben, die Finger zu bewegen und einen um meinen zu legen. Doch Gott hatte meinen Sohn im Stich gelassen, als Billy ihn brauchte, genau wie ich es getan hatte. Robbie und Emily weinten hinter uns, als James zurückkehrte und sie in sein Zimmer brachte.

Simon wollte nicht aufgeben, auch nicht, als die Sanitäter eintrafen und übernehmen wollten. Sie mussten ihn zur Seite ziehen, aber sie konnten auch nicht mehr tun, als er bereits unternommen hatte.

Schließlich sahen sie uns mitleidig an und schüttelten entschuldigend den Kopf.

Erschüttert sank ich zu Boden und fasste mir an die Brust, um meinem Herzen die schwere Last zu nehmen. Ich griff verzweifelt nach der Matte, um mich an etwas festzuhalten, nachdem ich so viel verloren hatte. Ich versuchte, mich näher an mein Baby heranzuziehen, doch mein Körper blieb am Boden kleben. Simon legte meinen Kopf auf seinen Oberschenkel, als ich so heftig schrie, dass mir die Augen brannten und der Hals schmerzte.

»Es ist mein Fehler, es tut mir so leid«, heulte ich. »Es ist mein Fehler …«

»Du darfst dir nicht die Schuld geben«, murmelte er, während er mir über das Haar strich. Doch wir wussten beide, dass es so war.

»Ich dachte, du wärst bei ihm«, weinte ich. »Ich habe nach dir gerufen.«

»Ich war unten.«

Ich flehte die Sanitäter an, uns Billy nicht wegzunehmen, aber Simon erklärte mir ruhig, dass es an der Zeit war, ihn gehen zu lassen. Vorsichtig trocknete ich seinen Körper ab und zog ihm seinen »Mr Men«-Schlafanzug an, bevor sie ihn nach unten trugen. Ich konnte nicht zusehen, wie er zum letzten Mal unser Haus verließ.

Stattdessen presste ich meine Wange auf den kalten Boden, klammerte mich an sein Spielzeugboot und wünschte, ich könnte auf ihm eine Stunde in der Zeit zurückkreisen, zu einem Moment, bevor ich mein Baby zum Sterben zurückgelassen hatte.

7. Februar

Mein Schlafzimmer war ein Zufluchtsort für meine Qualen. Ich wollte die Tür und die Fenster so fest verschließen, dass es zu einem Sarg wurde, wie jener, in dem mein kleiner Junge tief unter der Erde lag.

Es hatte Tage gedauert, bis ich ohne Simons Hilfe aufstehen konnte. Jedes Mal, wenn ich es allein versuchte, schwankte der Boden unter mir und ich stieg benommen und besiegt zurück ins Bett. Das Telefon klingelte so oft, dass er es aus der Steckdose zog, damit es mich nicht störte.

Ich hörte die gedämpften Stimmen von Freunden, die mit Essenspaketen vorbeikamen, ihre Hilfe anboten oder die Kinder aus unserem Mausoleum herausholten, damit sie mit ihren Freunden spielen konnten. Ich war froh, wenn sie nicht zu Hause waren, denn dann waren sie sicherer, als sie es bei mir waren.

Doch ich konnte sie nicht davon abhalten, leise meine Schlafzimmertür zu öffnen, unter die Decke zu kriechen und ihre warmen Körper an meinen zu pressen. Ich legte die Arme um sie und hielt sie fest, doch sobald ich bemerkte, was ich da tat, wies ich ihre Liebe zurück und schickte sie fort. Sie waren zu jung, um zu verstehen, warum ihre Mummy nicht mit ihnen zusammen sein wollte. Es war zu ihrem eigenen Besten: Ich hatte sie nicht verdient.

Simon war ihnen Mutter und Vater zugleich und erklärte ihnen, dass ich sie noch immer liebte, auch wenn ich gerade sehr traurig war, und dass ich aus meinem Zimmer kommen würde, sobald ich dazu in der Lage war. Doch bis dahin mussten sie geduldig sein.

Während Billys Beerdigung hatte Simon mich keinen Moment losgelassen und stützte meinen Kopf mit seiner Schulter, während meine Wimperntusche das Revers seiner Jacke verschmierte. Und nachdem wir wieder zu Hause waren, ließ er mich wochenlang in unserem Bett liegen, ohne sich ein einziges Mal zu beschweren.

Morgens fühlte ich mich immer noch schlechter als abends. Denn im Moment des Aufwachens war mir noch nicht bewusst, was passiert war. Doch dann stürzte alles wieder auf mich ein, und der Trauerprozess begann von vorne.

Und sobald ich mich auf etwas anderes konzentrieren wollte, dachte ich wieder an den Moment, in dem ich Billys Körper gefunden hatte. Dieser Gedanke verdrängte alles andere. An manchen Abenden war ich überzeugt davon, Billy weinen zu hören, und ich sprang von mütterlichen Instinkten getrieben aus dem Bett und lief zur Tür, bevor mir klar wurde, dass meine Sinne mir einen Streich spielten.

Mein Körper und mein Geist funktionierten getrennt voneinander. Mein Kopf wusste, dass ich mein Baby verloren hatte, doch meine Brüste setzten meine Bestrafung fort, indem sie noch immer Milch produzierten.

Ich vermisste, ein Baby um mich zu haben, und sehnte mich danach, wie Billy zum Schlafen zufrieden seinen Kopf auf meine Schulter gelegt hatte. Ich vermisste es, ihm den Schlaf aus den Wimpern zu wischen. Ich vermisste das Gefühl, mich wieder wie eine Frau zu fühlen, das ich nach dem verloren hatte, was Dougie mir angetan hatte, und das Billy mir zurückgebracht hatte.

Wie sehr mir Simon auch klarzumachen versuchte, dass es ein furchtbarer Unfall gewesen war, tief in seinem Herzen musste er mich dafür gehasst haben. Wie sollte es anders sein? Ich tat es ja auch.

12. April

Simons Unterstützung kannte keine Grenzen, doch all seine Beteuerungen reichten nicht aus. Ich übertrug meinen Selbsthass sogar auf ihn und warf ihm vor, nicht im Badezimmer gewesen zu sein, wo ich ihn vermutet hatte.

Doch er richtete die Wut, die er in sich getragen haben musste, niemals gegen mich. Er ging auf seine eigene stoische Weise mit seiner Trauer um. Und er war immer für mich da, wenn ich brüllen oder heulen musste. Er war der perfekte Ehemann.

Ich hatte früher immer gesagt, Billy rieche nach rosa Rosen. Also hob Simon etwas Erde unter dem Küchenfenster aus und pflanzte dort sechs Rosensträucher. Es war ein Ort, an dem ich später Frieden finden sollte, indem ich einfach in ihrer Nähe saß oder durch das offene Fenster ihren Duft einatmete, während ich das Geschirr spülte. Es war genau das, was ich brauchte, damit meine Wunden heilen konnten.

22. Oktober

Als ich vollkommen leer war, keine Tränen mehr hatte und nichts mehr von mir übrig war, das ich hassen konnte, konnte ich nur noch in eine Richtung gehen.

Also öffnete ich nach und nach die Augen und erlaubte mir, langsam die Liebe in mir aufzunehmen, die mich monatelang umgeben hatte, die ich jedoch verschmäht hatte.

Die Liebe meiner Familie, die Liebe meiner Freunde – aber in erster Linie die Liebe meines Mannes.

* * *

SIMON
Northampton, vor sechsundzwanzig Jahren
3. Januar

Ich blieb im Türbogen hinter Robbie und James stehen und war fasziniert von dem Schmerz, der ihren Körper erschütterte, als sie sich bemühte, dem kleinen Leib zum zweiten Mal in vierzehn Monaten Leben einzuhauchen.

Billy lag nass und regungslos auf dem Boden. Seine Augen glänzten, doch sein Körper war leblos. Ich hatte mich oft dabei ertappt, wie ich sie angesehen und mich gefragt hatte, was sie sahen, wenn sie mich anblickten.

Es war das zweite Mal innerhalb weniger Minuten, dass ich ins Badezimmer kam.

Als sie mich gerufen hatte, damit ich ein Auge auf ihn warf, war ich in Emilys Schlafzimmer gewesen, um ihr Haar nach dem Bad zu trocknen. Auf dem Weg ins Badezimmer hörte ich Catherines gedämpfte Stimme hinter unserer Schlafzimmertür. Billy spielte gerade mit seinem Smiley-Boot, und als er mich sah, grinste er mich freudig an. Ich reagierte nicht darauf.

Ich beobachtete, wie er das Boot zu weit fortwarf, um es mühelos erreichen zu können. Er sah mich erwartungsvoll an, damit ich es zurückholte. Ich rührte mich nicht. Frustriert reckte er die Arme hoch, die immer noch nicht viel mehr als speckige Hautrollen waren, und wollte danach greifen. Als es ihm nicht gelang, stand er auf und hielt sich mit den Händen am Rand der Badewanne fest. Als er lostapste, verlor er den Halt, rutschte aus und wirbelte herum, als er zu Boden ging

393

und mit der Seite des Kopfes gegen den Wasserhahn und dann auf das harte Porzellan schlug. Ich sah dabei zu, wie er mit dem Gesicht nach unten im Wasser landete.

Nach einem langen Moment der Ruhe schreckte ich hoch, als er wieder zum Leben erwachte, den Rücken krümmte und versuchte, sich aus dem Wasser zu befreien. Doch als er den Mund öffnete, um zu schreien, füllte er sich mit Wasser und Schaumblasen. Er schlug mit den Armen um sich, als er versuchte, sich abzustützen, doch er besaß weder die Kraft noch die Koordinationsfähigkeit, um sich wieder aufzurichten.

Und dann wartete ich auf das Unvermeidliche.

Ich blieb regungslos stehen, während sich der Nebel der letzten beiden Jahre zu lichten begann.

Ich wusste, was ich hätte tun müssen, was jeder mit einem Funken Menschlichkeit in sich getan hätte. Doch ich war nicht mehr diese Art von Mensch. Catherine hatte mich meines Mitgefühls beraubt und an meiner Stelle einen eiskalten Mann zurückgelassen. Billy und ich waren beide ihre Opfer.

Es lag an Billys abscheulichen Chromosomen, dass ich so reagierte. Und ich konnte nicht mit ihm in meinem Haus leben und so tun, als ob er wie die wäre, die ich liebte. Also sah ich zu, wie er still und leise ertrank. Ein Hilfloser ließ den anderen in einem Kampf zappeln, den nur einer von uns beiden gewinnen konnte.

Als die letzte Luftblase seine Lunge verlassen hatte, glitt ich so leise aus dem Raum, wie ich hineingegangen war.

18. Januar

In den Wochen nach Billys Tod lag ich mit Catherine in dem abgedunkelten Kokon, zu dem sie unser Schlafzimmer gemacht hatte, und lauschte ihren Qualen, bis sie eingeschlafen war.

Dann ließ ich die Momente in meinem Kopf wieder aufleben, die sie zerstört hatten.

»Oh Gott«, hatte sie immer wieder gestammelt, nachdem sie meinen Namen gerufen hatte. »Oh Gott, oh Gott.«

Ich war den Flur entlanggelaufen und hatte mich hinter Robbie, James und Emily gestellt, als die Konsequenzen meiner Untätigkeit offenkundig wurden. Ich geriet in Panik und musste wieder rückgängig machen, was ich zugelassen hatte. Ich schob die Jungen zur Seite und begann mit der Wiederbelebung. Ich versuchte, diese fünf Minuten des Wahnsinns rückgängig zu machen und den Schaden wiedergutzumachen.

Billys Mund schmeckte nach Shampoo, als ich versuchte, seine Nase fest zuzudrücken und ihm das Leben wieder einzuhauchen, dem ich erlaubt hatte zu entweichen. Ich wurde von Adrenalin und Angst überrollt, als seine erste Rippe unter meinen verzweifelten Anstrengungen brach.

»Du hast dich geirrt«, hörte ich meine innere Stimme sagen. »Du kannst ihn wie dein eigenes Kind behandeln.« Eine zweite Rippe brach. »Es wird nur in kleinen Schritten vorangehen. Aber du könntest mehr Zeit mit ihm verbringen, ihm ein größeres und besseres Boot kaufen, ihm das Fahrradfahren beibringen, so wie du es bei den anderen getan hast. Du könntest von der Seitenlinie zusehen, wie er das Siegtor für seine Fußballmannschaft schießt … Ja, du könntest all das tun, wenn du eine zweite Chance bekommst. Aber dazu wird es nicht kommen.«

In der Zeit, in der ich ihm beim Sterben zugesehen hatte, hatte ich unsere nächsten sechzehn Jahre als Vater und Sohn durchgeplant. Mein Sohn. Nicht biologisch, aber trotzdem mein Sohn.

Selbst als die Sanitäter aus dem Nichts auftauchten, weigerte ich mich, mein Versagen zuzugeben. Doch tief in meinem

Inneren wusste ich, dass es zu spät war. Billy war tot, und ich hatte es geschehen lassen.

Ich hatte Catherine über die Haare gestrichen, als sie auf dem Boden lag und sich die Seele aus dem Leib heulte, ihr Baby an ihrer Seite. Ihre Welt war in Schutt und Asche gelegt und Catherine am Boden zerstört. Der Schmerz, den sie mir zugefügt hatte, war nichts im Vergleich zu dem, was ich ihr angetan hatte.

20. März

Seit Wochen hatte Catherine sich nichts als Vorwürfe gemacht. Meine Entscheidung hatte sie zu einem unerträglichen Fegefeuer verurteilt. Und meine Unfähigkeit, der Mann zu sein, den sie liebte, war für den Tod ihres Sohnes verantwortlich und hatte einen Schatten auf unser aller Leben geworfen.

Jedes Mal, wenn sie den Schlaf der Wirklichkeit vorzog, schlüpfte ich in meine Laufschuhe und rannte so schnell, wie ich konnte, bis die Beine unter mir nachgaben. Ich entschied mich bewusst für harte Böden, damit ich jeden Stoß des Asphalts in Knien und Wirbelsäule spüren konnte, damit der körperliche Schmerz den geistigen linderte.

Jedes Mal, wenn ich mir selbst wehtat, hoffte ich, dass es etwas von ihrem Schmerz nehmen würde. Doch es gab nichts, was ich hätte tun können, damit mir das gelang.

12. Mai

Nach außen hin war ich der perfekte Ehemann. Doch in meinem Inneren herrschte absolutes Chaos. Ich schleppte mich durch den Tag, um den Familienalltag am Laufen zu halten. Ich wurde zum Experten darin, ein Lächeln vorzutäuschen oder die

Betroffenen davon zu überzeugen, dass am Ende alles wieder gut werden würde und es nur ein wenig Zeit brauchte.

Ich kümmerte mich um alle Bedürfnisse der Kinder, während Catherine dafür zu ausgebrannt war. Es war mein Gesicht, das unsere Freunde sahen, wenn sie vor unserer Haustür auftauchten, um nachzusehen, wie es uns ging.

Ich nahm mir eine Auszeit vom Büro, um die alltäglichen Aufgaben wie Einkäufe, Hausarbeit und Gartenpflege zu erledigen. Ich bereitete unsere Mahlzeiten zu, stellte sicher, dass die Kinder saubere Schuluniformen anhatten, und beschäftigte sie, wenn ihre Mutter Zeit für sich brauchte.

Wir verbrachten viele Stunden miteinander und taten so, als würden wir im Bach in der Nähe unseres Cottages angeln. Manchmal starrte ich ins Wasser und war überzeugt, in einem Strudel Dougies Blut zu sehen. Wir machten lange Spaziergänge über die Felder und suchten nach Rumpelbumpels oder spielten im Garten Brettspiele. In einer Zeit, in der ich ihnen nah sein sollte, war ich in Wahrheit innerlich so weit entfernt wie nie zuvor.

Ich jonglierte so viele Bälle auf einmal, und nur ich wusste, was passieren würde, wenn ich sie fallen ließe. Ich sah jeden Tag am Beispiel meiner Frau, welche Konsequenzen meine Taten hatten. Und das half mir zu verstehen, dass ich nicht nur Reue über Billys Tod empfand, sondern auch darüber, dass unsere Ehe vorbei war. Das Schicksal hatte mir eine Möglichkeit zur Rache verschafft, die ich nie in Betracht gezogen hatte. Doch als meine Mission abgeschlossen war, fühlte ich nichts. Es hatte nicht wie erhofft meine Wunden geheilt; unsere Ehe war ein Scherbenhaufen, unabhängig von Billys Existenz.

Ich war schwach gewesen, als ich versucht hatte, ihn wieder zum Leben zu erwecken. Langfristig hätte es mir nicht geholfen, seine Lungen mit der Luft eines Fremden zu füllen. Selbst nun, wo sein Blut an meinen Händen klebte, fühlte ich immer noch die gleiche Rohheit wie in dem Moment, als ich Catherines Affäre entdeckt hatte. Alles, was ich getan hatte, war, vier Menschen dazu zu bringen, sich so wertlos zu fühlen wie ich. Und in meinem Elend wollte ich nur allein sein.

Ich musste mir immer wieder in Erinnerung rufen, dass es Catherines falsches Spiel gewesen war, das meine Reaktion provoziert hatte. Sie war an allem schuld. Ich sah schweigend zu, wie sie ziellos durch das Haus trieb und keine Beziehung zur Welt herstellen konnte. Nun wusste sie, wie ich mich gefühlt hatte, als ich von ihr und Dougie erfahren hatte.

Auf mir lastete ein immenser Druck, die Fassade aufrechtzuerhalten, denn ich konnte mich niemandem anvertrauen. Also suchte ich im Wald die Nähe des Mannes, der unter dem blauen Seil begraben war. Es war der einzige Ort, an dem die Dinge einen Sinn ergaben.

Ich begann, mit Dougie zu sprechen, wie ich es getan hatte, als wir noch unschuldig gewesen waren. Er verstand mich und ich glaubte, dass er, wo immer er war, wusste, dass das, was er mir angetan hatte, falsch gewesen war. Ich begann, ihn darum zu beneiden, dass es einfach für ihn war, das zu akzeptieren, und dass die Dinge nun für ihn so leicht waren, jetzt wo er unter einer Schicht aus Dreck ruhte.

Es wäre so viel einfacher, wenn ich auch unter der Erde läge.

22. Oktober

Catherine war neun lange Monate von Dunkelheit umgeben, dann zeigte sich nach und nach die Sonne wieder. Sie arbeitete sich aus dem Tal langsam wieder nach oben.

Wir saßen gerade vor dem Fernseher, als sie plötzlich über einen Sketch lachen musste. Wir drehten uns abrupt zu ihr um, da es ein Geräusch war, das wir so lange nicht gehört hatten.

»Was?«, fragte sie überrascht von unserer Aufmerksamkeit.

»Nichts«, antwortete ich und wusste, dass meine Zeit nun bald gekommen war.

Als ihre Wunden langsam wieder heilten, war ich innerlich fast am Ende. Meine Frau war auf dem Heimweg, aber dabei ließ sie mich zurück. Sie hatte gelernt, mit dem zu leben, was sie dachte, getan zu haben. Aber ich konnte nicht mit dem leben, was sie mir angetan hatte.

Weihnachten und Neujahr vergingen, und als der Winter zum Frühling und dann zum Sommer wurde, ging ich immer häufiger in den Wald. Ich hob das Seil vom Boden auf und zog es mit beiden Händen auseinander, bis es gespannt war. Dann suchte ich in der Baumkrone nach dem stärksten Ast. Ich dachte öfter, ich wäre bereit, mich umzubringen.

Doch dann fand ich eine Entschuldigung, warum dies nicht der richtige Tag war, um meine Mission zu erfüllen. Jedes Mal, wenn ich nach Hause zurückkehrte, verfluchte ich mich dafür, dass ich nicht die Kraft hatte, noch einen Schritt weiterzugehen.

Morgen, sagte ich mir. *Morgen werde ich es schaffen.*

Und irgendwann kam morgen.

* * *

Northampton, heute
20.20 Uhr

Sie schüttelte heftig den Kopf. Sie wollte nicht akzeptieren, dass die Horrorgeschichte, die er ihr über Billy erzählt hatte, der Realität entsprach.

»Nein, deine Alzheimerkrankheit verwirrt dich«, meinte sie zaghaft. »Lass mich Edward anrufen. Er kann vom Golfklub zurückkommen und dir helfen.«

Bis zu diesem Zeitpunkt war dies das Letzte gewesen, was sie wollte – irgendjemanden auf Simons geheime Existenz aufmerksam zu machen. Doch nun war es viel wichtiger zu beweisen, dass sein Erinnerungsvermögen stärker beeinträchtigt war als angenommen. Edward konnte ihn untersuchen, ihn testen, ihr erlauben, das Geständnis dieser abscheulichen Tat zu entkräften.

Doch Simon starrte sie aus wässrigen Augen an und schüttelte langsam den Kopf. Ihr drehte sich der Magen um.

»Ich war da, erinnerst du dich nicht?«, fuhr sie fort und versuchte, ihm gut zuzureden. »Ich habe Billy allein gelassen, nicht du. Ich war diejenige, die ihn gefunden und um Hilfe gerufen hat. Es war nicht deine Schuld, es war meine. Erinnerst du dich?«

Er bedachte sie mit dem flehendsten Blick, den sie jemals gesehen hatte, doch sie konnte ihm immer noch nicht glauben. Sie wollte es nicht, denn im Laufe der Zeit hatte sie gelernt, ihre Verantwortung für Billys Tod zu akzeptieren. Es war ein Unfall gewesen.

Dass es Absicht gewesen war … Dass ihr Ehemann – der Vater des Jungen – zugelassen hatte, dass er starb … Das war so viel schlimmer als ihre Fahrlässigkeit. Das war böse. Und sie hatte diesen bösen Mann geliebt. Sie hob die Stimme in einem letzten Versuch, ihn dazu zu bringen, dass er seine Verwirrtheit zugab.

»Ich akzeptiere ja, dass du viele schlimme Dinge getan hast, aber der Mann, den ich damals so verehrt habe, hätte das niemals zugelassen. Du hättest mich niemals festhalten, meine Tränen trocknen und unsere Familie zusammenhalten können, so wie du es getan hast, wenn du gewusst hättest, dass es nicht meine Schuld gewesen ist. Ich flehe dich an, mir jetzt zu sagen, dass du verwirrt bist und Billy nicht hast sterben lassen.«

Er hätte nicht antworten können, selbst wenn er gewollt hätte. Die Schuld, die ihn im Würgegriff hielt, war so groß, dass er kaum atmen konnte. Er konnte sich nicht bewegen, vermeinte aber zu spüren, wie sich sein Körper verkrampfte.

Sie sank tiefer in ihren Sessel, während sie überlegte, was das alles zu bedeuten hatte. Sie war nie über Billys Tod hinweggekommen, denn kein Elternteil tut das jemals, wenn etwas so Zartes und Unschuldiges ohne Vorwarnung aus seinen Armen gerissen wird. Doch mit der Zeit war das Bild seines leblosen Körpers in der Badewanne nicht mehr das Erste, das ihr in den Sinn kam, wenn sie an ihn dachte. Das war sein warmes, zahnloses Lächeln auf den Fotos, die sie während seines ersten und zweiten Weihnachtsfests gemacht hatte. Sie hatte sie seitdem Hunderte Male betrachtet.

Und jedes Jahr an seinem Geburtstag schloss sie sich in ihrem Schlafzimmer ein, nahm seine winzigen blauen Satinschühchen aus der zerdrückten Samtschachtel in ihrem Kleiderschrank und rieb sie sanft zwischen ihren Fingern, wie sie es als Kind mit der Kleidung ihrer Mutter getan hatte. Sie hielt sie an die Nase und holte tief Luft in der Hoffnung, einen lang verflogenen Geruch wahrzunehmen.

Erst heute hatte sie erfahren, dass Billy nicht gestorben war, weil sie eine nachlässige Mutter gewesen war, sondern wegen der wahnsinnigen fehlgeleiteten Gehässigkeit seines eigenen Vaters. Sie stellte sich vor, wie er wie der Sensenmann über Billy gestanden hatte, fasziniert von dem in Panik geratenen Kleinkind, das vor seinen Augen ertrank.

Das machte sie rasend vor Wut und sie wollte ihn töten.

Er war sich nicht bewusst, welchen Zorn er entfesselt hatte. Er war es gewohnt, seine Fehler zu rechtfertigen, indem er anderen Menschen die Schuld zuwies. Aber jetzt war niemand mehr da, dem er die Schuld zuschieben konnte. Kenneth hatte recht gehabt, als er seinem einzigen Sohn gesagt hatte, er sei ein Monster.

Es kam zum ersten körperlichen Kontakt zwischen Simon und Catherine Nicholson nach fünfundzwanzig Jahren, als sie mit einer Schnelligkeit aufsprang, die erstaunlich für eine Frau ihres Alters war, sodass er es mit der Angst bekam.

»Du Bastard!«, schrie sie, als sie immer wieder mit den Fäusten auf seinen Kopf einschlug. Ihm blieb kaum Zeit, die Arme zu heben, um sich vor ihren Schlägen zu schützen. Zuerst versuchte er, sie von sich wegzuschieben, doch als es ihm endlich gelungen war, kehrte sie nur umso heftiger zurück.

Er packte sie an den Armen, und sie trat ihm zwischen die Beine. Die heftigen Schmerzen ließen ihn vornüberfallen, als ein Ansturm von Schlägen auf ihn niederging. Sie spürte, wie sich das Fleisch seiner Wangen unter ihren Fingernägeln verfing. Endlich brachte er die Kraft auf, nach ihren Armen zu greifen und sie hinter ihren Rücken zu drehen. Sie schrie vor Schmerz auf.

»Kitty, Kitty, bitte«, flehte er. Er versuchte, Luft zu holen und sie zu beruhigen.

»Lass mich los!«, schrie sie und versuchte, sich aus seinem Griff zu winden, aber ohne Erfolg.

»Es tut mir leid, was ich Billy angetan habe und dass ich dir nicht vertraut habe. Das musst du wissen.«

»Wage es nicht, seinen Namen auszusprechen! Du hast kein Recht, seinen Namen auszusprechen!«

»Ich weiß, ich weiß, aber ich musste dir die Wahrheit sagen, bevor meine Krankheit es unmöglich macht.«

»Soll ich dir dafür etwa dankbar sein? Wie konntest du mich mein Leben lang glauben lassen, dass es meine Schuld wäre, obwohl du es warst, der ihn getötet hatte? Sein eigener Vater!«

Sie versuchte, ihm den Ellbogen in den Bauch zu rammen, doch sie konnte den Arm nicht aus seinem Griff befreien. Als sie das letzte Mal von einem Mann gewaltsam festgehalten wurde, hatte sie irgendwann nachgegeben und sich in ihr Schicksal gefügt. Diesen Fehler würde sie nicht noch einmal machen.

»Bitte, bitte vergib mir!«, rief er. »Lass mich nicht in dem Wissen sterben, dass du meine Entschuldigung nicht annehmen konntest.«

Seine verzweifelte Hoffnung erfüllte den Raum, als es plötzlich still wurde. Schließlich antwortete sie mit einer Stimme, die so hasserfüllt war, dass er sie kaum erkannte.

»Niemals.«

Ihre Reaktion ließ abrupt alle Energie aus ihm entweichen, und sie wand sich so lange, bis sie einen ihrer Arme befreit hatte. Sie schlug damit um sich und versuchte, ihn irgendwie zu treffen. Mit einem Fingernagel fuhr sie über seinen Augapfel, und er griff sich instinktiv mit der Hand ans Auge.

Da er für einen Moment blind war, bemerkte er erst, dass sie sich einen der Bilderrahmen aus Metall mit den Fotos seiner Kinder geschnappt hatte, als er gegen seinen Kopf schlug. Benommen fiel er auf das Sofa, kurz bevor die orangefarbene Glasvase vom Kamin an der Wand über ihm zersprang.

»Kitty, bitte!«, schrie er, aber sie hörte nicht zu. Ein Mann, der zu solcher Bösartigkeit fähig war, hatte es nicht verdient, erhört zu werden.

Als er ein letztes Mal den Mund öffnete, um sie um Vergebung zu bitten, griff sie nach einem Messingschürhaken am Kamin und schwang ihn über den Kopf. Er wich zurück, war aber nicht schnell genug und wurde am Handgelenk getroffen. Sie hörten beide, wie der Knochen brach, doch er spürte nichts, als er zu Boden fiel.

Und als sie den Schürhaken wieder anhob, zuckte er weder zusammen noch versuchte er, sich zu schützen. Stattdessen lag er benommen da, fügte sich zitternd in sein Schicksal und wirkte so schwach und erbärmlich, wie sie es noch bei keinem Mann erlebt hatte. Sie schwang den Haken so hoch sie konnte und schleuderte ihn mit aller Kraft gegen den Kamin.

»Du hast keinen leichten Abgang verdient«, sagte sie verächtlich. »Ich möchte, dass dich deine Krankheit langsam auffrisst, bis dir nur noch die Erinnerung an deinen Sohn bleibt, den du getötet hast. Und jetzt verschwinde aus meinem Haus!«

Er stützte sich an der Wand ab und stand langsam auf. Simon wich zurück in Richtung Tür, während das Blut aus der offenen Wunde an seinem Kopf rann. Er berührte die Schläfe, um die Blutung zu stoppen, und stach sich den Finger an einer Glasscherbe, die aus ihr herausragte.

Er öffnete den Mund, um zu einer endgültigen Entschuldigung anzusetzen, aber ihm fehlten die Worte. Und als er ihrem drohenden Blick begegnete, wusste er, dass er mit seinen hohlen Worten nichts sagen konnte, was es besser machen würde.

Also tastete er nach dem Knauf, öffnete die Tür und stolperte den Kiesweg entlang, wobei seine bleiernen Füße die Steine in alle Richtungen schleuderten.

Er hörte weder, wie die Tür hinter ihm zuschlug, noch sah er, wie sie auf dem Boden zusammensackte und weinte wie noch niemand zuvor.

EPILOG

Simon taumelte durch den Ort und lehnte sich schließlich gegen das Kirchengeländer. Sein Körper war ebenso traumatisiert wie sein Verstand.

Er bemerkte weder die Schule, die er einmal besucht hatte, noch den Pub, in dem er sein erstes Bier getrunken hatte, noch den Dorfplatz, auf dem er als Jugendlicher so viel Zeit mit Roger, Steven und Dougie verbracht hatte.

Als er schließlich den Friedhof erreichte, bekam er endlich wieder Luft. Er schleppte sich mit zitternden Beinen von Grab zu Grab und suchte nach der Stelle, an der die zerrüttete Seele lag, die so viele zu kennen geglaubt hatten. Aber sie hatten nie verstanden, dass seine Seele seinen Körper verlassen hatte, lange bevor er gegangen war.

Seine Augen brannten von den Tränen des Bedauerns, die er um all die gelebten, verschwendeten und geraubten Leben vergoss. Und er weinte um die Vergebung, auf die zu hoffen er kein Recht hatte und die er niemals erhalten würde.

Catherine hatte die Wahrheit verdient gehabt, egal wie sehr diese sie verletzt hatte. Er hatte gewollt, dass sie sich für das entschuldigte, was sie getan hatte, und dass sie verstand, warum er Billy hatte sterben lassen. Bevor er Italien verlassen hatte, war er davon überzeugt gewesen, dass sie es verstehen würde, wenn sie erfuhr, dass sie die gleiche Schuld trug. Dann hatte er zu seinen Kindern Sofia und Luca zurückkehren und auf den Tag warten wollen, an dem er Luciana wieder in die Arme schließen konnte.

Doch nun wusste er, was für ein dummer alter Narr er gewesen war. Weil er in der ganzen Zeit, in der sie getrennt gewesen waren, nie darüber nachgedacht hatte, ob er sich vielleicht geirrt haben könnte. Und am Ende hatte ihn die Wahrheit genauso erschüttert wie sie.

Schließlich fand er den Grabstein aus anthrazitgrauem Granit, nach dem er gesucht hatte. Die sandgestrahlte Inschrift war so knapp wie die auf dem Stein seiner Mutter.

Simon Nicholson – liebevoller Vater, von uns gegangen, aber nie zu weit.

Es war eine zweideutige Hommage, die Raum für Interpretationen ließ. Doch das wussten nur Catherine und er. Oh, und ausgerechnet Shirley, dank Catherine, die sie ins Vertrauen gezogen hatte. Sie mochte viele Fehler haben, doch seine Stiefmutter war niemand, der um des Redens willen sprach.

Er kniete sich unter Schmerzen auf den Boden. Da auf dem dreihundert Jahre alten Kirchhof nur noch wenig Platz für neue Gräber war, fragte er sich, ob unter der Stelle, an der sein Leichnam hätte liegen sollen, noch ein weiterer lag. Es wäre passend gewesen, dachte er, denn wo immer er gewesen war, war eine Leiche niemals weit weg gewesen.

Er zog den silbernen Flachmann aus der Jackentasche, den Luciana ihm zu seinem fünfzigsten Geburtstag geschenkt hatte. Er füllte ihn häufig mit Whiskey auf, um die Bitterkeit seiner Medikamente zu überdecken. Er half ihm auch, sich an den

Tagen zu entspannen, an denen er sich wie eine geballte Faust fühlte.

Dann zog er beide Tablettenpackungen heraus. Er wusste, dass die Pillen, die den Fortschritt seiner Alzheimererkrankung verlangsamen sollten, nicht mehr stark genug waren. Und von den Antidepressiva hatte er kaum Gebrauch gemacht. Doch er hoffte, dass sie ausreichten, um ihn von seinem Elend zu befreien. Er drückte eine Tablette nach der anderen aus den Verpackungen in seine blutige Handfläche und steckte sie sich in den Mund. Nach jeweils vier oder fünf Stück trank er einen Schluck aus dem Flachmann und schluckte schwer.

Dann saß er regungslos da, taub bis auf das Gefühl, als die Tabletten seinen Hals hinunterglitten und in dem leeren Magen landeten.

Niemand auf dieser Welt hatte ihn so verstanden wie Luciana, und wenn Gott ihm nur ein wenig Barmherzigkeit erweisen wollte, würde er bald bei ihr sein. Doch er wusste, dass er um sehr viel bat, wenn man bedachte, was er über den Herrn gesagt hatte und welche Qualen er denjenigen zugefügt hatte, die es nicht verdient hatten.

Schließlich akzeptierte er, dass es nicht Gott, Doreen, Kenneth, Billy, Dougie oder Catherine gewesen waren, die sein Leiden verursacht hatten, sondern er selbst. Es war voreilig von ihm gewesen, alle anderen dafür verantwortlich zu machen, dass sie nicht so perfekt waren, wie er es von ihnen erwartet hatte. Dabei war er am wenigsten perfekt von allen gewesen. Er war der Schmied seines eigenen Unglücks gewesen.

Er dachte über seinen Tod nach und über die Folgen, die er für diejenigen haben würde, die er liebte. Luca und Sofia wären für den Rest ihres Lebens finanziell abgesichert. Aber wenn sie von seinem Tod erfahren würden, hätten sie sicherlich Fragen, die nur Kitty beantworten konnte. Er hoffte, dass sie ihrer Verwirrung und Trauer mit Freundlichkeit begegnen würde, wenn sie sie endlich aufgespürt hätten.

Was seine anderen Kinder betraf – nun, seine Rückkehr geheim zu halten wäre ein bisschen zu viel von ihr verlangt gewesen. Seine Leiche, die weniger als eine Meile von ihrem Zuhause entfernt auftauchte, ließe sich kaum verbergen. Er hoffte, dass die Kinder ihre Mutter nicht dafür hassen würden, dass sie sie den Großteil ihres Lebens über angelogen hatte.

Da er sich bewusst war, dass er sich nirgendwo mehr verstecken konnte, wünschte er sich, er hätte sich an einem Baum im Wald aufgehängt, als er vor all den Jahren die Gelegenheit dazu gehabt hatte.

»Du weißt, was zu tun ist«, ertönte die Stimme, die immer nur dann erklang, wenn ihm kaum noch Handlungsspielraum blieb. »Hier ist der richtige Ort. Genau hier und jetzt.«

»Ich tue es«, sagte er laut. Es war eine Lösung, mit der allen geholfen war. Er konnte sich selbst dort begraben, wo niemand nach ihm suchen würde – in dem fertigen Grab vor ihm. Er hatte einmal verschwinden können und könnte es wieder tun.

Also hob er den schmerzenden Kopf und fing an zu graben.

Als er sich durch die scharfen türkisfarbenen Kieselsteine grub, bemerkte er nicht, dass das Blut, das von seinen aufgerissenen Fingerspitzen und der Schläfe auf den Boden tropfte, die Steine klebrig machte. Er versuchte, die Taubheit seines gebrochenen Handgelenks zu ignorieren, wodurch das Graben viel schwieriger wurde.

Er würde nur ein bisschen tiefer graben müssen, dachte er, und dann die Erde über sich zurückschieben. Dann würde niemand etwas bemerken.

»Konzentrier dich, konzentrier dich«, wiederholte er immer wieder, entschlossen, sich nicht von seinem alternden Körper bezwingen zu lassen, der sich danach sehnte, sich geschlagen zu geben. Doch seine Arme schmerzten und die Knie wurden zunehmend schwächer.

Er begann zu taumeln, fing sich wieder und unternahm einen letzten verzweifelten Versuch, die aufgewühlte Erde zur Seite zu schieben. Doch es war sinnlos. Er konnte sich nicht mehr auf den Beinen halten.

Ich ruhe mich kurz aus und mache dann weiter, dachte er. Mit letzter Kraft rollte er sich auf den Rücken und legte sich ins Gras. Er beobachtete aufmerksam, wie der orangefarbene Himmel allmählich in die Dämmerung überging.

Und mit einem letzten ängstlichen Seufzer schloss er die Augen und fragte sich, ob Gott zuhören würde, wenn er sich für alles entschuldigte, was er getan hatte.

DANKSAGUNG

Meine tief empfundene Dankbarkeit gilt jenen Freunden, die die ersten Versionen dieses Romans gelesen haben und dann einen Schwall von Fragen über sich ergehen lassen mussten.

Ich danke meiner Mutter, Pamela Marrs, der passioniertesten Leserin, die ich kenne und dank der ich meine Liebe für Bücher entdeckt habe. Danke an Tracy Fenton vom THE Book Club auf Facebook dafür, dass sie dieses Buch entdeckt und dabei geholfen hat, dass es ein Eigenleben entwickelt hat. Und ich danke, in alphabetischer Reihenfolge, meinen Lesern der ersten Stunde: Katie Begley, Lorna Fitch, Fiona Goodman, Jenny Goodman, Stuart Goodman, Sam Kelly, Kath Middleton, Jules Osmany, Sheila Stevens und Carole Watson. Außerdem danke ich John Russell für seine unablässige Ermutigung, und Oscar, meinem vierbeinigen Freund, der für dieses Buch auf seine Spaziergänge im Park verzichtet hat.

Mein Dank richtet sich auch an Jane Snelgrove, die diese Geschichte unter Millionen von Büchern da draußen entdeckt und mir eine völlig neue berufliche Perspektive eröffnet hat. Ich danke meinem Lektor David Downing für seine Adleraugen, seine hilfreichen Anmerkungen und seinen Rat, sich dann und wann auf die Zunge zu beißen.

Und zum Schluss danke ich der Frau, die mich zu diesem Roman inspiriert hat. Ich weiß nicht, wie Sie heißen, woher Sie kommen oder ob Sie jemals wissen werden, dass ich von Ihnen und den Problemen, denen Sie sich stellen mussten, zu dieser Geschichte inspiriert wurde. Ich werde immer dankbar sein, Ihre Geschichte gelesen zu haben, und werde Sie niemals vergessen.

Zeitfracht Medien GmbH
Ferdinand-Jühlke-Straße 7
99095 Erfurt, Deutschland
produktsicherheit@kolibri360.de

Druck:
CPI Druckdienstleistungen GmbH
im Auftrag der
Zeitfracht Medien GmbH
Ein Unternehmen der Zeitfracht - Gruppe
Ferdinand-Jühlke-Str. 7
99095 Erfurt